有爱的青春陪伴者

图书在版编目（CIP）数据

夏野 / 夏末秋著. -- 南京：江苏凤凰文艺出版社，
2025. 6. -- ISBN 978-7-5594-9576-1
Ⅰ. I247.5
中国国家版本馆CIP数据核字第20254189HQ号

夏野

夏末秋 著

责任编辑	王昕宁
特约编辑	年　年
责任校对	言　一
责任印制	杨　丹
出版发行	江苏凤凰文艺出版社
	南京市中央路165号，邮编：210009
网　　址	http://www.jswenyi.com
印　　刷	长沙鸿发印务实业有限公司
开　　本	880mm×1230mm　1/32
印　　张	11
字　　数	407千字
版　　次	2025年6月第1版
印　　次	2025年6月第1次印刷
书　　号	ISBN 978-7-5594-9576-1
定　　价	42.80元

江苏凤凰文艺出版社图书凡印刷、装订错误，可向出版社调换，联系电话025-83280257

目录
CONTENTS

001 ◆ 第一章 ……盛夏与蝉鸣

040 ◆ 第二章 ……咸柠七的阳光

080 ◆ 第三章 ……青藤色仲夏

115 ◆ 第四章 ……剩下的盛夏

146 ◆ 第五章 ……后来的我们

190 ◆ 第六章 ……完美夏日

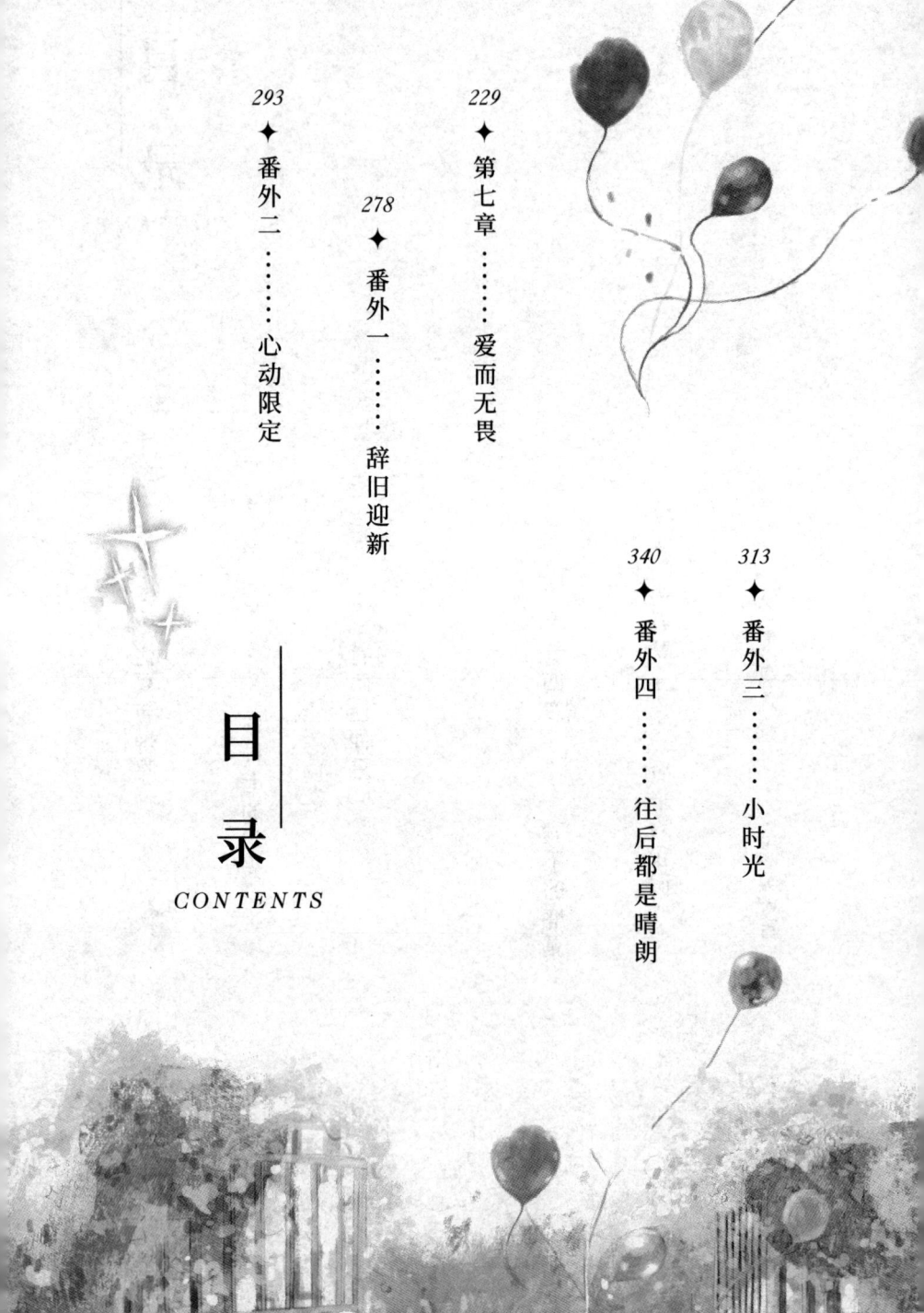

目录
CONTENTS

- 229 ◆ 第七章……爱而无畏
- 278 ◆ 番外一……辞旧迎新
- 293 ◆ 番外二……心动限定
- 313 ◆ 番外三……小时光
- 340 ◆ 番外四……往后都是晴朗

第一章 盛夏与蝉鸣

六月，赤日炎炎，整座北城像个被烈火炙烤的炼丹炉。

热浪翻涌的天气，走出空调房都需要莫大的毅力和勇气，更别提要跑上跑下地搬东西。

在合力将一个大箱子推进客厅后，陈筱筱一屁股跌坐在地上，气喘吁吁地说："不行了，不行了，我要死了。"

身旁，累得浑身是汗的宁安然拎起T恤领口，在脸上胡乱地抹了一把，喘息道："我早就说叫搬家公司，你非得说咱俩肯定行。"

"我不是以为你没几样东西嘛，谁晓得……"陈筱筱扫了眼客厅里横七竖八的箱子，半是嫌弃半是不解，"你这回来不到两个月，怎么会有这么多家当？"

"都是从香江带回来的。"宁安然缓过气来，从购物袋里翻出两瓶水，扔给陈筱筱一瓶。

歪在地板上的陈筱筱勉强撑起身子，费力地拧开瓶盖，"咕咚咕咚"灌下大半瓶，稍稍舒缓了一些燥热后才开口："说到这儿，我一直忘了问，你不是刚从香江回来，怎么这么快就又外派？"

"工作需要。"宁安然喝着水说。

陈筱筱扔给她一个废话的表情，问："那这次派你去哪里？美国还是欧洲？"

"不去国外了，就在国内。"

"不是吧？"陈筱筱杏眼圆睁，"之前你们老大回复网友说的可是'另有重用'。"

宁安然是平淮大学新闻系的高才生，一毕业就考进了驰名中外的通讯社——兴平社。三年前，因业务能力出色，她被派往香江，成为驻香江记者。其间，她主持参与了多项重大主题报道，被破格升为首席记者，但让她名声大噪的是半年前一段被广泛传播的网络视频。

彼时,香江混乱,不少驻香江人员和机构被冲击。在那段视频中,一身浅灰色西装的宁安然被一群气焰嚣张的黑记者团团围住,四周全是高举的摄像设备。

视频一开头,一个操着蹩脚普通话的男记者高声质问她:"你知道民主、平等、自由吗?你懂新闻自由吗?"

没等她开口,人群里却先响起了嘘声和谩骂声,一些黑记者按捺不住地往前涌动,仿佛一只张着血盆大口的野兽,势要把困在中间的女人生吞活剥。

然而,被围困的宁安然并没有表现出一丝慌乱。

闪烁不停的镁光灯下,她的表情冰冷、严肃,一双漂亮的黑眸里藏着锋利的光芒。

在震耳欲聋的吼声中,她冷声开口:"民主是……"

"闭嘴啊!"一个女记者用香江话粗暴地打断她,"我们不听狗说话。"

被骂的宁安然缓缓转过头,看向女记者,嘴唇轻挑,绽出一个笑来:"你是哪家媒体?有记者证吗?你做新闻几年了?我在接受你的采访吗?我想问问看,随意打断、辱骂被采访者就是你所谓的新闻民主和自由?"

她问得不紧不慢,既未表露出半分被辱骂的恼怒,也没有咄咄逼人的语气,而是笑盈盈、轻飘飘的,礼貌又客气,但越是这样,越显出她高高在上的睥睨和轻视。

女记者显然感受到了,恼羞成怒地同提问的男记者说:"莫和她废话。"

谁想,被为难的宁安然却没有顺势而下,而是朝那位男记者微微一笑:"如果你很怕听到我的答案,我可以体谅,先不回答。"

男记者被激得涨红了脸,吼道:"你讲啊!"

宁安然垂眸睨了他一眼,淡笑道:"调整下机位,我正脸很好看。"

视频播到这里,广大网友已经开始"哈哈哈,666"了,而她接下来一段犀利讽刺的回答更是被大为称赞——

"我不会定义什么是民主,但我非常清楚,一群人当街殴打八十岁老人不是民主,冲击抢夺企业不是民主,提问陈太什么时候去死更不是民主……"

这两年,因为担心被抓住由头做文章,驻香江人员和机构通常秉持"能忍则忍,尽量不起正面冲突"的原则,但面对蓄意挑衅和肆意攻击的黑记者,宁安然却用温柔的语气,不卑不亢地表明了立场和态度:"如果这些是你们争取的民主和自由,那么,我可以告诉你,你们绝不可能得偿所愿。不仅如此,我相信不用太久,你们当中很多人会因此失去真正的自由。"

看着她坚定有力的眼神，网友们直呼解气、够燃、过瘾……然而，最让网友拍手称快的是那段视频的最后——结束采访的宁安然路过那两位叫嚣得最凶的记者身旁时稍稍停顿了一下，面色平淡地说："买个手持摄像机吧，不行也记得带个充电设备，你看，你们手机都黑屏了，还举着。"

侮辱性极大，杀伤力极强。

而扔下这话后，她利落地转身，再轻吐出两个字："××。"

由于她说得轻，现场又比较吵，视频里听不清她最后说的那两个字，以至于广大网友纷纷开始破译起来，有人分析语境推测她骂的是"傻子"，有人一帧一帧地抠画面给出了"装×"的答案，更有人发挥联想表示："宁姐是江陵人，八成说的是憨批。"

作为闺密，陈筱筱有幸在当晚就得到了正确答案——好饿。

"我从早到现在就啃了一个面包，饿死了。"在视频那头吃着泡面的宁安然没好气地说，"我本来是要去吃金边粉，结果被那群人一闹，人家吓得关门了，没吃成。"

知道那两字不是骂人，陈筱筱略有些失望，但转念一想，作为兴平社的首席记者，一言一行都代表着兴平社的颜面，宁安然要是现场说脏话，才有违她的职业素养。

不过，网友们显然不会思考那么多，只觉得她那番回击特别解气，加上她出众的相貌气质和平淮大学的学霸身份，视频一传出就俘获了一众粉丝。这半年来，但凡有她出镜的新闻，都会被大量转载评论，可谓风头无两。

所以，当她工作会有变动的小道消息传出时，业内外都推测她极有可能接任香江分社社长一职。怎料，一个月前，她却在社交媒体上发布动态，表示因工作调整，自己将离开香江。更值得玩味的是，兴平社社长当天居然回复了网友，称："安然另有重用。"

兴平社在全球都设有分社，海外分社和香江分社均属于一级分社。陈筱筱原以为宁安然这次调回来要么是在北城的总部任要职，要么是去欧美等大分社做领导。可刚才听她的意思明显都不是，而是去内地某个省或直辖市的分社。

这算哪门子另有重用，明明是下放。莫不是风头太劲，遭遇办公室政治了？

宁安然一眼看穿她的想法，解释了一句："没你想的那么复杂，只是换了一个新的身份。"

陈筱筱迷糊了："什么叫换新身份？你转行了？不做记者了？"

"以后告诉你。"

听出她在含糊其词，陈筱筱也不好再刨根问底，只关心地问："那你这次去多久？"

"具体还不清楚，但至少半年吧。"

"半年啊？那还好，不算太久。"陈筱筱问，"什么时候走定了吗？"

"明天。"

"什么？明天？"陈筱筱惊讶。

宁安然点点头，说："要不然我干吗急着搬家。"

她租的公寓本是下个月才到期，但考虑到那时她再赶回来比较麻烦，所以特意在走前找房子搬新家。

陈筱筱说了句"难怪"，环视一圈屋内凌乱的家当后，深感今天的任务很艰巨，也不敢再歇了，立马起身说："行了，赶紧收，收好去吃火锅，为你饯行。"

宁安然应"好"，三两口喝完瓶子里的水，将瓶子扔进垃圾桶里，又继续干活。

搬过来的家当虽然很多，但多数暂时用不上。所以，两人只管把一些易坏的和明天准备带走的东西清出来，其余的则是一股脑塞进纸箱，用胶带封好，堆在客厅一角。

"这箱子里封着什么？有要用的吗？"陈筱筱问。

"不知道，你打开看下。"忙着整理的宁安然头也不回地说。

陈筱筱捡起地上的美工刀，"刺啦"一声划开胶带，打开箱子，然后，视线凝住了。

"是什么……"宁安然回头，在认出那个箱子时声音戛然而止。

陈筱筱闻言抬起头，看着她，迟疑了半晌，才开口："周司远那浑蛋还是没有消息吗？"

"嗯，优秀前任。"宁安然语气轻松。

"呵，是够优秀的。一分手就杳无音信，跟死了一样。不过——"陈筱筱指着箱子里的东西说，"人家都杳无踪迹了，你还留着这些干吗？"

"纪念啊。"宁安然答得理所当然，"这可是我的青春。"

她这副坦然洒脱、毫不遮掩和避讳的模样，竟让陈筱筱一时接不上话，半天才嘟囔道："什么青春，我看你就是旧情难忘。"

"干吗要忘？"被"戳穿"的宁安然转身，坐到箱子旁，拿起最上面的一个相框，半玩笑半认真地说，"你瞧瞧这张脸，忘了多可惜。"

陈筱筱无语至极，狠狠剜了她一眼，但目光最终还是移向照片里的少年——一张轮廓分明的脸,眼窝有一点深,眼眸清透得能照出人影,肩平腿长,宽宽大大的白色文化衫罩在衣架一般的身上。

好吧,不得不承认,就凭这犯规的长相和身材,周司远这浑蛋的确是有令人刻骨铭心的本钱。

在心底长叹一口气,陈筱筱视线一偏,瞧见了压在下面的另一张合照。

"哎,这不是咱们高一上公开课的照片吗?"陈筱筱抽出那张合照,逐个辨认着里面久远却熟悉的面孔,"这是许瑶,这是羊毛卷……这个是罗培吧?"

"不是。这是一班的,最右边的那个才是罗培。"宁安然纠正。

"哦哦,对对对,罗培演的是大南瓜。"陈筱筱笑着回忆,"你还记得吧,他本来是想演树枝的,结果老张头说他那身板不是树枝,是树干……"

回忆少年往事,两人忍俊不禁。

陈筱筱凝视着照片上阳光一般的少男少女,长叹一口气:"好快啊,一晃十几年了。"

宁安然笑了笑,没说话。

"不过,瞧你这出息,和他拍个照都紧张成这样。"陈筱筱指着最中间的少女,嫌弃地说。

女孩甜美舒展的五官,一双大眼睛清澈明亮。许是担心与旁边的少年挨得太近,虽是并排而立,但女生双手规规矩矩地背在身后,姿态显得有些拘谨。

"我那不是紧张,只是不想挨得太近。"宁安然解释完,还不忘补上一句,"你以为我是你啊?运动会上只顾着看帅哥,硬是把自己班的接力棒往人家手里塞。"

被挖出黑历史的陈筱筱大声狡辩:"我那是眼镜跑掉了,把他认成王维安了……"

"得了吧。"宁安然白了她一眼,"王维安在旁边的跑道上又喊又叫,咆哮得像只大猩猩。你近视看不见,耳朵也听不见?分明就是被帅哥迷昏了。"

"滚!"陈筱筱搡她的肩,"我那顶多算乌龙,哪像你看见人家还流鼻血,而且你看看你……"

陈筱筱戳了戳她手里的相框:"瞅瞅你俩这眼神,啧啧。"

宁安然依言看向照片上稚嫩的女孩——嘴角微微上扬,眼睛偷偷往右瞥,看似平静的目光里却有藏不住的秘密。

少女的心事,还真是难以掩藏。

谈及过往,再想想现在,陈筱筱难免怅然:"哎,你不知道,我这几年经常在想,要是没有那次比赛和公开课多好,你就不会认识周司远,如果你们不认识，就不会走到一块儿，你也不会被甩……"

窗外，浓郁的绿意爬上夏树，蝉鸣遥远又清晰。

宁安然听着好友的长吁短叹，手指轻轻抚过照片，记忆又回到了那个夏天……

六月，整个城市已响彻蝉鸣。

临川中学高一年级教师办公室内，壁扇"嘎吱嘎吱"地挤压着燥热的空气，吹出来的风都是热的。

靠墙的一张办公桌前，穿着校服的宁安然站得笔直。金灿灿的斜阳下，她白嫩的脸颊泛起一阵薄薄的绯色，好似蒙了一层白雾的水蜜桃。

在她对面，年级主任张广正兴高采烈地说着："这次'国才杯'，全省只有三名选手进总决赛，其中两个都在我们高一，一个是我们班的周司远，另一个就是你。"

宁安然垂在腿侧的手指微微屈起，张广的话继续灌进耳朵："周司远能进决赛不稀奇，倒是你，给了老师们一个大大的惊喜。"

说是惊喜，不如说是意外和不敢置信。

因为在临川的优秀学生名单里，压根就没有宁安然这号人物。

在尖子生如云的临川，要么成绩拔尖，要么才艺出众，再不济也得长相过人或是有特殊之处才能脱颖而出。

至于宁安然这类，成绩不上不下，表现中规中矩，又不是文体特长生，就只能淹没在几千名学生里，成为毕业后老师和同学记不清的那号人。

因此，昨晚拿到决赛名单时，作为高一年级主任兼全校英语组组长的张广一度认为她是高二、高三年级的学生，直到高一（9）班的英语老师郭琼来认领，说："宁安然是我们班的。"

高一今年十二个班，除了一班、二班，其余都是平行班。

九班在平行班里只能算中等水平，而英语老师是今年刚招进校的，就这么一个平平无奇的组合，居然杀出一个进"国才杯"决赛的学生，着实让全校英语老师大跌眼镜。

至于另一名进决赛的学生周司远，套用张广的话就是——他进决赛不稀奇。

不过，两个学生都出自高一，一个还在平行班，倒让张广这个年级主任倍感荣耀。要知道临川已经连续三年无缘"国才杯"决赛，而这一回，不但进了决赛，还是两个，别说省内，放眼全国那也是独一份。

思及此，张广看面前女孩的目光柔和许多。

"我听郭老师说,你口语和阅读非常出色,尤其是口语,很纯正。"

被表扬的女孩轻抿着唇瓣,没接话。

张广又说:"听郭老师说,你这回是自己报名的。"

细论起来,张广这话有歧义。因为"国才杯"一直以来都是由学生自主报名,只不过事关荣誉,不少学校会提前选拔,组织学生去报名参赛。

临川自然也不例外。只是,宁安然不是英语组选去报名的,所以张广看见决赛名单时才会惊讶和困惑。

对于这个问题,宁安然只轻轻回了一个"嗯"。

张广再问:"之前学校选拔的时候,你怎么没参加呢?"

这问题,张广昨晚也问过九班的英语老师,得到了一样的答案——

"比赛准备时间很长,我怕影响学习。"

这回答让张广非常不满意:"综合成绩要抓,但优势学科更要发挥好。'国才杯'虽然不像理科竞赛一样可以直接拿到保送资格,但按照咱们省的加分政策,只要能在全国决赛里获奖就能加三到五分。而且,你应该知道,在外语类高校和一些重点大学的外语专业,获奖生都能拿到自招加分。"

这两年,江陵外语附中有几个学生就是因为"国才杯"获奖,被平淮大学和景禾大学的小语种专业提前批录取。

"你能进决赛,说明你完全有冲刺奖项的实力,却因为担心学习成绩,放弃学校的选拔。你自己说说看,这不是捡了芝麻丢了西瓜吗?"张广语气严肃地教育道。

宁安然垂着头,低低地"嗯"了一声。

张广叹了口气:"好在啊,你后面还是参赛了,没错失这个可能改变你人生的机会。"

宁安然再次点头,一副已经知错的乖巧模样。

张广瞧着默不吭声的女孩,心里越发没底了。

"国才杯"虽是演讲赛,但随着赛制不断更新迭代,已逐渐演变为考察选手个人素质和综合能力的比赛。能进决赛的选手,不说多才多艺,至少舞台表现力要出色,然而……

——"这学生英语底子很扎实,词汇量、语感、发音都很好,就是……平时话不太多,或者应该说很少,人也比较内向。"

昨晚九班老师的评价言犹在耳,张广注视着眼前脑袋半垂的女孩,既纳闷又忧心:这孩子是怎么进决赛的?就这样,要怎么去拿奖啊?

看来,决赛前除了英语辅导,还得加大舞台表现方面的培训才行。

碍于她话太少,张广也没兴趣继续唱独角戏,简单关切几句后,把一个透

◆ 007 ◆

明文件袋递给她："决赛在八月初，暑假的时候。这是报名表，需要选手本人和家长签字确认，你带回去，让父母签好再交给我。"

宁安然依旧不吭声，只点了点头。

张广几不可闻地叹了口气，端起茶缸灌了一口茶，说："不管你之前是什么想法，但既然进了决赛，就要冲着拿奖去。学校这边已经安排了老师给你们做赛前辅导和训练，具体时间呢，等我和你班主任何老师商量后再通知你。"

一直耷拉着脑袋的女生终于有了动静，她抬起眼皮，看着张广，语气有些迟疑："是……放一起辅导吗？"

"当然啊。"张广不解，"有什么问题吗？"

"没有。"宁安然摇头。

张广打量了她几眼，心下了然地说："你不用担心，虽然放一起辅导，但老师们会根据你和周司远的底子和特点来。"

宁安然听出他的言外之意——你的实力是比周司远差一些，但我们会照顾你的。

她在心底笑了下，没解释太多，安静地点了点头。

"行了，回去上课吧。"张广托着茶缸对她抬了抬下巴。

宁安然抱着袋子说了一句"老师再见"，转身走出办公室。快到门口时，身后忽然传来张广的声音："哦，对了，袋子里另一张表是周司远的，你顺便带给他。"

宁安然的脚步顿了下，听见张广问："周司远你应该知道吧？"

在临川谁不知道周司远呢？

宁安然在心里嘀咕了一句，嘴上依然乖乖地答："知道的。"

临川中学的教室安排是年级越低，楼层越高，充分体现了学校对分秒必争的高三生的优待。

出了办公室，宁安然抱着那薄薄的透明文件袋右拐上了四楼。高一年级一班到六班都在这一层，剩余六个班在楼上。

距离晚自习还有一段时间，走廊上站了不少同学。一年下来，同层的同学基本混了个脸熟，而宁安然从不串班，平时活动基本在五楼，以至于一进入四楼走廊就收获了不少目光。

那种感觉好似独自走在一条红毯上，两边都是探寻好奇的视线，令她不自觉地挺直了脊背，努力走得笔直端正。

只是不知道为什么，这条走廊好像特别长。仿佛过了一个世纪，就在她的小腿肌肉都要僵硬时，才终于看到了尽头高一（1）班的班牌。

走廊上，几个背靠着栏杆嘻嘻哈哈聊天的男生停下来，好整以暇地打量突然闯入的她。

"同学，找人吗？"一个头发像羊毛卷的男生笑眯眯地问。

宁安然抿了一下唇角："我找周司远。"

听到她的回答，站在羊毛卷旁边的一个胖男生"扑哧"一声笑了："我说什么来着，肯定是来找他的。"

宁安然不理会他的调侃，只看着羊毛卷，问："您能帮我叫一下他吗？"

羊毛卷一听乐了："同学，您别客气，我这就去帮您叫。"

听出他刻意将"您"字咬得很重，宁安然有些许赧然，耳朵不由得微微发热。

羊毛卷则是扔下一句"请您稍等片刻"，然后屁颠屁颠地跑到教室门口，冲着里面大喊："周司远，有人找您！"

"您"字拖得老长，拿腔作调的，惹得教室里的人纷纷回头，眼神里写着：您没事吧？

羊毛卷才不管那么多，只冲那个毫无反应的人大喊："周司远，别睡了，有人找您……"

"喊什么？"一道略显不耐烦的声音从教室里传出。

凳脚与地面摩擦出"吱呀"声，划过耳膜，宁安然的心脏忽地快了一拍，睫毛轻轻扇了扇。

教室后排靠窗的位置上，原本趴在桌上的少年抬起头，望向他们。他的身后是将落未落的金色残阳，为他流畅的五官轮廓镀了一层淡黄色的光晕。

他显然还没睡醒，过分好看的眼眸里带着困倦，还有两分被扰了清梦的烦躁，一撮乱毛调皮地立在脑袋上。

"有人找您。"羊毛卷嬉皮笑脸地说。

不知是被吵醒了不爽，还是被羊毛卷"您啊您"弄得烦了，少年眉头打结，没说话，只是看着门口的他们。

长久的静默后，他眉头稍解，没什么情绪地问："找我有事？"

语气礼貌疏离，是陌生人才会有的客套。

绷紧的神经"啪"地弹回来，宁安然垂眸，自嘲地轻笑了一声，将这一路冒出的不该有的想法赶走。她在想什么呢？早就知道的，不是吗？

她暗吸一口气，抬起头，语调平静："你们班主任让我把这个带给你。"

说话间，她已打开文件袋，从里面抽出一张报名表和比赛须知。

羊毛卷眼尖，一下就瞧见了纸上印的字："'国才杯'？哟，周司远，你

◆ 009 ◆

进决赛了。"

他喊得很响，引得教室里外的人都看了过来。

原本站在走廊上的几个男生更是围上来，探着脑袋看宁安然手里的报名表。

六月天，身后猛地多出一群冒着热气的男生，那感觉像是误入了桑拿房，并且，还是开了混合音响的桑拿房。

"远哥厉害啊，全国总决赛。"声道一说。

"远哥啥时候不厉害？"声道二反问。

"就是，远哥那是要去世界级比赛的，一个全国赛，有什么好大惊小怪的？"声道三附和。

"说相声呢？"一道清亮的男音及时打断了男生们越来越扯的吹捧。

下一刻，宁安然看见少年起身，朝她走来。

少年长得很高，站起来存在感极强，因为肩膀平直宽阔，腿又长，宽大的校服套在身上，没有松垮的感觉，而是衬得他整个人清瘦笔挺。

他几步行至门口，斜了眼站在宁安然身后的男生们，问："干吗，都想当门神？"

被他一问，羊毛卷等人这才意识到刚才只顾着瞎扯，竟把宁安然困在了门口。

"不好意思啊，同学。"羊毛卷边说边和几个男生退到一边。

热烘烘的人墙散去，潮热憋闷的空气跟着散开。

宁安然提着的肩膀稍稍松弛，呼吸似乎也顺畅了些。她暗吸几口新鲜空气，目光投向走至近前的少年。她在女生中不算矮，但视线平扫过去，只能看见少年凌厉的下颌线和冒尖的喉结。

"谢谢，给我吧。"少年干净的嗓音在头顶响起。

她稍稍抬头，把视线定在他鼻尖的位置，交出表，转身，准备走人。

"等一下。"少年冒出一声，声音懒洋洋的。

宁安然停步，回头，对上了他递过来的比赛须知，有些莫名。

少年却没解释，只用下巴点了点她怀里一览无遗的透明文件袋。

宁安然恍然，明白了他的善意——张广只给了他们一份比赛须知，给了他，她就没有了。

这个小小的善举让她的心跳又乱了一拍。她把那轻飘飘的文件袋用力压在胸口，借此掩住"怦怦"乱响的心跳声，说："我去楼下复印一份。"

"不用了。"他低眸看着她，表情很淡，有些难以接近。

宁安然犹豫了下，选择接受这份好意，说："谢谢。"

少年几不可察地弯了下唇,算是回应。

自始至终,他的情绪都是淡淡的,但不知是错觉,还是她太敏感,宁安然诡异地感受到了几分冷然和压迫。

此地不宜久留。

她收回视线,礼貌道了一句"再见"后提步离开。和来时一样,不,她比来时还要注意仪态,仿佛连马尾的发丝儿都摆动得端正。

走到二班前门时,身后传来羊毛卷困惑的提问:"她是谁啊?是我们高一的吗?怎么感觉没见过?"

宁安然抱文件袋的手臂蓦地收紧,心脏仿佛被一根看不见的丝线轻轻提了起来。

直到,下一刻,少年散漫的回答钻进耳朵里——

"不知道。"他说。

忍住回头的冲动,宁安然平静地走过长廊,上楼,回到教室。

一进门,就撞见拎着水壶的陈筱筱。

"咦,你回来了?老张找你干吗?"

宁安然没回答,而是松开胳膊,把透明文件袋里的报名表露了出来,并抢在陈筱筱出声前,竖起手指比了个"嘘"。

陈筱筱睁大眼,憋回险些出口的尖叫,改为小声问:"你进决赛了?"

宁安然微微一笑,点头。

陈筱筱兴奋得快跳起来,一把将宁安然拽回座位,激动地说:"我就知道你肯定行。"

"还要谢谢你。"宁安然说。

备赛这段时间,陈筱筱没少帮她收集材料,陪她演练。

"谢我干吗?要谢就谢谢你自己。"

别人不知道,陈筱筱很清楚,为了这次比赛,宁安然暗暗付出了多少努力和汗水——吃饭走路时练听力,课间背谚语、经典句,做完各科作业后研究各类热门话题材料,再结合话题,一篇一篇地打磨演讲稿,常常弄到半夜三更……

从初赛到复赛,这两个月,她几乎把所有空闲时间用在了备赛上。好在,有心人天不负,努力开出了成功的花。

"决赛在什么时候?"陈筱筱问。

"八月。"宁安然把张广的话转述了一遍。

听到学校会安排老师做一对一辅导,陈筱筱很是开心:"太好了,有老师帮忙辅导，你肯定能拿个好名次。"

"不好说，能进决赛的都是高手。"

全国三十一个省市，每年有上万名学生报名参赛，能入围决赛的仅一百人，这一百人无疑都是各省最拔尖的英语人才。可进入决赛后，他们还要进行残酷的三轮筛选，最终角逐出含冠军在内的十二个奖项，要想分到一枚奖牌，绝不是易事。

"你也是高手啊。"陈筱筱给她打气，"而且，还是扫地僧级别的高手。"

平日隐在寺院里，不显山露水，一出手就是内力强韧，横扫千军。

宁安然自认配不上，称："绝世高僧另有其人。"

"谁啊？"陈筱筱反应了下，突然想到什么，"周司远？"

宁安然用眼神回她：难道不是吗？

陈筱筱却摇头："No，No，No，他不是绝世高僧，他是达摩下凡。"

这比喻，让宁安然想到了广泛流传于NBA（美国男子职业篮球联赛）的那句经典名言——"今晚是上帝穿着23号球衣在打球"。

对于那些遥不可及的天才，凡人选择把他们神话，比如篮球之神乔丹，再比如，她视线转向桌面上的报名表，想到了另一个拿着同样表格的少年。

"他是真牛，物理才拿奖，英语又进决赛，听说数竞队还抢着要他。你说，他脑袋是怎么长的啊？"

临川是学霸集中营，藏龙卧虎，人才济济，但能被全校师生称道的学神亦不多见。

而周司远，绝对算一个。

"脑袋长得好就算了，脸还长成那样。"陈筱筱回想起上周学校公布的物理竞赛喜报里周司远的领奖照，不由得叹息，"女娲娘娘捏他的时候肯定是精雕细琢，捏我们的时候，八成就是将泥巴一甩，凑合凑合。"

陈筱筱："哦，不对，不是我们。"她扫了眼宁安然，纠正道，"捏你的时候还是用了心的。"

在临川，公认的校花是高二的颜矜，而高一的女神则是二班的翟露莹。

但在陈筱筱心里，这两人都不及宁安然好看。

当然，前提是拿掉那副遮了她半张脸的黑框眼镜和堪比亚马逊丛林的笨重刘海。

"你真不考虑换个眼镜和发型吗？"陈筱筱第N次问。

"不是挺好的吗？"宁安然捋了下刘海，第N次回答。

陈筱筱瞧着她被封印的精致眉眼，一副"你没救了"的表情，说："暴殄天物，女娲都被你气死。"

宁安然但笑不语。

陈筱筱也没有纠结这个话题，而是问了比赛的一些情况。

得知这回全省只有三个人进全国赛，陈筱筱拍了拍她的肩膀："姐妹，我有预感，你怕是要火了。"

很快，陈筱筱的预言就得到了验证。

晚自习时，班主任何凡带着一脸的褶子，笑嘻嘻地步入教室。

何凡教政治，虽被同学们称呼为"老何"，年纪却一点都不老，今年将将三十岁。只不过，他的长相过于着急，又一头少年白，瞅着不像正当年的小伙，更像年过半百的大爷。

关于长相老成这点，何凡颇为心宽："老点才好。俗话说'嘴上没毛，办事不牢'，我要是太年轻，家长们怎么会放心把孩子交给我？"

此话倒是不假。当初新生家长会上，姚静娴看见讲台上"头发花白"的何凡，审视的目光才稍稍松动，回家的路上还同宁安然说："你们班虽然不咋样，但班主任倒是不错，看着挺有经验的。"

当然，一个多月后，得知何凡刚过二十九岁，连一届毕业生都没带过时，她气得大批学校不靠谱那是后话。

瞧见学生们在奋笔疾书，何凡停下脚步，歪头瞅了瞅第一排同学的卷子，带着几分幸灾乐祸的语气说："哟，物理老师又给你们加餐了？"

"还是两顿！"有人回。

"要不说你们蔡老师最好呢，怕你们饿着，让你们多吃两餐。"何凡"嘿嘿"一笑，"要不，我晚上再给你们加顿夜宵？"

"不要啊，老师……"教室里哀声四起。

咬着笔杆半天没做出几道题的陈筱筱从卷子里抬起头来，狠狠瞪了他一眼，磨牙道："老何可做个人吧。"

理科作业已经快把他们压死，政治就不要再来加一根稻草了。

好在，何凡只是吓唬吓唬他们，笑完便甩着膀子，悠悠地走上讲台。

"大家都先停一下，等会儿再写，先听我说一件事。"他稍稍拔高嗓门说。

可惜，只有稀稀拉拉几个学生停下了笔。

见大伙儿不为所动，何凡只能用尺子敲了敲讲台，埋首试卷的同学们这才不情愿地抬起头来。

确认目光都聚集过来，何凡放下尺子，清了清嗓子："我这里有一个好消息要向大家宣布。"

宁安然的胳膊被戳了下,她转过头,见陈筱筱对她挑眉毛。

其他人则仰着下巴,望着喜笑颜开的何凡,等待他的下文。谁知,他竟卖起了关子:"大家猜一猜,是什么好消息呢?"

"你终于找到女朋友了?"最后排的王维安大声喊。

"哈哈哈哈!"教室里笑成一团。

被打趣的何凡并未恼,而是扒了一下刘海,一本正经地说:"我还没享受够单身生活呢。"

"噫……"

教室里一片嘘声。

又有男生问:"总不会是彩票中奖了吧?"

这回,没等何凡答,已有人反驳:"怎么可能,你看老何像是有横财运的吗?"

又是一阵哄堂大笑。

……………

何凡摆摆手:"跟我没关系啊,是跟咱们班有关的。"

同学们寻思了下,突然一个声音战战兢兢地问:"老师,该不会是咱们班被选中去上电视公开课了吧?"

话音甫落,就遭到周围同学的狂喷:

"呸呸呸,闭上你的乌鸦嘴!"

"这能算好消息?"

江陵教育局正在组织全市中小学开展电视公开课评比,临川作为全省最好的高中,自然不能落后,这段时间,各个学科都有挑选班级去录课。

就在昨天,隔壁八班刚被拉去演播厅录了一堂"生动有趣"的化学课。

听八班同学们吐槽,为了这四十五分钟,他们班已经连着两个礼拜排练,占用了所有文体课不说,就连下午放学和晚自习都在紧锣密鼓地排演。最恐怖的是,也不知道哪个老师起的头,为了彰显临川学生的青春靓丽,录制当天,男女生统统被浓妆艳抹。

想到八班体委被涂成粉红色的大嘴,男生们都一脸紧张地注视着何凡,生怕他嘴里的好消息变成噩梦。

幸好,老何的答案是:"我争取过,但咱们班没被选中。"

我们可谢谢你,还争取过,得亏没选中。

同学们皆是长舒一口气。

然后,有人着急地问:"那到底是什么事啊?"

吊足同学们胃口的何凡不再兜圈子,把头慢慢转向宁安然,脸上漾起了欣慰的、如老父亲一般慈祥的笑。

"这个好消息就是,我们班的宁安然同学,成功挺进了'国才杯'全国总决赛!"

教室里有几秒的静默,接着,"哗"的一声,空气被点燃。

几十双眼睛齐刷刷地看向宁安然,眼神或震惊、或不敢置信、或困惑、或敬佩……

何凡非常满意大伙儿的反应,顺势再加一把火:"这次比赛啊,全省只有三个人入围决赛,竞争非常激烈。宁安然同学能杀进决赛,可喜可贺,也十分不容易。"

被夸赞的宁安然低着头,攥着笔,佯装认真地做卷子,而微微发烫的耳朵泄露了她的窘意。

偏偏何凡还鼓动大伙儿:"好了,让我们以热烈的掌声对宁安然同学表示祝贺。"

"啪啪啪!"

教室里响起不整齐的掌声。

掌声过后,何凡笑望着宁安然:"那么,我们请宁安然同学讲几句?"

"不是吧。"陈筱筱翻了个白眼,满是同情地望着宁安然。

只见耳朵微红的少女抿了抿唇,缓慢地抬起头,看着何凡,大镜片后面的睫毛扇得很快。

知道她内向,何凡温声鼓励:"没关系,随便点,简单讲几句就好。"

宁安然再次抿了抿唇,似是在思考说什么。

她皮肤白得发亮,大大的眼镜和厚重的刘海遮住了半张脸,安静不说话时模样乖巧得像是被欺负的小女孩,看得老何那叫一个于心不忍,正想作罢让她不用讲了,就见女孩站了起来,语速有些快地说:"谢谢大家,我会继续努力的。"说完,径直坐下,继续低头做题。

还真是够随便、够简单。

何凡不为难她,笑呵呵地说:"那就让我们一起预祝宁安然同学在接下来的决赛中再创佳绩。"

"加油!"王维安起哄,带头鼓起了掌。

宣布完好消息,何凡留下一句"好好自习,最近纪律老师可在查自习",就甩着手回了办公室。

他前脚一走,教室里便像蚊子开会,不少同学交头接耳,都在议论宁安然爆冷进决赛的事。

"妹子。"王维安喊她,"行啊,'国才杯',还进了决赛,不愧是咱'安'家人,就是厉害。"

"少往自己屁股上贴金。"陈筱筱啐他。

开学没几天,王维安就以他和宁安然的名字里都带一个"安"字为由,硬说两人是本家兄妹,自此便妹子长、妹子短地喊她。

"屁股贴金那就是金屁股,拉屎都金灿灿的。"王维安不以为耻。

"你恶不恶心?"陈筱筱捡了一团纸砸他。

王维安偏头躲过,正要再恶心她几句,突然被一个尖锐的声音打断。

"吵什么吵,还让不让人自习?"

说话的不是别人,正是坐在他们前面的英语课代表——许瑶。

王维安自觉理亏,耸了耸肩,没反驳。

四周恢复安静。半分钟后,宁安然的后背又被戳了下,王维安递上来一张草稿纸。

纸上,是王维安最爱玩的看图猜谜。这回谜题是:一个标着"鹤顶红"的瓶子,一只小鸡,猜一个形容词。

宁安然和陈筱筱稍作思考,有了答案:嫉(鸡)妒(毒)。

陈筱筱猜到他在暗示谁,不由得轻笑了一下,谁知,竟惹得许瑶猛地转过头,厉声质问:"你们有完没完?"

这一嗓子比刚才那句响得多,引得大半个教室的人都看过来。

被怒吼的陈筱筱当然不示弱:"你有病吧?我们怎么了?"

"你说你们怎么了?"

"对呀,我也想知道我们哪里惹到你了。"陈筱筱冷哼一声,"你说我们讲话影响你,好,我们不讲了。怎么,我自个儿笑也要你同意?"

"陈筱筱,话不是你这样说的,你想笑当然没人拦着你,可你不能影响别人学习。"

说话的不是许瑶,而是隔着一个通道的郑丹萍。

陈筱筱转头看向她:"你哪只耳朵听见我影响她了?"

郑丹萍:"我是没听见,但许瑶总不会无理取闹。"

陈筱筱冷笑,正要反唇相讥,余光却扫到教室后门多了一个人。

老何临走前的叮嘱猛地蹿进耳朵,吓得她赶紧闭上嘴,低头做认真学习状,并默默祈祷查纪律的老师并没瞧见自己。

心下慌乱时,却听到门口有人喊:"宁安然。"

突如其来的声音让原本看"吵架"的同学们齐齐转头看向门口。

陈筱筱更是一怔，怎么喊宁安然呢？

怕连累好友的她立马回头，却在看清来人时一脸讶然。

"周司远？"身后的王维安先一步问出她心里的困惑，"他跑我们班来干吗？"

门口，少年长身鹤立，穿着蓝白校服，双手懒洋洋地揣在裤兜里。灯光下，门框的阴影落在他俊朗的五官上，半明半昧，给人一种电影的质感。

明明被几十双眼睛盯着，少年却丝毫不见局促，神色闲散地注视着教室里某个方向，淡声开口："出来一下。"

教室里，宁安然望着门口的少年，第一反应是自己听错了。

但周司远不偏不倚落在她身上的目光，让她否定了这个猜测——他喊的就是自己。

只是……宁安然瞥了眼挂在教室前头的电子钟，距离下课还有二十分钟。

他都不用上自习吗？

门口的少年太过显眼，教室里的同学都在频频张望。宁安然没敢思考太久，放下笔，起身往外走。

许是见她出来，周司远不慌不忙地往后退了一步，没入稍暗的走廊里。然而，即使没了明亮的灯光，身材高瘦挺拔的少年往那儿一站，依旧是存在感十足。

众目睽睽下，宁安然快步走出教室，站在离他大半米的位置，礼貌地问："你好，找我有事吗？"

话音刚落，她突然察觉此情此景竟和下午她去一班找他时一模一样。

仿佛被拉到了倒转的时空镜头中。稍有不同的是，周司远比她酷得多。

他说："借比赛须知。"

没有任何铺垫，干脆利落。

宁安然愣了下，明白了他的来意，慢两拍地回了一个"哦"。

她猜到他是为比赛的事而来，毕竟他们之间除了"国才杯"再无交集。可……借比赛须知……好像也没这么急吧？还专门逃了自习跑来？

宁安然抬起眼皮，偷偷瞥了他一眼，想起下午他让出比赛须知时的气定神闲，她还当他一目十行、过目不忘呢，原来……她不自觉地弯了弯唇，在心里嘀咕了一句：达摩也不是无所不能嘛。

怎知，心下刚转过这个念头，就听周司远突然扔出一句："我记性差。"

宁安然胸口一凛，抬头望向他。

这人，是会读心术吗？

周司远把她的反应看在眼里，嘴角微微弯了一下，问："方便借吗？"

"方便。"宁安然忙道，"你等一下，我进去拿。"说着，就转身回教室。

陈筱筱见她回来，立即问："周司远找你干吗？"

"拿东西。"宁安然言简意赅，快速拿出装报名表的文件袋，抽出自己那张表格，然后连袋子一块儿拿出教室，递给周司远。

"谢谢，复印完还你。"他说。

"没关系，你不用给我了。"宁安然露出一个礼貌的微笑，"我下午已经把要点记在本子上了。"

单张纸容易弄丢，她下午拿回来，边看边把相关要求摘抄到了记事本里。

周司远没有多话，说："行。"

宁安然抿唇微笑，客客气气。

周司远眉梢微抬，目光扫过她挂着客套笑容的脸，撇了撇嘴，懒洋洋地又道了声谢，转身离开。

这会儿还没下课，空荡荡的走廊上，一眼望去，只有成片亮灯的窗户和走得不紧不慢的高挺少年。

宁安然扫了眼他的背影，转身快速回教室。

她很清楚，一门之内，还有一群抻着脖子吃瓜的同学，她的任何举动，哪怕稍稍停驻的目光都可能被放大，成为本周热议的话题。

只是，行至一半时，她脑中跳跃出一个毫不相关的念头：他刚才绕路了，回一班应该走东边的楼梯，不该走中间的楼梯。

尽管两人的会面前后统共不过几分钟，还当着全班同学的面，但因来人是周司远，依旧掀起了讨论度。

"周司远怎么会跑来找宁安然？他俩认识吗？"

"他俩好像是初中同学吧？"

"怎么可能？宁安然是我们荣大附中的，周司远又不是。"

在荣省，最好的高中是临川，而在江陵，最好的初中则是荣大附中。如果说临川是平淮大学和景禾大学的摇篮，那么荣大附中就是临川的学生孵化基地。

别的普通初中中考喜报写的都是"我校××名学生被临川录取"，而荣大附中数年如一日，只写"我校×××中考裸分全市第一"，后面再附带一长串进入全市前一百名的学生清单。

然而，他们这一届，中考成绩发布的当晚，荣大附中的喜报上破天荒地空缺了第一名的名字。

也就是那一夜，几乎整个江陵的中考生和老师、家长都知道了一个叫"周司远"的男生以近乎满分的成绩成为本届中考状元。

更令人震惊的是，这位状元居然来自第十七中，一所普通得不能再普通的初中。

"应该是为了'国才杯'吧？"有同学推测道，"周司远不也进复赛了嘛，会不会这次也进决赛了？"

旁边的女生白了他一眼，说："把'会不会'去掉，他百分之百进决赛了啊。"

刚才何凡宣布好消息时，大家的关注点都在宁安然爆冷杀进决赛，一时忘了周司远同样进了复赛，而照他拿奖专业户的水准，那三个进全国赛的选手里，必然有他。

这么一分析，众人八卦的兴致瞬间被冲淡了一大半，毕竟是风马牛不相及的两个人，属于硬掰扯都很难凑到一块儿的。

下半节课过得很快，一张物理卷子还没做完，下课铃就响了。

王维安站起来，问："喝饮料不？我去买。"

"你去买，我付钱。"宁安然摸出钱包，拿了五十块钱给他，"我请你们。"

"好嘞。"

王维安欣然接下，问三人各要什么后，拿着钱跑出教室。剩下三个女生留在位置上继续聊天，话题自然绕不开宁安然进决赛这事儿。

"你之前不是没参加学校选拔吗？怎么又去比赛了？"和王维安同桌的黄敏洁问。

"国才杯"比赛通知一出，学校立即组织了选拔赛，要求各班推荐学生参赛。虽然宁安然平时话不多，但英语水平在九班是公认的，所以，英语老师第一个想推荐的就是她，谁想到她竟婉拒了。

当时，他们几个朋友还轮番劝她，一个劲地鼓励她去试试，可惜没劝动。最后，九班推荐的人是许瑶。

许瑶初中念的是双语学校，初二时还去过利物浦做交换生，口语算得上地道，于是，没什么悬念地从选拔赛中脱颖而出，与周司远等四人一起报名参赛。

遗憾的是，除了周司远，其余人集体止步于一百进三十的复赛。

对于落选，心高气傲的许瑶难免憋闷，但一想整个临川也就周司远能进复赛,她就释怀了。

被周司远比下去,有什么好丢脸的?

可现在,压她一头的不止周司远,还有名不见经传的宁安然,这让她顿觉颜面扫地。

于是,在宁安然还没来得及回答黄敏洁时,许瑶猛地转过身,讥笑道:"对呀,我也想知道,你为什么可以搞特殊,不用选拔就能参加比赛?"

她的态度太过生硬无礼,听得陈筱筱心里的火气"噌"地蹿上来:"谁规定……"

"因为我比较特殊吧。"宁安然同时开口。

被打断的陈筱筱收住话头,略显困惑地望着宁安然,揣测着这话的含义。

却听她不紧不慢地补上一句:"毕竟,不是谁都能进决赛。"

空气有两秒的静默。

下一瞬,陈筱筱毫不掩饰地大笑出来,还扬声说:"可不是,全省才三个呢。"

许瑶被噎得要死,几度张了张嘴,却不知该说什么,最后一推椅子,冷着脸走了。

目睹这一幕的郑丹萍和另外两个女生立马跟了上去。

陈筱筱乐不可支,夸着宁安然:"回得绝,回得秒,回得青蛙呱呱叫。"

什么是杀人于无形,这就是。

后面的课,许瑶和郑丹萍那群人脸色都很难看,可越这样,陈筱筱越是身心愉悦。

晚自习一结束,心情大好的她立刻约其他三个人去学校附近的冒菜店吃夜宵。

"你们先去,我把作文送了就来。"宁安然收拾着桌上七零八落的作文纸说。

这学期,她被语文老师钦点为语文课代表,多了些收发作业的活。

陈筱筱:"我们等你吧。"

"不用。还有几个同学没写完,我再等他们一会儿。"

听见她俩的对话,几个正在赶作文的同学纷纷回过头,冲宁安然喊道:"很快,很快就好。"

宁安然微笑:"没事。"

陈筱筱见她一时半会儿确实走不了,也不再啰唆,带着王维安和黄敏洁先去点菜。

说是很快,但等最后一个同学交上作业已是二十分钟后。

女生很是抱歉:"不好意思,让你等这么久。"

"没关系。"宁安然淡淡一笑,贴心地把她的作文塞到中间,再看着她手背上的创可贴问,"你好点没?"

"烧是退了,但全身还是疼。"女生神色疲惫。

"发烧会引起肌肉酸痛,睡一觉应该会好点。"宁安然码着卷子说。

女生点头"嗯"了一声,说:"我现在就回宿舍。"

宁安然叮嘱了她两句,收好卷子,背着书包从东边下楼。

没走两步,陈筱筱的信息来了:快了没?我们已经到了。

宁安然:马上就来,你们先点。

她低头编完短信,刚按下发送键,余光里就猝不及防地多出一道人影。

距离放学已快半个小时,大部分学生早就走了,校园里静悄悄的,只有风轻轻晃着树和月影。

宁安然被这悄无声息出现的人影吓了一跳,脚下一空,得亏她眼疾手快一把抓住栏杆,才没有摔个狗吃屎。

惊魂未定时,她听见来人轻轻咳嗽了下。

下一秒,一个高瘦的少年出现在眼前。只见他漫不经心地站着,眉眼被冷白的廊灯照得清晰明了。

宁安然彻底怔住——周司远?他干吗站在这儿?

"还你东西。"他说。

宁安然眨了眨眼,目光从他手上掠过,正是第一节自习课时他拿走的比赛须知。

所以,他站这里就为了还她这个?可是……

宁安然抬眸看向他,眼里带着点困惑,她记得自己应该说过不用还的吧?

不知是不是她思考得太久,周司远似是有些不耐,挑了下眉。

宁安然见状,立马接过,下意识地道了一句"谢谢"。

却听周司远话音带笑:"这话该我说吧?"

宁安然这才发现确实如此,便尴尬地"呵呵"两声,试图掩饰自己的窘态。

台阶下,周司远还是双手揣兜,平视她,唇角带着若有似无的笑。

背后是路灯昏黄的校园,梧桐繁茂,月光如水。

宁安然只觉心跳一下快过一下,抿了抿唇,决定走为上策。

"我去办公室交卷子。"她干巴巴地说。

周司远"嗯"了一声,人却站着未动。

这情景倒让宁安然留也不是,走也不是,想了想,便随口问了一句:"你还不走吗?"

"差不多了。"周司远顿了下,问,"你呢?"

以两人目前的交情,宁安然只能认为他是和自己一样,纯属无话找话。

于是,她便随口说:"我等下要和同学去吃夜宵。"

按理,聊到这儿,周司远应该回一句"哦",然后互道再见。

孰料,他偏问:"哪家?"

宁安然愣了下,慢半拍地答:"小北街的冒菜,要一起吗?"

四目相对,空气被按下暂停键。

意识到自己说错话的宁安然窘得想找个地缝钻进去。

她脑子抽了吗?说的是什么啊?

但这也不能全怪她吧,他随口那么一问,她也就随口那么一答啊!

宁安然在心里给自己找补,并试图讲点什么把这荒谬的邀约揭过去。

但周司远没给她机会。

他偏了偏头,仿佛很认真地思考了两秒后,回答:"可以。"

小北街,胖子烧烤店。

蒋铮亮啃着羊肉串,问对面垂着眼的少年:"你不是说有事来不了?"

下午,宁安然一走,他们几个就以庆贺周司远进决赛为由讹来一顿夜宵,约好晚自习后到小北街撸串。

可临近晚自习放学,周司远突然说要去趟办公室,让他们先来占座。然而,行至半路时,他又发来一条信息:有事不去了,你们吃,账算我的。

蒋铮亮当然不会同他客气,招呼其他人继续前往烧烤店。

谁想,第一波烤串刚上桌,就见这人单手揣兜,神色冷淡地进了门。

"怎么,怕你不在,我们点太多把你吃穷了?"蒋铮亮问。

周司远瞥了他一眼,继续低头摆弄手机。

"那你就想错了。"蒋铮亮摇着羊肉串说,"你要是不来,哥几个还得悠着点,你来了……嘿嘿。"

他踢了一下范逸臣的凳脚:"快去,再整十串腰子、十串五花肉、十串小香肠和牛肉。"

"再加三个变态鸡翅。"对面的卢毅补充道。

范逸臣应了个"得嘞",一跃而起,跑了几步,听见蒋铮亮扯着嗓子喊:

"再拿两瓶大雪碧。"

卢毅:"你少喝点,喝多了得糖尿病……"

"不可能。"蒋铮亮咬了一口腰花,一本正经地说,"算命的说了,我这人一生无病无灾。"

"这种鬼话你也信?"卢毅鄙夷。

"怎么不信?那人准得很,喏……"蒋铮亮突然指着周司远说,"人家就算出他会是中考状元。"

"啊?"卢毅惊掉下巴,"远哥也找他算过?"

周司远去算命这事,简直比算出蒋铮亮二十八岁当爹还令人不敢置信。

然而,还有更让人难以置信的。

蒋铮亮继续说:"就他带我去的,还去了两次呢。"

此话一出,卢毅看周司远的目光变得异常复杂。

物理竞赛全国一等奖获得者,痴迷算命?

这……有点不好消化啊……

"远哥去算什么啊?"卢毅非常好奇。

蒋铮亮:"那我不知道,他没让我听。"

卢毅:"那你怎么知道人家说他会是中考状元?"

"他自己说的呀。"蒋铮亮回忆道,"就中考前,我陪他去算命,出来后我问他算命的讲了什么,他说:'我中考会第一。'接着后面好像还有一句什么……"蒋铮亮努力思索。

周司远压根不参与他们的话题,就算这期间他们反复提到他的名字,他也没有反应。直到听到这话,他才稍稍有了点动静,抬眸看了眼蒋铮亮。

绞尽脑汁也没想起来的蒋铮亮正巧看见他这一眼,便问:"你还记得不,还有句什么话来着?"

周司远没应,不紧不慢地收回视线。

蒋铮亮看他又开始低头玩那破竹扦,以为他不会搭理自己。可下一瞬,周司远却缓缓抬起眼皮,说:"站得够高,就能被看见。"

"对!"蒋铮亮一拍桌子,"就是这句!"

近晚上十点,城市尽染绚烂霓虹。

一辆蓝色出租车停在西京医院门口,宁安然从车上跳下来,直奔急诊室,环视一圈,终于找到了坐在过道长椅上、神采奕奕地和别人聊天的奶奶。

悬了一路的心稍稍落下,宁安然松开紧握的拳头,擦了擦汗,再深吸一口气,快步走过去。

察觉到有人过来，奶奶和聊天的妇女都抬起了头。一见是她，奶奶立刻笑起来："我孙女来了。"

"好漂亮的小姑娘。"那妇女赞道。

奶奶的眼睛弯成了月亮，向宁安然介绍道："然然，这是茅阿姨，我们舞蹈队的领队。"

"茅阿姨好。"宁安然礼貌地问好，再看奶奶，"我妈走了？"

"你妈妈去拿药了。"茅阿姨抢答。

宁安然"哦"了一声，再一抬眼，就看见拎着药袋的姚静娴从另一边的走廊拐出来。

和急诊大厅里神色焦灼、透着疲态的大多数人不同，身穿真丝掐腰连衣裙、脚踩黑色一字细跟凉鞋、妆发精致得挑不出一丝毛病的姚静娴不像是来看病的，更像是一位要去参加舞会的名媛。

不仅穿着打扮亮眼，她走路的仪态也很好看，大厅里不少人忍不住张望。

她显然习惯了被人注视，神色波澜不惊，唯有目光掠到宁安然时，才抬了抬漂亮的眉毛。

宁安然立刻猜到了她挑眉的原因。

果然，姚静娴一上来，就不悦地问："你这刘海是怎么回事？我上次不就让你剪掉吗？"

宁安然没解释，只用手捋了下厚重的刘海，叫："妈。"

姚静娴没应，而是盯着她碍眼的刘海，继续道："跟你说了多少次，你这样不仅丑，还遮住眼睛……"

一提眼睛，姚静娴又注意到了那副大框眼镜："还有，你这副什么眼镜……"

眼看她一句接一句地数落，宁奶奶连忙出来救孙女："小娴啊，药是不是拿好了？拿好我们就走吧。很晚了，茅阿姨也得回家了。"

想到还有外人在，姚静娴这才收了话，瞪了宁安然一眼，说："扶好你奶奶。"

姚静娴是开车来的。出了医院，她先将茅阿姨送到家，再开车回花城公寓。

到了小区门口，她没有熄火，而是转头对宁奶奶说："我就不上去了。圆圆这几天有点发烧，崔俊他带不住。"

宁奶奶："哦，那你赶紧回去，小孩子一生病就黏人。"

姚静娴"嗯"了一声，视线偏向低头开车门的宁安然："用药说明在袋子里,你等下记得教奶奶怎么吃。"

"好。"

宁安然推开门,率先走下去,听见姚静娴说:"有什么事随时给我打电话,知道吗?"

"知道的。"她伸手去扶奶奶。

姚静娴把头扭回去,看着已经在车外的她们,说:"还有,这个周末,我们要去青州山玩,到时候接你们一起去。"

"行。"宁奶奶笑呵呵地应。

车子依然没开动,姚静娴看着宁安然,仿佛是在等她的回应。

可惜,宁安然只是说:"妈妈,再见。"

姚静娴柳眉微蹙,有些不耐烦:"有空去把头发弄一下,还有眼镜,也换一副。这么大一副,把鼻子都压塌了。"

宁安然:"哦。"

姚静娴眉毛蹙得更紧,沉默了一会儿才收回目光,同宁奶奶道别,然后一脚油门离开。

汽车渐渐远去,宁安然扶着奶奶往家走。

奶奶说:"晚上又麻烦你妈妈了,还有圆圆爸爸。"

"嗯。"

"在医院一直是他跑上跑下,你来之前,他才被电话叫走。"奶奶想了想说,"估计是保姆打来的,我都不知道圆圆在发烧……"

奶奶断断续续地讲着晚上的事,从她在排练舞蹈时突然晕倒,到被120拉到医院,再到舞蹈队的人如何从她手机里翻出通讯录,找到了姚静娴的号码……最后,又老生常谈地总结一句:"你爸没福气啊,多好的媳妇,唉……"

宁安然没什么表情地听着,不发一言。

到了家,她伺候奶奶吃药、洗漱,再将换下的衣服扔进洗衣机……

一番操作后,坐在书桌前,已经快十二点。

打开书包,掏出书和作业——物理还有一张卷子怕是来不及做了,她决定明天早点去抄一下;数学还有几道题,抓紧一点应该可以做完;哦,还有"国才杯"的报名表。

张广说过,填好后还要家长签字交回去。

她从英语课本里抽出表格,逐一填好基础信息,接着熟练地在家长签名栏填上:宁鸿博。

弄好,她把表格又夹回书里,顺便摸出手机看了眼,屏幕上显示有六条未读短信。

她点进去，发现一个手机号出现在收件箱的最上端，下面排着的是陈筱筱他们的名字。

她平时不太用手机，但九班同学的号码她都有存，这串陌生的号码显然不是班里同学的。

她有些疑惑地点进去，信封的图标转了下，两条短信跳出来。

——我是周司远，这是我的号码。

——存一下。

宁安然看了眼发件时间，第一条是二十一点三十七分，算算应该是她刚出校门，还有一条是三分钟前。看起来是她许久没有回应，他才发了第二条。

只是……

宁安然盯着那两条短信，脑海里不由得又浮现出几个小时前的情景。

她鬼使神差地问："要一起吗？"

他匪夷所思地答："可以。"

然后，他说："你去交卷子，我去拿书包，楼下会合。"

他说话的语气随意熟稔，竟让宁安然有一瞬间的错觉，好像他们不是只说过几次话的陌生同学，而是相识多年的老友。

去交卷子的一路上，她一直在想，她为什么会说那句"要一起吗"，而他又是为什么会回答"可以"。是因为女孩子开口请他，他不好意思拒绝吗？还是他比较随和，跟谁都能见面三分熟？

她就这么七想八想地交完卷子，再走出办公室，然后又下意识地往楼下看了一眼，发现周司远早已等在楼下。

橙黄的路灯下，他将书包单挂在肩上，双手揣兜，低头看着地面。

他在等她。

虽然明知此等并不具有特殊的含义，可这个念头依旧让她莫名地心跳加快。而且，这个荒谬的念头一旦出现，就无法从脑海中驱逐。

她半倚着栏杆，忍不住继续看他等自己的模样。

从他低着的头，到平直的肩膀、弯曲的手臂，再到被路灯拉长的影子……

影子似乎轻轻晃了下，宁安然将目光往上移。

这一移，竟撞到少年正视的目光。

他怎么会突然往上看？

宁安然立刻缩回脖子，目不斜视地望着空荡荡的楼梯间。

心跳很快。

她深吸了几口气，又短促地吐出来。如此反复了两次，才攥紧书包的肩带拾级而下，可到二楼时，她能感到自己的心在"怦怦怦"地乱跳，比刚才有过之而无不及。

直到，快到一楼时，接到姚静娴的电话，被告知奶奶晕倒了，在西京医院，让她去一趟。

所有的情绪顷刻被担忧取代，她握着手机，一路小跑下楼。

出楼梯口时，她发现路灯下的少年不知何时已转过身，面朝着她的方向站着。不知是不是错觉，她好像看见他笑了下。

"这么快？"

"不好意思。"

他们同时开口。

下一秒，宁安然喘着粗气抢在了他的前头开口："我家里有急事，不能和你去了。"

周司远毫不犹豫地说："好。"

许是他答得太干脆，让宁安然心里有些惭愧，毕竟发出邀请的是她，人家在楼下也等了好一会儿。

想了想，她很有诚意地补上一句："下回，我请你。"

这回，她真切地看见了周司远唇角微扬。

他说："好。"

"当当！"

客厅的落地钟敲响，将宁安然从记忆中唤回来。

她垂眸，看着屏幕上的两条短信，笑着回了个"好"。

随后，她把他的号码存进通讯录，编辑姓名。刚打完最后一个字，手机突然"嗡"了一声，屏幕上跳出一个小信封，发件人正是周司远。

周司远：789××××，我的QQ号。

宁安然看着发件时间，都十二点了，他还不睡觉吗？还有，她其实不怎么用QQ，加了QQ也没什么用。不过，她转念一想，周司远大概是为了以后备赛时可以共享一些比赛视频和资料，这样的话，有个QQ是方便得多。

于是，她回复：好的，我也存一下。

周司远几乎秒回：存？

宁安然发现自己又说错话了，改口：加……

说完，她立刻登录了万年不用的手机QQ，并在查找栏输入了他的号码，搜索。

下方很快跳出一个用户信息：Roche limit.

洛希极限,一个天文学名词,而他的头像看起来好像也是一张爆炸的星体照片。

宁安然在好友请求栏填上了自己的姓名。几秒后,"咚咚"两声,对方通过了她的好友申请。

手机屏幕上跳出一行字:我们已成功添加好友,现在可以开始聊天啦~

很奇怪,明明只是系统常规提示,可宁安然竟读出了一点别样的味道。

她摸了摸微微发烫的脸,斟酌着要怎么和这位新好友打招呼时,星体爆炸的小头像突然闪了闪。

屏幕上多出了一张图,是一张QQ聊天页面的截图。

图示:我们已成功添加好友,现在可以开始聊天啦~

宁安然有些惊讶。她记得QQ截图只能在电脑上操作,这么晚了,他还在玩电脑吗?而他为什么要截图这个系统提示,还发给自己,是想表达什么意思呢?

她再次看了看那张截图——"你已经和不吃胡萝卜的米兔成为好友,现在可以开始聊天了"。

是让她打招呼吗?出于礼貌,确实应该问个好什么的。可是,说什么呢?要不发个表情?

宁安然犹豫了几秒,正想发一个表情过去。下一秒,屏幕上再次多出一条新信息。

Roche limit:宁安然。

这好像是他第二次叫她的名字,虽然这回只是文字。

宁安然的心跳了跳。

Roche limit:我叫周司远。

宁安然一头雾水,在临川,谁不知道他叫周司远呢?还需要自我介绍?

宁安然点开表情栏,想发一个呆兔的表情过去,但又一条新消息已发来。

Roche limit:我的名字,记住了。

宁安然原本想好第二天早点去学校抄物理作业,结果却是差点迟到。

看她摸出一张完全空白的卷子,陈筱筱吃惊道:"你怎么一道题都没做?"

"太晚了,来不及。"宁安然掏出笔,"把你的卷子借我抄一下。"

"我们都交了。"

四人中,宁安然综合成绩最好,平日里都是他们仨抄她的作业。早晨,久等她没来,还是王维安硬从一男生手里抢了班长的卷子过来抄,才救了急。

陈筱筱环视一圈，说："估计都交了，郑丹萍一来就催命一样。"

要说郑丹萍这个物理课代表，可算尽心尽责，尤其是执行起老蔡的指令来，那叫一个认真和苛刻。昨天，老蔡布置作业时要求早自习前收卷子；今天，她一到教室就站在讲台上猛催。

其实，就算有人没交，整整两大面卷子，就这点时间，宁安然也肯定是抄不完的。

"要不和'老菜头'说忘带了？"陈筱筱说。

虽然以他们对"老菜头"的了解，作业落家里这种理由八成也得挨一通批评，但念在宁安然是初次，他应该不会怀疑。

于是，宁安然干脆把卷子塞回抽屉，并准备上去同郑丹萍说一声。

不料，郑丹萍早已眼尖地看见了她的卷子，直接问："宁安然，你的卷子呢？"

预备铃早响过，同学们拿出书本准备自习，冷不丁听见一声吼，都是怔的怔、悚的悚。

正塞卷子的宁安然亦是吓了一跳，和其余同学一起抬眸看向郑丹萍。

郑丹萍却不怵，仍是义正词严地问："你塞进去干吗？全班就你一个还没交，你能快点吗？"

平日里大家补个作业，迟交一会儿是常事，大部分时候，收作业的同学都会等一等，哪怕最后真有人不交，课代表也不会讲什么。唯有郑丹萍拿'老菜头'的话当圣旨，还一板一眼地搞向老师告状那一套。而她这回特意当众点宁安然的名，显然是故意给难堪，至于原因嘛……

前排几个看戏的女生扫了眼"两耳不闻窗外事"的许瑶，在心底"呵呵"两声。

陈筱筱则是被气到了，瞪着讲台上的郑丹萍，说："她还真是得'老菜头'真传，一样那么讨人厌。"

"妹子，把做了的那张给我，我去帮你交。"说话间，王维安已经站了起来。

宁安然不想和郑丹萍正面起冲突，便抽出已完成的那张卷子准备给王维安。

可没等王维安拿到，郑丹萍又很不耐烦地喊："你到底交不交啊？可着别人没事干，专门在这儿等你是吧？"

这话比前面两句还要冲，空气中的火药味已到了一点就燃的程度。

这下，纵是宁安然再不计较也来了脾气。

"不交了，你不用等我。"她收回卷子。

029

郑丹萍笃定她没完成，扯着嗓子问："大家都交，你为什么不交？怎么，又是比较特殊吗？可我也没听说你进了物理的什么决赛啊？"

这话明显是回敬昨晚宁安然气走许瑶那句"因为我比较特殊吧。毕竟，不是谁都能进决赛"。

"有完没完？"陈筱筱终于憋不住了，冲台上的郑丹萍吼道，"人家进什么决赛和你有一毛钱关系啊？"

"我问的是宁安然，和你又有几毛钱关系？"郑丹萍并不示弱，话语像机关枪一样扫射回来，"难道她已经特殊到说话都需要代言人了？"

"你……"

王维安刚想插句话，就被郑丹萍一句"又关你什么事"呵斥回去。

眼看几人就要吵起来，班长连忙站出来劝架："好了好了，每人都少说一句啊，上课了上课了……"边说边给王维安和陈筱筱打眼色，示意他们算了。

黄敏洁也加入劝说："你们别理她。"

两人倒是听劝，磨了磨牙，决定不理郑丹萍。

然而，郑丹萍依旧不依不饶："宁安然，你确定不交对吧？"

"吱！"

凳脚擦过地面的声音盖住了陈筱筱的骂骂咧咧。

下一瞬，宁安然站了起来，径直走向讲台，右手拎着两张卷子，脸上却是看不出太多情绪。

教室里看戏的同学们都怔了下，须臾才反应过来她要做什么。

郑丹萍则是略显紧张地盯着不断靠近的宁安然，问："干吗？"

宁安然没应，继续往前两步，将手里的卷子放在她面前，然后转身回座位。

全程别说一句话，连一个眼神都没给她。

被漠视的郑丹萍气得不行，低头一瞥，发现她最上面的卷子竟然是空白的，既激动又讶然："你居然交两张空白卷？"

"一张。"宁安然没回头，冷声纠正。

郑丹萍气结："行，你够跩！你就等着去跟蔡老师聊吧。"

说完，她"啪"的一声将空白卷子拍进一沓卷子里，然后踩着上课铃，火箭炮一般冲去了教师办公室。

教室里，陈筱筱咬牙切齿地说："她绝对会在'老菜头'那儿添油加醋地告你的状。"

"随她。"宁安然选择既来之，则安之。

果不其然，十几分钟后，郑丹萍一回教室就得意扬扬地说："宁安然，蔡老师让你去他办公室，现在就去。"

陈筱筱磨牙："我就知道！"

王维安和黄敏洁也是一脸嫌弃地瞪着郑丹萍，倒是被请去谈话的宁安然神色坦然，起身时还顺手拿了笔和草稿本。

陈筱筱秒懂。按照"老菜头"的习惯，除了一通批评说教，八成还得罚宁安然在办公室做完那张卷子才能回来。

她甚至都能想到"老菜头"阴阳怪气的调子："在家里不做是吧？行，你就在这儿做，当着全年级老师的面做。什么时候做完，就什么时候回去上课。"

不得不说，陈筱筱是真懂郑丹萍，更懂蔡兆兴。

阳光初照的办公室里，蔡兆兴抖着手里的空白卷子，说："能耐了啊，不做作业，不交作业，还骂课代表？"

宁安然低头，抿着唇，不辩驳也不解释，任由蔡兆兴继续发挥。

"宁安然，你看看你现在的学习态度，试卷不做，还耍横。你是不是觉得自己进了那个什么英语决赛了不起得很？

"才多大点成绩？啊？尾巴就翘上天了，是吧？临川拿全国奖的多了去了，我就没见过一个像你这样的……"

宁安然盯着鞋尖腹诽，你要不去高二问问，高二理科第一的陆昱辰日常不交政史地作业，何凡还常用他来"激励"他们："你们要是能像高二的陆昱辰那样次次考第一，别说作业，你们想干吗就干吗。"

思绪慢慢散开，宁安然正在神游，突然听到"嘭"的一声，吓得身体轻轻颤了下，慌忙抬眸，就这样对上了蔡兆兴怒火中烧的脸。

"宁安然，你到底有没有听见我在说什么？"

宁安然抿了抿唇，正组织语言，就听身后传来一道懒洋洋的少年音。

"老师，您喊那么大声，想听不见都难啊。"

熟悉的声音，熟悉的语调，宁安然不回头都能猜到来人是谁。

果然，下一秒，就见蔡兆兴挑眉望着她身后问："周司远？你不好好上早读，跑这里来干什么？"

"班主任让我来找宁安然。"少年优哉游哉地往前，来到办公桌边，身子稍稍一错，半挡在了宁安然前面，垂眸瞧着蔡兆兴，说，"我去九班，他们说宁安然在您这儿。"

蔡兆兴毫不怀疑,说:"你等一下,我这里和宁安然还有点事没说完。"
周司远懒懒地"哦"了一声,人却站着未动。
少年生得高瘦,杵在蔡兆兴面前,存在感强得让人无法忽视。
蔡兆兴清了清嗓子:"你去旁边等一下。"
这话的意思是你走开点。
怎奈,周司远好像没听懂,仍是单手揣兜,好似一座山般一动不动地立在宁安然身前。
蔡兆兴没教过周司远,但对这类天才般的学生总是自带五分偏爱,尤其是上阶段他刚捧回了全国物理竞赛一等奖,更让"老菜头"另眼相待。见他这般,蔡兆兴并没发火,而是耐着性子说:"你去高老师那边坐一下。"
高一年级教师办公室分两层,文科集中在楼下,理科在楼上。高老师是一班、二班的物理老师,这会儿没来,座位空着。
原以为听到这儿,周司远就算再迟钝,也该听话地挪到一旁,竟不想,他只是缓缓掀起眼皮,语气认真地问:"您还要讲很久?"
身后,宁安然差点没被他这话逗得笑出声。
而更绝的是,没等蔡兆兴开口,周司远已无比诚恳地说:"我这边还挺快的。要不,让她先和我走,晚点再来找您?"
说完,他还不忘回头,望着宁安然,问:"宁同学,你看行吗?"
他神色端得挺认真,可看他所言所行,透着一股散漫和桀骜。
这就是传说中的好学生特权吗?
宁安然不禁想到了高二那位懒得做政史地作业的学长,然后,脑子里蹦出一个问题:面前的少年是不是也不做作业?
她忽然有些迫切地想知道答案,于是,她决定大着胆子跟周司远走。
"可以。"她说。
周司远很满意她的配合,轻笑了一声,说:"那走吧。"
两人一问一答、有商有量,竟将蔡兆兴彻底晾在了一旁。
关于这位天才的随性不羁,蔡兆兴平时多有耳闻,其中,听得最多的便是一班物理老师那句"我迟早要被周司远那个臭小子气死"。
都是做老师的,蔡兆兴就算听不懂这声"臭小子"包含的喜爱和宠溺,也能从高老师每每谈及这位得意门生时眼神中流露的欣赏和赞美,知道他有多爱这个迟早会气死他的臭小子。
只不过,今天切身见识到周司远的不按常理出牌,蔡兆兴竟品出了高老师的话可能确实有几分真实。比如,他此刻就被整得不知该怎么接。
结果是等他回过味来,发现周司远和宁安然都快走到门口了。他本想把人喊回来，可不知怎的，看着阳光下的两个背影，他忽然觉得有点没劲。

在临川这样一个学生时常把老师的智力、思想、见识，甚至学识都摁在地板上摩擦的地方，他讲究的那套"一日为师，终身为父"的理念仿佛是个笑话。

最后，他只在后面喊了一句"把卷子拿回去做了"，以提示他们尊师重道。

门口的两人齐齐停下脚步，周司远偏头看了眼宁安然，示意她去拿。

宁安然会意，转身回去，拿了卷子快速离开。

出了办公室，他们谁都没讲话，却默契十足地并排往楼下走。直至下了一半楼梯时，宁安然才开了口："谢谢。"

周司远侧眸看她，说："得谢老张。"

嗯？宁安然讶然。

不会吧？真是张广让他来找她的？她以为他刚才是随口编了个谎话呢。

周司远把她的吃惊看在眼里，却不答，而是问："你早上差点迟到了？"

宁安然脚步一滞，看着继续下楼梯的他，心里的疑问像吹泡泡一样，一个个冒出来：他怎么知道的？是猜到了？还是他在留意她？

周司远却像会读心术，回头看她一眼，说："我在阳台上看见你跑进来。"

心里的泡泡瞬时变成了甜腻腻的棉花糖，软绵鼓胀地塞满了她的胸口。

宁安然有些无措地对上他的目光，听见他又问："你没吃早饭吧？"

"嗯？"他的话题一个接一个地跳跃，让宁安然根本接不住。搞不懂他到底什么意思，更不敢去猜他的意思，她只能站在原地，听着自己"怦怦怦"的心跳。

而已经走下楼梯的周司远终于停下脚步，然后，转身与她对视："宁安然，吃早饭吗？"

"啊？"

"去吃早饭吧。"他说。

身后是琅琅书声，宁安然睁大眼睛："现在？"

"嗯。"他漆黑的眸子里带着笑意，"张老师让我带你去吃早饭。"

听清这句话的下一秒，宁安然抑制不住地笑了起来。

这种鬼都不信的胡扯，亏他说得出来，而她半分钟前差点相信真是张广让他来找自己。

她笑时脸颊上有两个小梨涡，镜片后的大眼睛弯成月牙，翘睫忽闪忽闪，皮肤白得发光，让人很难移开眼。

宁安然笑完，一抬眸，撞进了周司远的眼睛里。

四目相对，一时静默。

宁安然心一跳，移开视线，低眸问："去哪儿吃？"

这个时间点，食堂和校门早关了。他不会大胆到带着她堂而皇之地穿过无人的操场，再去找门卫开校门吧？不过……

她偷瞥了眼台阶下单手揣兜的少年。这人都敢打着张广的名号忽悠"老菜头"了，再加一条私自出校似乎也没什么大不了。倒是自己，等会儿他要是真带她出校，她是去，还是不去呢？

似是看出她在犹豫，周司远直接扔出一颗定心丸："就在楼下。"

楼下？宁安然跟在他后面，正思考这一路下去不是教室就是厕所，哪儿来吃饭的地方？

前面的周司远就悠悠地道："放心，不会带你去厕所。"

宁安然微讶，怎么，这人不仅有读心术，后背还长了眼睛？

她一路跟着他，不时地左看看右看看，直到他停下来。

在他面前，是一道紧闭的大铁门。

宁安然一下反应过来，这是二楼楼梯口的那道门。这门素来是关着的，并深陷在墙体里，门身又是白色的，以至于平日大家上上下下都不会留意到，更不会去管门后有什么。

这就是他们吃饭的地方？

下一瞬，周司远用行动揭晓了答案。只见他摸出一把钥匙，轻车熟路地开了锁。

"咔嗒"，门应声而开。

玫瑰色的阳光从外面扑进来，洒满整个楼梯间，也照亮少年英俊帅气的脸。

灿然的阳光下，周司远回过头来，挑着眉对尚在台阶上的宁安然笑："进来吧，看看我在临川的产业。"

他一个学生在临川还能有产业？

宁安然好奇地走下去，脚过门槛时，眼前豁然开朗的景致让她惊住。

那是一个比篮球场还要大的露台，左右两边是和她差不多高的砖红色护栏，墙根下是成片的太阳花，黄的、红的、紫的……五颜六色，争奇斗艳。而在她身后，和门同边的墙上爬满了绿色的藤叶和小白花。

晨风拂过，花叶轻动，送来一阵淡淡的花香。

是夏天的味道。

在这幢楼里待了快一年,她竟不知道这道普普通通的门后藏着这样一个世外桃源。

"这是……你的产业?"宁安然难以置信。

"楼嘛……"周司远刻意顿了下,带着少年轻飘飘的语气,"当然不是,那些才是。"

他边说边用手指圈出那些茂盛的花草,还来了句:"我的流动资产。"

宁安然暗暗翻了个白眼。废话,她当然知道这楼不是他的,她惊讶的是他居然能把这里搞得花团锦簇。

"这下面是锅炉房和设备房吧?"她问,"你怎么会有钥匙?"

"老张给的。"

"哦。"

看来何凡没忽悠他们,次次考第一果然是想干吗就干吗。

不过……她环视一圈,这里景色虽美,但除了花花草草就是砖瓦石块,实在不像能吃早饭的地方。

似是猜到她的想法,周司远说:"马上就到了。"

尾音刚落,空荡的露台上突然"吱呀"一声,一道欠欠的男声随之而来:"你今天挺能吃啊,又是面包又是蛋糕,连牛奶都要了两……"

声音戛然而止。

而被吓了一跳的宁安然也辨清了这声音的来源——露台对面小楼的窗户。

窗边,站在一个胖胖的青年,此刻已一改刚才的语调,兴奋地说:"哟,不得了,你居然带人上来,还是个妹子!"

这话显然是同周司远说的。

被调侃的周司远转过身,横了他一眼,大步走到露台边,手往前一伸,不耐烦地说:"屁话真多,快点。"

胖子"嘿嘿"一笑,一面把手里的塑料袋拴在一根长杆上往前送,一面笑问:"这妹子面生,是你们高一的?"

两幢楼之间的距离不远,半根长杆没过,东西就送到了露台这边。

周司远取下东西,扔给他一个眼神:少管闲事。

胖子见状,笑得更开心,接着,硬是把胖嘟嘟的身子从窗户里挤了出来,朝周司远身后的宁安然猛摇手:"同学,你好啊。"

宁安然牵了牵嘴角,微点了下头,算是回应。

"同学,你叫什么名字啊?是哪个班的啊?"胖子笑眯眯地问。

"废话那么多呢?"周司远狠狠地瞪了他一眼。

胖子倒也识趣，笑着说："行了，哥懂，哥懂。哥马上消失，不打扰你们约会。"

才不是约会呢。

宁安然在心里嘀咕一句，耳朵却不争气地微微发热。

胖子则同周司远挤眉弄眼："这顿不用给钱，哥请你们。"

临了，他还不忘冲宁安然喊道："同学，以后买东西找我啊，哥给你打折。"

听到这里，宁安然终于想起来这人是谁。难怪她刚才觉得很眼熟，这人不就是学校小卖部老板娘的儿子吗？

对了，小卖部就在设备房边上，而它二楼对面的位置正是这片露台。

看刚才胖子送东西时娴熟的动作，再结合他们说话时的语气，想来周司远经常通过这样的方式买东西。

确定胖子关窗离开，周司远才拎着那袋东西转身，从里面取出一个蛋糕和一瓶牛奶给宁安然。

巧的是，竟是她最常吃的肉松蛋糕和草莓味优酸乳。

宁安然的心跳再次加快，和昨晚一样，不，比昨晚更过分地冒出一个十分离谱的念头——是巧合吗？还是他知道自己喜欢吃这两样？

许是见她拿着没动，周司远问："不喜欢吗？那面包给你。"说着，他把手里的面包递了过去。

宁安然忙摇头："不是的。"

不是的，不是有意为之。

她插上吸管，狠狠吸了一大口牛奶，像是要压住心头那点郁闷：哎，人家就凑巧买了个蛋糕，你倒好，直接脑补成人家别有用心。

酸酸甜甜的味道在舌尖蔓开，心跳渐渐趋于平稳。

她又吸了一口，可还没来得及咽下，就听见他说："我看你好像都是买这两样，料想你应该喜欢。"

宁安然的心又猛地一跳，险些被嘴里的牛奶呛到。

她捏着牛奶盒，抬头望着面前挺拔的少年，很想大声问，周司远，你到底知不知道说这样的话会让我误会？

然而，对上他坦然的目光，她问出口的话变成了："你经常来这里吗？"

"也不是经常来。"周司远已经三两口解决完那盒牛奶。

他把纸盒扔回袋子里，说："偶尔学不动或者学得烦的时候会来转转，醒醒脑。"

宁安然望着他，眼里写着：啊，你也有学不动和学烦的时候？

周司远看懂了，笑得颇为无奈："我也是学生。"

一句话，点醒了宁安然。是呀，他再怎么强、再如何被神话，在知识的世界里，他，或者说他们每一个人，包括那些被称为天才的大师，终其一生都是学生。

周司远察觉到这话题有点深沉，便换了个轻松的口气："不过，做你手上的卷子，应该没问题。"

宁安然先是一怔，随即明白，这是在笑话她交白卷呢。

全国物理竞赛冠军了不起啊？她在心底"哼"一声，说："我会做，只是没时间。"

"不会也没关系。"他伸手接过她喝完的空盒，扔进袋子里，说，"我可以教你。"

又来了……

宁安然把头偏向一边，告诉自己不要遐想。可是，望着那片被风吹动的太阳花，她觉得自己的心脏仿佛也和那些花一样。

好在，周司远后面没再说惹她浮想联翩的话。

吃完蛋糕，看时间差不多快下课了，宁安然提议回去。

逃了整整一节早读课，够恣意了。况且，她更怕再待下去，心脏会不堪重负。

周司远应好，收了垃圾，锁好门，和她一起往楼上走。

一路上，两人谁都没说话。直到到了通往五楼的楼梯口，周司远突然叫住她："宁安然。"

宁安然低头应了一个"嗯"，乱蹦的心脏猛地提了起来。

周司远瞧着她攥着衣摆的手，弯起唇，从兜里摸出一个东西："给。"

"什么？"她紧张地看过去。

"山楂片。"他说。

宁安然望着他手上深绿色的那包山楂片，脱口而出："我应该没买过这个吧？"说完，猛地意识到自己说了什么胡话，脸涨红了。

她慌忙撇开脸，只期望他没听懂。可是，下一瞬，周司远明显带笑的声音却告诉她，他百分之百听懂了。

"嗯，你没买过，是我喜欢。"他将那包山楂片放在楼梯扶手上，笑道，"请你吃。"

宁安然踩着铃声回的教室。

· 037 ·

陈筱筱看她耳朵和脖子都红彤彤的,卷子更是一片空白,以为她被蔡兆兴骂了一节课,连忙出声宽慰:"没事儿,不管他说什么,你都当他放屁就好。"

"对,妹子,别理他。"王维安也加入劝解阵营,"你还没吃早饭吧?哥去给你买。"

"我吃过了。"宁安然说。

"啊?你什么时候吃的?"陈筱筱困惑地问。

"就刚才。"宁安然避开她的视线,偏头对王维安说,"你去买吃的吗?帮我带一瓶水吧。"

等王维安走了,陈筱筱把凳子横过来,看着准备写物理卷的宁安然,吐槽起郑丹萍来:"你不知道,刚才见你半天没回来,姓郑的那副鬼样子,看着就恶心。"

宁安然抬头瞥了眼郑丹萍的方向,正好撞上她幸灾乐祸的眼神。

"哎……"郑丹萍悠悠地叹口气,"有些人啊,真当自己特殊呢,搞笑!"

陈筱筱一听她阴阳怪气的话就来气,一蹬凳子就要起来,却被宁安然按住,用眼神示意她:别理。

陈筱筱会意,愤愤地道:"当了别人的哈巴狗,还在那儿叫得欢。"

宁安然不以为意地笑了笑,不想再提这个话题。

"要不要吃山楂片?"她突然问。

没头没脑的一句,让陈筱筱蒙了下:"啊?"

倒是后面趴桌上弄水笔的黄敏洁插进话来:"什么山楂片?我最喜欢吃山楂片了。"

宁安然笑了下,从兜里摸出那包山楂片,还没来得及看清包装上的字,就听黄敏洁激动地叫起来:"啊啊啊,这是我最爱的牌子。安然,你在哪里买的?"

"小卖部。"宁安然随口说。

"小卖部现在进这个了?"黄敏洁兴奋不已,"我昨天去还没有呢。不行,我要让王维安给我带二十包。"

"二十包?"陈筱筱瞪大眼,"有这么夸张吗?"

"有!"黄敏洁一边抄起手机发信息,一边向她们介绍,"这个山楂片巨好吃,是我吃过的最好吃的山楂片,没有之一。"

"那我得尝尝。"陈筱筱捡了一片放进嘴里,咬了几口,说,"好像是挺好吃的。"

"对吧？对吧？"黄敏洁两眼放光，"你仔细尝，里面还有山楂粒。"

宁安然也在品尝，点了点头："是有山楂粒。"

"是不是？是不是？"黄敏洁更激动了，"毫不夸张地说，我吃过的山楂片没有一百种也有五十种，大部分的山楂片都是酸甜味的面粉疙瘩，只有这个，是纯正的山楂味！"

宁安然和陈筱筱想了想，好像还真是。

两人各自又拿了一片塞进嘴里，听黄敏洁继续说："我们家没搬的时候，街口的小店就有卖这个，我每天放学都会去买一包。后来，搬到龙湾，找遍所有超市，都没发现这个牌子。"

陈筱筱越吃越上瘾，又顺走了一片，问："你家原来在哪儿啊？"

"澄江啊，就十七中旁边。"

陈筱筱乍听到这学校有点耳熟，半分钟后才想起来："十七中？那不就是周司远就读的初中？"

第二章 咸柠七的阳光

下课铃响完,周司远才回到教室。

蒋铮亮看向周司远:"哟,你回来了,我们正准备去茅坑捞你。"

周司远瞥了他一眼,没应,用脚勾过凳子,坐下,再往后一靠,背贴着桌沿,从兜里摸出一包山楂片,慢条斯理地撕着外面深绿色的包装纸。

昨天睡得太晚,早晨闹钟响了好几遍才将他唤醒,到教室门口时正好打预备铃。

他拎着书包,前脚刚跨进教室,视线一偏,就看见一抹熟悉的身影从操场跑过。许是怕跑太快眼镜会掉下来,她摘下了那副能遮住她半张脸的大眼镜,露出了精致的眉眼。

坐在门口的卢毅见他半个身子进了门,却不进来,而是扭头往下看,便想起身张望。

谁想,他屁股刚离开凳子,就被周司远单手摁住脑袋,推了回来。

下一秒,周司远回头,淡淡地瞥了卢毅一眼,说:"好好上课。"

卢毅扔给他一个大白眼,眼里写着:你这预备铃都响了还杵在门口的人,居然有脸让我好好上课?

周司远不理他,又看了几秒,才收回视线,拎着书包进教室。

卢毅立马站起来,扒在门口往下看,结果,硕大的操场上除了几个正在飞奔的同学,也没什么稀奇事物。

另一边,正背单词的蒋铮亮扫了眼坐下的周司远:"没吃吧?"

周司远随口应了一个"嗯"。

蒋铮亮:"我也没,下课去吃。"

周司远依旧应"嗯"一声,翻开单词本。

几分钟过去,书本一页都没翻动。蒋铮亮察觉到异常,瞥了他一眼,问道:"干吗呢?"

周司远敛神,回视蒋铮亮一眼,扔下笔,说:"去个厕所。"

他本想去买早餐,顺带醒醒脑子,哪想,走过办公室门口时,竟听见一声怒喝:"宁安然,你看看你现在的学习态度,试卷不做……"

他脚步顿住,后退了一步,果然看见了十几分钟前刚见过的女生,她已经戴上了大眼镜,头埋得很低,一副认真听训的模样。

对面严厉教育着她的是九班的物理老师。

周司远只听了两句,就明白了蔡兆兴大动肝火的缘由——她没有完成物理作业。

昨晚她家里有事,应该是来不及做,但她似乎懒得解释,任由蔡兆兴上纲上线,从一张卷子上升到骄傲自满、品行不端。

看着她波澜不惊的样子,周司远猜到她压根没把这些批评的话听进耳朵里。可是,在蔡兆兴拍桌子的下一秒,他还是揣着手走了进去……

"喂!"

一只手在眼前晃动,唤回了周司远的注意力。

他扯开那只手,听见蒋铮亮不满地问:"想什么呢?问你话呢。"

"不要,我吃过了。"他一心几用,接上了他们之前在讲的事。

蒋铮亮立马明白他早读一去不回是去吃早饭了,不由得骂道:"你也不说给我带一份回来。"

"忘了。"周司远把一片山楂放进嘴里。

蒋铮亮白了他一眼,顺手分走一半山楂片,边吃边说:"那我课间操再去。"又说,"对了,你刚才不在,老张来宣布了一件大喜事。"

一听蒋铮亮这语气,还特地在"喜"字上加重音,周司远就知道不是"好事"。

果然,下一秒,蒋铮亮就扯着嗓子宣布:"我们班被选中参加英语公开课的录制,意外不?开心不?"

不开心,但也不意外。

这应该是一班同学的普遍想法,毕竟张广是全校英语组组长,又是他们的班主任,这英语课的录制十之八九会落他们班。

然而,下一瞬,漫不经心吃着山楂片的周司远黑眸倏然亮了起来。

因为,蒋铮亮补了一句:"还有哦,老张说咱们这回是和九班一起排,搞什么新实验课,两个班一起参赛。"

一楼之隔的上面一间教室里,九班的几个女同学也围着许瑶在讨论这件事。

"我们和一班一起录英语公开课？真的假的？"

"也不是全班一起，就是抽一部分同学。"许瑶隐约透露了一些昨晚郭琼对她说的话。

"那肯定不会抽到我。"一个女生开心地说，"我英语那么差，要抽也是抽你们这些英语好的。"

"也不一定啦。"许瑶笑了笑，"郭老师说这次英语组是准备上新实验课，需要很多同学一起参与。"

"什么是新实验课啊？"有人不懂就问。

"这个我知道。"郑丹萍插进话，"我之前在电视上看到过，有点像演情景剧，老师不上课，而是由学生一边演一边和下面的其他同学互动。"

"啊？那不就是演舞台剧？"

"差不多，但舞台剧没互动环节。"

大家听得懵懵懂懂，但都表示："这个感觉比普通上课难多了。"

"也没啦。"许瑶微笑着宽慰她们，"只是稍微有点考验口语能力而已，应该不难的。"

谁不知道她在英国待过一年，口语很好呢。

"你当然不难，我们不行呀。"一个女生说出其他人的心声，"我这'应给利息'可不想上电视丢人现眼。"

"我也是。"不少人附和，纷纷祈祷，千万不要抽到自己。

一排之隔，没有参与讨论的陈筱筱挑起下巴点宁安然，用眼神说：你，肯定逃不掉。

宁安然不语，心里早已涟漪成片。

和一班？那不就是和他一起？

早读时发生的事走马灯一样在脑中闪现，宁安然的脸颊又开始发热。

果不其然，上午英语课快结束时，郭琼宣布了和一班共同录制公开课的消息。

"张广老师盛情邀请我们班一起参与。"郭琼特地强调了这一点，想借此激发大家的荣誉感。

不料，底下一片沉寂，只有两个女生试探地问："老师，不用全员参与吧？"

郭琼："本来是不用全员参与的，但我觉得这是一次非常难得的机会，所以和张老师争取了一下，咱们全班一起去，一个都不落下。"

预想的欢呼没有到来，取而代之的是一片哀号：

"啊……郭老师，不要啊，我们不想去。"

"对呀，老师，放过我们吧。"

郭琼一听就懂了，这帮学生是担心会写不会说，不由得笑道："好了，不要紧张。虽然全员参与，但大部分同学都不用发言，只要在下面当观众就好。"

"哦，背景板啊……"

同学们大大地松一口气，听见郭琼继续说："不过，我们班也会有同学参与演出的。"

"没事儿，肯定不是我。"王维安自信满满。

郭琼横了他一眼："还就有你。"

"不是吧？"王维安不信，"老师，就我这种普通话都说不标准的，也能入选？"

"所以不让你说普通话，说英语。"郭琼道。

王维安咧嘴："真的假的？"

郭琼不答，直接拿起名单开始公布人选："许瑶、宁安然、罗培、黄敏洁……"

一个个念下来，果然都是班里英语成绩拔尖的学生。

王维安舒口气，说："吓……"

"死"字刚到嘴边，忽地听见三个烂熟的字："王维安。"

教室里静默两秒，然后爆发出笑声和起哄声。

男生们笑望着愕然失语的王维安，幸灾乐祸地说："恭喜、恭喜。"

郭琼也故意停下来，看着一脸生无可恋的王维安，笑道："没骗你吧？"

"为什么选我啊？"王维安一头栽在桌上，"嘭"的一声，哭丧着脸说，"我口语那么差。"

陈筱筱看热闹不嫌事大，扭头笑话他道："口语差有什么关系？你可是咱们班的门面担当。"

话音刚落，就听郭琼说："最后一个是，陈筱筱。"

陈筱筱一愣，趴在桌上的王维安则原地复活，一跃而起，拍桌大笑："你也是门面担当，哈哈哈……"

而这回，换陈筱筱以头撞桌，问宁安然："为什么选我啊？"

宁安然拍拍她的脑袋，笑道："多好，咱们四个一起，一个不落。"

加上王维安，九班一共十人参与演出。而从听见陈筱筱也入选后，王维安就一扫阴霾，心情好得不得了，还兴冲冲地问郭琼："老师，我们演什么剧啊？不会是《罗密欧与朱丽叶》吧？"

郭琼收起名单，打趣道："怎么，你想演罗密欧？"

"也不是不行。"王维安居然抖起来，还戳了下陈筱筱的背，"你就演朱丽叶吧。"

"滚！"仍在噩耗中的陈筱筱头也不回地骂道。

教室里又是一片笑声。

郭琼年纪轻，对这群比自己小不了多少的学生甚是宽容，非但没严厉禁止，还悠哉地补了一句："你演罗密欧不行，太黑了。不过，演他的马挺合适。"

"哈哈哈哈……"

同学们捧腹大笑。

等大伙儿笑够了，郭琼才敲敲桌子，言归正传，告诉他们演出的剧目是《灰姑娘》。至于各自的角色，要等下午排练时，由张广来定。接着，她又简单介绍了排练安排和地点，而没被抽去的同学一听他们不用参与前期排练，又是一片欢呼。

交代完这些，郭琼才离开。听见课间操音乐的同学们也开始下楼，准备做操。当然，一路上不忘继续讨论。

"如果演《灰姑娘》，周司远肯定演王子吧？"一个女生说。

"废话。"站她旁边的男生一把勾住王维安的脖子，笑道，"总不能是他。"

被揶揄的王维安也不恼，悠悠地道："演什么王子？我要演国王，周司远他爹。"

话落，小腿突然被人从身后不轻不重地踢了一下，他膝盖窝一软，差点没跪下去。

他低骂了一句，转过头，一张带着点嘲讽笑意的脸闯入视线。

"谁爹？"少年懒洋洋地问。

占人便宜的王维安自认理亏，尴尬地笑了笑，道歉："不好意思，兄弟，开个玩笑。"

周司远倒没再计较，撇了下嘴角，越过他们，往下走。只是，路过楼梯转角时，他抬眸看了眼后面的人群，嘴角微弯。

蒋铮亮看他拿出手机，便只能往前搭住卢毅的肩膀，说："我就说老张怎么会找九班一起，敢情是缺个灰姑娘啊。"

"什么意思？"卢毅问。

蒋铮亮刚想嘴贱地说一班女生哪个有灰姑娘美，余光就扫到走在前面的几个女同学，立马改口："我们班女生个个都是女王范啊。"
　　果然，几个女同学回头，给了他一个"算你会说"的眼神。

　　在他们不远处，九班女生们则在讨论："你们说谁演灰姑娘？"
　　"这还用说，肯定是许瑶啊，难道是某个特殊分子？"郑丹萍故意说得很大声，还不忘斜一眼后面的宁安然，正巧看到她摸出手机匆匆一瞥，又迅速塞回兜里，动作快得像是那手机里藏着什么见不得人的东西。
　　挨着宁安然的陈筱筱自然也察觉到了，问："怎么了？"
　　宁安然清了清嗓子，说"没事"，心脏却"怦怦怦"直跳。
　　刚走几步，兜里手机又振了两下，只是，这回她学乖了，没有直接拿出来。然而，等她站在操场上，听着广播里传来的音乐时，兜里再次轻振。
　　眼下，同学们已懒懒散散地排好队。确定没人能看见，她才悄悄摸出手机，点开信息。
　　收件箱里躺着三条未读消息。
　　周司远：山楂好吃吗？
　　周司远：鞋带散了。
　　周司远：别存真名。

　　课间操结束，黄敏洁不死心地拉着陈筱筱去小卖部找山楂片，宁安然去办公室交"国才杯"的报名表。
　　和往日一样，走廊上站满了聊天的人；和往日不一样，她穿行其中时，已不再是无人问津的路人甲。
　　"她是不是宁安然啊？"
　　"对，就是她。"
　　"她以前是咱们附中的？我怎么一点印象都没有？"
　　"她初三才转进来的，在十一班。"有人解惑。
　　"十一班啊？难怪，我就说怎么没见过这人。"女生顿了下，望着目不斜视走过的宁安然，叹了一句，"那她还蛮厉害的，在十一班居然也能考进临川，还进了'国才杯'决赛。"
　　在荣大附中，每一届都会有一两个扩招班，专门接收那些花钱、找关系塞进来的学生，宁安然转入的十一班就是如此。
　　"这有什么好稀奇的。"旁边一人说，"周司远还是十七中的呢，不是照样很厉害。"

045

"也是哦。"女生笑了下，又问，"她转来附中前在哪里念书啊？不会也在十七中吧？"

"想什么呢？"旁人无语得很，"十七中出了周司远、蒋铮亮已经够神奇了，再加个宁安然，你真当十七中是黑马集中营啊？"

其余人笑，想想确实。当年，默默无闻的十七中不仅摘下了状元，还出了一个全市第七的蒋铮亮，一时风光无限，那条庆贺的大横幅挂在校门口至今还未撤下来。

"我记得她好像是外地中学转过来的。"一个略知情的同学说。

"那想来她家非富即贵了，居然能塞到附中来。"

"也可能是成绩好呀。你看，人家在十一班照样考上临川，而且还进'国才杯'决赛了。"

"就是……"

议论声隐隐约约地钻进宁安然耳朵里，她置若罔闻地走着，却想到了陈筱筱的话——她这是火了啊。

穿过走廊，一路往西，到了最西边的办公室门口。

宁安然正准备抬手敲门，就听见张广极具穿透力的吼声："我让你找家长签字，你这签的是什么？"

她的手微微一顿，猜到了里面是谁，然后下意识地摸了摸兜里的手机，脑子里跳出五分钟前，在教室里收到的那条短信。

周司远：挑食兔，你的。

她一下就懂了，脸颊也一下就烫了起来。

他这样称呼她是因为她的QQ名：不吃胡萝卜的米兔。

可这名字被他讲来就带了几分亲昵的味道，落在屏幕上，仿佛背透的白光都变成了粉色。

宁安然用手背贴住发烫的脸颊，趁着旁边没人，迅速把通讯录里的名字换掉。

"家长不在，我自己代签了。"一道富有磁性的嗓音将她唤回神。

依旧是那种懒洋洋的语气，哪怕没看到人，宁安然都能想到少年散漫无羁的模样。

她轻呼一口气，低头看了眼手里的报名表，抿嘴笑了。她没有敲门，直接往里走了两步，不出所料地看见了那个熟悉的背影。

少年站姿散漫，肩背却挺拔笔直，脸上没带什么表情，透出一股桀骜的劲。

在他对面，是被气得吹胡子瞪眼的张广："就算代签，你也给我整像一点啊！"

"不是挺像？"少年懒懒地说。

"像你个鬼！"张广约莫是被气到了，一把抄起桌上的报名表，手戳得纸"哗哗"作响，"你自己给我看，你签的是什么？"

宁安然站的位置看不见老张戳的地方，只能瞧见背对她的少年微低头，似乎看了两秒，才不咸不淡地"哦"了一声。

"还哦？哦什么哦？"张广抖着那张报名表，念道，"参赛选手签名：周司远；家长签名：周、司、远！"

最后三个字，张广念得那叫一个咬牙切齿，足见被气得不轻。

宁安然先是一怔，继而哑然失笑。

没想到他居然犯这种低级错误，代签都能露馅，既当孩子又当爹。

"你现在再给我看看，像不像？"张广瞪着他问。

周司远抬手摸了下鼻子，说："像啊，一模一样。"

"噗！"

宁安然终于被这话逗得破功，笑出了声，也引得张广和周司远齐齐看过来。

她慌忙敛起笑，喊了一句："报告。"

"哦，宁安然来了，进来吧。"张广干干地说。

宁安然咽了下嗓子，佯装没看见那个存在感极强的少年，径直走了过去。可是，不知道是她太敏感还是什么，她总觉得有道目光在若有似无地追着她。

见她在，张广没再继续刚才的训话，而是问："你是来交表吧？"

宁安然应声，递上填好的报名表，目光未作偏移。

张广接过表，仔细确认过信息后满意地点了点头，并甩给周司远一个眼神：你看看人家。

周司远不以为意，扫了眼张广手里的报名表，视线略略在签名栏那里停了几秒，弯了弯嘴角。

"行，先放我这里。"张广把表格收到一旁，说，"晚点统一帮你们提交。"

"谢谢老师。"宁安然说。

张广冲她微笑，端起茶缸，呷了一口，说："正好你们都在，我简单讲下辅导的事。"

考虑到这是临川近年来第一次有人冲进决赛，又同时有两名选手进入，拿奖概率非常大，张广精挑细选了两位老师，针对比赛的不同板块做辅导，在时间安排上也很富余，除了周六班会，还有周三的两节晚自习。

"这两周班里要排公开课，可能会占用班会课。所以，你们周三先去，周六到时候看情况。"张广又喝了一口茶，"你们从初赛走到决赛，应该很清楚，'国才杯'考验的是选手平时的积累和综合素养。除了专题辅导，这段时间你们也要按照自己的节奏，好好准备。"

宁安然点头，表示知道了，周司远则依旧一副老神在在的样子。

张广习以为常，拉开抽屉，从里面拿出一袋厚厚的资料："这是老师们搜集的一些往年决赛视频，还有近期时事热点的阅读资料，你们拿回去好好研究。"

"好。"周司远干脆地应。

张广怔了下，奇怪这小子这回怎么这么听话。

周司远则转头看着宁安然，问："放你那里，还是我这儿？"

这是在问资料谁收着。

宁安然抬眸，望着他，想从他脸上看出点什么，可他的神色再正常不过。

见她一时未应，张广难免又想偏了，直接安排道："给宁安然吧。你要看，就去找她拿，或者一起看，正好可以相互交流交流，拓宽下思路。"

周司远："也行。"

听着多勉强似的，落进宁安然耳朵里却是意味深长，弄得她脸颊又微微发烫。

张广不作他想，又交代了几句，然后话锋转到了录制公开课的事上。

"这次把你们几个人挑出来一起录制，主要还是想让你多一些舞台的经验。"

这话是对宁安然说的。

为了给她多一些锻炼的机会，老张算是煞费苦心，不仅和郭琼想出了两个班一起录课的点子，更是专程编写了一个重要的角色给她。

"你演一只小鸟。"老张对她介绍道，"这个角色不属于原著，但非常重要……"

如那天郑丹萍讲解时所言，新实验课不同于传统的"老师讲、学生听"，而是通过舞台上演出的学生与台下的同学互动，寓教于乐。宁安然所扮演的那只小鸟起的就是互动和推进故事的作用。

起初他们想过让宁安然出演灰姑娘，可考虑到公开课也得拿到全市评比，于是张广最后定了外形和气质更出色的许瑶。

至于男主角，张广瞥了眼周司远，没好气地道："你给我好好演王子。"

周司远挑了挑眉，没说话。

宁安然也没说话。换作一天前，她会无比庆幸张广做了这个安排，可是现在……她用余光扫了眼身旁的少年，心底有一点隐隐的失落。

张广讲完这些，就让宁安然先回去，留下周司远继续"算账"。

回到教室，宁安然发现有几个女生正围着许瑶在说公开课的事。

"我早就说了呀，肯定是瑶儿演灰姑娘。"

郑丹萍刚说完，就被许瑶故作不满地拍了下："嘘，你小声点，张老师还没宣布呢。"

"哎呀，郭老师都讲了，还有什么不能说的。"郑丹萍笑道，"我觉得罗培说得对，张老师之所以邀请咱们班一起排练，就是为了让你去演灰姑娘。"

"什么呀。"许瑶娇嗔地横了她一眼，"一班比我英语好的多了去了。"

"但她们没你漂亮啊。"郑丹萍话落，一抬眼就看见宁安然走回座位，于是她又立马阴阳怪气地说，"就好比有的人，就算进了决赛又怎么样？还不是没有演主角的命。"

周围同学瞧了瞧宁安然，脸上表情各异。

宁安然却似没听见一样，径自拉开凳子坐下。

郑丹萍最烦她这云淡风轻的模样，讲出的话更难听了："不对哦，是连演人都不配，只能当一只鸟。"

话音刚落，宁安然抬起头来，不轻不重地喊了一句："郑丹萍。"

"干吗？"郑丹萍冷笑，眼神里充满挑衅，一副随时准备大干一架的模样。

不想，宁安然只是往后一靠，轻抬下巴，淡笑道："你有没有想过许瑶为什么那么喜欢你？"

郑丹萍一怔，还未应答，就见宁安然又笑了笑，说："或者，你问问自己，有什么地方值得她喜欢？"

不痛不痒的两句话，让郑丹萍和许瑶皆是身心一惧。其余人则是你看我、我看你，眼底充满了兴味。

许瑶是九班人见人爱的美女，郑丹萍却因为嘴毒、刻薄、较真，尤其是对蔡兆兴的话言听计从得罪了不少同学。

可是，许瑶竟把这个招人烦的同学当作"好闺密"。

大部分同学都不是傻子，自是清楚许瑶在这段友谊里有几分真心和虚情。可今天，宁安然简单两句话就把这层关系挑开了……

不管郑丹萍以前是真傻，还是装不懂，在宁安然公然挑明后，她以后怕是都不能再这般肆无忌惮地"傻"下去。

"你少挑拨离间。"郑丹萍嘴硬,"我们的事用不着你操心。"

"嗯,我不操心。"宁安然笑着瞥了一眼脸色难堪的许瑶,不疾不徐地说,"我祝你们友谊天长地久。"

有女生没忍住,"扑哧"笑了出来。

郑丹萍被噎得憋红了脸,半晌才骂道:"关你屁事!"

宁安然并不恼,还是靠着桌沿,慢条斯理地拧开水杯,优哉游哉地喝着水,说:"你不喜欢天长地久吗?那就海枯石烂、万古长青吧。"

碍于她并未说什么过分的话,郑丹萍连发飙都找不到由头,一口气憋在胸口,上也不是,下也不是。

被暗讽的许瑶更是气得牙痒痒,狠狠地剜了眼宁安然,再同郑丹萍说:"不用理她。"

许瑶好面子,尽管上午被宁安然嘲讽得说不出话,但放学前,她还是按照郭琼的要求,召集参加演出的同学前往活动中心参加第一次排练。

对于许瑶要出演灰姑娘,陈筱筱不爽得很:"老张和郭老师都眼瞎,安然明明比她好看一百倍。"

走在她旁边的王维安却不同意:"虽然我无条件挺我家妹子,但有一说一,许瑶是比妹子漂亮点。"

"说明你也瞎。"陈筱筱白了他一眼。

"我哪儿瞎了?"王维安不服,"她是更好看啊,不信你问黄敏洁,或者问罗培,要不问其他男生。"

不说在九班,就是在全校,许瑶都是公认的几大美女之一。

陈筱筱刚想反驳,视线却扫过宁安然厚厚的刘海和大眼镜,不由得泄气:"算了算了,我懒得跟你说。"

顶着这封印美貌的两大法器,宁安然确实太过普通,不怪张广只让她演一只鸟。

原本,听见要排演《灰姑娘》,陈筱筱还隐隐期待在演出中,宁安然会和辛德瑞拉一样,穿上美丽的公主裙、水晶鞋,摇身一变,一鸣惊人,结果……

亏她还幻想了下宁安然和周司远穿着华服跳舞的画面,现在公主变成了许瑶,她单是想想都要气死了……

"我说你干吗非要留这么厚的刘海啊?"陈筱筱挽着宁安然的胳膊,不满地嘟囔,"我记得你刚来附中的时候明明没刘海,也不戴眼镜。"

陈筱筱和宁安然在附中就是同桌。她犹记得,初三开学第一天,班主任把宁安然领进十一班的情景——应是刚转校没有校服，初来报到的宁安然穿着一条白色的棉质连衣裙，头发扎成高高的马尾，露出光洁饱满的额头，唇红肤白，一双大眼睛水汪汪的，清澈灵动得像林间的小鹿。

彼时，陈筱筱听见教室后面班里最调皮的男生喊了一句："大美女！"

可后来，陈筱筱再也没见她穿裙子。哪怕大家都不用穿校服的日子，她也总是一身麻袋一样的大校服，不仅如此，还去剪了这个巨丑的刘海，最后又加上了那副遮住大半张脸的黑框眼镜。

"你这样真的很影响颜值啊。"陈筱筱感叹。

原以为宁安然又会不以为意地说一句"颜值有什么用"，可这回，她竟沉默着没说话。

陈筱筱诧异，扭头看过去，发现她在无意识地摸刘海……

一行人穿过操场，很快到了学生活动中心。

一班的同学大部分到了，此刻正稀稀拉拉地坐在音乐室的台阶上，或聊天，或低头玩手机。

听到动静，同学们齐刷刷地抬起头，望着他们这群"外来人"。

纵是没心没肺的王维安也感觉到了一丝局促。他清了清嗓子，往后靠了点，挨着宁安然站着，小声嘟囔："有点小尴尬啊。"

其余人深有同感，正磨磨蹭蹭不知道进去，还是再等等郭琼，就听身后突然响起："咦，你们也来排练啊？"

门口的几人闻声回头，就看见了蒋铮亮，还有他旁边的周司远。

宁安然微微一怔，视线与周司远匆匆一触后，迅速别开，并往墙边挪了点位置。

周司远脸上没什么表情，倒是蒋铮亮兴奋得很。他先看了眼陈筱筱和黄敏洁，又转头对周司远说："喏，就是她们，想买你那个山楂片。"

要说也是巧，蒋铮亮做完操去小卖部买吃的充饥，付钱时，看见黄敏洁拿着一张吃剩的包装纸问有没有这个牌子的山楂片。

他一眼就认出那是周司远常吃的，心下诧异，嘟囔了一句："奇了，除了他居然还有人吃这个山楂片。"

这话被两个女生听个正着，但碍于不算认识，没贸然多问，现在一听，才明白这个"他"竟是周司远，不由得有些尴尬，生怕别人误会她俩借着山楂片故意套近乎什么的。

宁安然也没想到小小的一包山楂片竟会惹出是非，更担心再聊下去，会被知道山楂片是周司远给她的。

许是有同样的顾虑,周司远并没接这话题,而是掠过几个女生,看向王维安,问:"不进去吗?"

意识到他在同自己说话,王维安愣了一下,过了须臾才答:"我们刚到。"

对话很干,一看两人就不熟,而周司远顺其自然地说:"进去吧。"

"对对,都别站门口了,进去坐、进去坐。"蒋铮亮热情地张罗着,俨然成了主人,也把山楂片的事儿忘到了九霄云外。

两个班不在同一层,任课老师更不重叠,平日里交集不多,彼此之间最多混个脸熟。因此,进了教室,九班同学默契地挤在靠右的台阶上,而一班的学生则不约而同地坐在了最左边。两拨人之间是又长又空的白色台阶,如隔着楚河,界限分明。

除了……"楚河"中坐着的闲散少年。

不知是没注意,还是压根不在意,周司远竟挑了个台阶正中的位置坐下,一双大长腿随意地往前一伸,低头玩起了手机。

日光渐淡,天空的亮色像是退潮一般渐渐收拢到西边,橘黄色的光铺在音乐教室的玻璃墙上,为少年轻敛眼眸的侧脸和肩头镀上了一层薄薄的金辉。

宁安然刻意坐得离他很远,但余光一直留意着他的动静。

果然,没几秒,兜里的手机轻振两下,她的心也随之颤了一下。

她没有立即拿出来,而是不动声色地往旁边挪了点位置,确定陈筱筱他们偏头看不见,才打开看了眼。

RL:物理卷子做完了吗?

宁安然怔住,完全没想到他会问这个,她还以为他要说山楂的事呢。

她犹豫了下,选择如实回复:还差一点,但我自己会做。

短信发出不久,她瞥见周司远笑了下。

接着,是他的信息,只有一个字:哦。

明明看不见他的表情,但她脑海里浮现出了他懒懒地说这个字的神态。

宁安然抿唇,正思索着要回复什么,下一秒,短信又来了。

RL:我书包里还有山楂片,晚点给你。

宁安然秒懂,心跳瞬时乱了节拍,正要回一句"不用",张广和郭琼却走了进来,她连忙收起手机跟着大伙儿一起站起来。

见人到齐,张广做了开场白。从欢迎九班的同学加入,到感谢郭琼辛苦编写剧本,再到发动两班同学齐心协力共同完成这项学校交给他们的重大任务……洋洋洒洒讲了近十分钟才停下来。

轮到郭琼讲时,她就简单得多,只挨个介绍了这次参演的九班学生,最后半玩笑半认真地说:"我们班的同学比较害羞,又是第一次和学霸们合作,压力很大,还请大家多多关照哦。"

"那是肯定的。"蒋铮亮爽快地应道。

张广白了他一眼:"人家郭老师客气,你还当真了。"

蒋铮亮尴尬一笑,摸着后脑勺说:"那就互相关照、互相关照。"

被他这么一接话,气氛倒是松弛下来。

发完剧本,张广让郭琼介绍这次排演的内容。

"好,大家先翻到第一页的大纲和人物关系。"

随着郭琼的话音,教室里响起纸张翻动的声音。

《灰姑娘》是家喻户晓的故事,不用过多介绍,郭琼只讲解了他们要排演的片段是灰姑娘在仙女教母的帮助下,化身神秘公主参加舞会,邂逅王子,然后在午夜十二点前逃离舞会,遗落水晶鞋的故事……

讲完剧情,接下来就是安排角色。

这次,由张广拿着一张名单开始念:"辛德瑞拉,许瑶……"

应是早有耳闻,又或者有所预料,对于许瑶出演女主角这事,无论是一班还是九班的同学都非常平静,除郑丹萍露出一副与有荣焉的表情外,其余人都只是淡淡地扫了许瑶一眼,更甚者连头都没抬,继续研究剧本。

"王子,范逸臣;继母……"

"什么?"被点到的范逸臣一脸难以置信地问,"我演王子?"

被打断的张广停下,不悦地瞥了他一眼:"怎么了?"

"张老师,你是不是念错了?"蒋铮亮替范逸臣,也替其他人问出了疑惑。

"没念错,就是范逸臣。"

"为什么是我呀?"范逸臣不能理解,"王子不应该是周司远吗?"

"谁规定王子就是周司远?"张广没好气地反问。

没人规定,可是……

众人看向鹤立鸡群的少年,这人不是刚刚进入"国才杯"决赛?论口语也是他挑大梁吧?

然而,张广非要睁眼说瞎话:"我就觉得你比周司远合适。"

这下,不止范逸臣无语,就连郭琼都别有深意地瞧了张广一眼。

张广貌似也觉得这话实在站不住脚,清了清嗓子,说:"行了,就这么定了,周司远有其他重要角色。"

范逸臣不敢多言，只能委屈地"哦"了一声。

接着，老张继续宣布名单——

继母的角色分给了一班的一个女生，郑丹萍、黄敏洁分别饰演辛德瑞拉的两位姐姐……而立志要当老国王的王维安扮演卫队长，不仅没当成王子他爹，还成了王子最忠实的大臣。

为了增强趣味性和互动，除故事原定的人物外，郭琼还增加了许多动植物角色，比如辛德瑞拉父亲折回来的树枝，以及小老鼠、南瓜马车等。

这么一来，每个人都领到了一个角色。一圈后，蒋铮亮最先发现了问题："欸，他俩演什么啊？"

一语惊醒梦中人。其他光顾着看自己角色的人这才意识到，他们中口语水平最好的两个人都没被安排故事里的角色。

九班的同学早就听许瑶提过宁安然的角色，可是，周司远呢？

张广似乎也才注意到他俩，随口就道："哦，他们都演鸟。"

宁安然一怔，下意识想抬眼去看周司远，可眼睫抬到一半又压了下去。

人太多了，她怕一个眼神就让别人心生遐思。

蒋铮亮闻言却是一把勾住周司远的脖子，"哈哈"大笑："兄弟，张老师对你是真爱啊，让你演个鸟人。"

周司远没应话，身子一错，躲开了他的钳制。

范逸臣则还在做最后的挣扎："张老师说的重要角色就是鸟吗？我没感觉这角色多重要啊。阿远，要不我和你换吧？你来演王子，我去演鸟人。"

"不换。"周司远冷淡地道。

宁安然微微抿唇，无意识地捻着指腹。别人不知情，但她很清楚，上午老张明明定的是他出演王子，可现在……

老张为什么改变主意？因为他要求的吗？还有，他怎么也演小鸟呢？

这一回，她终于忍不住抬眸偷瞄了他一眼，却撞入了他的眼睛。

余晖正好落了一束在他的眼睛里，少年乌黑的眸子里盛满了阳光照耀出的点点亮光。

视线接触，一秒相视，第二秒，宁安然心跳开始加速，第三秒，她慌忙别开了头。

一班男生还在开范逸臣和周司远的玩笑，闹成了一团。

而陈筱筱对此喜闻乐见，还不忘说风凉话："哎哟，王子变成小鸟飞走了。"

黄敏洁失笑，觉得这话太贴切不过。

宣布完名单，张广又简单地讲了讲接下来的排练安排，并要求所有人回去后认真背台词，力求滚瓜烂熟。

看时间尚早，郭琼干脆编排起了第一幕：皇宫里传来舞会的消息。

"涉及剧目切换、旁白的地方都由小鸟来完成。"郭琼指着台本上的一大段旁白说，"宁安然，这段由你来读……"

宁安然点头，拿笔做好记号，并低着头快速过一遍那段话，可默读到一半时，忽然感觉身边多出来一道影子。

她本能地扭头一看，惊觉原本站在一班那边的周司远不知何时来到了她身旁。当然，不止她，其余忙着熟悉台本的同学也被他这突如其来的举动弄得有点蒙，纷纷抬头望着他。

然而，被打量的周司远视若无睹，只是看着郭琼，表情淡淡地说："我台本上没这段……"

郭琼一时没明白他的意思，张广却想起来："哦，对，你的台本还没换。"

下午临时换角，郭琼没来得及修改剧本，印有旁白和串词的台本只有宁安然那份。

"你俩先合着看一本，晚点分好词再打印一份。"张广说。

周司远淡淡应声，垂眸看着宁安然手里的台本。宁安然忙将剧本举到了两人视角的中间位置，却听他淡声说："我看得见，不用移。"

宁安然没接话，手上姿势不变，低头看台本。

两人都穿着白蓝校服，并排站着，中间隔着半个人的距离，半低着头，神情专注地看着同一个位置，侧颜无可挑剔。

他们身后是被余晖映红的大片玻璃窗，窗纱轻晃，梧桐繁茂。

像是法国文艺电影里的运镜。

站在两人侧后方的陈筱筱盯着"镜头里"的两人，不由得冒出一个念头：好配。

"这段旁白后，你们退场，然后两个继姐……"郭琼抬眼看着黄敏洁和郑丹萍，"你们俩推门进来……"

郭琼有过排舞台剧的经验，指导起来条理分明，而先前还嚷嚷着"烦死了"的学生们也个个听得认真，就连最不想来的王维安都在埋头做笔记。

进入主剧情后，两只小鸟基本没有台词，只需要在中间穿插几个问题，达到与观众互动的目的。但为了熟悉全剧，宁安然还是跟着郭琼的思路，一段段往下看，只是因为一直保持举着台本的姿势，手渐渐酸软。

她活动了下脖子，正考虑换一只手拿台本，一只骨节分明的手便闯入眼帘，几乎同时，手里的台本被拿走。

她闪了下神，转头看向身旁的少年。在一片浅金色的阳光中，他鸦羽般的睫毛根根分明。

因为他把台本几乎是全移到了她这边，两人靠得比之前要近。

宁安然收回视线，开始有点小紧张。

周司远却在这时淡声开口："笔。"

她下意识地"哦"了一声，头也不敢抬地递出笔，然后，余光瞥见他收回台本，在上面做标记。

本子很快递回她这边，宁安然的视线落回去的瞬间，脸变成了红苹果。

纸上，郭琼刚提到的那段旁白前多出一个简笔的兔子头像，长耳朵、嘟嘟脸，眼睛弯弯，笑得甜甜，煞是可爱。

宁安然心跳加速地盯着那个可爱的小兔头像，胸口也仿佛揣了一只兔子，蹦蹦跳跳。

周司远低眼瞧着她胜似窗外晚霞的侧脸，微不可察地弯起了唇，然后，右手往前一伸，状若无事地在小兔子圆嘟嘟的脸颊上左右各点了一点。

窗外梧桐摇曳，屋内少女的脸更红了。

郭琼的指导不仅浅显易懂，还风趣幽默，同学们很快就找到了演戏的感觉，原本陌生局促的两班同学也渐渐融成一片，对台词、走位，欢声笑语不绝于耳。

墙上的时钟不知不觉转了一圈，张广看时间差不多了就宣布解散，并定了下回排练的时间。

一群人走出活动中心，天色已暗下来，落日没入灰蓝的云层里，如打翻的油彩。

大伙儿还沉浸在刚才的排演中，叽叽喳喳地说个不停。宁安然静静地走在他们中间，余光打量着前方少年挺拔的身影和好看的后脑勺，耳边是陈筱筱欢快的笑声——

"笑死我了，罗培排练的时候跑去和老张说自己想演树枝，结果……哈哈哈……"陈筱筱话没讲完，先把自己逗笑了，捂着肚子笑个不停。

黄敏洁没耐心："结果什么呀？"

"结果……"陈筱筱用手背抹掉笑出的泪花，努力憋着笑复述，"老张上下打量他两眼，说：'就你这体形，哪能演树枝，得演树干，还得是百年大树那种。'"

最后几个字破功，尾音又揉碎在一阵笑声里。

黄敏洁想象了下老张说这话时的表情，笑得不行："我就说张老师怎么突然让他演南瓜，敢情是本色出演啊。"

走在前面的罗培似是听见什么，猛地转过头来，眯着眼问："你俩又在说我什么坏话？"

陈筱筱："哪能啊，我们是夸你有艺术精神，甘作南瓜。"

罗培白了她一眼，眼里写着：我就知道！

一班的几个女生当时也听见了罗培和张广的那番对话，此时听到陈筱筱的话也跟着笑了起来。

前面的男生们不禁回过头来看。

"这是笑什么呢？"蒋铮亮好奇地问。

"不知道。"范逸臣硬邦邦地说。

蒋铮亮瞧他还是一副臭脸，就揉了他一把："行了，不就让你演个王子嘛，至于气成这样？大气点啊！"

"你大气，你来演吧。"范逸臣没好气地道。

"怎么说话呢？"蒋铮亮佯装怒目，"我现在可是你老子！"

蒋铮亮扮演的正是王维安心心念念的角色——老国王。

"你！"范逸臣飞起就是一脚，可惜被蒋铮亮往后一跳，灵巧地躲开了。

"不孝子，居然敢打你爹，小心晚上被雷劈。"蒋铮亮继续嘴上占便宜。

范逸臣火冒三丈，低骂了一句，就追了上去……

蒋铮亮大笑着躲避，两个人你追我躲，拉拉扯扯，闹成一团，直到脖子蓦地被勒紧。

窒息感让两人立即停手，转头对上身后周司远的侧脸。

周司远一手扯住一只衣领，面无表情地道："别挡道。"

他其实站在低两级的台阶上，视线只能与两人平行，但狂妄的气势丝毫不减，甚至更胜。

蒋铮亮和范逸臣费力地挣开他的手，摸着脖子齐喊："你想勒死我啊？"

周司远懒得跟他们废话，干脆利落地走了。

不过，当两人看见被堵在楼梯口的宁安然等人时，也不再多话，追在周司远身后上了楼。

"我去，又酷又帅又跩，他一直这样吗？"陈筱筱小声嘀咕。

"有过之而无不及。"后头一个短发女生接过话，且不忘友情提醒，"但是，但是，千万别动心，会死得很惨。"

"怎么说？"陈筱筱挽住她的胳膊问。

这女生叫罗玲娜，是一班的，这次同扮演小老鼠，一个下午已经和自来熟的陈筱筱建立起老鼠的情谊。听见她问,罗玲娜立即倾情相告:"他有喜欢的人。"

"啊?"陈筱筱震惊得张大嘴,"周司远有喜欢的人?我怎么从来没听说过。"

罗玲娜摊手,说:"看吧,你不信吧,那些女生也不信,很多人都不信,可他就是这么说的。"

边上旁听的黄敏洁听得有点蒙:"等等,他自己说的?"

"对啊。"罗玲娜点头,"高一军训的篝火晚会上,教官带我们玩真心话大冒险,他抽到真心话,自己说的,他来临川是因为某个女孩子。"

"真的假的?"陈筱筱觉得难以置信。

"话是他说的,但真假……"罗玲娜耸了下肩,"大家都觉得是玩游戏时的一句玩笑,但我一直觉得不是。"

"可是,他喜欢的是谁呢?"

三个女生窃窃私语,丝毫没注意到身后走得慢腾腾的宁安然。

原来,他有喜欢的女孩子啊,还是暗恋?而她居然会臆想他随便做的那些小举动是别有用意,真是有点好笑。

操场上的路灯亮了起来,宁安然望着台阶上的影子猛地意识到一个被她忽略的问题——细数起来,昨天下午是他们同校以来第一次说话,而她竟异想天开,认为他从昨天到今天的行为在暗示什么。

接着,她又想到下午排练休息时听见的那番对话——

范逸臣:"我问过老张了,他说是你死活不肯演王子,他才把我拉出来做替补。你这不是坑我吗?"

周司远:"你也可以不演。"

范逸臣被堵得哑口无言,噎了半晌,才嘟囔:"你以为我是你?"

周司远凉凉地瞥了他一眼,不语。

蒋铮亮却在一旁笑着补刀:"那你说个锤子!"

范逸臣哑火,嘴上还在念叨:"我说你干吗不演啊?"

周司远:"词多,懒得背。"

"过分了,我也不想背啊……"范逸臣骂骂咧咧。

…………

看,她明明亲耳听见他承认拒演王子的原因是嫌台词太多,而她竟认为他是想和她一起演小鸟……她就像一个杂技演员,自以为受到观众的喜爱,谁知道对方的笑容是因为身边的小丑。

宁安然自嘲地笑了笑,并在跨进教室时,默默告诫自己:不准胡思乱想!

可惜，树欲静而风不止。

晚自习第二节课前，许瑶来叫她："郭老师让你去她办公室，带上台本。"

宁安然心里轻轻一颤，大致猜到了什么。

果然，刚下到四楼，就看见从东边走来的周司远。

她将手中的台本握得紧了些，佯装没看见他一般，垂着头，快速穿过走廊。

周司远望着她逃也似的模样，眉梢轻抬，一言不发地跟在她后面。

他腿长，纵是走得不紧不慢，也几乎和她前后脚进办公室。

"都来了？"郭琼盈盈一笑，指挥他们，"去那边搬两张椅子过来坐吧。"

"没关系，我不用坐。"宁安然说着，绕到郭琼的右手边，贴着墙站立。

周司远看了她一眼，什么话都没说。

看他们坚持，郭琼也没再多话，拿过宁安然的台本，直奔主题："找你俩过来，是想给你们讲一下串词……"

张广没骗范逸臣，这两只小鸟对《灰姑娘》这个故事而言，完全无足轻重，甚至是多余的，对这堂新实验课而言，却是举足轻重。

"虽然是通过舞台剧的形式来上课，但公开课的本质还是上课。"郭琼直击要害，"因此，这堂课能不能上好、能不能寓教于乐，不在于他们演得好不好，而在于你们能否让这两只鸟生动灵活。"

郭琼鼓励道："不过，老师相信，以你们的能力，肯定能做到。"

确定他们都明白了角色的重要性，郭琼才开始分解台词和内容。

"你们有什么想法吗？比如，谁为主，谁为辅。"

词多，懒得背。

他拒绝出演王子的理由犹在耳边，现在他大概也不会想背那么多旁白。

宁安然："我来……"

周司远："我来……"

两人竟异口同声。

郭琼听笑了，左右各看他们一眼，玩笑道："要不，石头剪刀布？"

宁安然下意识地侧头，恰好与周司远的目光撞上。

她立刻收回视线。

周司远瞧着她的侧颜，淡淡地道："不用，她先挑，剩下的给我。"

听周司远这样讲，郭琼干脆替宁安然做了决定："你为辅，周司远为主。"

两人同时应好，均表示没意见。

分好主次，郭琼拿笔在台本上边画边讲："故事背景介绍给周司远。接着是这句，给宁安然……"

第一幕划分完，郭琼把台本先递给周司远，示意他们按照分词试一遍。

周司远直接开口："Once upon a time, in a faraway land, there was a tiny kingdom of peace（从前，在一个遥远的地方，有一个和平的小王国）……"

少年富有磁性的嗓音缓缓而出，标准的美音，发音饱满又带着点他惯有的闲散语调，十分好听。

能进"国才杯"决赛的人，口语自是不在话下，但听到如此有质感的发音，不说宁安然，就连郭琼都被惊艳到，尤其是他还全程脱稿。

旁白结束，郭琼笑着夸赞："难怪张老师把你当宝贝，你这口语能力也太强了。"

宁安然知道，郭琼之所以没夸他记忆力惊人，是因为他们都清楚，刚才那段背景介绍他并非靠记背，而是真的在"讲故事"，足见他的口语应用能力很强。

周司远牵了牵嘴角，算是回应，然后侧眸看了眼宁安然，发现她在他看过去前，急匆匆地别开了目光。

轮到宁安然了，郭琼先给了她一个鼓励的眼神，再玩笑道："没事，别紧张，他可是学年第一，输给他很正常。"

宁安然抿嘴微笑，轻轻吸了口气，轻快明亮的旁白跳了出来："This just arrived from the palace（这是刚从宫里送来的）……"

不同于周司远低缓沉沉的叙述，宁安然用树上小鸟的口吻将剧情直接推进到第一幕——皇宫来信。

郭琼教了宁安然一年，知道她口语不错，但得知她闯进"国才杯"决赛时着实惊讶了一番。一是因为在郭琼的认知里，底子扎实的宁安然水平和许瑶应是不相上下；二是因为论演讲和舞台表现力，内向寡言的宁安然并不出色，甚至有很大的短板。所以，和张广一样，虽然她心里高兴，但也没想明白宁安然是如何在高手如云的复赛里杀出来的。

而现在，听着女孩惟妙惟肖、生动活泼的演绎，看着她灵动自信的表情，郭琼忽然觉得自己和张广的那些顾虑似乎多余了。

而且，郭琼扫了眼同样听得专注的周司远，轻轻弯了弯唇，这么看来，决赛谁更胜一筹还真说不定。

听完两人高水平的发挥，郭琼感慨了一句："哎呀，我现在有点后悔，应该让你们俩去演王子和灰姑娘才对。"

她边说边瞧了两人几眼，笑道："我觉得你们挺搭的。"

如果是几个小时前，宁安然又得胡思乱想、小鹿乱撞了。然而此刻，她只是淡定地推了下大框眼镜，把郭琼的话理解为口语水平相当。

宁安然低头吐槽，自己之前也太"恋爱脑"了，没注意到一道目光在她的侧脸停留了好久。

见识过两人的水平后，郭琼后面再没让他们试读，只把词做了划分，并在相应的段前标记上"Z"和"N"，而遇到需要互动配合的，她就写一个"Z&N"。

一页页往下翻台本，突然，一只小兔子闯入视线，宁安然的目光猛地闪了一下。

"怎么还画了一只小兔子？"郭琼也看见了那个小兔头像，扭头朝宁安然笑了笑，"画得挺可爱的。"

宁安然下意识地看向周司远，正好撞上他的目光。

他没有笑，而是带着几分探究与她对视，似乎是想从她的眼神里找到什么答案，可惜宁安然偏开了头。

按照之前的分法，这段本来应该是周司远来念，但看见那只兔子头像，郭琼临时改了主意说："既然这样，这段给你吧。"

宁安然低低地应了一个"嗯"。

郭琼又转头对周司远开玩笑："她是小兔子，你要不要也搞一个小头像呢？"

周司远收回目光，道："不用。"

大半节课的工夫，他们就弄完了整个剧本。

郭琼把改好的台本递给周司远，说："你复印好再给宁安然。"

待他接过，郭琼又让他先回去，留下宁安然说事。

余光扫到少年离开的背影，宁安然绷紧的神经"啪"地松开。

她刚暗松了口气，就听见郭琼说："老师让周司远为主，你为辅，你没意见吧？"

"啊？"宁安然愣了下，随即明白过来，忙道，"没意见。"

郭琼冲她笑了笑，压低声音说："其实，我这样是有私心的。"

宁安然抬眸，有些困惑地看着她，就见她狡黠地笑了笑，说："我希望你把精力和重心放在'国才杯'的准备上。"

张广邀请九班一起排演公开课，目的是增加宁安然的舞台经验。这一点无可厚非，郭琼也希望她能多上台，丰富临场经验，但前提是不影响她备赛。

"虽然离决赛还有两个月，时间看着还挺长的，但下个月是期末考试，到时候各科复习都来不及，真正能让你静心备赛的时间只有这个月。"郭琼进一步解释。

公开课的排演至少一两个礼拜，之前小鸟只有一只，郭琼也没太多别的心思。可后来，周司远主动提出出演小鸟，她自然顺水推舟，把大梁给周司远，进而减轻宁安然的负担，让她腾出精力好好准备"国才杯"决赛。

当然，这些都是宁安然试读那段精彩的串词前的想法，而现在，她对宁安然的能力有了进一步的认识："但从你刚才的表现看，我觉得不管是你还是周司远，公开课的这点内容啊，压根就成不了你们的负担。"

宁安然抿着唇，不置可否。

郭琼则话锋一转："对了，我听何老师说，你明年想选文科？"

暑假回来，他们就要文理分科。为了摸底，上个礼拜，学校下发了意向表，让学生们填初步意愿。据说，九班只有她、陈筱筱、罗培选了文科，其余全是理科。

这一点都不奇怪。临川素来理强文弱，每年理科重点上线率在全省一骑绝尘，211和985的上线率更是惊人。在家长和老师们眼里，一般理科生去他们对面的荣大都只能算没出息，而学生除非像陈筱筱那样严重偏科，否则基本都会选理。

用蔡兆兴的话说就是："想读文科来什么临川，二中、荣大附中哪个不比临川好？中考分还比临川低。既然来了临川，就给我好好学理科，除非你们觉得自己脑子笨，学不了理科……"

其实，宁安然总成绩一向稳定在学年一百五十名内，属于偏上水平，而且她不像陈筱筱那样偏科很明显，按理是要选理科，她却填了文。

为此，包括何凡在内的不少老师找她谈过。她原以为郭琼也是要做自己的思想工作，老生常谈在临川选文科没有前途之类。

不想，郭琼说的是："文科挺好的。现在学校开始重视文科，师资也跟上去了，你看高二文科班现在就渐渐出成绩了。"

提到高二文科班，就不得不提牢牢霸榜文科第一的阮夏。

据说，她高一时是学年前十，当初听到她选文科时，几乎所有人都惊掉了下巴，老师们更是轮番劝解，但最后她依旧毅然决然地选了文科，也带动了学校逐步重视文科班的教学。

这次他们文理分科，不少成绩尚可，但拿不定主意的同学都去请教过阮夏,想听听这位文科大神的意见。而阮夏的答复很有意思:"为什么选文科?大概是因为在理科考不了第一吧。"

高二理科第一,就是那位和周司远齐名的数竞大神陆昱辰。

思及此,宁安然脑子里倏地跳出一个无厘头的猜想——高一时,周司远没有选择临川的优势强项数竞队,而是挑了相对弱势的物理为竞赛方向,会不会也和阮夏一样,是想重新立一个山头呢?

不过,以他的性格,好像不是会担心比不过陆昱辰而选择另辟蹊径的人。

郭琼又讲了几句后,让她回教室继续自习。

宁安然应好,走出办公室,没走几步,就看见了倚在西边楼梯口的少年。

走廊上白炽灯明亮,少年的蓝白校服被夜风吹得鼓起,眼眸漆黑,下颌微抬,直直地望着她。

宁安然脚步一顿,随即偏开头,似没看见他一般低头快步往前走。

周司远没有出声,轻抬眉梢,提步跟在她后面。

这一路过去全是明亮的教室,宁安然越走越快,到后面差不多要跑起来,好不容易到了中间的楼梯,她正想快步跑上楼,就听身后少年不轻不重地喊她:"宁安然。"

空旷的楼梯上,他的声音格外清晰。

宁安然心口一跳,深吸口气,头也不回地问:"怎么了?"

周司远盯着宁安然绷得笔直的背,语气里竟有些气恼和霸道:"是你怎么了?"

"没怎么呀,我要回去上课了。"宁安然还是不肯回头。

周司远却已两步跨上台阶,站到宁安然前面,垂眸看着她:"你是不是在生气?"

"没有。"宁安然低头否认。

下一秒,周司远忽地弯腰,盯着她的眼睛:"那你为什么故意不理我?"

"你们在干吗呢?"

一道粗犷的声音猛地从后方蹿来,吓得宁安然身子一颤。

周司远则镇定得多,只见他缓缓直起身子,目光往下,看向刚从五班教室后门出来的蔡兆兴,不疾不徐地答:"没干吗。"

"没干吗?"蔡兆兴挑眉,几步上前,来回打量着两人,似要瞧出什么端倪。

宁安然顿时升起一股心虚和紧张——就他俩这情景,很难不让人心生怀疑。

如果再配上周司远最后那句问话,就更让人浮想联翩了,也不知道蔡兆兴刚才听去了多少。

宁安然心里七上八下，着急要怎么说清时，就听周司远懒洋洋地问："那您觉得我们在干吗？"

蔡兆兴被问得一怔，须臾，脸色一沉："你还问起我来了？"

一听这语气，宁安然的心不由得提了起来，生怕周司远和蔡兆兴顶起来。

她紧张地抬起头，想给周司远使眼色，示意他别犟嘴，可视线刚滑过那凌厉的下颌，就听他没什么情绪地说："你去复印吧。"

下一秒，那个做着各类标记的台本递到了她眼前。

宁安然秒懂，立刻接过，说："行，我印好给你。"

"谢了。"周司远收回手，揣进裤兜，再慢悠悠地走下楼梯，对上蔡兆兴审视的目光，语气坦然，"台本，公开课用的。"

两个班联合排演公开课的事全年级都知道，但瞧着少年气定神闲的模样，蔡兆兴还是气不打一处来："什么台本非得要上课的时候给？自习课不用上了吗？"

宁安然闻言就要回头，解释是郭琼叫的他们。谁想，周司远先接过了话："嗯，您说得对，我们这就回去上自习。"

接着，他还非常有礼貌地补了句："老师再见。"

和早自习在办公室一样，态度端正至极，仿佛真的认识到了自己行为的不妥，反倒让蔡兆兴满腹的火无处可发。

宁安然回头望着少年，心想这人着实有点气人的本事。

不过，下一刻，她也有样学样，对蔡兆兴说了一句："老师再见。"然后，不等他回应，捏着台本快步上楼。

回到教室，宁安然又想起刚才在楼梯间的对话——

"那你为什么故意不理我？"

他会如此直截了当地问出来，是宁安然没想到的，而她同样没想到的还有如何回答。

总不能学他那样，开诚布公地说："为什么？因为你做的、说的会让我想歪。"

可是……王维安还给五班的班花写过好几封信呢，也没见她疏远他。

说到底，还是她心里有鬼。

下课铃声响起，宁安然懊丧地抓了下刘海，吸气，敛神，准备做会儿作业，桌肚里却在这时传来"嗡嗡"几声。

陈筱筱从试卷里分神，提醒她："电话。"

宁安然不动，心里那只小鬼开始转圈圈。

没察觉到她的动静，陈筱筱转头瞥了她一眼："发什么呆啊？"

宁安然忙别开头，从桌肚里摸出手机。

果然，收件箱里躺着三条未读信息。

RL：不用复印，我整理好电子稿发你QQ。

发送时间是她回教室的路上，而下一条就是几分钟前，他说：宁安然，一个晚上够你想答案了吧？

隔着屏幕，她都能想象出他挑着眉慢条斯理地打出这话的样子。

可仅仅过了一分钟，他又叹息着说：算了，再给你加一个白天，到明晚八点。

宁安然觉得心里的小鬼已经把她转晕了，明明只是三条干巴巴的信息，她却读出了复杂的情绪。

不过，知道周司远愿意再等二十四个小时，她大大地松了口气。从昨天到现在，发生了太多事，她现在脑子里一团乱麻，塞满了凌乱的线头，的确需要好好理一理。

周司远说话算话，一直到放学都没再联系她，就连晚上发资料过来，也只是在QQ上留言：改好了，你看下。

宁安然坐在床上，视线久久地落在变成灰色的对话框上。上面，是十几个小时前他们刚加上QQ时的对话内容。

Roche limit：我叫周司远。

Roche limit：我的名字，记住了。

她盯着这两条信息，脑子里某根凌乱的线头倏地被扯了出来，牵连出一个尘封的画面。

"我叫宁安然，是富昌一中的，你呢？叫什么名字？"

"周司远。"男孩玩着俄罗斯方块，头也不抬地答。

"周司远？"女孩把草稿纸推到两人中间，问，"怎么写呀？"

....

"咚咚！"手机突然响起提示音。

系统提示好友上线，下一秒，好友栏里那个暗灰色的星球爆炸图亮了起来。

宁安然一慌，立即点了退出登录。

周司远并未追上来问，只是……宁安然抬眼看向书桌上的一张合影，里面是三个穿着迷彩服的小孩，手里捧着一张奖状，笑得很开心。

她望着孩子们脸上的笑容,心里有了一个不确定的答案。

会是这样吗?

翌日,宁安然又是踩着上课铃到的教室。

陈筱筱分了一块蛋糕给她,问:"你咋回事?怎么连着两天迟到?"

"睡太晚了。"宁安然含糊地回。

陈筱筱打量着她:"看出来了,黑眼圈重得连眼镜都遮不住了。"

宁安然下意识地摸了摸,听见她又问:"你干吗去了?偷牛吗?睡那么晚?"

宁安然苦笑,没说话。

昨晚那条线被拉扯出来后,那些零散的记忆一片片飞出来,弄得她不知所措,一个声音刚斩钉截铁地断言:"肯定是。"另一个小人就跳出来否认:"怎么可能,如果是这样,那为什么之前……"

两个小人你争我吵,公说公有理,婆说婆有理,闹得她快天亮时才迷迷糊糊地睡着。

看她像霜打的茄子一样,陈筱筱忧心地问:"你这状态等下怎么打比赛?"

比赛?宁安然一个激灵,猛然记起上午她们还要和七班女生打气排球比赛。

临川每年都会组织一次班级女子气排球和男子篮球比赛。在前四场比赛中,七班和九班都是两胜两负,同积6分,上午这最后一场小组赛就决定着双方谁能进入后面的冠亚军之战。

宁安然腿长个高,加上初中练过一段时间排球,就成了九班当之无愧的主力。

听见她状态不好,王维安这个体委顿时紧张起来:"妹子,你咋了?"

"没事儿,只是没睡好。"宁安然说。

王维安松了口气:"没睡好啊,我还以为是……那啥呢。"

他欲言又止,显然是以为她遇到了生理期。

陈筱筱白了他一眼,再对一脸倦意的宁安然说:"你先趴一会儿吧。"

"对对,你赶紧睡一下,我帮你看着老师。"王维安附和。

宁安然勉强笑了下,准备吃完蛋糕就眯一下。可惜,事与愿违,早自习一开始,语文老师就来了个突然袭击,进行文言文和古诗词小测。

结果便是,一连几节课,宁安然都哈欠连连,困得眼泪花都出来了。但到了第三节课下课,听见王维安高喝"走,干翻七班去",她还是精神一振。

哎，该死的集体荣誉感啊……

在王维安的带领下，九班同学浩浩荡荡地"杀"到体育馆。

谁想，进了场馆竟看见了一班的人。

视线扫到场边站着的周司远时，宁安然脚步一顿，心轻轻地提了一下。

他怎么会在这里？

同样好奇的还有黄敏洁："一班不是淘汰了吗？怎么还有比赛？"

"因为四班退赛了。"王维安解释着，还不忘远远地和蒋铮亮挥手打招呼。

大家皆是惊讶："四班不是A组第一吗？怎么会退赛？"

王维安夸张地长叹一口气，讲了来龙去脉。大致就是上一场输了球，班里有人阴阳怪气，选手们一气之下集体退赛。

女生们听完义愤填膺，纷纷替四班选手抱不平。

宁安然慢腾腾地跟在他们后面，来到场边做准备，余光却瞥向隔壁场地和蒋铮亮聊天的周司远。

那些被她塞回去的线头又突突地支棱出来，扰得她心烦，直到体育老师进来，她才调整好状态。

为了节约时间，两组要同时比赛。抽完签，确定完场地，王维安抓紧时间做最后部署："记住了，网前是她们的短板……"

宁安然分神听着，摘掉眼镜交给陈筱筱，再反手抓住马尾往两边一拉，上了场。

顿时，场下响起热烈的加油声和呐喊声。

几场比赛下来，七班约莫也清楚自己的短板在网前，这场关键之战便一改之前的布防，死守网前。于是，比赛一开始就打得十分激烈，两边你来我往，分数咬得很紧。

不过，到了下半场，九班优势渐显，越打越顺，尤其是宁安然和郑丹萍这两人，平日虽然针锋相对，比赛时却配合得奇好，在网前连续打出了好几个漂亮的攻防，引得观众席一片欢呼，就连隔壁组的一班同学也忍不住往这边看。

"没想到啊，宁安然的球打得那么好。"蒋铮亮看着高高跳起的女生说。

周司远单手插着校服裤袋，没应声，神色很淡，视线却锁在那道快速回防的身影上。

相比球技，范逸臣更关注其他："欸，你们不觉得她很漂亮吗？"

为了打球方便，宁安然摘了那副大框眼镜，露出了精致的眉眼，而本就白皙的皮肤因为运动而泛出健康的红色，笑起来更是明眸皓齿，又甜又元气。

"我刚才就想说了。"卢毅接上话，"隐藏的美女，比级花漂亮。"

周司远听到这里，才转眸瞧了眼两人。

卢毅对上他的视线，莫名发虚："干吗？"

周司远撇唇，道："视力还行。"

"嗯？"卢毅一头雾水，"什么视力？"

周司远却不回答，转头继续看比赛。

几分钟后，随着一声哨响比赛结束，九班以7分的优势赢得了小组第一。

观众席上瞬间响彻九班同学的欢呼，兼职教练王维安同学更是兴奋地冲上去，大喊："啊！我们赢了！赢了！"

喊声太大，立即遭到了隔壁组裁判的瞪视警告。

他忙压下声音，同几位女功臣说："先去休息、先去休息，等下再庆祝。"

刚赢了比赛的女生们兴奋得很，有说有笑地相拥下场。而卸下责任的宁安然顿觉精疲力竭，全身跟散了架一样，使不上力。

"还行吧？要不要扶你？"郑丹萍问。

"要。"宁安然竟没客气，有气无力地搭上了她的手。

郑丹萍翻了个白眼，挽住了她的胳膊往场下走，临近场边又蓦地松开手，嘟囔道："重死了，自己走，我要去喝水了。"

宁安然被郑丹萍傲娇的语气逗笑，正想补一句"帮我拿一瓶吧"，就听见一阵尖锐的惊呼。她略显迟缓地回头，视线里闯进了一只黄色排球，如炮弹般直冲冲地射了过来。

几乎同时，余光里出现了一道蓝白色的身影。下一瞬，她感觉右臂一紧，整个人被一股力量带向了另一旁。

接着，"嘭"的一声，高速飞来的排球被一只结实的手臂挡了出去。

"啪！"球落在地上，再滚开。

宁安然惊魂未定，心脏"咚咚"狂跳，回头望着拉她的少年，半晌说不出话来。

少年耳郭绯红，呼吸节奏还有点紊乱，胸口微微起伏，逆着光的发丝被镀上一层浅金色，视线与她直直相触。

周遭的声音如潮水般退去，四下阒寂，仿佛只剩下他的呼吸声。

宁安然盯着那双干净澄澈的黑眸，嘴唇缓慢开合："周……"

"没事吧？"王维安等人冲上来，打断了她的话。

"没事。"她慢慢偏开视线，对身后的少年喃喃，"谢谢。"

隔壁场地的蒋铮亮也跑了过来，说："不好意思，我们班把球打飞了，没事吧？"

"幸亏周司远动作快。"王维安在旁边道。

也不知是比赛太累,还是被吓到了,宁安然的脸色始终不太好。陈筱筱见状便说:"我先带她回去休息吧。"

"对对,你先陪她回去休息。"王维安忙道。

宁安然并没推辞,侧头看了眼周司远,和陈筱筱离开。

出了场馆,陈筱筱就忍不住念叨:"刚才吓死我了,那球飞过来,躲都躲不及。"

宁安然低低"嗯"了一声,脑中浮现出那抹蓝白身影飞过来的画面。

"还好有周司远,要不然你肯定被砸成脑震荡了。"

说到这里,陈筱筱顿了下,略显困惑地说:"不过,我都没注意到他怎么过去的。"

宁安然跟着又"嗯"了一声,脑海中那抹蓝白色渐渐旋开,并一点点放大成一张桀骜的脸。

男孩穿着迷彩服,垂首看着坐在河边为比赛发愁的女孩,又跩又狂地说:"宁安然,有我在,就不会让你输。"

"我记得他好像和蒋铮亮站一块儿的啊,他动作能这么快⋯⋯"

男孩狂妄的语调和陈筱筱的念叨交错在一块儿,时空仿佛也交叠扭转。

上午的阳光浓烈而耀眼,蝉鸣响彻校园。

宁安然猛地停下脚步,打断陈筱筱的话:"筱筱,我眼镜忘拿了,你帮我回去拿一下,可以吗?"

陈筱筱怔了下,立马说:"行,那你在这儿等我。"

宁安然点头,目送陈筱筱跑回去。然后,她拿出手机,点开收件箱里置顶的短信,快速敲出一行字:你现在有空吗?我有点事想和你说。

短信发出两秒,手里的电话就"嗡嗡"响动起来。

屏幕上显示:RL来电。

宁安然立刻接起,刚将手机贴到耳边,就听见少年似认真又似散漫地说:"回头。"

天空瓦蓝,阳光白得发亮。

宁安然缓缓转身,望向几米开外眉眼明亮的少年。

四目对视,树木静止,一丝风都没有。

他们谁都没有出声,天地之间,只剩下听筒里彼此若有似无的呼吸声。

仿佛过了一个世纪,但实际可能只有十几秒,周司远开了口,带着他惯常的语调,懒懒地问:"有答案了?"

宁安然难得没被他带偏,怔怔地凝视着他,问出了那个藏在心里、迟到了

+ 069 +

近一年的问题："周司远……你还记得我吧？"

对面少年轮廓明显的眉骨不自觉地拧了下，下一瞬，他忽地笑了，眉梢轻挑，语调拉得又慢又长："你以为我是你啊，记性那么差。"

一束花在宁安然心间绽开——果然如此。

她半垂眸，莫名有点想笑："彼此彼此。"

宁安然认识周司远是在初二的暑假。

那一年，江陵团市委组织了一次夏令营，五十名来自江陵各初中的优秀学生代表被拉到富昌的民兵训练基地度过为期两周的封闭式集训。

彼时，姚静娴尚在富昌工作，听到消息，便找关系将宁安然塞了进去，想让她和省会来的尖子生们共同学习生活，长长见识和本领。

开营第一天，姚静娴将她送到营地门口，千叮咛万嘱咐："好好表现，不许给我丢脸，知道吗？"

宁安然点头，表示记住了，然后拉着大箱子"吭哧吭哧"地去找报到的地方。

这里是富昌的民兵训练基地，占地好几百亩，宁安然从门口走到集合的礼堂就走了快半个小时。于是，等她汗流浃背地进去时，发现礼堂里早已挤满了叽叽喳喳的学生。

放眼望去，只有最后一排，靠墙的地方，还有两个空位。

宁安然忙拖着行李箱走过去，沿路自然收获了不少打量的目光，她权当没看见，径直来到最后一排。

那里，还坐着一个穿蓝色短袖T恤的少年，短发，皮肤很白，侧颜也能看出鼻梁高挺，而因为低着头玩游戏，露出了后颈的一点脊骨，没入发梢，瘦削而有力。

和大多数人大包小包一堆行李不同，他脚边只有一个不算特别鼓的书包，就那样随意扔着，半开的拉链处，挂出来一根耳机线。

空着的位置在里面，宁安然只能礼貌地发出请求："同学，可以让一下吗？外面……"

还没等她解释完，男孩已干脆地站起来，并让到了过道上。

他坐着就不显矮，站起来更高，像一棵柏树，挺立在宁安然侧后方。

她本能地仰头看他，目光微微一滞。

似是察觉到她没动，少年的视线终于从游戏机上移开，瞥了她一眼："不进？"

干净清冽的声音，就是语气有点不耐烦。

宁安然连声应"进",把箱子靠在墙边,人挤了进去。

待她坐定,他才慢悠悠地坐回来,但细长的手指动得很快。

宁安然好奇地探了探头,发现他在玩的是俄罗斯方块。

她放下包,习惯性地摸出笔和本子,耐心地等教官的到来。可是,左等右等,足足等了快半个小时,仍不见教官的踪迹。

其余人依旧热火朝天地聊着,一个人都不认识的宁安然只能时不时瞄一瞄身旁全神贯注玩游戏的男孩——五官生得很俊朗,表情却淡淡的,看着有些难以接近。

跟所有人的状态都不同。

于是,干坐了半小时的宁安然决定主动打招呼:"同学你好,我叫宁安然,是富昌一中的。你呢?叫什么名字?"

"周司远。"少年头也不抬地回答。

"周司远?"宁安然重复了一遍,将本子和笔往两人中间推了一些,"怎么写呀?"

少年从游戏里分神,侧眸瞧了她一眼,接着,随手拿起笔,在本子上写下:周司远。

原来是这个司。

宁安然把本子拿回来,礼尚往来地在他名字旁写下三个字:宁安然。

"我的名字。"她说,"很好记吧?"

少年抬起眼皮,似是扫了眼本子,再爱搭不理地回了一个"嗯"。

宁安然好脾气地收回本子,对他说:"你的名字也很好记。"

足足等了快一个小时,教官们才姗姗来迟。

接下来,是自我介绍。而到了这时,宁安然才发现,原来大家刚来就打成一片并非善于交际,而是原本就是老熟人。

因为这次集训虽打着全市优秀初中生的名号,但五十名学生中,竟然有四十多人是来自江陵"四大名初",其中人数最多的是荣大附中,占了一半。

"荣大附中是我们市最好的初中。"坐在她前面的女生介绍。临川是全江陵初中生的梦想,而进了荣大附中就等于半只脚踩进临川。

"你们都想考临川吗?"宁安然好奇。

"那当然,谁不想呢。"

因为大多是认识的人,所以当教官宣布可以自由组队时,几大初中的学生迅速抱团,纷纷组队成功,最后竟只剩下毛遂自荐当队长的宁安然、周司远和另外两个同学。

另两个同学中的男生叫王辰，戴着瓶底厚的眼镜，是江陵八中的；女生叫关琦，长得弱不禁风，宛如林黛玉，来自六中。

两人都是极内向的性格，既不好意思去问别人能否组队，又迫于学校不好，压根没人选，杵在那里脸都红了。最后，还是宁安然跑上去主动问："你们可以和我一队吗？"

那两人如获大赦，猛点头。

有了两名队友后，宁安然看向仍坐在最后一排形单影只的少年，问："他是不是还没组队成功？"

"好像是。"关琦声如蚊蚋。

"他是哪个中学的呢？"宁安然又问。

"他没说。"

刚才自我介绍时，每个人都讲了自己的学校、特长、爱好，唯有周司远只干巴巴地来了一句："我是周司远。"

没再多说一个字。

不过，从目前的形势判断，宁安然很肯定他应该不是来自那些超级中学，否则也不至于落单。再想想他没离过手的游戏机，她有了决定："我们邀请他一组吧。"

关琦和王辰觉得自己也是菜鸟，完全没有意见，均点头说"好"。

于是，宁安然就开开心心地跑到了落单的周司远面前，问："周同学，你愿意和我们一组吗？"

周司远依旧低头玩游戏，闻声头也没抬："不愿意。"

宁安然没料到会被拒绝，误以为他只顾着玩游戏，没看清形势，便善意地提醒他："你不和我们组队的话，就只有你一个人了哦。"

"那又怎样？"少年很跩地问。

宁安然倒没被吓退，而是耐着性子同他解释："刚才教官说了，以后每天都要计算团队平均分，按高低排名，最后一队要接受惩罚。你一个人的话，会很吃亏的。"

少年听到这里，终于抬起头来，露出瘦削的下巴，衬得他气质冷然，竟莫名给人几分压迫感。

宁安然被他盯得捻了下指腹。

这人……明明抬着头，怎么却像是在俯视她呢？

少年无声地盯了她几秒，嘴角牵动，不轻不重地"呵"了一声。

一旁的王辰看着他傲慢的态度，用眼神示意宁安然：算了吧。

宁安然却不肯轻易放弃，试着继续说服他："周同学，所谓人多力量大，你看咱们四个人在一起，不仅可以互相帮助，还能共同进步，你没觉得这样会更好吗？"

"没觉得。"少年懒洋洋地说。

这下连关琦都看不下去，关琦扯着宁安然的袖子，小声道："队长，咱们走吧。"

几次三番被拒绝，宁安然也不再自讨没趣，只能说："行吧，你再考虑考虑。反正，我们队的大门会一直为你敞开，随时欢迎你加入。"

教官说过，他们的队伍每天都可以调整。

怕她被打击到，回去的路上，王辰不忘宽慰她："没事儿，队长，他以后肯定会后悔的。"

王辰说错了，周司远不会后悔，后悔的是他们。

对于周司远单独成队，教官和其余同学都觉得匪夷所思。但很快，大家发现，这位默不作声的少年原来是个大神。

望着各队成绩统计单上遥遥领先的那个"周司远"，再看看排在最后一名的"米兔队"，宁安然非常后悔当初没再多做做周司远的工作，拉他进队。

不过……假如他加入米兔队，这次测试，他非但不会得第一，还可能被他们三个拉低平均分，成为倒数第三。

所以，他说不愿意、不觉得，真是有先见之明。

按照营规，每天排名最后的队伍要接受处罚，内容是打扫营地训练场和去物资处领第二天的饮用水。

吃过晚饭，训练了一天的同学们早早就钻进帐篷休息，而作为最后一名，宁安然还得带着关琦和王辰去打扫训练场。

训练场很大，一圈下来，瘦弱的关琦就直呼头晕，王辰也是累瘫在地上直喘气。宁安然看两人的状态，算算时间，便说："行了，你们先去休息，我去搬水。"

"那怎么行？"王辰挣扎着爬起来，"好几桶水，你怎么搬得动？"

"不是有小推车嘛，我可以的。"宁安然拍拍身上的灰，"你们歇一会儿，然后把这些垃圾扔了，剩下的就交给我吧。"

关琦心有余而力不足，大喘气地说："队长，不好意思，辛苦你了。"

"没事儿。"宁安然不以为意，拉上小推车出发。

搬水的地方在营地外的仓库，要穿过一大片无人的基地。虽然路上挂着几盏灯，不至于乌漆墨黑，但一个人走在空寂的路上，宁安然还是有点慌兮兮的。为了给自己壮胆,她边推边唱起了歌:"大河向东流呀,天上的星星参北斗哇,嘿嘿嘿嘿,参北斗哇……"

车轮压过石子路,"嘎吱嘎吱"响,歌声回荡在河边,一遍又一遍……

但很快,宁安然发现这歌还得唱下去。

第二天测试,米兔队继续垫底,而周司远队继续第一。于是,河边响起了宁安然故作粗犷的歌声:"妹妹你大胆地往前走啊,往前走,莫回头呀……"

调子拉得老长,最后,她还不忘点评两句:"哟,唱得不错哦!"

她来来回回,自得其乐,丝毫没注意到远处的小山坡上,有个男孩仰面躺在草地上,用双手捂住耳朵,对着漫天的繁星轻哼了一句。

第三天、第四天……一连七天,周司远始终站在山顶,而米兔队牢牢躺在坑底,教官宣布惩罚时都忍不住打趣:"行了,你们也有经验了,照做就行。"

对于连续受罚,王辰和关琦很内疚。因为从几次测试看,宁安然的成绩都在中上水平,完全是被他们俩拖累才倒数第一。

所以,在打扫训练场时,两人提出:"队长,要不你也和周司远一样,单干吧。"

"少来,咱们可是一个窝里的兔子,你们别想抛弃我。"宁安然边扫地边说。

"可你这样会一直被我们连累的。"关琦说着就要哭出来。

宁安然无所谓地耸耸肩:"别太往心里去呀,反正都已经拖累这么久了,也不在乎最后一周。重在参与、重在参与嘛。"

话音刚落,就听见一句哼笑声。一个瘦高的男孩从边上走过去,正是被宁安然称为独孤求败的周司远同学。

和之前一样,打扫好训练场,宁安然推着小车去搬水。其实,来来回回走了几十趟,她并不害怕了,但还是习惯性地唱起了歌:"原谅我这一生不羁爱自由,也会怕有一天会跌倒……哦,耶耶耶……"

宁安然不会粤语,但不影响她陶醉其中。然而,就在她模仿着天王仰头拉麦时,空气中倏地传来一声不耐的询问:"你那是粤语吗?"

从天而降的声音,吓得宁安然尖叫出声,直接抱头蹲在地上。

空寂无人的林间隐约传来一声轻笑,接着是窸窸窣窣的响动,再接着,她感觉有脚步声一点点靠近,直至她跟前。

她大着胆子分开手指,从指缝里看见地上多出了一团影子。

有影,不是鬼吧?

手指再分开些,她一点点抬起头,迎着月光,看见了一张俊朗的脸。

"周司远？"她霍地松了口气，跌坐在地上，也放下了手，没好气地道，"你怎么在这儿？吓死我了。"

周司远低头看着她，似笑非笑："怕什么？你以为是鬼吗？"

不等她答，他已玩味地说："你这天天鬼哭狼嚎地唱，真有鬼也被你赶跑了。"

天天？宁安然一怔，不是吧？他天天都听见了？

想到自己那些freestyle（即兴发挥），宁安然不自觉地摸了摸脸，视线瞥到他手里望远镜似的东西时，忙不迭转移话题："你在这里干吗？看星星吗？"

"不然呢？"周司远瞥她，"听你开演唱会？"

"还没让你买门票呢。"宁安然小声嘟囔着起身，拍拍裤子说，"你继续看吧，不打扰了。"

刚才被他一吓，车子都翻了，此刻几大桶水全倒在地上，还得搬回车上。不过，她手刚摸到水桶，边上就覆上来一道影子，少年散漫的声音传来："拿着。"

下一瞬，一个黑色的望远镜递了过来。

宁安然愣住，仰头看他，眼里有困惑。

周司远："别掉了，很贵的。"

宁安然恍然，忙接过来，宝贝似的捧在怀里。

周司远几不可察地弯了点唇，一弯腰，提起一桶水。

"哇，你力气好大。"宁安然惊叹。他看起来瘦瘦的，居然轻松地拎起了那桶水。

周司远扫她一眼，眼底似乎写着：这有什么好大惊小怪的。

而且，仿佛为了嘲笑她，后面他居然还一手拎一桶，看得宁安然用两根食指给他做鼓掌状。

他力气大，三两下就把水搬回车上。宁安然赶忙上前，准备把望远镜还他，就见他握住了车把手。

她愣了下，明白过来，又把望远镜抱在怀里，冲他灿烂一笑："谢谢啊。"

周司远盯着她笑弯的眉眼看了几秒，然后撇嘴道："就这么几桶水，你居然要搬两趟。"

"要不说你厉害呢。"宁安然跟在后面，笑嘻嘻地看着单手推车的他，"你每天都来这里看星星吗？你这个望远镜可以看多远？可以看到银河吗……"

周司远似乎懒得理她，大部分问题都不答，只在被问烦了，或者觉得她的问题很离谱时才会出声纠正。

两人就这么很不契合地回到营地，把等在厨房卸水的王辰和关琦惊得说不出话。直到周司远走了，他俩才问："队长，你怎么和独孤求败在一起？"

"人家叫周司远。"宁安然严肃地纠正，"不要乱给同学起绰号。"

王辰和关琦面面相觑，眼神里写着：这绰号……不是你给取的吗？

许是有了前一天晚上的仗义相助，第二天上午集训结束，得知周司远被教官叫去帮忙来不及取饭时，宁安然便特意多打了一些饭。

王辰看着她压得结结实实的饭盒，诧异地问："队长，你打这么多，能吃完？"

"呵呵，你说呢？"她把饭分出一些到盖子里，又夹了点菜，将就着吃完，再把盖子洗干净盖回去。

周司远回到帐篷，发现帐篷门口的地上多了一个粉色小熊的便当盒，上面还贴了一个小纸条：干净的，我没吃过，谢谢你昨晚帮我搬水。

他认得这个饭盒，昨天还在某个"歌后"手里捧着。

他拿起来，打开，薄唇一点点翘起来。

米饭被扒拉了一个坑，而旁边铺着没有青椒的肉片和少了番茄的蛋。

还挺客气。

只是……不给筷子和勺子，她是觉得自己要用手抓？

宁安然是下午吃饭前才想到了这个问题。不过，周司远已将洗干净的饭盒送了回来，她握着小熊脑袋的勺子，仰头问："你……怎么吃到的？"

"捡了两根树枝。"周司远说。

"啊？"宁安然睁大眼，"真的假的？"

周司远无语，眼神里写着：你是不是傻？

宁安然也反应过来，拿回饭盒的同时，瞪了他一眼："早知道就只给你吃青椒，哼！"

周司远扯了扯唇角，喊住她："喂。"

"嗯？"她回眸望着他。

周司远把双手揣进大大的迷彩裤兜里，漫不经心地问："你们组还缺人吗？"

宁安然愣了下，继而恍然大悟，然后扑了上去，拉住他的胳膊，大笑着说："缺缺缺！非常缺！尤其缺你这样的大神！"

周司远似笑非笑："不是说重在参与吗？"

这是在揶揄她那天宽慰关琦的话呢。不过，宁安然才不在乎，晃着他的胳膊说："对呀，感谢大神参与。"

周司远被她晃得微微皱眉，嘴角却一点点弯出了浅浅的弧度。

当天下午，他们就去汇报了换队的情况。教官看着一脸漠然的周司远，揶揄道："你这是去扶贫啊。"

周司远耸了耸肩，不置可否。

凭借周司远的一己之力，米兔队终于摆脱了倒数第一的命运。没有惩罚的第一晚，王辰着实不习惯："这几天吃完饭就干活，突然不干了，还有点不适应。"

关琦也说："对呀，我刚洗完碗都准备去收拾厨房了。"

宁安然倒是惬意得很，往后一仰，躺在草地上喊道："啊，自由的味道，我再也不用搬水了。"

身旁，周司远瞥了她一眼，补刀："嗯，我的耳朵也自由了。"

"什么耳朵？"王辰和关琦问。

"没什么、没什么。"宁安然歪头，给坐在一旁的少年打眼色：大哥，给我这个队长留点面子。

周司远望着她被路灯照亮的一眨一眨的大眼睛，睫毛密长，漆黑的瞳仁像是映着天空的纯净池水，坠着最亮的星星。

夜很静，漫天繁星璀璨，宁安然仰望着苍穹，感叹："好美啊！"

其余三人也仰头看着天空，感受着星河的美妙。

"周司远，那是不是北斗七星？"宁安然忽然问。

周司远顺着她的手指看去，说："对。"

宁安然："我在《狮子王》里看过，它是狮子座的尾巴。"

"大熊星座。"周司远纠正。

"嗯？"宁安然扭头看着他，"辛巴是狮子。"

"但它是大熊。"周司远不仅坚持，还捡了一根树枝给三人在空中画了一个大熊星座的图，顺带科普了如何通过北斗七星找到北极星，"把北斗七星的最后两颗星的连线延长大约五倍的距离，就是北极星了。"

"哦，是那颗，对吗？"宁安然指着一颗较暗淡的星星问。

"对。"

"那它是什么星座呢？"

"小熊星座……"

从那一夜开始，周司远每天晚上都带着他们去认识星星。而且，他们发现，他不仅认识很多星星，还知道好多天文知识，比如：目前已知质量最大的恒星比太阳质量大数百倍，它们的寿命总共只有一百万或两百万年，最终会耗尽燃料，在一场巨大的爆发中消亡。

他还会说出一些很深沉的话，比如："人类在眺望宇宙时，其实是在回顾过去。因为根据光速传播，当我们看到来自遥远恒星的光线时，我们看到的是它在几十、上百光年前的样子。"

大家都既赞叹又惊讶："你怎么知道那么多？"

"我爸是搞航天工作的。"他轻描淡写地说。

"哇，航天工程师吗？好酷啊！"三个人激动地说。

"那你妈妈呢？"关琦问。

"老师。"周司远顿了下，又道，"不过她现在不教书了，在做别的。"

"为什么不教书了呢？"王辰问。

"她前几年身体不好，做了个大手术。"

听见他语气低沉下来，宁安然忙道："那现在呢？她身体好些了吗？"

"嗯，稳定多了。"

"队长，你爸妈是做什么的？"王辰又问。

…………

时间过得很快，转眼就到了集训的尾声。

"咱们组肯定争不了第一。"宁安然很有自知之明，连续一个礼拜垫底，虽然后面有了周司远"扶持"，但按考核总成绩算，他们肯定不会拿第一。但她的目标也不是第一，而是那个奋勇拼搏奖。

"那个奖杯好漂亮，还能刻上我们四个人的名字。"宁安然撇撇嘴，"我好想要。"

可是要想拿到奋勇拼搏奖，就得参加下午的勇闯天涯比赛。

按照规则，每队可以派出两名选手参赛，选手们需要站上一个离地五米的高台，高台上有相应的旗帜，而每面旗下会有一道知识问答题，答对了才可以继续往前。两名选手从相对的方向出发答题，每人必须至少答对一道题，最终会合，用时最短的队伍获胜。

他们小学都做过相遇题，要想用时最短，最有效的方法就是两名选手都保持最快速度。

然而，宁安然看着悬在空中的平衡木高台，又看看放在颁奖台上晶莹剔透的水晶杯。

好高，可是也好想要奖杯啊。

中午吃过饭，宁安然独自去河边做思想斗争。正在犹豫要不要克服恐惧报名参赛时，身后传来了脚步声。

她回头，看见穿着迷彩服的周司远。

"奖杯要吗？"他问。

宁安然用力地点头："要。"

下一秒，她苦着脸："但是……咱们应该赢不了。"

周司远的手揣在裤兜里，垂首看着她，又酷又跩地说："宁安然，有我在，就不会让你输。"

"可是……"宁安然心里还在打鼓，"我有点恐高，速度肯定快不了。"

"不用你快。"周司远说，"你只要拿到一面旗就行。"

一面旗？这怎么行？那不是从相遇问题变成到达问题了吗？

似是看穿她的想法，周司远不屑地道："我的速度够快不就行了。"

很久以后，宁安然仍然记得男孩不屑一顾的模样。当然，还有他们站上那个高台前，他对在绑安全绳扣的她说："记住了，你只用往前一步，其他的都交给我。"

时间＝距离÷（v1+v2）。

实践证明，当v1足够大时，v2可以等于0。

五米的高台上，少年如风一样，毫无畏惧，勇往直前，聪明冷静地解开一道道难题，带着五彩的旗子朝她一路奔来。

那一天的阳光也像今天一样，浓烈而耀眼。

宁安然还记得他把那一把彩旗交到她手里时的模样，面颊发红，黑发湿漉漉的，黑眸如恒星一样精亮。

他微扬着下巴，一如既往的骄傲样儿："说了会让你赢。"

宁安然猛点头，全然忘了他们还站在五米高台上，也忘了周遭还有一群人，兴奋地扑了上去，给了他一个大大的拥抱："周司远，你太厉害了！"

"干吗呢？"周司远身体往后仰，作势躲开，耳朵却一点点红起来。

后来，他们拿到了奋勇拼搏奖。可惜，第二天领奖台上只站了三个人。

"他家里人生病了，他昨天半夜赶回江陵了。"教官对他们说。

宁安然从前觉得告别是一件很隆重、很有仪式感的事情，后来发现大多数时候都是匆匆忙忙。

她和他甚至没来得及告别。

第三章 青藤色仲夏

校园湖边。

宁安然问坐在旁边的少年:"你是什么时候认出我的?"

"新生报到第一天,我在大榜上找到你的名字。"周司远问她,"你呢?看见我了吗?"

宁安然望着湖边的垂柳,揶揄道:"报纸上、电视上都是你的名字。"

周司远偏头问:"那你为什么说不认识我?"

宁安然有些费解:"我什么时候说过?"

"就是新生报到第一天。"周司远语气里竟有点埋怨的味道,"我本来想去九班找你,结果听见你和陈筱筱说不认识我。"

"怎么可能?"宁安然说。

周司远"呵"了一声,干脆帮她回忆:"当时陈筱筱问你:'你看见一班那个周司远了吗?就那个中考状元,好帅啊啊啊……'"

他语气惟妙惟肖,宁安然啧啧称奇的同时也想起来——

陈筱筱:"学习这么好,还这么帅,肯定要迷倒一群人了……"

宁安然:"哦,应该是吧。"

陈筱筱:"你怎么一点都不激动呢?"

宁安然:"我有什么好激动的,我又不认识他。"

"不认识没关系,晚点都会认识的。"

"无聊,我干吗要认识他?"

…………

回忆到这里,宁安然忍不住笑出声,却立即遭到周司远一个瞪视:还笑?

她忙收住笑,听见他说:"这话是你说的吧?"

"是我说的。"宁安然不得不承认,但还是解释,"我当时是不想让她八卦,就随口一说。"

谁知道……这个老兄在后面听了个正着。

"那军训的时候,我去你们班,你也是故意装不认识我喽?"宁安然也开始翻旧账,"还有前天你和蒋铮亮说不知道我。"

"你都说了不认识我,而且也不想认识我,我干吗还要知道你。"

好吧,说起来好像是她稍显理亏。

"那你后来为什么又……"宁安然没说下去,但意思很明白。

周司远瞥了她一眼:"是你先来找的我。"

宁安然愣了下,随即想起来,那天的确是她先去一班找的他。虽然,是老张让她顺带给他报名表而已。

忽地,宁安然想到了最后那场勇闯天涯比赛——

他说:"你只用往前一步,其他的都交给我。"

她只用往前一步,他便会毫无畏惧,一路向前……

那年夏天是,今年夏天亦是。

一丝风拂过,带来一点点凉意,但她心里像被太阳炙烤一般,炽热得发烫。

周司远撇头,看着她嘴角的梨涡,问:"笑什么?"

"开心。"

"开心什么?"

"就是开心。"

清风拂过水面,泛起一点涟漪。

少年慢慢弯起唇角,说:"队长,一起吃午饭吧。"

正值中午,太阳火辣辣地挂在高空。刚运动完,宁安然并不太想去校外吃,可若去食堂……她侧头瞧了瞧眉眼舒展的少年,心里有隐隐的压力。

周司远却已站了起来,还定了地点:"去食堂吧,外面热。"

宁安然仰头沉默地凝视他片刻,神情为难地说:"要不,去你的秘密基地……"

周司远反应很快:"干吗?和我吃饭丢人?"

宁安然心想,我有这个意思吗?

周司远看了一眼远处教学楼顶的大钟,决定不再逗她。

"去桃李苑,没人。"他说。

桃李苑是学校或老师们用来招待来客的小餐厅,在食堂三楼,主营小炒,除非有老师带,一般学生不会上去吃饭。鉴于张广都能给他秘密基地的钥匙,想想去个桃李苑用餐好像更不是问题。

顾虑打消，宁安然连忙起身，拍了拍校裤上的草屑，正要说"走吧"，手臂却忽地被抓住。

她呼吸一紧，顿觉被他贴着的那块皮肤酥酥麻麻地烧起来。

然而，就在她脑子里汩汩冒出各种想法时，周司远又放开了她。

宁安然霍地松了口气，与此同时，心底竟见鬼地冒出那么一丢丢异样的情绪。

不等她辨清那是什么，就见周司远扬了扬下巴，目光往下，说："鞋带又散了。"

宁安然愣了一秒，明白过来，低头一看，果然运动鞋的带子歪歪斜斜地散到了一旁。

她慢半拍地"哦"了一声，蹲下身绑鞋带。

周司远耐心地等在一旁，目光所及是女孩在阳光下微微泛金的头发，还有一截白得像是能反光的侧颈。

见她揪住鞋带胡乱绕出一个活结，周司远眉梢抬了下，难怪她的鞋带经常散，敢情是不会系。他下意识地弯腰想给她做个示范，可背脊刚拉出一点弧度，又立马抻直回去。

同一时间，宁安然直起了腰杆，说："可以了，走吧。"

距离放学还有小半节课，一路走到桃李苑，人都没有。

宁安然是第一次来桃李苑，这里比楼下装修得略豪华些，堂食区用藤条和沙发做了软隔断，形似卡座。

染着黄毛的小老板认识周司远，一见面就打趣："哟，还领了个女同学来？"

熟悉的语调，让宁安然想起了小卖部的胖子。

周司远没理他，只转头问宁安然："想吃什么？"

"随便。"

"我们这儿不卖雪糕。"黄毛故意打诨。

周司远斜了他一眼，正要让他少废话，就见宁安然侧过头，神色认真地看着他："那我们去楼下吃吧。"

黄毛吃瘪，须臾才"嘿嘿"一笑："来都来了，怎么还能让你们去楼下吃？"

"说吧，吃什么，我亲自去给你们烧。"

周司远这回不再问宁安然意见，而是直接报菜名："青椒肉片、番茄炒蛋、清炒丝瓜，再来一瓶水蜜桃汁，不要冰。"

黄毛说了一句"随便找地儿坐"，就去后厨烧菜了。

周司远领着宁安然找了个太阳晒不到的位置，坐下不久，阿姨就拿来了果汁。

他拿过果汁，拧开瓶盖后直接给了她，然后给自己倒了一杯凉白开。

宁安然诧异，抬眸瞧着他，眼神里写着：你不要吗？

"太甜了，我不喜欢甜食。"他说。

宁安然瞬间了然，是她喜欢。于是，这一口没喝呢，心口已经有了蜜桃的滋味。

黄毛速度很快，没过多久，三个菜就上了桌。

刚才点菜时没注意，此刻见到那盘冒着辣气的青椒肉片，宁安然才意识到他的"别有深意"，唇角弧度渐渐变深。

周司远瞧了眼她唇边的小梨涡，慢悠悠地道："菜都记得，就是记不得人，对吧？"

尾音上扬，尤其那个"吧"字，特别意味深长，好像多亏欠他一样，听得宁安然心里又是一阵发虚，赶紧说："也记得的。"

周司远弯唇，倒也不再逗她，而是瞧着她面前的米饭问："多不多？"

打饭的阿姨今天尤其客气，两碗米饭压得严严实实，以女生的饭量来说，估计会太多。

果然，宁安然说："有点。"

周司远一伸手，把饭拿过来，分了三分之一到自己碗里，再问："够吗？"

还是有点多，但扫了一眼他已堆成小山丘的米饭，宁安然把话收了回去。

周司远一眼看穿她的心思，嘴上念了一句"还真是兔子胃"，又往碗里扒了三分之一的饭。

这下，终于适合宁安然的食量。她拿起筷子，夹了一块番茄，味道比大食堂的好吃太多，完全不输外面的餐厅。

她吃饭时素来不习惯聊天，可眼下，对面坐的是周司远，她又觉得应该讲几句，思忖了好一会儿，终于找到一个话题："对了，你和王辰、关琦有联系过吗？"

"没有。"

答案并不意外。虽然做过一段时间的队友，但在夏令营时他和那两人就不算熟络，而且以他的性格，应该不太会主动去找他们。

宁安然夹起一块青椒，正准备告诉他那两人的近况，就听他说："但我去富昌找过你。"

青椒落进米饭里，心脏跟着重重一跳。

她猝不及防地抬起眼，听到他轻描淡写地说："中考前，我去了富昌一中，但他们说你来了江陵，在十一中。"

宁安然呆呆地看着他，捏筷子的手收紧，猜到了后面的剧情。

"我又去了十一中，但没人见过你。"

宁安然鼻子莫名泛上一点酸意，嘴唇动了动："我只是学籍挂在十一中。"

那次夏令营后，姚静娴不知是受了启发还是刺激，竟动起了将她送到江陵读书的念头，并且直接将目标定为最好的荣大附中。

跨市转学难，转到荣大附中更是难上加难，但姚静娴是谁？那可是挺着大肚子仍能考上研究生，抱着尚在襁褓中的女儿参加答辩并高分通过注会考试的"最强妈妈"，只要她想，就没有办不成的事。

在曲线救国的攻略下，姚静娴先将她的学籍转到了接受外地生源的十一中，再辗转将她塞进了荣大附中借读，直到中考前，她的学籍才正式转过去。

似是看出她情绪异常，周司远往前凑了点，敛颔笑："干吗？感动了？"

"没有。"宁安然偏头，避开他的视线。

"不感动吗？"周司远喝了一口水，人往前凑了点，一瞬不瞬地盯了她几秒后突然"咦"了一声。

"嗯？"宁安然不明所以。

周司远不答，人再往前凑了点，一本正经地打量着她："你的鼻子怎么变长了？"

宁安然下意识地摸了下鼻子，随即反应过来被戏谑了，而对面那人已往后一靠，闷闷地笑出声。

宁安然恼火，直接团了一张餐巾纸砸他。

周司远没躲，纸团不偏不倚地砸在他胸口。他不痛不痒地捡起来，拿在指尖把玩，声音依旧带着笑："宁安然同学，你找过我没？"

又是单刀直入。宁安然心口闪了下，也陷入了沉默。

周司远见她始终抿着嘴不开口，眼底的失落一闪而过，但很快又恢复老神在在的模样："算了，你就算想找也找不到。"

他在夏令营里并未填学校信息，她能找到才怪。

宁安然知道他在替自己找理由，张了张嘴想解释，却又不知道该从哪里说起，最后只得低低"嗯"一声，默默吃饭。

餐厅空荡荡的，两人一时无话，陷入了微妙的静默。

但仅仅几秒，周司远开了口："王辰和关琦在哪里读书？"

"世新。"宁安然松了口气，忙不迭道，"他们中考前和世新签了保底协议，结果他们分数都过了临川的录取线。"

世新是一所仅次于临川的高中，为了避免优质生源全部流失，每年中考前都会网罗一批成绩不算稳定、没有十足信心考上临川的学生签定向协议，但每年也有很多像王辰和关琦这样最后分数过线的学生。

周司远颔首，又问："你们联系多吗？"

"还行，偶尔会一起吃个饭。"

周司远："下次我跟你一起去。"

宁安然点头应"好"，又夹了一块青椒，正要放进嘴里，就听周司远倏地笑了下："还真没给你取错名。"

"嗯？"

这没头没脑的，又是在说什么？

周司远轻点下巴，示意她面前的青椒肉片："一盘青椒都被你挑光了。"

宁安然这才意识到自己确实一直只吃青椒。

不等她答，周司远又拉着调子说："不吃胡萝卜、不吃肉，你这兔子不是一般的挑食。"

"兔子本来就不吃肉。"宁安然不服气地嘟囔。

"对哦。"周司远做出恍悟状，下一秒却话锋一转，"难怪那会儿把肉全剩给我。"

宁安然觉得好心被当成驴肝肺，忍不住白了他一眼："早知道就只给你吃青椒，哼！"

说完，两人皆是一怔，继而又一起笑起来。

阴错阳差遗失的两年时光，仿佛被这一句相同的话和笑慢慢填平。

周司远望着她满溢笑意的眼睛，亮晶晶的，如星星坠在瞳仁，和记忆中那个夏夜一模一样。

吃完饭，周司远带着她从后面的小路回教学楼，完美避开了去吃饭的其他人。

宁安然连着两个晚上没休息好，上午又打了一场球，此时身体很疲累，尽管一路没怎么说话，人却始终处于一种兴奋的状态，以至于周司远眼神含笑地看了她好几眼：有这么高兴吗？

她不辩驳也不解释，一直到了四楼。

一班教室就在楼梯口，周司远却不急着进去，而是单手插兜站在走廊上，挑挑下巴,示意她继续上楼。

宁安然"哦"了一声,接着往上,并清晰地感觉到他仍留在原地,注视着她。

后背热烘烘的,脚下走出的每一步都像踩在棉花上,轻飘飘、软绵绵,整个人宛如被温暖的云朵托着,越飘越高。

飘啊飘,飘到楼梯拐角时,校裤里忽然传来"嗡嗡"振动。

她停足,摸出一看,怔住。

RL来电。

她没有立即接起,而是回头,狐疑地望向楼下的少年。

干什么?

周司远将手机贴在耳边,用眼神示意她接电话。

宁安然满心疑惑,但还是从善如流地接起来。

"宁安然。"

少年富有磁性的声音从手机听筒和现实里同步传来:"有两句话,我忘了对你说。"

她俯瞰着台阶下的少年,心跳一下快过一下。

烈阳在身后,照亮少年眼角和嘴角满溢的笑意。他仰头凝视着她,缓缓道:"开学那天,看见你的名字我很开心。"

空荡荡的楼梯间,有低浅的回音。

宁安然心脏微颤,对上那双清澈的眼眸,听见他缓缓说出第二句话:"今天,看见你开心,我更开心。"

整个下午,宁安然都被笼罩在一种不真实的感觉中。

不是梦,梦境里的画面往往是模糊的,通常只能记得感受和心境,但从体育馆到湖边,再到桃李苑和楼梯间……每一个场景、每一幕、每一句话都是清晰的,清晰到她甚至能描绘出周司远嘴角的笑意和耳机里低浅的呼吸,而一想到他说的两句开心,她的心脏更是止不住地微微发颤。

混沌地上完一节课,"老菜头"刚宣布下课,课桌里的手机便发出"嗡嗡"的振动声。

宁安然摸出手机一看。

RL:要一起吃饭吗?

他们中午不是刚一起吃过饭吗?晚饭还要一起吗?会不会太……

"黏"这个字从脑中蹦出来时,宁安然心底不由得升起一股羞耻感,她在想什么啊?

只是，没等她回复，屏幕上又多出一条信息：红烧小排or冬瓜圆子？

宁安然秒懂，心底的羞耻感瞬时变成了粉色的泡泡。她正要回信息，只见后排的王维安"噌"的一声站起来，以百米冲刺般的速度冲出了教室，引得刚走到门口的"老菜头"对着他的背影一顿牢骚："吃饭那么积极，学习怎么没见你们跑那么快？"

跟着起身的陈筱筱狠狠地翻了个白眼，小声道："废话，饭不吃会死，学不好又不会亡。"

黄敏洁一边附和着"就是"，一边催促她们："赶紧、赶紧，等会儿他一个人没法端。"

每个礼拜五下午，食堂限量供应砂锅，是他四个的最爱，总是一下课就飞奔去抢。可惜，这学期，周五最后一节课换成了物理，"老菜头"又是个爱拖堂的，尤其是这一天，用陈筱筱的话说："'老菜头'绝对是故意的，每次有砂锅他拖堂得更凶。"

"也不知道今天能抢到不？"黄敏洁下着楼梯说。

"我看悬。"陈筱筱回眸看了眼稍落后的宁安然，发现她又在低头看手机，不由得驻足，等她走近，挽住她问，"跟谁聊呢？"

"一个同学。"宁安然把手机塞回裤袋。

"谁啊？"黄敏洁随口问。

"以前夏令营认识的。"宁安然含糊道。

她没说谎，她和周司远确实是在夏令营认识的。

两个女生倒没多问，而是又吐槽起"老菜头"来。说话间，三人就到了食堂。

一进门，就看见靠西窗口那个看不见尽头的队伍。陈筱筱和黄敏洁都踮着脚往里张望，企图在队伍里找到王维安，然而看了半晌，硬是没见着人。

"没看到欸，打电话给他吧。"陈筱筱说。

宁安然应"好"，正要摸手机，黄敏洁的电话先响了，正是王维安，说他们已经排到了，让她们先去找位置。

三个女生对此都很震惊，"这么快？神速啊！"

黄敏洁收起电话，略带困惑地说："但他让我们占七个位置。"

"啊？"陈筱筱不解，"为什么要七个？"

"可能有其他同学。"

其他同学？不能吧，还有比王维安跑得快的？

比起其他同学是谁，宁安然的关注点在："我们要过去帮忙端吗？"

"他说不用，只让我们占位、拿碗筷。"

"那我去吧。"宁安然自告奋勇,转身走向碗筷篮。

路上,她趁机发了刚才被陈筱筱打断的那条信息:我们下课了,但我和同学一起吃。

罕见地,周司远没有秒回。

她看了下屏幕,收起手机,挑了七副干净的碗筷,往回走。

行至一半,她目光一偏,一眼就看见了人群里长身鹤立的少年。

她脚步一顿,眨了眨眼,偏眸看向走在少年身旁,正和蒋铮亮有说有笑的王维安。

几个男生长得都高,排成一队走在人群里格外扎眼,尤其中间还有个周司远,一路过去不知收获了多少目光。

宁安然站在一根大柱子旁,又在侧后方,他们好像并未瞧见她。但不知什么原因,走出几步的周司远竟倏地回头,朝她的方向看了眼。

四目相对,隔着汹涌的人潮。

宁安然似乎看见了他嘴角的弧度。

他轻举了下手里的托盘,上面装着两份冒着热气的砂锅。

一瞬间,宁安然仿佛觉得那带着香味的热气氤氲到了她心里,暖烘烘的。

她抱着碗筷跟上去,不出意外地看见了陈筱筱和黄敏洁讶然的表情。

"小心小心,千万别动啊。"王维安提醒着,小心翼翼地把托盘放到桌上,并解释了一句,"运气贼好,正好碰见他们。"

几人互相打了招呼,宁安然把碗筷分给大家。

王维安指着周司远托盘里的米线,对宁安然说:"给你点了红烧小排。"

"行,谢谢。"宁安然坐下,悄悄看了眼把托盘放到中间的少年。

托盘中,一共两份,冬瓜圆子、红烧小排。

她的嘴角就这么不可抑制地翘了起来,压都压不住,只有低头才能不被发现。

"我下来的时候队伍都排到门口了。"王维安吸溜着米线说,"幸亏碰到他们,否则肯定吃不上。"

蒋铮亮一副"好说好说"的表情,陈筱筱和黄敏洁则对视一眼,有些奇怪,他什么时候和他们混得这样熟了,还能帮忙买饭?但想想,两个班一起排公开课,也算有革命的友谊。

于是,后面的聊天也渐渐轻松起来。

"我们完全没想到居然能进决赛。"蒋铮亮说着上午的排球赛结果。

上午A组决赛,一班以两分之差险胜,拿到了A组第一,爆冷挺进决赛,将在下周和九班争夺冠军。

"不过，我们班应该打不赢你们。"蒋铮亮半谦虚半客观地说，"你们班太强了，上午打七班超精彩。"

说着，他忽然转头看向安静吃饭的宁安然："宁安然，你之前是不是学过排球？"

猝不及防地被点到名字，宁安然闪了个神，一口汤就呛进了嗓子里，直接咳嗽起来。

"没事吧？"

"没事吧？"

"没事吧？"

两男一女三个声音同时问。

女生是陈筱筱，男生是周司远和……坐在她右边的卢毅。

宁安然用手捂着嘴，边咳嗽边说了一句"没事"，只是过了好一会儿，喉咙还火辣辣地难受，不时清一清嗓子。

就在她清第三下嗓子时，余光里一个人影晃动，是周司远突然站了起来。

"干吗？"蒋铮亮问。

"咸，去买瓶水。"周司远懒懒地道。

"那顺便帮我带瓶可乐。"蒋铮亮说。

周司远颔首，目光扫过其他人："你们呢？"

"不用，谢谢。"王维安直接替几个女生答了。

既如此，宁安然也不好说什么，只摇了摇头。然而，几分钟后，周司远却抱回了七瓶饮料。

搞得王维安直言："哎呀，太客气、太客气。"

周司远没说话，倒是蒋铮亮笑嘻嘻地说："说那么多呢，咱们可是一家人啊。"

不过，一扭头看见周司远手里拿着的那瓶水蜜桃汁，蒋铮亮不由得奇怪："你怎么还买了这个，你不是说齁甜？"

周司远瞥了他一眼，将水蜜桃汁递给宁安然，问："这个可以吗？"

"可以。"她忙接过来，捏住瓶盖，一拧，瓶盖轻松被转开了。

卢毅却在此时开口："能拧开吗？我帮你拧吧。"

"哦，不用。"宁安然打开盖子，浅浅地喝了一口，香甜的水蜜桃滋味在唇齿间漫开，再顺着喉咙滑入心底，满是甜腻。

下午不用排演，吃完饭，卢毅突然提议打会儿羽毛球。

"可以呀，正好消食。"王维安欣然同意。

"你们玩吧，我没球拍。"宁安然婉拒。

"没事，我们班有很多球拍。"卢毅说，"你们先去球场，我回去拿。"说着，也不等其余人反应，一溜烟跑了。

黄敏洁和王维安都是爱打球的，宁安然不想扫兴，只好陪着大家去球场。不多会儿，卢毅就拿着球拍回来，还建议："人多，要不双打吧？"

"行呀。"

蒋铮亮刚想说和他一组，就见他突然转头看向宁安然："我和你一组吧……"

到这会儿，其余人纵使再迟钝也嗅出了点八卦的味道来。

蒋铮亮撞了下周司远的肩膀，给他打眼色：这小子有问题。

周司远不应，只是挑着眉峰瞧着正把球拍塞给宁安然的男生，轻撇了下嘴角。

九班的三个人却很是照顾宁安然的情绪，非但没瞎起哄，陈筱筱更是直接说："要不我和你一组吧？安然上午刚打了球，估计这会儿不太打得动。"

王维安也连忙道："对对，她先看吧。"

话说到这份上，卢毅也不好强人所难，只能遗憾地说："行吧，那我们先玩。"

宁安然便把球拍给了陈筱筱，让到一旁观战。

蒋铮亮没和女生组队，就想让他们混双的两组先打，不料周司远已拿起球拍，看着卢毅说："双打我不玩，单打来一局吧。"

卢毅平日爱打球，球技在一班出了名的好，一听周司远说要单打，不由得隐隐开心，想着虽然双打不成，但能在宁安然面前虐周司远也是超级帅的，于是爽快地应下："行呀！"

他拿着球拍信心满满地上场，还不忘侧头对宁安然笑了笑。

然而……几个球过后，他完全笑不出来了。

"周司远球打得这么好？"王维安吃惊。

蒋铮亮瞧着又一次被吊到网前的卢毅，也是略显惊讶："可不是，我以前都没发现他打得这么好。"

"他平时不打吗？"黄敏洁插嘴。

"很少玩，他打篮球比较多。"

话音刚落，"啪！"一记扣杀，周司远再得一分。

蒋铮亮咂舌，暗道这小子今天打球好凶。

随着一记凶狠的劈击，周司远以一个漂亮的杀球结束了比赛。

21比18，分差是3。

而人大抵如此，差太多会愿赌服输，差太少只空留愤愤不平。

羽毛球落地的瞬间，卢毅便气喘吁吁地大喝："再来一局。"

四个字，把不相信、不服气、不甘心展现得淋漓尽致。

可惜，周司远的回答是："不来，热。"说着，他拎起校服领子擦了一把额头上的汗。

"就一局。"卢毅极力争取，"不行就半局，十一个球。"

周司远放下领子，打量了他两眼，悠悠地问："不服？"

"对！"卢毅倒也利落，大方地承认，"不服，再来一局。"

话说到这份上，众人皆以为周司远会接受挑战，谁想他只是看着卢毅，挑眉笑道："那只能忍着了。"

"噗！"蒋铮亮大笑出声，上前勾住卢毅的肩膀，七分揶揄三劝解地说，"输给远哥不丢人，咱再好好练练，下回争取……"

他刻意顿了下，用手比出一个"二"，笑道："只输两分。"

"滚！"卢毅反手就给他一掌。

蒋铮亮避开，不忘继续落井下石，凑到他耳边小声道："兄弟很理解你此刻的心情，节哀、节哀。"

想在宁安然面前耍个帅，结果却被周司远砍瓜切菜。

太丢脸了！

一想到自己刚才笨拙的表现被宁安然尽收眼底，卢毅就恨不得一头撞死在羽毛球拍上。

其实，他平时打球很帅的，念初中时，还有人写信说迷上打球时的他呢，但今天……真是撞了邪，居然被周司远打得如此狼狈。

也不知道她会怎么看自己呢。

悲愤交加的卢毅忍不住朝宁安然的方向看了一眼，竟意外地发现周司远拎着球拍正朝她走去。

"咚！"脑中警钟忽地被撞了一下，发出一声闷响。卢毅盯着信步走至宁安然面前的少年，心底涌上一股奇妙的不安。

而和卢毅同样不安的还有宁安然。

从他下场开始，她的余光就一直留意着他的动静。见他径直走来，她不由得有些心慌，生怕他在众目睽睽下做出一些"过分"的事来。

她很想抬眼给他打一个眼色，但又担心被其他人瞧出端倪，最后，只能半垂着头，忐忑地望着地上越来越近的影子。

影子移动到一步之外时,她用力捏住了手机,心仿佛被一根线提了起来,摇摇欲坠。

就在她犹豫要不要抬头时,头顶响起了熟悉的声音:"走吧。"

这下,不止她和卢毅,其余人也齐齐看过来,表情里皆是困惑和狐疑。

宁安然不能再装下去,只得抬头,对上他气定神闲的目光,并努力让自己的眼神不闪躲得太明显。

"嗯?"她轻声问。

是她眼花吗?在她强装镇定问出口时,好似看见周司远弯了弯唇,但下一秒,他已语气平平地问:"你没收到信息吗?"

什么信息?宁安然一头雾水。

是他又给她发了什么信息吗?可她一直攥着手机,没感受到振动啊,难道没电了?

思及此,宁安然下意识地低头看向屏幕,正欲确认是否有电,就听周司远轻描淡写地说:"张老师发信息让我们下午把比赛视频看了。"

宁安然头顶冒过三条黑线,随即在心底大大地翻了个白眼——他还真把老张当块砖,哪里需要哪里搬。

发现他在瞎扯后,宁安然霍地松了口气,提着的心落回原位。

她抿了下唇,对上他藏着笑意的眼,语气正经地回:"我没注意。"

"那你看下。"周司远抬抬下巴,示意她瞧手机。

宁安然腹诽戏真多,嘴上却配合他:"没事,那我们现在走吗?"

周司远压住唇角:"你还玩吗?"

宁安然摇头,说:"走吧。"

周司远颔首,把手里的球拍抛给了蒋铮亮,说:"你们玩,我俩走了。"

我俩……先走一步的宁安然脚步微微一滞,嘴角一点点扬起了弧度。

一轮金色残阳没入灰蓝色的天际。

少年和女孩并排而行,中间明明隔着不远不近的距离,但背影看起来出奇和谐。

陈筱筱望着渐行渐远的两人,那日在音乐室生出的荒诞念头又冒了出来——好配。

体育场外是一排洗手池。

一出来,周司远就让宁安然稍等片刻,然后一溜烟冲到了水池前,拧开水龙头,把头凑了上去。

男生们上完体育课或打完球经常会冲个"冷水头",宁安然不是第一回看见男生这样做，但看着那被夕阳映成金色的水花下，少年被光晕渲染的发梢和逆光却清晰的侧颜轮廓……

世界仿佛被拉入了慢镜头，一帧一帧，全烙在她心里。

周司远洗得很快，前后不过三分钟，就顶着一头湿漉漉的头发跑了回来。

宁安然仰头，望着他仍在滴水的发梢，莫名有些口干舌燥。

她忙低头舔了舔嘴唇，顺带摸出一包纸巾给他："擦一下吧。"

周司远接过，抽了两张随意在头上抹了几下，算是擦过了。

谁想，宁安然一抬头，就看见他头顶粘了一片纸屑。

"那个……"她指了指他的头发，示意上面有东西。

周司远会意，抬手胡乱摸了一把，却没摸到。

宁安然只得再指引他："后边一点。"

怕他还是找不到，她正想在自己头上演示一下位置，突然眼前一晃，一颗黑乎乎、湿漉漉的脑袋就凑到了她眼前，吓得她往后仰了一下。

顿了一下，周司远已弯腰低头，对她说："帮我弄一下。"

不知是吓的，还是什么原因，宁安然的心跳又开始加速。

她望着他近在咫尺的发顶，鼻间慢慢萦上一股水的味道，很干净。

许是察觉她没动静，周司远疑惑地抬起头，撞上了她的视线。

四目相对，空气静滞。

一滴水从他的发梢滴落，没入校服的领口。

宁安然慌忙别开眼，声音低得像蚊子："你头再低一下。"

周司远望着她如红霞一般的耳朵，噙着笑，拉着调子"哦"了一声，再从善如流地弯下了腰。

宁安然上前一步，抬手捡掉那片纸屑，然后又快速后退一大步，说："好了。"

周司远缓缓直起腰，看着她绯红的脸颊，眼里充满了兴味："就好了？"

什么叫就好了？宁安然暗啐一口，绯红却不受控制地从脸颊烧到了脖子，尤其是触过他发丝的指尖烫得更为厉害。

为了避免陷入这令人窒息的心跳加速中，宁安然走出两步，主动没话找话："你羽毛球打得很好，是学过吗？"

"没学过。"

"没学过还能这么厉害？"

她不怎么打羽毛球，但刚才观战时听王维安他们说卢毅以前练过羽毛球，球技在临川数一数二，他能赢下卢毅，水平可见一斑。如果真没学过，只能解释天才样样精通了。

似是看穿她的想法,周司远忽地一笑:"虽然很想吹个牛说小爷样样厉害,但事实是……"

他顿了下,看着她,慢慢地道:"我只能赢他那一局。"

什么意思?

宁安然偏头看向他,眼底写满了困惑和不解。

大约是觉得两人这样偏着脑袋讲话不方便,周司远干脆转身和她面对面,一边倒退,一边慢条斯理地道:"我不太会打球,论球技,撑死75分的水平。"

"75分"就能吊打全校数一数二的卢毅?大哥,你会不会谦虚过头了?

周司远瞧她一脸不信的模样,弯唇笑道:"没谦虚,是真的。我刚刚能赢是因为用了脑子打球,而不是球技。"他把手插进兜里,继续解释,"任何运动都是以力学为基础,通过计算发力、速度、质量、惯性,是可以推测出球和对手的运动轨迹的……"

宁安然蓦地睁大眼,这打个球,还得用上力学原理?

天才的世界果然和她有壁。

接下来的两分钟,宁安然就听着他是如何通过力与速度的关系,研判球的落点、对手运动惯性及单位时间内运动距离的极限值,来完成推、吊、扣和突击,实现得分。

宁安然一边听一边仔细回想刚才那局比赛,单从技艺看,周司远似乎真没打出过特别精湛的球,然而,卢毅确实被他吊得全场乱跑,好几次失分都是被他声东击西地打了个措手不及。

"刚才那局会赢是他没摸准我的套路,但以他的球技,再来一局,我大概率得输。"周司远坦然承认。

竞技比赛,归根到底比的还是谁技术更胜一筹。他能小比分拿下比赛一来是卢毅心态不稳,前期轻敌后期急躁,白送了他一些分;二来则是他费了点脑子,让卢毅有些措手不及。不过,以卢毅的比赛经验和水平,再来一局,肯定能找回节奏,赢过他。

宁安然忽然有些好奇:"你比赛前就知道肯定会赢吗?"

周司远摇头,语气却有着少年的张狂:"不肯定,但又怎样?"

随口一句,却满含"欲与天公试比高"的狂妄。

宁安然望着慢慢悠悠倒退的他,笑了下,故意问:"所以,你坚决不和他打第二局是因为……"

她点到即止,但周司远坦坦荡荡:"因为会输啊,我得让他一直心痒。"

坦然潇洒，毫不避讳他的那些小心机，甚至还有点计谋得逞的小得意，让宁安然非但不觉得他阴险狡诈，还觉得他有些可爱。

"他肯定会再找你打一次的。"宁安然肯定地说。

周司远下巴轻扬："那就得看我心情了。"

不战自不败，难怪他让卢毅"不服也忍着"，这人怕是很长一段时间都不会接受切磋，而卢毅同学只能牢记着今天被吊打的惨剧。

好像……有点腹黑。

两人一路聊着回到教学楼。

和中午一样，到了四楼，他站在楼梯口看着她上楼。

做完一张试卷，王维安他们一头大汗地回到教室，"咕咚咕咚"灌下去一大瓶水，说起了后面的比赛。

"蒋铮亮球技一般，但卢毅打得是真好……"

混双之后，王维安和卢毅连打了两场，都是大比分输掉了比赛。思及此，王维安不禁感叹："不过，还是周司远厉害，我要和他打，估计会被削成秃子。"

听着他斩钉截铁的语气，宁安然陡然明白了武侠小说里，为什么总有人向武林第一发挑战书，因为打败他们，就约等于打败了整个武林。

而对应到现实，以后但凡大家提起卢毅的球技，怕是都会加一句"但周司远更强"。这么一想，宁安然忽然有些同情起卢毅同学来。

到了晚上，宁安然洗完澡出来看见手机里有一条未读短信。

RL：作业做完了吗？做完上QQ。

宁安然没回，直接登录了手机QQ，刚上线就听到"嘀嘀"两声，星球爆炸的头像一跳一跳地闪动。

她点进去，屏幕上跳出两条信息。

RL：在吗？

RL：来了？

宁安然挑了个打招呼的表情发过去，下一秒，周司远发来一张璀璨的星空图片——静黑的天幕上，繁星闪耀，但细看，发现其中两颗特别亮、特别大，似乎是整张星空图的焦点。

宁安然边欣赏边打下三字：好漂亮。

同一时间，屏幕上多出一句：说过教你认星星，没忘吧？

宁安然一怔，记忆瞬间被拉回到夏令营的最后一晚。彼时，关琦和王辰留在帐篷里，绞尽脑汁地为其他同学写留言册，只剩下她和周司远在小山坡上看星星。

"周司远，"宁安然趴在草地上，望着仰躺在身边闭目养神的少年，好奇地问，"你为什么不帮他们写呢？"

少年眼睛都懒得睁，只扔出两个字："麻烦。"

这理由，非常"周司远"。

"可是，这样不会太没礼貌吗？"

这人吧，虽然在夏令营的两周时间里每一天都践得二五八万，对谁都一副懒得搭理的模样，但"人缘"竟出奇的好，甭管男女同学，几乎都拿了留言册给他，倒是她这个活泼可爱的人，没接到几本。

不过，不管对方是谁，这位老兄都一视同仁，直接大笔一挥，签个名字就还回去。不像他们，还要一栏一栏地填上去，并努力编几句与众不同的祝福语。

少年依旧闭着眼，声音懒懒的："写一堆废话就有礼貌？"

宁安然认真地想了想，如实道："那倒不是。"

"那不就行了。"周司远缓缓睁开眼，转头看着托腮的她，"你想写吗？"

宁安然思忖了下，摇头："其实，不太想。"

那些让她留言的人，大多没和她讲过几句话，有些她连名字都叫不上来。

"不想就别做。"周司远说。

不想就不做？可以吗？姚静娴从小教育她要友爱礼貌，要和老师同学打成一片，要努力表现让大家喜欢她……可是，眼前的少年告诉她，不想做就别做。

许是她沉思得太久，周司远喊她："宁安然。"

"嗯？"

"你知道天上有多少颗星星吗？"

话题跳跃得太快，宁安然愣了下才仰头看向天空，胡乱猜个数字："几千万颗。"

难得地，周司远没笑她，而是认真地说："肉眼能看见的有七千颗左右，但在宇宙深空中有数以万亿计的星球，仅银河系，天文学家就估测有7×10的22次方。"

一听到数字，宁安然立即条件反射地做起了心算，然而，数到亿亿时就算不下去了……22次方，好多零啊。

见她皱着眉念叨，周司远弯起了唇，又喊了她："宁安然。"

"嗯？"宁安然转眸看着他。

就在她推断他大概要和自己讲宇宙浩瀚，人微如尘埃，不要计较那些人啊物啊之类的哲学观时，他却来了一句："你想不想认识它们？"

"啊？"

它们？谁？

周司远被她逗笑，抽出枕在脑袋下的手，指向天空，说："它们，星星。

"我教你认星星。"

…………

"嘀嘀！"QQ提示音又响了两下。

宁安然看向手机屏幕，是他发来的介绍：这两颗星星叫Sualocin和Rotanev，它们是海豚座中最亮的两颗主星α星、β星……

他的介绍简单又清晰，从天文学家发现这个星座到给它们命名，再到这个星系的存在对于天文研究的意义……

宁安然看得入神，不知不觉就到了十一点多。

周司远停了下来，说：好了。宁同学，今天的星星课堂结束。

宁安然扬唇，回复：周老师准备每天一课吗？

周司远：不然呢？你都数不清多少零。

宁安然"扑哧"一笑，又气又无语：那不是得讲到天荒地老。

信息发出的一瞬间，她便意识到这话有些暧昧，正要欲盖弥彰地补上一条解释，就见对话框里多出三个字：想听吗？

宁安然用电脑登录了QQ，屏幕右下角的时间一秒一秒地过去，宁安然的手指停在键盘上，脸颊悄然爬上一层热意。

对话框那头的周司远似乎很有耐性，原本闪个不停的星云头像此刻一动不动，仿佛深夜的星星，安静地存在着。

想听吗？

宁安然凝视着这三个字，正打算把问题丢回去，身后传来了不轻不重的敲门声。

她忙关掉对话框，头也不回地应了一句："进来。"

门被轻轻推开，一道浑厚的男音钻进耳朵里："宝贝，还没睡吗？"

宁安然回头，望着已换上家居服的宁鸿博，微笑道："爸爸。"

宁鸿博握着门把手，扫了眼亮着的电脑桌面，问："是不是打扰到你了？"

"没有。"宁安然摇头，直接问，"你找我有事？"

"也没什么事。"宁鸿博拇指摩挲了两下门把手，慢慢地道，"就是觉得很久没见到你,想和你随便聊聊。"

可不等宁安然开口,他又抢话道:"不过,你要是在忙,就算了。"

"我不忙。"宁安然冲他笑了笑,将身子彻底转了过去,故意带着点撒娇的语气,"但你能先去帮我切点西瓜吗?"

"当然能。"宁鸿博笑逐颜开,"就要西瓜吗?银耳汤要不要?奶奶熬了银耳汤,应该已经凉了。"

"不用,就西瓜。"

宁鸿博应"好",笑着折回客厅。

宁安然回身,点开了一闪一闪的星球头像。

RL:不会掉线了吧?

RL:看来真掉线了……

宁安然笑了一下,快速敲下几个字:有事,先下了。

原想他多少要追问一句,不料周司远竟是干脆地秒回:好,拜拜。

宁安然回了个"886",下线,关掉了电脑。

屏幕熄灭时,宁鸿博端着一大盘红彤彤的西瓜进屋。

"冰箱里刚拿出来的,有点凉。"他提醒道。

宁安然接过来,捧在怀里,吃了一块,主动发起了话题:"爸,你这次回来待多久?"

"一个月左右吧。"

"那还挺久的。"宁安然有些惊讶,"我以为就个把星期。"

"有一个国际性的植被研讨会在蓉城开,请我帮着做一些筹备工作。"宁鸿博解释道。

见女儿露出一个难怪的表情,宁鸿博脑中浮现出了晚饭时,母亲怨责的话:"你能不能把你对工作的热爱分一点点给你女儿?"

"你以为然然当初为什么不跟她妈坚决要跟着你?还不是她知道你成天在外头,她要是跟了静娴,我这个老太婆就彻底成了孤寡老人。"

"静娴这些年还念着我,念着这个家,不都是因为然然还跟在我边上吗……"

宁鸿博倚靠着书桌,满目愧疚地望着大半年未见的女儿,喉咙隐隐发紧:"然然,爸爸这些年……"

"爸,"宁安然打断他,"抽一张纸给我。"

宁鸿博一怔,顺着她视线看到了床头柜上的纸巾盒,忙点了下头,走过去,拿了过来。

宁安然言谢,抽了张擦嘴,不动声色地绕开了话题:"你们那个会什么时候开?"

"八月份……"

父女俩闲聊了会儿,不知不觉竟聊到了选专业的事,宁鸿博忽然想到了一件事:"对了,我听你妈妈说,你想选文科?"

"嗯。"宁安然主动道,"不过,她想让我选理科。"

"你妈妈主要是考虑到你大学如果学金融或者经济类,理科学起来会更轻松些。"

姚静娴其实是文科生,大学读的是财会专业,毕业工作后考了注册会计师,又读了金融学的在职研究生,现在已经是一家地方银行的高管。

金融是当下最热门的专业,加上她又在业内,当然希望女儿也选这条路,可惜……

"我对金融没兴趣。"宁安然把果盘放在桌上,抬眼看着父亲,语气缓慢却坚定,"我要学新闻。"

宁鸿博眼底闪过一丝错愕:"新闻?你妈妈说,你想学外语。"

"爸,"宁安然无声地笑了下,"我从小的梦想就是做一名记者。"

轻描淡写的一句话却像一把锋利的剪刀刺进了宁鸿博的心,母亲说得对,他绝对是一个糟糕的父亲。

然而,宁安然似乎不想听他的愧疚,再次转移了话题:"其实,我妈不想我选文科,还有一个因素是临川的文科弱,理科强……"

关于这些,宁鸿博其实听姚静娴提过,不过和女儿聊起来又是另一番感觉,仿佛听女儿多讲一个字,他心中巨大的空洞就能被填上一粒沙砾。

不知不觉,时间走到了快十二点。宁安然夸张地打了个哈欠,对意犹未尽的父亲说:"爸,不和你聊了,要不我明天起不来了。"

宁鸿博恍然:"哦,对对,你赶紧睡觉。"

宁安然笑,把果盘递给他。

宁鸿博接过去,同她道了晚安,带上门离开。

宁安然往后靠向椅背,盯着合上的门,长长地呼了口气。

良久,她才起身,拿了睡衣去洗澡。

躺上床时,已经是凌晨。她打开手机,有一条未读短信。

RL:我家边上有一家很好吃的豆浆粢饭,想不想尝尝?

发送时间是她下线后不久。

宁安然想了想,翻了个身,回:算了吧,有点麻烦。

这个点,她猜他已经睡下了,果然,信息发出去好几分钟都没有回音。

宁安然想到他第二天醒来总会看见,便不再多言,收了手机,关灯睡觉。

是夜，宁安然做了一个长长的梦。

梦里，她回到了富昌，宁鸿博还在市渔业局上班，姚静娴还每天严厉督促她练古筝。每个不上课外班的周日，是她最开心的日子，因为爸爸会带她去海洋馆，教她认识很多鱼，并如数家珍地告诉她这些海洋生物的科属、生长习性、分布区域等。

每每这时，宁安然都能看见父亲眼底有亮晶晶的东西，很久后她才明白那是他心底深处梦想和热爱绽放出的光。

后来，那束光终究破壁而出。在她小学四年级时，宁鸿博背着姚静娴报名了一个海洋生态修复小组，被派去参与渤海蓝藻治理，一去就是两年。纸包不住火，在他走后第二个月，姚静娴就知道了真相，但令人出乎意料的是，她非但没有生气，还非常支持，认为有了一线治理的经验，能有助于他更快地提拔升职。

可惜，她想错了，宁鸿博的志向从不在仕途。

渤海的任务结束后，他无缝进入下一个项目组，一待又是三年……

一年又一年，他在海洋生态修复和治理领域越来越有名气，但离妻女也越来越远。

出于愧疚，在宁安然上初中时，宁鸿博主动提了离婚。姚静娴没有丝毫犹豫，只提出暂时先不要告诉孩子。

直到，宁安然来蓉城，第一次看见了崔叔叔。

"然然，这是崔叔叔，是我的丈夫。"姚静娴对她说，"以后，你就和我们一起生活。"

宁安然捏着衣角，很努力地睁大眼睛，盯着眼前陌生的男人，视线渐渐模糊……

嘀嘀嘀！嘀嘀嘀！

一阵刺耳的声音在耳畔炸响。

宁安然混沌地睁开眼睛，皱眉摸过床头柜上的闹钟，摁停，扔到枕头边。

眼角有凉凉的湿意，她牵起被子擦了下，一骨碌爬了起来，洗漱、穿衣。

她走出房门，发现客厅里和往常一样静悄悄的。

奶奶这两年身体大不如前，宁安然都不让她起来做早餐。换好鞋，她轻轻带上门下楼。

清晨的小区静悄悄的，宁安然边走路边翻看手机短信。

周司远还是没有回复她，她正思忖着要不要再给他发一条信息，手机忽地振动，念着的人竟来了电话。

宁安然忙接起，听筒里传来少年干净的声音："再不看路，要撞了。"

宁安然稍愣，抬眼一望，身着蓝白校服的顾长少年轻巧地撞入她的眼帘。

清晨薄薄的阳光下，少年单肩挂着书包，一手捏着电话，一手拎着一个袋子，一脸得意地瞧着她略显震惊的模样。

"早上好，宁安然同学。"他望着她笑。

阳光落在宁安然的脸上，晃得她睁不开眼，她微低下头，小声地应："早上好。"

那头，周司远收了手机，几步来到她面前，香甜的粢饭味随之钻进鼻子里。

宁安然这才看清他手里拎着的东西，不由得嘟囔了一句："我不是说不用了。"

"你只说怕麻烦。"周司远把装着食物的袋子塞给她，抢先道，"送到你班里呢，是挺麻烦，但送你家，还好。"

心中的顾虑被他猜中，又被他用心地化解，刹那间，宁安然只觉得手里的粢饭气味更甜了。

她拿出粢饭，抬眼看着他，问："你吃了吗？"

"等你的时候吃过了。"

她点头，慢慢剥着外面的包装纸，状作无意地问："你怎么知道我住这里？"

周司远没有立马回答，而是微微俯身，盯着她扑闪扑闪的睫毛瞧了好一会儿，直把她瞧得脸颊染上绯色，才优哉游哉地说："昨晚你告诉我的。"

她告诉他的？昨晚？她怎么不记得了？

宁安然一脸讶然，却见面前的少年嘴角噙着薄笑，悠悠地补上一句："在梦里。"

于是，宁安然脸上的绯色更浓了。

等车的工夫，宁安然解决完了早餐。

周司远替她扔了垃圾，不多会儿，56路公交车缓缓驶来。

和往日一样，这趟车挤满了沿路学校的学生。上车后，周司远带着她走到车厢中间，轻松地抓住拉环，将她半护在身前。

车启动时，他摸出耳机，问："听吗？"

宁安然望着挂在他校服领子外的耳机线，犹豫了几秒，正要摇头，却见他把耳机摘了下来，挂到了她的脖子上，最后，还干脆把耳机压进了她的耳朵里。

接着，他摁下播放键，耳朵里传来一声蝉鸣。

他给她听的不是音乐，而是来自大自然的声音。

一瞬间，宁安然仿佛仰躺在夏夜的星空之下，满天星河，薄蝉鸣鸣。

"你录的吗？"

她直觉是。果然，周司远点头，说："去年夏天在九昌录的。"

九昌？卫星发射基地？

她记得，那年夏令营时他提过他父亲是做航天工作的，便问："是去看你爸爸吗？"

"不是。"周司远皱了皱眉，露出不太情愿的表情，"被我姐拉去采风了。"

宁安然见他一副不爽的模样，笑了笑，不再多问。

车子继续向前，大桥站后，又涌上来一拨人，空间被进一步挤压。

周司远将她护在身前，用背挡住了后面熙攘的人群。

离得太近，她一抬眼就看到了他露在校服领口处凸起的喉结，嶙峋锋利，状似桃心。

桃心轻轻滑动了一下，宁安然的心重重地跳了起来。

她慌忙错开眼，看向一旁，一位穿着临川校服的女生进入她的视线。

女生纤细白净，扎着低马尾，露出光洁的额头，文气又漂亮，可仔细看，神色却显得很慌张，身体更是紧绷得如惊弓之鸟。

宁安然目光再一偏，立马知道了她惊惧的原因。

在女生身后，站着一个黄毛胖子。他斜挎着一个色彩夸张的大包，身上印有职高logo（标志）的校服皱巴巴的，圆形领口紧紧箍着粗壮的脖子，往上是一张肥头大耳的油饼脸，一双小小的眼睛一直色眯眯地盯着女生。

宁安然皱起眉，看见女生往前挪了一步，反手解下书包，挡在了胸前。

原以为这个动作后，黄毛胖子会有所收敛，孰料，那胖子竟开始肆无忌惮地看起女生的脸、脖子、手臂……那眼神落在宁安然眼里，就像一条丑陋黏腻的蚯蚓慢慢爬过身体，恶心到想吐。

车厢里挤得满满当当的，女生使劲往前挪了半个身位，企图远离那个胖子，可就在这时，车子突然来了个急刹，一车人都被惯性带着往前栽。

眼看着那死胖子想趁乱揩油，向女生伸出咸猪手，宁安然顾不上没站稳，就要冲过去帮忙。谁想，她还没来得及探出身子，就见眼前一道蓝白的身影闪动，裹挟着一股凌厉的气势，挡在了黄毛胖子的身前，把他硬生生地往后撞退了两步。

"挤什么啊？"黄毛胖子怒不可遏，冲着突然跑出来的少年破口大骂。

一车人都被这一嗓子引得看了过来，而身处焦点中的少年只是轻蔑地瞥了黄毛胖子一眼，无波无澜地开口："你说呢？"

朝阳透过车窗玻璃落在少年的侧脸上。

宁安然望着阳光下神色冰冷却熟悉的人。

蓝色校服领子，冷白色的脖颈，骨骼分明，清爽又透着少年特有的朝气与力量感。

对于这股力量感，被生生撞开的黄毛胖子深有体会。

只见他仰头看着足足高出自己两个头的少年，再扫了眼少年身上宽大的校服和校徽，虚张声势地吼道："临川的学生了不起啊，撞了人不用道歉？"

听他贼喊捉贼，宁安然气不打一处来，下一秒，却见周司远冷冷地撇了下嘴，反问："撞你这种垃圾，还用得着临川？"

周围有人笑出声来。

黄毛胖子恼羞成怒，嘴里骂着"你找死啊"，拳头就挥了过来。

宁安然一惊，周围的人则吓得往边上闪躲。然而，预想中的打斗并未到来，因为周司远一把钳住了那人的手臂，反手这么一拧，瞬间，胖子的哀号声响彻整个车厢。

宁安然完全没看清周司远是怎么制伏那个死胖子的，但不影响她觉得他此刻帅出了天际！

就……太帅了！

"阿远。"一个男声从车厢前面传来。

宁安然循声看去，认出是蒋铮亮。

"真是你啊？"蒋铮亮挤了过来，看了看握着胳膊嗷嗷叫的黄毛胖子，问，"什么状况？"

"处理一个垃圾。"周司远云淡风轻地说。

刚吃了大亏的黄毛胖子这回听见"垃圾"也不敢再造次，只吸了吸鼻子，恶狠狠地瞪了周司远一眼。

两人兄弟多年，蒋铮亮深知周司远脾性，对他的话不疑有他，于是立刻加入了队伍，瞪着黄毛胖子说："看什么看？不服啊？"

一个周司远已讨不到便宜，再加上个人高马大的蒋铮亮……黄毛胖子自然不敢说话。

刚好，车到站了，他便抱着胳膊灰溜溜地跑了，直到下了车，人在站台上，才敢大声放狠话要找人收拾他们。

"来来来，等着你小子！"蒋铮亮扯着脖子同他隔空喊话。

一通操作完,他回头,发现周司远正满脸嫌弃地看着他。

"你那是什么眼神?"蒋铮亮不满地问。

周司远懒得答,转身走回宁安然旁边。

蒋铮亮这才后知后觉地看见宁安然。

"欸!"他身子夸张地往后一闪,"小鸟同学,你怎么在这儿?"

自从开始排练后,大家渐渐习惯互叫角色名字。宁安然和周司远扮演的都是鸟,原本蒋铮亮是管周司远叫"鸟兄",管宁安然叫"鸟妹"的,但卢毅那厮喜欢人家,私下改口叫"小鸟妹妹"。

然后,某天被周司远听见了,硬说"哥啊妹的"俗不可耐,还拿解题威胁他们,逼着大伙最后都改口叫"小鸟同学"。

周司远甩了他一个"你在问什么废话"的表情。

蒋铮亮:"我的意思是……"

他当然知道她是去学校,他想问的是,一大早,她怎么和周司远在一块儿?

然而,下一瞬,他又觉得不对,都是去学校,乘坐一趟车也不稀奇。不过……蒋铮亮的目光在两人身上转了转,总觉得哪里不对劲,无奈又说不出来哪里不对。

最后,他摸了摸后脑勺,决定不想了,转而同宁安然有一搭没一搭地聊起天来。

又过了几站,车停靠在临川门口。

学生们陆续下车,宁安然不好意思同周司远一起明晃晃地进校,一下车就扔下句"你们慢慢走,我有事先去班里",然后背着书包一溜烟跑了。

气喘吁吁地跑到教室,她刚坐下,后排的王维安就伸长脖子问:"妹子,你刚是不是坐56路来的?"

"对呀,怎么了?"宁安然不解。

"你也在车上?"一旁的黄敏洁激动地问,"那你看到没?"

"看到什么?"她更疑惑了。

"周司远啊,英雄救美。"陈筱筱接过话,叽里呱啦地讲起来。

原来,是有围观的临川学生把车上的事通过短信和QQ聊天传到了学校,还贴心地上传了周司远一招制伏胖子的照片,现在,这些东西已在学生间传开。

"那个女生是三班的学习委员,叫葛慧慧。"黄敏洁说,"三班正商量要给周司远写感谢信呢。"

这……

"安然,周司远真的是一招就把那人打趴下了?"陈筱筱追问。

"应该是吧。"

"没看出来,他还练过?"王维安道。

"妈呀,肯定帅死了……"黄敏洁星星眼。

宁安然回想了下他干净利落的动作和冷冽的表情,确实……帅死了。

不过,出于心虚,她没有再加入议论,而是整理书包,准备上早读。然而,一低头,她瞥到了脖子上挂着的黑色耳机线。

刚才跑得急,她忘记把耳机还给周司远了。

现在送过去不现实,她只能给他发信息:耳机还在我这里,怎么给你?

周司远:先放你那儿,晚上还要听。

宁安然秒悟出他这话背后的含义,红着脸回了个"哦"。

偏偏那边还得寸进尺,补上一句:明早也要听,还是一直放你那里吧。

宁安然脸颊更烫了,不再理他,收起了手机。

那天后,她身上多出了一副蓝牙运动耳机。

周司远收拾流氓的事在学校里传了一个多礼拜后,故事又有了新进展。

周六下午班会课上,一班、九班集中在音乐教室做最后一次排练。

连着排了小半个月,大家对台词、走位早已烂熟于心,彼此之间的感情也变得熟稔,这会儿看老张还没来,便凑在一起聊最新的八卦——

"我听三班的人说,葛慧慧这段时间天天往你们班送饮料?"

被问的一班女生笑而不语。

"周司远有没有被感动?"女生又追问。

被问的女生甩给对方一个"怎么可能"的眼神,小声道:"人家一次都没喝过,感动什么?"

周司远收拾流氓的当天课间操时,葛慧慧就带着三班的两个女生,拎了满满几大袋饮料到一班,笑嘻嘻地说这是为了答谢周司远在公交车上仗义解围,所以请全班同学喝饮料。

当然,不忘亲手为周司远送上一瓶。

本以为就此一次,可接下来,每天课间操,她都往一班送饮料,一连送了一个礼拜,搞得一班的同学都难为情起来,纷纷表示无功不受禄。

倒是最该"受禄"的周司远在葛慧慧送来第一瓶时,就转手递给了蒋铮亮。

"那葛慧慧也太勇敢了。"女生感慨道,"换作我,第一天就打退堂鼓了,更别说搞这么大阵仗,多丢脸啊……"

"也没什么好丢脸的。"一个女生接过话,不以为意地说,"别人感谢救命恩人，合情合理。至于周司远，他对谁都一副懒得理会的样子。"

"也是哦。"女生们笑着附和。

"那可不一定……"一个女生发出不同的声音。

见其余人看过来，那女生朝坐在台阶上对台词的男女生投去一眼，压着嗓子说："他对那谁……"

女生点到即止，其余人则神情各异。

"不可能，周司远又没瞎。"说这话的是郑丹萍。

"对呀，葛慧慧不比她好看？"同郑丹萍交好的另一个女生跟着撇嘴。

声音不大不小，正好落进被比下去的宁安然耳朵里。趁着周司远翻台本的工夫，她悄悄偏了点头，望着落地玻璃窗鎏金边框上印出的自己——厚重的刘海、黑框大眼镜、宽大的校服……

再想想斯文秀气的葛慧慧，她低下了头。

有没有可能，周司远真有点瞎？

思及此，她抬眼看向身旁的少年，却撞进他的目光里。

怎么了？他用眼神问。

宁安然忙摇头，亦用眼神答：没什么。

周司远明显不信，目光下移，在她的大镜片上停了几秒后，用只有两人才能听到的声音没头没脑地问了一句："你觉得颜矜好看吗？"

颜矜是临川公认的校花，当然漂亮。

宁安然不明所以地望着他，听见他带着惯有的散漫语调继续道："我姐比她漂亮多了。"

"哦。"

以他的长相，他们家族的相貌基因应该非常优异，他姐比颜矜漂亮也不是不可信。只是，他突然说这个干吗？是他也听见郑丹萍她们的议论了吗？可是他姐好看和他眼瞎与否没有关系啊。

宁安然心下正思忖着，就听周司远接着说："我在初中时遇见了一个比我姐还好看的女孩子。"

她的心"咯噔"了下。

初中？

他们夏令营时不正是初中？

咳咳……她抬眸，撞进周司远带着促狭笑容的目光里。

"对哦。"他佯装恍然大悟，"我认识你时不就是在读初中？"

宁安然磨牙，别开头，决定不再理这个人。

周司远看着她气鼓鼓的脸，笑得眉眼舒展。

这一幕落在一旁本就在吃瓜的群众眼里,那叫一个粉红。

几个女生一边断定这两人肯定有状况,一边又为校草千挑万选竟迷了眼感到错愕和惋惜。

好在,很快老张和郭琼就来了,带着大伙儿开始了最后的排练。

周司远和宁安然口语表达最好,几乎毫无瑕疵地一遍通过,而其他人,都还在紧锣密鼓地做最后的精调。

等在一旁实在太无聊,宁安然问:"要不,我们再过一遍?"

"懒得过,就这么点词。"

话是实话,可干等着干吗呢?宁安然扫了眼场中正在演戏的同学们,有点后悔没把作业带来。

"宁安然。"

周司远轻轻喊她。

她偏头,看他,用眼神问:嗯?

他却没有看她,而是单手撑在身后,一双长腿往前伸展,看着正念台词的许瑶,说:"灰姑娘为什么一定要跑?"

宁安然诧异:"你没看过这个故事?"

问完,她就觉得不对,完整的剧本还在他们手上呢。

"看过,但想听听你的看法。"

宁安然意识到他想问的肯定不是故事里讲的原因,但她暂时只能给出故事里的理由。

"她身上漂亮的衣服、鞋子,还有珠宝首饰、南瓜马车都是用魔法变成的,过了十二点就会消失。"

"然后呢?"周司远接着问。

宁安然一愣,然后?

——午夜十二点整,一切光鲜亮丽都会消失,辛德瑞拉不再是来自神秘国度的公主,而是在阁楼和厨房里打扫的灰姑娘,然后呢……

她的心微微一震,仿佛被什么撞了一下。

蓦地,她明白了他为什么问自己这个问题——辛德瑞拉为什么不敢让王子知道自己只是灰姑娘?

就像开学那一天,她为什么不敢坦然地对陈筱筱说:"那个大帅哥啊,我认识,叫周司远,我们还一起看过星星呢……"

"也许,"她抿了抿唇,小声说,"是因为自卑。"

灰姑娘是,她又何尝不是。毕竟,王子和他都那样耀眼啊。

"宁安然,"周司远笑了下,转头看向她,语气十分认真,"王子从一开始喜欢的就不是公主,只是她。"

宁安然的心再次被撞了下,一种带着麻意的震颤从心脏深处钻出来。

周司远盯着她,慢慢地道:"懂了吗?"

他的眼睛干净澄亮,就像明月卧在漆黑的瞳仁上,带着少年的肆意、坦荡、专注与真诚,令人甘愿沉溺进去,怦然万里。

宁安然推了推鼻梁上的大框眼镜,又下意识地摸了下被吐槽过无数次的厚重刘海,喃喃:"懂了。"

王子喜欢的只是她,不是被魔法包装的漂亮公主。

排练结束,两人各自找了借口甩掉了好友们,去位于市中心的中汉街吃饭。

中汉街是近两年兴起的一条商业步行街。

出发前,宁安然对周司远说:"筱筱说这边有家很好吃的馄饨店,就在麦当劳旁边的巷子往里拐。"

可现在,麦当劳就在眼前,别说巷子,店铺左右商店毗邻,连条缝都没有。

"我去问下。"周司远说着就跑开了。

宁安然留在原地,摸出手机正要吐槽陈筱筱,视线一偏,就看见了玻璃后面,正在吃麦当劳的一家三口。

他们围着一张小圆桌,身上穿着茄紫色的T恤,看得出应该是亲子装。此刻,扎着丸子头的小女孩正高高地举着一个甜筒冰激凌喂到妈妈嘴里。

那张和宁安然有几分相似的脸凑了上去,大大地咬了一口,小女孩开心地笑起来,接着手一偏,又递给了一旁戴着眼镜的斯文男子。

隔着一层玻璃,宁安然恍惚也听到了女孩甜甜地说:"爸爸,你也吃。"

孩子父亲也从善如流地吃掉一口,并捡了一根薯条,笑着喂进女人嘴里。女人用唇衔住,礼尚往来地给男人也喂了一根……

甜蜜又温馨的画面,似曾相识却又遥不可及。

宁安然轻吸口气,缓缓别开头,恰好撞见周司远跑了回来。

"问到了。"他先瞥了眼后面的橱窗,目光稍停了两秒,才转回来,说,"还得再往前走到果鲁巷。"

宁安然略显迟钝地应了个"哦",率先走在前面。

周司远立即跟上。可没走出多远,他突然说:"你先往前走,我回去买包板栗。"

宁安然犹豫了下,担心陪他回去会碰见那一家三口,便说:"那我慢慢走着等你。"

"行,很快。"他说完风一样跑走了。

宁安然则继续慢腾腾地往前走,直到走到果鲁巷口,后面传来了跑步的声音。她回头,一眼瞧见了穿着蓝白校服的少年,还有他手里的甜筒冰激凌。

和那个小女孩一样的冰激凌。

宁安然目不转睛地盯着那个越来越清晰的甜筒,眼眶一点点泛起酸意。

她慌忙低下头,深吸了几口气,逼回眼底的热度。

抬眼时,周司远已跑至她面前,手往前伸,说:"给。"

宁安然垂眼,凝视着甜筒上的白色冰激凌,喉咙很紧地开口:"为什么买甜筒?"

"不为什么啊。"周司远随意道,"就想请你吃。你不是喜欢吃甜的吗?"

天气太热,冰激凌已经有融化的迹象,被四周店铺的灯一照,亮晶晶的。

宁安然接了过来,说:"谢谢。"

周司远把一张纸巾给她,提醒她:"小心,别弄到手上。"

宁安然"嗯"了一声,大大地咬了一口。

冰凉甜腻的味道在唇齿间漫开,她转身往前,又咬了第二口,在甜味漫开的同时,她叫他:"周司远。"

"嗯?"他偏头看她。

她却没看他,而是看着前方的路,慢慢地道:"真的很甜。"

"什么?"周司远笑得狡黠,故意曲解她的意思,"周司远真的很甜?"

宁安然咬了第三口,唇角慢慢弯了起来,说:"嗯,很甜。"

甜筒吃完时,两碗香气逼人的馄饨刚好上桌。

宁安然迫不及待地尝了一口,皮厚薄适中,肉馅紧实饱满,红油香而不辣,味道还不错。若真要挑毛病,就是肉馅里用来调味去腥的姜粒切得太大,吃在嘴里难受。

念头刚转过,就见对面的周司远剑眉往中间拢了下。

宁安然失笑:"咬到姜了?"

他颔首,喝了口配赠的骨头汤。

"你不吃姜吗?"她随口问。

"不是。"他说,"只是,我做的话,一般会捣成姜汁。"

他做?宁安然讶然:"你会做饭?"

"怎么?"周司远吃着馄饨,瞧她一眼,"不信?"

宁安然摇头。她只是吃惊而已，毕竟看他的样子不像是会做家务的。

然而，他说："我很小就自己做饭，大约……"

周司远歪了点头，回忆道："应该是六七岁。"

宁安然这下更吃惊了，六七岁？那不是还在幼儿园大班或者一年级吗？这个年龄段的小朋友有的还在过家家吧？他就要做饭了？

周司远还在回忆："那时候我妈带毕业班，每天很忙，我姐……"

最近这段时间老听他提起这位姐姐，宁安然不由得好奇："你姐和你住一起吗？"

他们这个年龄基本上是独生子女，所以宁安然只当这位姐姐是他的表姐或堂姐，谁想周司远的答案是："当然，她是我亲姐，叫周书瑶。"

"亲的？"宁安然略诧异。

他停下，没什么情绪地说："嗯，同父异母。"

宁安然舀馄饨的动作一滞，既有一股揭人秘辛的窘然，又有一种对他们身上"巧合"的震惊，但她没有问下去。

周司远似乎也不想多解释，又接上做饭的话题："我妈那会儿太忙，我姐懒，就使唤我做……"

"你姐多大？"

"比我大七岁。"

那不就是十三四岁？十三四岁的孩子使唤七岁的小朋友烧饭？这剧情怎么和他们排演的《灰姑娘》一模一样？

周司远似是真有读心术，一眼看穿她的心思，悠悠地道："我可没灰姑娘那么傻，她给我钱的。"

宁安然愣神间，周司远已利索地解决完馄饨，抽了一张纸巾擦了擦，再靠向椅背，语气里有些小得意："平时做一次三块，周末五块。"

宁安然闻言沉默了，他还真有经济头脑，知道双休日加钱。

不过，宁安然感慨："你姐挺有钱的。"

"她零花钱多。"

他语调轻飘飘的，不难推断出他们姐弟之间感情应该还不错。

宁安然又舀了一个馄饨，听见他继续念着："我妈不知从哪儿听说的'女儿富养，儿子穷养'，所以我姐小学时每周就有十块钱的零花钱了，到了我就两块……"

宁安然很没有同情心地笑了，问："那现在呢？"

"现在？"周司远耸肩，"都没了。"

还没等她问为什么，他已轻描淡写地补上四个字："我妈走了。"

她握着勺子的手一抖，馄饨"啪"地砸进碗里，溅起几滴红油。

一些曾经被她忽略的话如潮水般涌进耳朵里。

——"我妈是老师，不过她现在不教书，在做别的。"

——"她前几年身体不好，做了个大手术。"

——"周司远啊，他昨天半夜就走了，好像是家里人生病了……"

所以，夏令营时他连夜赶回去，是因为妈妈生病吗？

宁安然嗓子眼仿佛被堵住，发不出一丝声音。她艰难地抬起头，望着面前波澜不惊的少年，半晌才硬挤出三个字："对不起。"

周司远瞧着她凝重的表情，说："干吗说对不起？觉得勾起了我的伤心事？"

"不是。"宁安然摇头，却给不出抱歉的理由，只觉得心脏一抽一抽的，难过得紧。

周司远抽了两张纸，越过桌子，替她擦掉桌前的红油，不疾不徐地道："我小学五年级的时候她得了胃癌，切掉了三分之一的胃。"

宁安然盯着那骨节分明的手指，听着他平静地讲述那段经历。切掉三分之一胃的周妈妈没法再工作，只能在学校附近开一个小卖部，做点小买卖贴补家用。

那时十七中边上有一帮小混混，仗着人多时不时去小卖部白拿东西，周妈妈怕惹事，每回都隐忍，不料有次却被提前放学回来的周司远瞧见，气得他抄起家伙就和那群人干了一架。

"你一个人能打过他们吗？"宁安然担忧地问。

自然打不过，但他不要命的样子把小混混们吓得够呛，恰好又遇见两个路过的警察，混混们趁乱跑了个干净。

那两名警察知道他们家的状况后，不仅经常路过来看看情况，以防有人滋事，还免费教周司远擒拿格斗，以备不时之需。

"难怪你上回在车上那么厉害，一下就制伏了那个胖子。"宁安然说。

周司远一扬下巴："那算什么厉害，下回带你见我师父，让你长长见识。"

宁安然点点头，听见他接着道："我妈在学校外面，开了几年小卖部后，癌症复发了。她一直瞒着我们，直到夏令营的时候，她在店里吐血昏倒了，被送去医院，我才知道。"他把脏了的纸巾团了团，扔进垃圾篓。

医生告诉他们，早在大半年前，他母亲的癌细胞就已经转移到肠和肝脏，现在更是扩散至全身，手术并无意义，只能继续化疗和保守治疗，能拖一天算一天。

心脏的抽痛越发强烈，宁安然没有勇气直视他，只能望着那个沾了红油的纸团，艰难地开口："阿姨是什么时候走的？"

"前年除夕夜。"

除夕夜，万家团圆、欢聚喜庆的日子，十五岁的少年却在经历与至亲的天人永别。

热意陡然涌进眼底，一滴泪夺眶而出，她忙低下头，生怕被他看见。她知道不该哭，可一想到少年跪在被白布掩住的母亲的遗体前，她的泪水就止不住地往下落。

"啪嗒！"一滴泪水砸到了腿上，在蓝色的校裤上洇出一团深蓝的印记，接着是第二滴、第三滴……

校裤上的水印不断扩大，宁安然不断压低头，下巴快到胸口时，一张纸巾出现在她模糊的视线里。

"我早就不难过了，你怎么还哭了？"周司远蹲在她旁边，轻声问。

宁安然拿过纸，压在眼眶上，哽咽得说不出话。

周司远叹了口气，又塞给她几张纸巾，半玩笑半认真地说："别哭了，你再哭，我该想我妈了……"

宁安然一听忙抽了抽鼻子，逼回汹涌的泪意，再用力拭干眼泪，带着浓浓的鼻音说："不好意思。"

周司远没接这话，只问："吃饱了吗？"

"嗯。"她连连点头。

"那我们走吧。"他从下往上看着她红通通的眼睛，故意道，"老板一直在看我们。"

宁安然赧然，别开眼："那我去付钱。"

"我去。"

他起身，却被她拉住手臂："你请我吃甜筒了，而且，我说过请你吃饭的。"

周司远垂眼看了她几秒后，没有坚持，笑了笑说："行吧，这顿你请。"

宁安然霍地松了口气。刚才说出那话，她多么担心他会敏感地有别的想法，还好，他没有。

然而，紧张感消散的同时，她后知后觉地意识到自己还牢牢地抓着他的手臂。

于是，下一瞬，如被火烧一般，她猛地甩开了他的手。

看着她逃也似的跑去付钱，周司远把手揣进兜里，轻笑出声。

从馄饨店出来,天色已暗,整条街上各色各样的灯牌全亮了起来。

周司远侧头望着她被霓虹照亮的脸,问:"想再逛逛吗?"

宁安然犹豫了下,摇头。

周司远没意见,两人便顺着来路往回走。约莫走出十几米,宁安然突然开口:"周司远。"

"嗯?"他转眸看向她,只见她半垂着头,盯着脚下的仿古石板,抿了抿唇,"刚才我在麦当劳门口不是想吃甜筒。"

周司远未作声,安静地等待着她往下说。

"里面吃甜筒的小女孩是我妹妹。"她顿住,沉默了好一会儿,才慢慢抬起眼皮,转头,对上他平静的视线,亦平静地说出四个字,"同母异父。"

周司远眼里没有惊讶或猎奇,亦没有怜悯和同情。他只是静静地注视着她,目光坦然镇定却不冷漠,给予了她无声的力量。

她弯了点唇,学着他的口气,轻松地道:"不过,我也不是灰姑娘。我爸妈是和平离婚,而且崔叔叔人特别好,对我和奶奶都很好。"

周司远轻轻"嗯"了一声。

宁安然耸了下肩,转回头,接着往前走,并道:"他们其实很早就离婚了,很巧,也是五年级左右。但怕我接受不了,就一直瞒着我。"

讲到这里,她稍停了下,插了一句别的话:"哦,对,你还记得吧,我爸是做海洋保护的。"

"记得。"

周司远回忆起那个漫天星辰的夏夜,在王辰问出"队长,你爸妈是做什么的"时,少女骄傲地说:"我爸是保护地球的。"

"保护地球?"关琦好奇得很,"那是什么工作?"

"海洋保护。"少女扬起下巴,语气里难掩崇拜,"就是给地球治病。"

"荣省有海吗?"关琦问。

"荣省只有江。"

关琦困惑地望着她:"那你爸怎么保护海洋呢?"

"在海上啊。"宁安然瞥她一眼,眼里写着:这还用问。

不过,她还是耐心解释:"他们会去到世界各地工作,比如最近他就跟着科考队去南极了。"

"哇!"王辰惊叹,看看她,再看看周司远,"你们老爸都好酷,一个上天,一个下海。"

少女笑嘻嘻的,高扬起下巴,眼睛亮晶晶地说:"那是!"

"从小到大，他一直很少在家，所以我压根没怀疑过他们早就不在一起了。"宁安然语调平缓，"直到来到江陵，见到了崔叔叔，后来没多久，圆圆就出生了。"

周司远脚下微微一滞，似乎明白了那天在桃李苑，被问及她来江陵后有没有找过自己时她沉默下蕴藏的难言之隐。

"宁安然。"他轻唤她。

"我没事。"她打断他，借用了他的话，"我早就不难过了。"

周司远微微拧眉，看见她牵了牵唇说："他们都还爱我，我知道。"

周司远相信她所说的每一个字，但他心里还是像被刺了一下。下一瞬，几乎没有任何犹豫，他抬起手，覆上她的头。

掌心下的少女轻轻颤了下，却没有躲开，而是说："我爸昨天回江凌了。昨晚他说明天想陪我出去玩一天，可我妈和崔叔叔好早以前就说要我去青州山过周末。"

她在他掌下仰起头，对上他漆黑的眼眸，笑了下："周司远，我两边都不想去，明天我们一起自习吧。"

"好，我们一起。"

第四章 剩下的盛夏

"然然,你真不和我们去吗?"奶奶不死心地问。

"不去。"宁安然摇头,慢条斯理地喝了两口豆浆,再补上一句,"马上要期末考试了,我和同学约好了去图书馆自习。"

奶奶干干地"哦"了一声,视线若有所思地在她脸上来回扫了两遍,又满脸嫌弃地看向一旁的宁鸿博:"你呢?跟我们去吗?"

"我也不去了。"宁鸿博笑望着母亲,"你帮我问他们好。"

奶奶"哼"了一声:"小静离了你,就好得很。"

这些年,虽然离了婚,但不管是出于宁安然的面子,还是念旧情,姚静娴对她们祖孙俩照顾有加,圆圆的父亲对他们也尊重爱护。相较于常年不着家的儿子,奶奶对他们更亲和些。

宁鸿博理亏,不作狡辩,转而问女儿:"然然,你去市图书馆吗?要不要爸爸陪你一起去?"

"不用。"宁安然连忙拒绝,"爸,你忙你的去。"

"你女儿约了同学,你跟去干吗?"奶奶没好气地看了看他的头发,"你有工夫把你这头发和胡子理一下吧,跟老头一样……"

又一次被嫌弃的宁鸿博无奈地摸了摸自己的头,不再吭声。

奶奶却数落上了瘾,又埋汰起他被晒黑的皮肤来……

宁安然不想旁听,匆匆解决完早餐,扔下碗筷进房间换衣服。

她今天挑了一条白色的短袖棉麻连衣裙,换好衣服出来,令正收拾餐桌的奶奶惊了下。

"你今天怎么穿裙子了?"

"有点热。"宁安然略显心虚地说。

奶奶正要反驳她之前再热也不肯穿裙子,门铃却响了。

· 115 ·

宁安然去开门，来人是姚静娴。

乍一见她，姚静娴也是目光一聚，微眯着眼打量了宁安然两眼。

而站在她前面的圆圆，一见她就甜甜地喊："姐姐今天好漂亮。"

"你今天也很漂亮。"宁安然弯腰捏了捏她圆嘟嘟的脸蛋。

奶奶也凑了上来，问："你们来这么早？吃饭没？没吃饭还有豆浆。"

"吃过了。圆圆要上厕所，我带她上来。"姚静娴答完，抬眼看向站在餐桌旁的宁鸿博，点了点头，算是打招呼。

宁鸿博则是回了一个淡笑。

"你要上厕所吗？我带你去吧。"宁安然主动牵起了妹妹的手，领着她去厕所。

身后，奶奶在问："小崔呢？"

"在楼下停车。"

卫生间门关上，宁安然帮小朋友弄好裤子，抱她坐在马桶上，等她上完了，又帮她擦好，洗手，一番收拾后，正要出去，裙角被扯了扯。

"姐姐。"

"怎么了？"她低头，看着睁着杏仁一般眼睛的小女孩。

"我告诉你一个秘密。"

"什么秘密？"宁安然学她压低嗓子。

圆圆招招手，示意她蹲下来。

宁安然从善如流，蹲下来，把耳朵凑过去，听见她小声说："爸爸没有在停车，他是在吃飞醋。"

"噗！"

宁安然笑出声，猜到了这话八成是姚静娴骂崔叔叔的。

宁鸿博、姚静娴、崔叔叔三人是大学校友，三人之间的纠葛不是她这个小辈可以理解的，也不是她该好奇的。

眼下，早溜早好。于是，带圆圆上完厕所出来后，她便背着书包溜之大吉。

出了家门，她直接打了个车到图书馆。

一下车，就看见站在图书馆大门边穿着白色T恤和浅色牛仔裤的少年。

周司远也见到了她，大步迎上来，目光直直地落在她身上，夸赞道："宁安然同学，你今天很漂亮哦。"

如此直白的赞美，弄得她又红了脸。

偏偏这人继续逗她，弯腰看着她没戴眼镜的眼睛说："而且，你今天穿了裙子欸？"

宁安然的脸瞬间成了红苹果,她又羞又恼地瞪他一眼:"你再说,我回去了。"

"好,好,不说。"周司远笑着告饶,伸手拿走她的书包,却不忘补上一句,"裙子很好看。"

周司远拎着两个书包带她上楼,熟门熟路地到了南边的阅览室,找了个靠窗的位置坐下。

阳光明媚,窗外正对着一块硕大的草坪,不少家长带着孩子在上面搭了帐篷,还有人在放风筝、玩飞盘,好不热闹。

宁安然自习的间隙,视线落在草坪上奔跑的孩子们身上时,不禁回想,自己上一回这样肆意撒欢是什么时候?

是八岁,还是十岁?

"想放风筝吗?"耳畔少年的声音将她从惆怅的思绪里拉回来。

她扭头,看向周司远:"嗯?"

"走,带你去放风筝。"

说干就干,周司远带她到楼下买了个蝴蝶形状的风筝。

他技术不错,他们的风筝很快就飞上了天。

宁安然握着线圈,眼看"蝴蝶"张着翅膀越飞越高,还没欣喜多久,就见一只粉红色的"小猪"扑棱棱地朝她的"蝴蝶"飘了过来,急得她赶紧扯线,调整方向。

周司远也来帮忙,尽力让"蝴蝶"躲开那头"猪"。

可惜,一阵风吹过,那头"猪"还是扑了上来。

两根风筝线缠在一块儿。

劲太大,宁安然拉不动,赶紧把线圈交给了周司远。

而那头"猪"的主人是一家三口,此刻是爸爸负责拉线,双方扯啊扯,结果是两根风筝线都断了,"蝴蝶"带着"小猪"飘然而去。

旁边的小女孩哭了起来,嚷着要猪猪。女孩的父亲显然很宠她,安抚了两句后便去找卖风筝的,准备再买一个。

见宁安然也撇着嘴,周司远把线圈给她,说:"等着,我再去买一个。"

"不用了,不想放了,有点热。"

"那我去给你买水。"

周司远说着就跑开了,旁边听见他们对话的小女孩则同她妈妈说:"我也要喝水。"

"等爸爸回来给你买。"

"为什么要爸爸买?"小女孩嫩声嫩气地说,"她也没要爸爸买。"

"因为她有男朋友啊。"女孩妈妈用自以为很小声的声音玩笑道。

"那我也要男朋友……"

"好呀,那你快快长大,等你长大就有男朋友了。"

听着母女的聊天,被当成空气的宁安然尴尬得只能往旁边踱了两步。然而,她万万没想到,更尴尬的还在后头。

就在周司远拎着两瓶水和雪糕回来时,那小女孩激动得两眼放光,大声喊道:"妈妈,她男朋友还买了雪糕,我也要。"

头顶三根黑线飘过,宁安然恨不得随那头"猪"一起飘走。

奈何周司远这厮,撕开雪糕递给她的同时,还来了一句:"这小女孩嘴可真甜。"

甜你个头!

尽管宁安然嘴上不肯承认,但那天之后,她和周司远似乎又更近了些,迟钝如王维安都瞧出了端倪。

公开课录制前,瞧着前方并行的一对璧人,王维安拿手肘碰了碰陈筱筱:"欸,你们有没有感觉,我妹子最近和周司远走得有点近。"

两个女生甩给他一个"你才发现"的眼神,并没有接话。

陈筱筱抬眼,看向正上楼梯的两人。少年双手揣兜,半侧身、偏眸,目光落在女生身上,不紧不慢地走得略前些;女生头微仰,嗑着淡笑似乎在说什么。

"好配"这两个字第N次冒出来,但已不再莫名。

作为同桌,最近这段日子宁安然的异常自然没躲过陈筱筱的眼睛,比如:时不时出现在她兜里的山楂片……还有她那上扬的嘴角和眼里掩不住的快乐。

以及昨天,她居然来了一句:"筱筱,周末你陪我去剪个刘海吧。"

关于拿掉那头亚马逊刘海的建议,从初三到高一,陈筱筱不晓得念叨过多少回,宁安然却始终不为所动,还振振有词地说:"挺好的呀。"

而今,她竟主动提出换发型,除了女为悦己者容,陈筱筱想不出其他理由。

望着消失在楼梯拐角的两人,王维安还是有些不能理解:"周司远怎么会喜……"

"你什么意思?"陈筱筱瞪他。

"不是。"王维安连忙解释,"我妹子很好,非常好,但周司远啊……你们懂吧?"

"我懂。"一个突兀的声音从后方蹿出来,吓得三人弹了下,回头发现是不知从哪里冒出来的蒋铮亮。

蒋铮亮挤进三人中间,一手勾住王维安的肩膀,说:"我很懂你。他俩站一块儿就是天之骄子和平凡少女,一个天,一个地。"

和陈筱筱一样,作为周司远最好的兄弟,蒋铮亮早就关注到这小子的反常。只是,他横看竖看硬是没明白周司远怎么会喜欢宁安然。如王维安所言,她不是不好,相反,这段时间接触下来,他觉得她各方面都挺不错的。但那是周司远啊……群星里最闪耀、璀璨的那颗,反观宁安然,虽不暗淡但也不夺目。

原以为大家都和他有相同的想法,谁想他话音刚落,就被陈筱筱怼了回来:"在天上了不起啊?苍蝇还天天在天上飞呢。"

"就是,在地上那叫脚踏实地。"黄敏洁帮腔,"再说,宁安然那叫平凡吗?你进个'国才杯'试试。"

王维安也甩开了他搭在肩上的手,说:"我妹子那叫仙女下凡,不是平凡。"

蒋铮亮大无语,视线在愤愤不平的三人之间来来回回地兜了几圈,总算明白了什么叫护犊子。

"得,我错了。"他哼笑一声,"他俩绝配,行了吧?"

"谁要跟他配。"陈筱筱不领情,瞪了他一眼,"仙女独美。"

蒋铮亮在心底翻了个大白眼,腹诽:你就使劲吹吧,还仙女……

他们录课的地方在市电视台的演播厅,一进去,男生女生们便拿着戏服到后台换衣服、化妆。

鉴于其他人都穿着华丽的宫廷装束,郭琼特地给两只"鸟"准备了印有临川logo的白色文化衫,分别配上牛仔裙和牛仔裤。

宁安然换好衣服出来,安静地站在一旁等化妆。

郭琼正帮着化妆师一起给许瑶弄公主裙,不经意回头,竟瞧见一双白得发亮的腿,不由得怔了下,视线一路往上,才看见了宁安然的脸。刚想让她快去打底妆,就听化妆助理发出惊叹:"哇,她的腿好长好白哦。"

一句话引得所有人齐刷刷地看向门口的宁安然。印着红色logo的白T恤、蓝色牛仔裙、白色帆布鞋,简单得不能再简单的装扮,仅仅是因为她将衣服下摆在腰间系了个结,就显露出纤细的腰身,还有A字裙下笔直修长的腿。

"没看出来她身材这么好。"一个女生嘀咕,"而且好白。"

"对呀,好像能反光……"

然而,很快,化妆间里的人发现,令人惊叹的远不止身材……

望着化妆镜里明眸皓齿、眉眼精致立体的女生,郭琼都移不开眼,半晌才笑道:"宁安然,原来你是大美女啊。"

镜中,摘掉眼镜和将刘海梳到后面的女孩轻轻地笑了笑,放在膝盖上的手无意识地摸着裙角。

刚才,是她主动让化妆师帮忙梳起刘海的,但现在,对上郭琼直直的目光,她又有些无措。

"老师,要不,还是往旁边梳吧。"她小声道。

"别啊,这样多好看。"化妆师捏着眼影刷,"你没听过吗?敢露额头的都是美女,你这脸型多好看啊。"

"可是……"宁安然目光移到右边额角的位置,那里有一条浅浅的印记。

化妆师秒懂:"别担心,等会儿我给你涂一点点遮瑕膏就看不见了。"

"其实不留意根本看不见。"郭琼总算明白小姑娘为什么总顶着一头厚重的刘海了,敢情是为了遮住额角的伤疤。不过,小女孩可能太敏感了,那疤痕很浅,又靠近发际线,别说不易看见,就是能看见,这点小瑕疵也根本压不住她的美貌。

望着镜中稍微化点妆就明艳动人的少女,郭琼忍不住又想,早晓得还真该让她和周司远来演主角,这得多养眼啊!

化好妆,宁安然呼吸越发紧张了。她不是没有过盛装打扮的经历。在富昌时,唱歌、跳舞、主持,比今天更大的舞台她都经常上,但现在她竟迟迟踏不出化妆间的门。

"堵这儿干吗?"郑丹萍的声音从身后传来。

宁安然咽了下嗓子,正想让路给她,手臂却蓦地被她挽住。

蕾丝手套擦过她的手臂,郑丹萍满是嫌弃的声音钻进她的耳朵:"紧张什么?你不是独一无二的吗?"

宁安然转头,对上她的眼睛,弯了弯唇。

郑丹萍却白了她一眼:"笑什么笑,不知道你笑起来很迷人吗?尤其是今天!"

宁安然这回是真笑出来了。少女之间的情谊很奇妙,那回大吵一架后,她俩的关系不仅没有水火不容,反而逐渐趋好,尤其是两人合力为九班拿下排球赛冠军后,更是有了点别样的队友情谊。

化妆间已经只剩下一班的两个女生,郑丹萍也不管她乐意不乐意,半挽半扯地将她一路带去演播厅。

"我的天!"蒋铮亮第一个瞧见她们,直接惊叹出声,"真是仙女!"

这下,几乎所有人都看了过来。

"哇，那是宁安然？"

"好漂亮！"

"女神！"

…………

王维安更是看直了眼，半晌才讷讷地问："那是我妹子？我没眼花吧？"

"你没眼花，你只是眼瞎。"陈筱筱望着舞台边，被场光照亮的少女，油然生出一股我家稀世明珠终于拂开尘埃，重见天光的欣慰和喜悦来。

宁安然能感觉到众人的眼神，并敏锐地察觉到其中一束特别炽热。

她用力捻着手腕上的皮筋，强迫自己镇定下来，缓缓抬眼，越过人群，对上那道视线。

四目相对，心跳如擂鼓，一下重过一下。

对视几秒后，周司远竟当着众人的面，径直走了过来。

郑丹萍早已识相地走开，留下宁安然心跳过速地望着渐行渐近的少年。

他穿着与她同款的白T恤和牛仔裤，肩宽腿长，身形挺拔，每走一步都是扑面而来的少年气息。

行至近前时，周司远视线滑过她右边额角，说："一点都看不出来。"

宁安然下意识地抬手，触摸那道疤痕，喃喃："用遮瑕膏遮住了。"

"不遮也没事。"周司远一本正经地道，"反正你怎样都好看。"

声音不轻不重，正好落入周围一群八卦群众支着的耳朵里。

"我的天！"范逸臣一把掐住蒋铮亮的胳膊，压着嗓子说，"他不对劲。"

蒋铮亮被掐得龇牙，瞪着已和宁安然走到一旁对台词的少年的背影，小声骂道："我早就觉得这人不对劲。"

"+1。"

"+身份证号。"

…………

听着众人纷纷附和，卢毅默默抹了一把泪，再次回想起了羽毛球赛后的那天晚自习放学，周司远路过他座位时，忽然停下脚步，转头对埋首数学题的他说："第八题错了。"

"啊？"卢毅呆愣地抬起头，看着他，"错了？"

"少减了一次B。"周司远懒洋洋地说。

卢毅正准备再仔细看看，就又听他没头没脑地来了一句："我来临川找人是真的。"

啊？卢毅彻底蒙了，什么真的假的？找人？找什么人？

可没等他问明白，周司远已经拎着书包走了。

一头雾水的卢毅抓破脑袋也没懂他打的是什么哑谜，直到临睡前，脑子里灵光一现，想到了流传在女生们之间的那句话。

——"周司远有喜欢的女生，他来临川就是为了找她"。

瞌睡虫瞬间如被鸟兽散，卢毅立即想到了下午那场莫名其妙的单挑。

此刻，望着不远处的两人，卢毅又自我安慰：能和周司远喜欢同一个女孩子，说明我的眼光也是一流。

舞台另一边，宁安然被周司远直白的赞美夸得羞红脸，卷翘的睫毛扑闪扑闪的，像落在花蕊上扇翅的蝴蝶。

周司远却还嫌不够似的，抬起胳膊，借着手卡轻轻拍了拍她的头，似玩笑似认真地说："以后别用头发遮了，挡眼睛还热。如果谁敢笑话你，我削他。"

宁安然凝视着他的眉眼，想到了他在得知她额上疤痕由来时，义愤填膺的那些话——

"什么狗屁理论，女孩子长得漂亮、穿得好看就会被不良分子盯上？不去教训骚扰自己学生的人，反来怪女生穿裙子爱打扮，你们教导主任有病吧？你少听他乱说。"周司远义正词严地说，"你没错，错的是他们。

"还有……"他顿了下，抬手轻触过那道浅红色的疤痕，语带愧疚，"我那时应该一所所学校找过去的……"

"嗒！"灯光在一瞬间亮起。

宁安然回神，余光扫着四周纷纷跑向后台的同学们，对眼前的少年道："周司远，我们做个约定吧。"

"什么？"

"如果有一天我们失联，找不到对方了，就去学校的天台等。"

"好。"

…………

窗外，是一望无际的戈壁，天地相连处，乌云如汹涌的海浪奔腾，带着轰隆隆的雷声滚滚向前，云浪整垛整垛地堆积着，越来越密，仿佛千军万马压境。

忽地，一道刺目的银电闪过，如一把利斧劈开灰暗的天幕，大地被照得惨白、透亮。

"啪嚓！"

惊雷响彻空茫无垠的戈壁，磅礴且骇人。

宁安然下意识地闭上眼，人却彻底清醒过来。

昨晚，陈筱筱非要和她挤在同一张床上，东拉西扯地聊到快天亮。原以为在飞机上可以补个觉，谁想后排坐了个熊孩子，不是练习佛山无影脚，就是上演狮子吼和大哭神功，闹得整个航班的乘客都不得安宁。最后，还是她和一位男乘客连番吓唬，小孩才消停下来。

短暂补了个觉后，宁安然精神好了许多。她缓缓坐直身子，看向同她讲话的男人，弯了弯唇："程处，咱们快到场区了吧？"

"咱们去不了场区。"程俊指着导航说，"得赶去着陆场。"

宁安然顺着他的手指看向架在中控上的导航，偌大的显示屏上，只有一根蓝色的粗线，一个红色的小三角形在线上快速移动。除此之外，整个地图皆是白茫茫的一片，没有任何标识，也没有任何路标或地名。

这里是戈壁，这里更是民用地图和导航无法显示的高州航天基地。

正式入职前，宁安然接受了长达三个月的组织纪律培训，知道当她坐上这辆来接她的车时，她就进入了最高等级的涉密单位。在解密前，在这里看到、听到的一切都只能烂在她的肚子里。

她把视线从导航上移开，问："是东腾着陆场吗？"

开车的杨帆从后视镜瞧她一眼，颇为意外："宁记者，你也知道东腾？"

"你们叫我名字吧。"宁安然对两人笑了笑，解释道，"来之前，航天中心给了我很多资料。"

在三个多月的任前培训中，除了组织纪律，她还疯狂阅读了好几大箱有关国家航天事业的各种资料，其中有关高州基地的内容就占了一大半。

高州基地是我国最大规模的航天综合中心，集研发、制造和发射为一体，承担了除卫星外的所有发射工作，也是载人航天工程的心脏所在。

宁安然记得，在关于空间实验室建设，也就是问天工程的资料里，有提到过将在高州航天基地新建一个着陆场，专门用于空间站的着陆回收。

只把人类送入太空不难，难的是送出去后还得安全地接回来。而和飞机落地需要机场一样，从太空归来的飞船同样需要着陆场，且要求更高、条件极其复杂。

当年，我国立项载人飞船项目时，航天系统的专家们单是为了确定是学苏联的陆降，还是老美的海降就花费了大量的时间和精力去分析、论证、比较。而在确定陆降后，他们更是历时四年，经过七次勘测，跨越和地勘了两万多平方公里，算废了几台计算机，才最终有了举世瞩目的红旗着陆场。

几十年来，红旗场见证了方舟一号到九号的全部降落回收过程，运行至今良好，但随着空间站布局的扩大，东腾着陆场应运而生。

来接她的程俊和杨帆隶属于基地宣传处，忽然决定转向去着陆场，应该是那边出了状况。

车外，黑云已笼罩大地。

宁安然打起精神，问："程处，是不是有什么突发状况？"

杨帆从后视镜里看她一眼，心道：不愧是名记者，这敏锐度很强。

"勘测那边的同事车子翻了，人和设备都被困在雨里。我们的车离他们比较近，先赶过去支援。"程俊说。

高州基地建在茫茫戈壁滩上，遇到这样的极端天气，情况怕是会很糟糕。因多年职业习惯，宁安然首先关心的就是人员安全问题："人没事吧？"

"说是没有大的伤亡，但雨这么大……"程俊忧心忡忡地望向窗外。

"师父，你别太担心。"杨帆接过话，"师母经验丰富，肯定没事的。"

宁安然闻言一怔，看向面色凝重的程俊："程处，您爱人也在那边？"

"对呀。"杨帆抢答，"而且还怀着孩子，都五个多月了。"

尽管早就知道选择坚守在这茫茫戈壁上的每一个人意志都不一般，尤其是女性，要克服常人难以想象的困难，但听见程俊爱人怀着五个多月的身孕还在参加户外工作时，一股敬佩之情油然而生。

"您爱人是做勘测的吗？"宁安然问。

"她是做测控通信的。"

话音刚落，杨帆打趣道："师母是测控通信系统的副指挥长，比师父官儿大多了。"

被调侃的程俊并不恼，笑呵呵地摸了摸头："对，她家里家外都是我的领导。"

简单几句话，就能看出这对夫妻感情不错。

"啪嗒"一声，一滴雨点打在窗上。

几乎没有任何间隙，斗大的雨滴从天上倒下来，"噼里啪啦"地砸在车上。

眨眼间，电闪雷鸣，雨声轰响，仿佛巨人咆哮在苍茫大地。

驻扎香江时，宁安然每年都要经历几回台风，也参与过几次特大暴雨的报道，但她从未见过这样的雨，雨水既不是倾盆也不似瓢泼，而是像炮弹，对，是远程炮弹而不是子弹，猛烈地轰炸着大地上的一切，就连吉普车都被炸得连连晃悠。

车厢好似成了空鼓，承受着从四面八方锤下的雨锤。

雨刮器疯狂地左右摇摆，前刻还在开玩笑的杨帆此时紧紧抓住方向盘，身子往前倾，全神贯注地盯着前方瀑布一般的雨幕。

程俊则是拉住车把，聚精会神地凝视着导航上的红点，大声交代杨帆："慢点，应该快到了。"

杨帆"嗯"了一声，抓方向盘的手更紧了。

宁安然学程俊一样拉住了手环，再屏气凝神地看着那个慢慢移动的红点。

乌云遮天，暴雨如瀑，暗无天光的大地上只有他们的车灯发着微弱的光。

宁安然莫名想到了那些外星人侵占地球的科幻片，还有各种关于地球毁灭的灾难片，不禁有些悚然，心底更是一阵慌乱。

她闭上眼，连连深吸几口气，可就在心脏节奏刚要回归正常时，车厢内突然响起杨帆的一声惊呼："在那儿，我看到了！"

心跳"怦怦"加速。

宁安然猛地睁开眼，看向黑漆漆的车外，果然看到了一束交替变换的灯光，很弱，比他们的车灯还要弱，但它毅然穿透了黑暗。

程俊只有一闪而过的激动，随后便镇定地指挥杨帆："打信号，然后慢慢靠过去，别靠太近，那边应该有滑坡。"

"知道。"杨帆拨动操控杆，原本常亮的车灯开始以一种特殊但固定的节奏缓慢地亮起熄灭。重复两遍后，宁安然发现远处那个微弱的光亮的节奏也发生了变化。

几分钟后，那束光越来越亮，越来越清晰，没多久，宁安然就看见了被吉普车灯照亮的几个人。

他们紧紧依偎在一块儿，互相搀扶着，抵御着暴雨的冲刷。

"是师母。"杨帆激动地喊。

程俊却只是低沉地"嗯"了一声，还不忘提醒杨帆慢一些，但宁安然看见他抓拉环的指节早已泛白。

车缓缓靠近，近到他们能看见路边几人在瑟瑟发抖。

车一停，程俊扔下一句"小宁，你坐车上"就开门冲了出去。

杨帆熄火，弹开安全带，手握上门把手时，发现宁安然已推开了车门。雨泼了进来，他刚想提醒她，就见她已冲进了雨里。

成片成片的雨兜头而下，像是天空开了一个巨大的高压水枪管，"嘭嘭嘭"地往下冲灌，砸得人身上、头上生疼。

想当年第一次报道台风，宁安然站在香江港做直播连线，跟拍的摄影记者怕她被吹跑，夸张地在她腰上系了根绳子，当时是风大雨大，人被风吹得摇晃。如今，却只有雨，人被雨冲得一步三退。

宁安然抬高手臂护住脸，低头弯腰，朝着那点光亮往前跑。刚跑到，就听见程俊在喊："你先去车上，这里交给我。"

她用力抹了一把脸上的雨水，勉强看清了和程俊说话的人——个头不高，穿着一件早已被淋透的冲锋衣，腹部能看出明显的隆起。

杨帆这时已跟上来，大喊道："师母，你先去车上，设备我们去搬。"

宁安然这才看清那一行人里一共有五个人，三女两男。

没等她再多打量，程俊的爱人已开了口："那些测量仪器不用搬，把硬盘和数据接收箱拔回来就好。"

轰隆的雨声中，她的声音冷静、清晰，非但没有上演什么宁死也要守护设备的戏码，还给出了最合理的方案，让宁安然顿生好感，决定回去后，必须好好同这位副指挥长聊一聊。

不过，这都是后话，当下最重要的是让他们先脱困。

程俊表示知道，转头对宁安然说："小宁，麻烦你先扶金工上车，其余人跟我去抬车。"

虽然明白程俊这是想照顾自己，但眼下情景，她知道服从安排是最好的帮忙。可她刚要说好，就听程俊的爱人喊道："不用，让她也去帮忙，设备车很重。"

"好！"宁安然抢在程俊开口前应。

程俊犹豫了两秒，不再多言，只用力握了下爱人的手臂说："慢点走，别慌。"

"你们也是，不要受伤。""哗哗啦啦"的雨声中，女人大声交代，"实在抬不动就算了，不要勉强，其他救援队也在赶来的路上。"

"有数。"程俊松手，抹了把脸，高声招呼，"大家手拉手，小心点，慢慢往下滑。"

顿了下，他又扭头对杨帆说："你拉好小宁。"

"有数。"

说话间，宁安然便感觉手腕被人紧紧攥住。

莫名地，一股热意钻进了眼底。

她抬手拂开粘在脸上的头发，吸了口气，学着杨帆，一屁股坐在被冲垮的路面上，用脚蹬着地慢慢往下溜。

她今天穿的是一条牛仔裤，此时裤子全湿透了，粗粝地摩擦着皮肤，但她毫无痛感，只有一个念头：绝不能拖大家后腿。

幸运的是，几分钟后，所有人都安全落到了坡底。但不幸的是，由于地势低洼,积水已漫过了小腿。

测控队的几人一看就大叫"糟糕",踩着水,跌跌撞撞地往车边跑。

设备不重要,浸泡过水的硬盘和数据箱想要修复却很难。

谢天谢地,等他们奔至车边,发现设备车只是侧翻,翻转回来相对容易。

于是,几人便站成一排,使出吃奶的劲往前推。

"啊!"随着杨帆一声大吼。

"嘭!"

天地间一声巨响,车重重地砸在积水和冲软的泥土里,溅起高高的泥水。

宁安然心脏亦是重重一跳,不知是兴奋多,还是惊吓多。而旁边测控队的两名男同事早已迫不及待地爬上车,开始找设备。

紧接着,杨帆、程俊和另外两名女同志也爬了上去。

宁安然不懂这些仪器,乖乖地站在下面等。

很快,一个男同事从车厢里探出身,把怀里裹成一团的东西交给她:"同志,你接下这个,里面有东西,你包好了,尽量别淋到雨。"

"好。"宁安然赶忙接过,触手才发现,包在外面的是一件冲锋衣,是男人先前穿的衣服。

衣服明显被用力拧干过,她接过后,立马护在怀里。

她的衣服其实早已湿透了,但她能做的就是,尽量不让这团东西再淋到更多的雨。

而等其余人陆续下来时,宁安然发现,他们的外套几乎都团在了怀里。

热意再次涌进眼底。

这些日子来研读过的一代一代航天人的事迹都不如这一团小小的衣服更能震撼她的心灵。

她咬紧唇,努力逼回酸胀的泪意,听见程俊说:"好了,大家小心。"

雨还在下,丝毫没有停歇的趋势。

宁安然学着其他人把东西塞进衣服里,再把衣服下摆扎进裤子,防止掉落。再顾不上抹掉脸上的雨水和头发,她跟着杨帆慢慢蹚过已漫至膝盖的积水,艰难前行。

回去的路,比来时多用了两倍时间。

到了下来的地方,杨帆蹲下来,指挥道:"女同志踩男生的腿往上爬。"

没有人矫情谦让,女生们借力纷纷顺利攀上了坡壁。

杨帆站在下面,仔细留心着宁安然,见她爬得不算快,但总体还算顺利,稍稍放下心来,跟在她后面上了坡。

这个坡不算陡,但泥土被雨水冲得松软,脚踩在上面特别不踏实。

宁安然小心翼翼地向上，不知过了多久，忽然余光里进来一片光亮。

她抬眼，欣喜地发现自己已快爬到了路边。

而且，"啪啪啪"的雨声中，她似乎还听到了许多奔跑的脚步声。

她想到了下来前，程俊的爱人说其他救援队伍也在赶来的路上，想来，是有人已经到了。

她心下开心，脚下却还是留意着，直到手攀到了路沿，她才稍稍松口气，正要抓住沿边上去，谁想，手下的土霍地一松，猛然失去支撑，人就这样直直地往下滑落。

"糟了！"

杨帆的惊呼在她脑后响起。

宁安然心脏骤然下坠，眼看就要坠到底，千钧一发之际，有人一把拽住了她的手臂。

强劲有力，如钳子一般，牢牢地攥住了下坠的她。

下一瞬，一道低沉的男音夹着雨声从头顶传来："那只手也给我。"

宁安然立即照做，用力伸出手。

手腕被扣住，男人用力往上一提，宁安然被拉拽上去。

路边果然多出两辆车，一辆还是大篷卡车，此刻正亮着氙气大灯，把四周照得大亮。

惊魂未定的宁安然趴在路边喘了两口气，立刻转身感谢救命恩人，却在视线触到男人侧颜的瞬间失了声。

应是察觉到她的异常，正要继续去救援的男人回过头来。

四目相对，男人身形猛地一滞，被车灯照亮的俊朗五官上难掩惊色。

雷声轰鸣，暴雨如注。

隔着雨幕，宁安然目光缓缓往下，看向男人身上被雨淋透的蓝色制服的左胸位置。

那里，有一块布绣的胸牌，上面没有名字，只有一个编号——0。

雨声、雷声、人声，声声顿失。

世界好似被掐住了咽喉，陷入窒息般的死寂。

宁安然一瞬不瞬地盯着那个数字，心脏宛若一只脱了力的鼓槌，沉沉地捶打着胸口。

雨水从头浇下来，遮住视线，那胸牌上的数字早已看不清了，却又如刀刻般深深印在她的眼里。

仿佛过了一个世纪，她极缓极缓地抬起头，再次对上那张熟悉却久违的脸。

一别七年,她曾想过很多种重逢的画面,却唯独没料到会是这样狼狈的方式。

"轰隆!"一道雷声从天边传来,僵在原地的男人忽然有了动作。

下一瞬,一件湿透却略有体温的衣服撑开在宁安然的头顶。

雨柱被勉强挡住,宁安然望着男人抬起的手臂,眼里涌起一片酸意。

雨水砸在衣服上,敲出"噼里啪啦"的声响。

远处卡车的氙气灯穿过雨幕,将这一方寸之地照得发白。炽白的灯光下,男人半低着头,身上穿着纯黑色的短袖T恤,身形挺拔。雨水从他发梢滴下,落在深邃的眼窝处,再沿着鼻梁朝凌厉的下颌线滑去。

宁安然的睫毛颤动了下,视线不自觉地往上移,猝不及防地撞入一道视线之中。

那双极好看的眼睛里,有晦暗不明的情绪在流转。

眼底的酸意变成了尖锐的疼。

天边第二道滚雷响起时,男人率先别开了眼,将撑着衣服的手抽开。

外套落下来的瞬间,宁安然亦别开了脸。

"你没事吧?"杨帆上气不接下气地问。

宁安然单手拿下罩在头顶的衣服,抹了一把脸上的水,回头看着神色急切的杨帆,摇了摇头:"我没事。"

"真没事?"杨帆不信,"我在下面看见你连撞了好几下。"

"真没事。"她重复。

杨帆长舒口气,终于注意到了前来救援的人是谁。

"周工?怎么是你?"

"刚好在附近。"男人言简意赅。

杨帆"哦哦"两声,主动解释:"我和师父本来是去机场接人,听到消息才赶来这边的。"

周司远颔首,目光若有似无地扫了眼他身后的宁安然。

杨帆瞧见,正想介绍,就看见路边又爬上来好几个人,正是程俊等人,于是立刻收了话头,和男人一起上前去帮忙。

几个人爬坡蹚水,上来都累得够呛,坐在路边大喘气,稍作休息后才互相搀扶着站起来。

戈壁的土质松软,被暴雨这么一冲,路基几乎全垮了,杨帆的车也陷进了沟里。

金谨动了胎气,由程俊陪着坐吉普车先去医院,其余人则随大棚运输车回基地。

临走前，程俊交代杨帆照顾好宁安然。

看她满脸疲惫，浑身湿透，杨帆担心她体力不支，让她去驾驶舱坐。

宁安然却玩笑着拒绝："不啦，我长这么大，还没坐过卡车呢。"

杨帆无语："你来了基地还怕没卡车坐？"

别说卡车，就是装甲车、导弹车……他们跑宣传时都能坐到。

"以后是以后，今天先感受下。"宁安然说笑着走向车后厢。下一瞬，在看见比自己高出一大截的尾箱时，她彻底犯难了。

杨帆把她的难处看在眼里："你别慌，等我先上去，再拉你。"

说着，他就抓住车厢边缘用力一跃，将半个身子挂到车厢里，再将一只腿挪上去，同虫子一般，先后挪了好几下，终于爬上了车。

随后，他转过身来，朝她伸出手，并指导："脚先踩在那个挡板上，对对，就是那个，踩稳了，小心……"

话还没说完，余光忽然扫到她身后多出一道人影。

他分神看过去，发现周司远穿过雨幕，大步来到了宁安然正后方。

原本费力地在挡板上找落脚点的宁安然也察觉到异样，可没等她回头，腰间忽然一紧，一双有力的大手箍住了她的腰。

接着，她只觉身子一轻，双脚霍然离地，整个人竟这样被托举了起来。

杨帆回神，趁势抓住她的双手，借力轻松地将她提进了车厢。

脚落地的刹那，宁安然听见了身后男人裹在暴雨里的声音："你们俩去前面。"

被安排的两名男队员稍加犹豫，服从了安排。

再接着，周司远和杨帆如法炮制，一人托举一人拉，将两名女队友也提上了车。

车厢下，独剩下男人。

"周工。"杨帆伸手，想拉他一把。

孰料，他并未伸手，而是快速后退了一大步，再往前一跃，一脚蹬住车门，一手抓住门边的护栏，如豹子一般敏捷地跳了上来。

动作一气呵成，看得杨帆忍不住咂舌："周工，你这动作堪比装甲队啊。"

男人没接腔，只说："都休息下，很快就到了。"

车子缓缓开动。

宁安然挨着两名女队员坐下，杨帆坐到了她旁边，唯有男人坐在对面靠车头的位置。

车内一片黯淡,他整个人被笼罩在黑色里,背靠着车厢,半低着头,屈着双腿,手肘搭在膝盖上,头发垂在额前,裹着潮湿的水汽。

宁安然借着黑暗遮掩,沉默地凝视着他,被雨水浸透的衣服紧贴在身上,寒意从皮肤的每一寸泛起,唯有眼底有酸涩的烫意。

察觉到她在细微地发抖,身旁的女队员一把挽住了她的胳膊,关切地问:"是不是冷?"

她摇头,也移开了视线。

杨帆不能学女同事搂住她,只能出声安慰:"你再坚持坚持,很快就到了。"

许是为了转移她的注意力,挽住她的女队员主动同她聊起天来:"你是新来的同事吧?"

基地的人都穿工装和制服,她一身便装出现在基地,不难猜出身份。

"她叫宁安然,是部里新闻中心的同事,来咱们这里锻炼的。"杨帆替她回答。

"你好,我叫罗茜。"女生看向旁边的另一个女孩,介绍道,"她是童笙,我们都是测控队的。"

"你们好。"宁安然冲两人点了点头。

"那位是周工。"杨帆及时插进话来,压着嗓子,朝对面闭目养神的男人抬了抬下巴,小声介绍,"周司远,空间站系统总指挥长。"

空间站系统,内部代号为问天工程,是我国航天三大战略的第二步,也是最关键的一步。

宁安然握紧仍抓在手里的外套,拇指摩挲着胸牌上的数字编号。

0。

看过上百份纪实资料的宁安然再清楚不过这个编号的含义。

核心工程项目最高指挥长,向各个系统发出指令,最终按下火箭发射按钮的那个人。

周司远,0号,问天工程,总指挥长。

不愧是周司远,无论在哪里,都那么耀眼。

宁安然抬起头来,看向这位年轻的总指挥长。不想,原本闭着眼睛的男人仿佛有感应般蓦地睁开了眼。

视线交汇,静默无声。

昏暗的车厢里,他的眼眸深黑、晶亮,还携着一丝悲怆的冷意。

透湿的衣服贴在身上,沁凉。

宁安然没什么表情地别开了眼，问罗茜："基地的饭菜好吃吗？"

"好吃的。"罗茜说，"咱们这里虽然偏，但是生活保障非常到位。基地有四个食堂，什么菜系都有，地方小吃也很多，保证你想吃什么都能吃到。"

"如果你食堂吃腻了也可以自己做。"童笙笑道，"我们几个就经常在宿舍开小灶，你要是不嫌弃，以后算上你一份。"

"你们别嫌弃我才是，我不会做饭。"

"没事儿，我们也是瞎做。"童笙突然想到什么，用胳膊碰了碰杨帆，"对了，小宁宿舍安排在哪幢？"

"还不知道，最近宿舍有点紧张。"

童笙想起来："八院这段时间来测试。"

杨帆点头："所以只能暂时先住招待所。"

"招待所多不方便。"罗茜嘀咕。

"没办法。"杨帆耸了下肩，"你们知道的，肯定要先保障兄弟单位的同事。"

航天工程是一项多系统共同参与、团结协作的集体项目。目前，各大系统的研制中心分布在全国各地，而每一回重大任务前，各个系统都会派出精兵强将来高州基地献智献力。

八院地处青州，主要承担着运载和通信两大系统的研制任务。而在基地的人都知道，他们这回来应该是为了"天阁一号"的回收工作。优先保障他们的生活自是应当。

为此，童笙和罗茜不再多嘴，只同宁安然说："你住进去后看看缺什么，到时候告诉我们，我们帮你弄。"

宁安然颔首，言好。稍一转眸，她悄然瞥向对面的男人，发现他正后仰着头靠在车厢壁上，双眼合着，一动不动的，看起来像是早已睡着了。

显然，他不仅不想参与他们的话题，连旁听都毫无兴趣。

被雨水刺激过的眼睛又有些发胀，宁安然垂下眼睫，抱住膝盖，把下巴贴在手臂里。

见她精神萎下来，其余三人立刻收了话题，让她先眯一会儿。

宁安然从善如流，把脸转进了臂弯里。

闭上眼，身体和脑袋都昏沉得厉害，像是被灌了铅，闷重的痛。原以为不可能会睡着，谁想在一片头昏脑涨中，她彻底陷入了黑暗。

"宁安然，你想好了？"

"想好了。"

得到答案的少年一瞬不瞬地凝视着她，一向黑亮的眸子染上了一层红意。

宁安然凝视着他发红的眼角，心脏像是被什么东西绞着，越抽越紧，疼得她喘不上气来。然而，她始终没有偏开一点视线，就这么咬住唇瓣，死死地盯着他的眼睛。

就这样仿佛过了一个世纪，少年缓缓抬起手，用拇指轻拭去她脸上混杂着热泪的雨水，说："别哭了，我答应。"

"以后……"他单手捧着她的脸，以一种近乎凝滞的速度慢慢贴上她冰冷的唇瓣，很轻很轻地落下一个吻。

"下雨要记得带伞。"他的喉咙里仿佛掺了一大把沙，声音哑得几乎听不见。

大颗大颗的眼泪从眼底汹涌而出……

肩膀被人轻拍了下，宁安然一个激灵，猛地从似梦似幻的场景中惊醒，偏头看向眼前放大的一张女生的脸。

"吓到你了？"女生略带歉意地问。

她迟缓地摇了摇头，意识慢慢恢复清明。

不同于刚才的遮天蔽日，车外此刻天清气朗，落日的余晖染红了半边天。

"到基地了。"童笙告诉她。

宁安然"哦"了一声，抬眼看向已经走到车门边的男人。

似有感应一般，作势要跳下车的人突然回过头。

目光猝不及防地相交，在这一瞬间定格住。

"你们别慌，等我们先下。"杨帆的叮咛倏地响起。

男人淡然地收回视线，转头，干脆利落地跳下车。

因为抱膝太久，宁安然站起来时腿软了下，好在童笙眼疾手快地扶住了她。

"腿麻了？"童笙问。

见一旁的罗茜也作势要来搀扶自己，宁安然忙忍住双腿针刺一般的麻意，说："没，只是没站稳。"

童笙和罗茜听她说没事，也就放开了手，带着她走到车边。

车厢太高，杨帆和周司远同时伸出手来扶她们。

没给宁安然选择的机会，童笙先一步握住了杨帆递来的手，罗茜则往旁边一让，示意她先下。

宁安然不敢犹豫，把手伸向了另一边。

因为屈膝弯腰，腿部的麻意更甚，好似有千万只蚂蚁在啃噬着皮肤。

她咬紧牙关，努力不让表情泄露出痛意，把身子又放矮了些，想着快些跳下去。

谁想，就在她即将握住男人伸出的手时。

他却倏地往前一大步。

手掌错开，宁安然怔住，低头正想看他，腰上却蓦地一紧，一双有力的大手牢牢地握住了她的腰。

接着，没等她反应过来，一股力带着她往下。身体本能地朝前扑去，她条件反射般抓住了他的肩膀，脸颊擦过了他的耳郭，熟悉又陌生的气息陡然闯进了鼻腔。

宁安然鼻子一酸，手指不由得收紧。

几乎同时，腰上的力道似乎也紧了下。

只是仅仅一瞬，那力道就消失了，他神色淡漠地将她抱了下来。

她脚甫一落地，他立即松开了手，一言不发地走向了车头，交代驾驶员将另外两名男队员送去医院。

光明磊落，其余人皆无他想。

"你要不要也去看下？"杨帆看了看她裤子上的黄泥，说，"我怕你刚才掉下去时有撞到哪里。"

"不用，就膝盖稍微擦了一下，应该没什么大碍。"比起去医院，她更想洗一个热乎乎的澡，再换身干净衣服。

见她坚持，杨帆不再多劝，转而对其他人道："你们先回，我带她去招待所。"

"行。"童笙和罗茜没啰唆，同她说，"晚点再联系。"

宁安然说"好"，偏眸看了眼前方半米开外准备回宿舍的男人，忽地想起来，身上还穿着他的制服。

她犹豫了两秒，最后还是快步上前，叫住了他："周……工。"

男人脚步顿住，半转身，看向她，眼底一片淡漠。

"你的衣服。"宁安然利索地脱下衣服，递给他，真诚地说，"谢谢。"

男人没接，目光从她身上掠过，而后抬起眼皮，注视着她的脸，开了口："我建议你穿上。"

宁安然愣住。

然后，他淡声补了一句："如果你不想走光的话。"

招待所在宿舍区的北边，杨帆领着她去办入住。

而在前台要求出示身份证时，两人才恍然发现她的行李箱、背包，连同手机全遗留在吉普车上。

"汽修队的同事已经过去了，晚点应该就会给你送过来。就是……"杨帆瞧了眼套在她身上的宽大制服，抓了抓头。

先前兵荒马乱的，加上场区那边又一片昏暗，他们谁都没留意到宁安然今天穿的是一身白色丝质衬衫，被雨一淋全贴在身上，要多尴尬有多尴尬。还好周司远注意到了这个细节，让她把外套穿了回来。

"你先上去烧点热水，我这就去给你找身干净的衣服。"杨帆说。

戈壁的天，一下雨就降温，他们在这里生活多年早就习以为常，但宁安然刚到，杨帆很怕她这么一淋，一冷一热的，搞生病了。

于是，催着她上楼后，他便一路小跑回宿舍找衣服。

另一边，宁安然一进屋就赶紧脱下身上的湿外套，再取了一条浴巾裹在身上，然后，洗了水壶一边烧热水一边等杨帆送衣服来。

通上电，房间里立刻响起了热水壶工作的声音。宁安然坐在凳子上，盯着水壶亮起的红色指示灯晃了神，脑袋里走马灯一样闪现着各种零碎的画面。

屋子里有些冷。

水呜呜作响时，她敛神，起身从电视柜下的抽屉里翻出一只白瓷茶杯，走进卫生间，打算涮一下杯子。

人刚进去，就隐约听见了两下敲门声。

她立刻放下杯子去开门。谁想，门外不是杨帆，而是刚刚在楼下帮她办理登记的大姐。

"你好，你同事让我把这个交给你。"大姐笑眯眯地递上一个纸袋。

宁安然推断是杨帆请她送上来的，接过来一看，里面果然是一团黑乎乎的衣服。

她同大姐道完谢，拎着袋子回屋。

她边往浴室走边伸手掏出那团黑衣服，一个东西掉了出来，落在了脚边。

宁安然低头一看，怔住。

地上，是一件肤色的内衣。

再看袋子里，不出所料地看见了一条同色的内裤。

看着像是全新的，应该是杨帆特地去买的。宁安然弯腰拾起内衣，心想：杨帆这人还挺细心的，居然连这点都想到了。

仅仅一秒后，她推翻了这个论断。

因为除了那件又长又宽的黑色T恤，再无其他外穿的衣物，杨帆明显忘记给她带裤子了。好在那T恤够长，套在她身上足以当睡裙。

她倒了半杯热水先晾着，拎着衣服去洗头洗澡。

洗到一半，隐隐约约又听到敲门声。

起先她以为是幻听，可几秒后，那声音再次响起，而且比之前还重些。

她确定是真有人在敲门，便赶紧冲了澡，套上衣服，再扯了一条干毛巾包住头发，踩着拖鞋去开门。

鉴于身上只有件宽大的黑T恤，开门前，她确认道："谁呀？"

"我，童笙。"

宁安然放下心，开了锁。

门外，是已经换了身衣服的童笙，手里拎着一个大袋子。

"欸，"童笙惊讶地望着她，"你有衣服？"

宁安然立刻明白，她应该是专程给自己送衣服来的，忙微笑道："嗯，杨帆给我的。"

"啊？"童笙满脸困惑，"杨帆给你的？"

宁安然还没来得及回答，她又抢话道："不是啊，他让我给你送衣服上来啊？"

说着，她还扬了扬手上的袋子。

见宁安然一脸蒙，童笙立即把来龙去脉讲了一遍。

原来是杨帆回去时就找了她和罗茜借衣服，可她俩都比宁安然矮，又偏胖，衣服恐怕不合身，于是让杨帆先回去洗澡，她们去找了另一位与宁安然身材差不多的同事借了一套衣服送来。

"不应该啊。"童笙望着她身上的衣服，着实费解，"他不是让我送吗？怎么又自己送给你？"

而且，童笙扫了眼她胸前，更是百思不得其解。

外衣和T恤也就算了，杨帆哪里搞来的内衣呢？

童笙想不通，宁安然脑海里却已徐徐出现一张疏离冷淡的眉眼。

她垂下眼睫，盯着身上及膝的黑色T恤，少女娇俏的声音在耳畔响起——

"周司远，你衣服好长哦，我穿着都可以当裙子了。"

送走童笙，宁安然倚着电视柜，凝视着椅子上那个空空的纸袋。

头上的毛巾不知何时散开来，湿发从里面跑出来，贴在脖颈上，水滴沿着背脊滑进衣服里。

后背渐渐湿成了一片，衣服凉凉地贴在皮肤上，她浑然未觉。

"叮！"

一道尖锐的电话铃声骤然响起。

宁安然被惊醒，看向床头的老式电话机，愣了两秒，上前接起来。

"喂，你好。"

"是我，杨帆……"

杨帆来电话是告诉她，晚点要带她去吃饭，她收拾妥当就可以下楼了。

不想让对方久等，挂了电话，她立马去吹干头发，打算换上童笙送来的衣服。

黑色T恤脱下的瞬间，她看见了身上合身的内衣裤，脱T恤的手微微滞住。

是他吗？是他吧。

如果他还会为她准备这些，是不是意味着……

这个念头刚冒出来就被她迅速打压下去。

能意味什么呢？

换好衣服，宁安然下楼。

一出大门，就看见了站在自行车车棚外的杨帆。

见到她，杨帆上前一步，上下打量两眼，说："还真是，慧慧的衣服给你穿正好。"

看来，她身上的衣服是这位"慧慧"的。

"你会骑车的吧？"杨帆又问。

"我不会。"宁安然看了眼他旁边另一辆没上锁的自行车，问，"需要骑车吗？"

杨帆却答非所问："你怎么也不会骑车啊？"

宁安然挑了下眉，不知该如何回答这个问题，最后只得问："很远吗？"

"有点距离。走过去，至少二十来分钟。"

高州航天基地有一个县城那么大，生活区集中在南边，大家基本不开车，都是骑车。

看看时间，杨帆估算着如果走过去，食堂就没啥吃的了。今天风里雨里折腾了一天，他早就饿得前胸贴后背。于是，迟疑了下，他说："你要是不介意，我载你过去吧。"

"当然不介意。"宁安然丝毫不扭捏，干脆地跳上了车后座。

食堂在员工宿舍的附近，看得出杨帆在基地人缘不错，一路上都有人同他打招呼，甚至有几个小伙还调侃他："杨帆，你小子居然敢偷偷载妹子，小心我们告诉慧慧。"

"滚滚滚！什么妹子？"杨帆横去一眼，"人家是我们处新来的同事，总部派来的。"

说完，他又补上一句："再说，慧慧才没这么小肚鸡肠。"

后座的宁安然听得哑然失笑，猜到这位"慧慧"应该是他喜欢的女孩子。

到了食堂，杨帆停好车，逐一介绍了每层楼的特色餐饮。

知道她喜欢面食，杨帆领着她去了陕西风味的窗口，两人各点了一份拌面。

吃饭时，宁安然主动问："程处的爱人怎么样？没事吧？"

"动了点胎气，可能要再观察两天。"杨帆夹了一筷子面，怅然道，"哎，希望别出什么岔子，他们等这个孩子太久了。"

杨帆告诉宁安然，程俊和金谨是校友，结婚十几年了，一直聚少离多，孩子的事也就给耽搁了。

"师母是红旗场测控通信的负责人，前些年一直在那边，这回还是因为建东腾才抽调到高州。"杨帆苦笑，"师父说，估摸也是组织照顾他们，否则再拖个几年，想要都要不上。"

"程处四十多了吧？"宁安然问。

"四十五，师母四十三。"

这么一看，这孩子确实来之不易。再想到那个挺着肚子在暴雨中冷静做决断的女人，宁安然心中生起了一股敬佩之情。

杨帆健谈，一顿饭的工夫就把基地的情况大概介绍了一遍。

"上班有统一的大巴车，每天早晨七点到八点，十分钟一班，乘车的地方就在……"

"宁安然！"

嘈杂的人声中忽地响起一道清晰的呼唤声。

二人均被吓了一跳，扭头看向声音的来源。

"慧慧。"杨帆欣喜。

"葛慧慧？"宁安然意外。

随即，杨帆反应过来，问宁安然："你认识慧慧？"

宁安然还没答，那边一身蓝色制服的葛慧慧已三步并作两步跑了过来，兴奋地喊道："宁安然，真的是你啊！"

宁安然最后一次见葛慧慧是大二下学期，在蒋铮亮的生日聚会上。

虽然都是高中校友，但葛慧慧从前同他们并不要好，突然出现在饭局上着实让人费解。一追问，才晓得竟是她主动给蒋铮亮打电话，要求来参加聚会。

"事出反常必有妖。"陈筱筱戳了戳宁安然，断言，"她肯定是冲着你家周司远来的。"

葛慧慧以前喜欢周司远，这事不是什么秘密，这回莫名其妙地出现，很难让人不浮想联翩。

宁安然慢条斯理地剥着花生,无所谓地说:"来就来呗。"

周同学的桃花,什么时候谢过。

只是,后来的剧情却完全脱离了设想——葛慧慧确实来者不善,她不仅借酒表白,还趁醉对心仪对象又抱又亲;不过,那人不是周司远,而是蒋铮亮!

望着将蒋铮亮抱了个满怀、怎么都不肯撒手的葛慧慧,陈筱筱气得咬牙切齿:"她眼睛瞎了吗?居然喜欢蒋铮亮?"

宁安然拍拍她的背,替她顺气,不敢提醒她,这位被她嫌弃的男生是她的男朋友。

眼见葛慧慧掰着蒋铮亮的脑袋,又要把嘴撑上去,宁安然一边安抚闺密,一边恼火地踢了踢老神在在跷着腿看热闹的周司远:"还不快去帮忙?"

结果这厮非但不动,还悠哉地道:"他一个一米八几的大男人,连个女生都甩不开,还要我去帮?"

得,一句话,把陈筱筱的火彻底浇成了火焰山。

因为这句话,蒋铮亮足足哄了陈筱筱大半个学期。而宁安然私下则认真同周司远讨论过,蒋铮亮到底有没有可能挣脱醉酒后撒泼的葛慧慧。

"葛慧慧喝的是啤酒,又不是大力神水。"他揶揄道。

宁安然想想好像确实如此,葛慧慧和蒋铮亮身高、体力差摆在那儿,若真是下狠心又怎会挣不开?

"那你呢?"宁安然故意找碴,"要是有个女生喝多了也这样抱着你占便宜,你怎么办?"

"我?"周司远"呵"了一声,抬手捏住她的脸,"你男朋友我就不可能让别的女生近我身。"

宁安然撇了下嘴:"大话别说太早。"

周司远是不是说大话后来也没法考证,但是自那之后,葛慧慧就像消失了一般,再也没有出现过。

万万没想到,她们竟会在这里重逢。

兴奋过后,葛慧慧只剩下费解:"你怎么会在这里?你不是在香江吗?"

她们高中不同班,读书时并无多少交情,仅有的几回交集还都是因为周司远。一次是运动会上,葛慧慧找被拉去做播音员的她帮忙念了一篇给周司远加油助威的通讯稿;另一次则是毕业典礼那天,同做护旗手的葛慧慧望着台上正在演讲的少年,没头没脑地问:"你们要不要去旅行?"

即使算不上陌生人,但也绝不算熟稔。

可葛慧慧刚刚这两句问话,分明又不是那么回事儿,倒像是一直在默默关注她的状况。

宁安然压住心中的困惑,回答她的问题:"我调到航天中心工作了。"

"航天中心?你不做记者了?"

"严格意义上确实不算记者,但还是新闻宣传。"宁安然稍加解释。

一旁的杨帆趁机插话:"她是总部挖过来做融媒体的。"

葛慧慧瞥了他一眼:"去你们处?"

杨帆颔首,抛出一个既定的事实:"你们认识?"

"我们是高中同学。"葛慧慧大声道。

"那真是太有缘了。"杨帆夸张地说。

确实缘分不浅,要是她没猜错,自己这身衣服应该就是问葛慧慧借的。

简单两句后,杨帆想起来问:"你吃饭了吗?"

"刚吃完。"葛慧慧扫了眼他们碗里的拌面,对宁安然道,"没事,你慢慢吃,吃完我带你到处逛逛,熟悉熟悉环境。"

话落,不用他人招呼,她径直挨着宁安然坐下。

杨帆乐在其中,边吃边不时同她聊上几句。

唯有宁安然,在心底默默叹了口气:葛慧慧同学还是那么热情啊……

饭后,杨帆把车锁在车棚,陪两个女孩走回去。

一路上,葛慧慧尽地主之谊,热情地做着"导游"——哪里能买到便宜又好的水果、哪家超市东西全、网购快递怎么收寄、哪个洗衣店办卡有优惠……

话题一个接一个,不知不觉就到了招待所门口。

见她还没收住话头,大有要上楼继续聊的趋势,宁安然只得顿住脚步,委婉地说:"你们有事先去忙吧,不用陪我。"

怎奈,葛慧慧完全不开窍:"我今天不加班,没什么事儿。"

宁安然抚了抚额头,露出尴尬的微笑。

幸亏杨帆还算上道,说:"那什么,慧慧,咱们还是先回去吧。安然她赶了一天路,下午又淋了雨,让她晚上早点休息吧。"

葛慧慧被点醒:"哦,对,那你还是早点上去休息吧。"

下一秒。

"对了。"她摸出手机,"你微信号是多少?我加下你,你有事随时找我。"

宁安然报上微信号,并说明手机落在车里,得晚点才能通过验证。

"没事,我先加你。"

"我也加你一个。"杨帆补充道。

宁安然道"好",同他们礼貌道别后,折身往招待所里走。刚踏上两级台阶,又被葛慧慧叫住:"宁安然。"

宁安然回头:"嗯?"

葛慧慧皱眉看着她,抿了抿唇瓣,欲言又止。

空气有几秒的静默。

刹那间,宁安然看懂了她眼里的迟疑。果不其然,短暂的犹豫后,她跑了上来,半仰着头,用只有她们两人能听到的声音,快速地说:"周司远也在这里。"语气和目光里没有嘲弄,只有温和的善意。

宁安然垂眸对上略显忧心的眼神,淡笑道:"谢谢你,我知道的。"

葛慧慧明显愣了下,试探地问:"你们见过了?"

宁安然轻轻点了下头。

"那你……"葛慧慧欲言又止地望着她,表情很是复杂。

遇见前男友是有点尴尬,可葛慧慧眼底的同情是咋回事?

没等宁安然发问,葛慧慧已艰难地抿了一下唇,说:"算了,下回再说吧。"

回到楼上,宁安然看见自己的行李箱和背包已被妥善地安放在房间门口。

她开了门,把东西搬进去,再从包里摸出没电的手机,赶忙充电。

手机在几秒后重新开机,微信和电话瞬时跳出大红的数字。

三分之二来自陈筱筱。

她点开最近的一条语音,陈筱筱慌乱的吼声在房间里传开:"你到底在哪儿啊?回个话行吗?"

宁安然暗叫一声"不好",距离她离开北城已经快十个小时,一直联系不上她的陈筱筱肯定担心她是不是出了什么意外。

微信说不清楚,她直接回了电话。

耳机里刚"嘟"了一声,就传来陈筱筱焦急的询问:"喂,宁安然,是你吗?"

"是我。"

陈筱筱提着的心终于落下来:"你干吗去了?电话不接,微信也不回。"

"我手机丢了,刚找回来。"宁安然扯了个理由。

"你怎么不把自己也丢了?"惊魂未定的陈筱筱拔高嗓门,"我被你吓死了,都已经准备报警了。"

全然不给她开口的机会,陈筱筱又喊道:"还有啊,你同事说你早就不在兴平社了,到底怎么回事儿?你现在到底在哪儿啊?"

尽管宁安然早晨走时没说目的地，但国内就这么大，陈筱筱估摸了下时间，在中午给她发了一条信息，问她到了没。

消息石沉大海。

起初，陈筱筱当她在忙，并没在意。直到下午，盯着静悄悄的对话框，她才隐隐意识到不对劲，而在一连打了十几个电话都没人接后，她的心瞬时提了起来。

陈筱筱脑子里冒出的第一个念头是飞机出事了，可各平台一点信息都没有，她只得一边反复打电话、发信息，一边大费周折地联系到兴平社的朋友，想让他们帮忙打听宁安然这次被派到哪里去了。不料，对方回复道："她几个月前就离开兴平社了啊。"

"他们说你好几个月前就离职了，到底什么情况？"陈筱筱气急地问。

包括陈筱筱在内的所有人都以为宁安然是在发布那条告别博文后才离开的香江分社。而真相是，早在三个月前她就已经办好离职手续，回到了北城。

"你早就回了北城？那你这几个月在哪儿？"

宁安然沉默了片刻，决定稍稍透露一些不涉及保密条款的信息："我这段时间都在航天中心封闭培训。"

"航天中心？"陈筱筱震惊。

宁安然这才把航天部成立新闻中心，挖她来做融媒体中心主任的经过简单地说了一遍。

"融媒体中心主任，是什么级别啊？"陈筱筱关心的方面很实际，"待遇怎么样？"

宁安然报了个数字和职级。

"这待遇很一般啊。"陈筱筱略显失望，原以为对方肯定出了高价才让宁安然跳槽，可现在这个待遇，算不上高就。

"以你现在的资质和名气，就算这次香江分社社长不给你，在兴平再待两年，待遇应该也比他们给的好吧。"

更关键的是，两个平台天壤之别。

"他们造火箭飞船是厉害，可搞个新闻，还上融媒体，感觉有点形式大过内容。"陈筱筱直接表明自己的观点。

融媒体是当下全球传媒机构在努力探索的一个新赛道，航天中心一无传统媒体的资源优势，二缺乏自媒体的灵活自由，一上来却直接锚定融媒体……真是当自己造火箭，一飞冲天啊？

陈筱筱不信宁安然看不出这里面的难度和挑战。

"你怎么想的？"她问。

怎么想的呢？

宁安然倚在窗边，俯瞰着灯火通明的高州基地，沉默良久，缓缓道："就想往前迈一步试试。"

陈筱筱哑摸片刻，最后把一切归咎于挑战自我。

拓荒者永远值得钦佩。

两人相交多年，深知彼此脾性，既然对方已做了决定，陈筱筱不会再泼冷水，而是半玩笑半认真地说："虽然明面上的薪资待遇一般，但那边隐形福利还是有的。"

"嗯？"

"男人啊！"陈筱筱气她迟钝，"航天中心的男同志可都是国家千挑万选出来的，网上不都说了，好男儿都上交国家了，你别白白浪费这福利，知道不？"

宁安然哭笑不得，刚想吐槽她成天就想这些，一个"国家千挑万选出来"的男人的脸倏地跳了出来。

她顿住，扶额，苦笑不语。

两人又东拉西扯地聊了好半天，直至耳朵发烫才挂了电话。

微信里多出了两条好友验证信息，是葛慧慧和杨帆。

宁安然逐一点了通过，很快，两条微信消息相继进来。

葛慧慧：杨帆说你还没工作牌，那明早我带你去食堂吃饭吧。

杨帆也是差不多的意思：明天我来接你吃饭。

宁安然稍加思索，选择了杨帆，谢绝了葛慧慧。

发完信息，她搁下手机，开始收拾行李箱和背包，弄到一半，发现包里不知何时多出了一条绳编的项链。

绳子是用最常见的褐色丝线编织而成，挂着一个桃木色吊坠，绳结和扣带位置被磨得褪了色，一看就戴了有些年头。

她仔细看了看吊坠，慢慢辨出上面刻了一个字——安。

从用料到刀工都不算好，不像出自名家之手，倒像是那种旅游景区门口十块钱一个的粗劣纪念品。

估摸是汽修队的同事在路上捡到，看上面有一个"安"字，误以为是她的。

宁安然把项链拍了一张照片，发给杨帆，说明了情况。

杨帆很快回信息：不是汽修队，是运输队的小汪在打扫后车厢时捡到的，他给罗茜，罗茜以为是你的，就让楼下大姐帮你放包里了。

杨帆：你先收着吧，明天再给我，我问问看是谁掉的。

宁安然回复"好",把项链放回包里,接着整理。

等收拾妥当,洗完澡,已是十点多。

这个点,换作在香江,恰是灯红酒绿最热闹的时刻;但在这里……窗外宿舍区的灯暗了一大片,亮着灯的地方也安安静静。

她拉上遮光帘,关灯,倒回床上。

身体十分疲惫,脑子却停不下来。这一天见过的人、发生的事走马灯一样从眼前掠过,像无数块镜子的碎片,错综复杂,割得她左边头皮突突地跳跃。

在第N次翻身后,她掀开被子下床,赤脚走到门口的衣柜前,摸黑拉出行李箱,拉开拉链,从夹层里掏出一个方形的盒子。

锐利的盒角刮过掌心,有点疼,似乎是在提醒她几个月前体检时医生的那些叮嘱。

犹豫了几秒,她把盒子塞回去,合上柜门,重新走回床上。

闭上眼,她尝试用学姐教她的方式调整呼吸,努力摈弃那些乱七八糟的画面。

不知又过了多久,头皮渐渐松弛下来,她终于陷入了光怪陆离的梦境里。

这一觉睡得很不踏实。

被闹钟震醒时,宁安然盯着雪白的天花板,好久都缓不过神来。

撑着疲惫的身体起床,洗漱,懒洋洋地上了点淡妆,她拿了包下楼,凭着昨天的记忆往食堂走。

早晨的高州基地充满了朝气,路上全是穿着蓝色工作服的人。她一身常服混在中间,显得格格不入,颇有些不自在。

到了食堂,宁安然按照杨帆在微信上给出的指示直奔二楼。

杨帆来得早,已经买好自己那份早餐在座位上等她。

"我不知道你喜欢吃什么,就没给你买。"他把饭卡给她,"你去看看,喜欢吃什么自己点。"

宁安然没有扭捏,放下包,拿了卡去前面窗口。

和大学食堂一样,每个窗口都有不同品种的早餐供应,包子稀饭、豆浆油条煎饼、水饺馄饨一应俱全。

宁安然环视一圈,决定简单些,在最近的窗口拿了一份粥和包子,外加一个水煮蛋。

付完钱,她端着托盘去取餐具。

这个点,正是用餐高峰,取餐具的人很多,她安静地排在几人后面正往前移,后背却猛地被撞了一下。

下一刻,惊呼和餐具落地的声音同时响起。

响声惊动了周围用餐的人。

将将稳住餐盘的宁安然也立刻回头,一个穿着蓝色制服的挺拔背影率先映入眼帘,视线再一抬,一个出色的侧颜撞入眼眸。

宁安然立即意识到,刚刚撞开自己的是他。

两步开外,摔了餐盘的女同事惊慌地道歉:"周工,对不起、对不起,有没有烫到您?"

男人神色淡然地摇头,用眼神示意对方不用紧张。

"真的没事吗?"女同事望着他被泼湿的大半衣袖,担忧地说,"是刚煮出来的馄饨,应该很烫的。"

男人不以为意地瞥了眼袖子,说:"只是沾湿了一点。"

宁安然闻言,看向地上散落的馄饨,汤还在冒着热气。

那位女同事说得对,应该很烫。

可惜,周司远并不在意,弯腰拾起掉在地上的碗后,他大步流星地离开了,留下一个潇洒的背影。

待他走远些,另一名女生才埋怨起同伴来:"你怎么回事,走路不看的吗?直愣愣地撞过去。"

"我不是在和婷婷发微信,问她吃什么嘛。"女同事委屈地说,"而且,明明是他自己撞上来的嘛。"

"你还说。"女生瞪她一眼,"要不是周工伸手挡一下,你那碗汤就倒前面女生的背上了。"

猜测被证实,宁安然被撞了一下的后背隐隐发热。

回到座位,杨帆问她:"刚才怎么了?我好像看到周工了。"

"有人不小心撞翻了餐盘。"她的声音很轻,心脏却重重地磕了一下。

第五章 后来的我们

吃完饭,杨帆带宁安然去办入职手续。

人事处的大姐叫王霞,渝州人,听闻宁安然是荣省人后,十分热情:"小宁啊,荣渝不分家,晚点我把你拉进同乡会里哈。"

"王姐是你们同乡会的会长,搞团建活动一流。"杨帆恭维道,"看得我们每回都眼巴巴地流口水。"

王姐被夸得弯起眉眼:"流什么口水?你加把劲把我们慧慧追到手,以后团建还能少了你的份?"

杨帆被调侃得"嘿嘿"一笑:"在努力中、在努力中。"

"光努力不行啊,你得有方法。"王姐一副过来人的口吻,"这追女孩子和治病一样,得对症下药,像慧慧这样直线条的女孩,你就得单刀直入,下猛药……"

宁安然在旁边听着不由失笑,还别说,就昨天傍晚她对两人的观察来看,王姐的"药"没准能切中肯綮。

杨帆听得频频点头,表示受益匪浅。

讲得口干舌燥的王姐喝了一口水,侧头看向宁安然:"小宁啊,你有男朋友了吗?"

"我已经订婚了。"宁安然眼也不眨地说。

"已经订婚了啊,那还挺早的……"王姐面露惋惜,"本来同乡会里还有几个很不错的小伙子……"

宁安然笑而不语,话题到此结束。

办完入职手续,领到工作牌、制服和三大本纪律手册,杨帆开着车带她继续熟悉基地的布局和环境。

高州是我国最大的航天城,基地内医院、学校、商店一应俱全,一圈转下来,时间已近傍晚。

最后一站,杨帆带她来到问天林,执行每一位航天新人入职的必要程序——祭拜航天先辈。

"这些纪念碑下都是高州基地成立以来因公牺牲的航天人。"杨帆神情凝重地介绍,"他们有的是执行任务时出事故牺牲的,有些是日久成疾倒在了工作岗位上,还有的是舍己救人……"

夕阳染红了天际,远处橘灰色的云朵层层叠叠地堆积在一起,橙红的光印在庄严的墓碑上。

宁安然跟随杨帆一排排祭奠过去,逐一记着墓碑上所记载的每一个事迹。

和常人想象的英勇和丰功伟绩不同,他们中大部分人都只有寥寥几笔,简单、平凡,如同现在工作生活在这里的万分之一,在属于自己的领域和岗位里发出萤火之光,可正是这些光一点点汇聚起来,才变成了天上最亮的星星。

宁安然慢慢走着,努力去记住这些平凡的先辈,心情沉甸甸的。

倏地,一个名字闯入眼帘——周霖成。

缓行的脚步猛然顿住,她心口一拧。

周霖成?

脑中跳出一段对话——

"宁安然,你这代签水平也就老张看不出来。"少年指着她试卷上的家长签名,嫌弃地说,"你这两个'宁'字,写得一模一样。"

"那也比你家名字世袭好。"宁安然反唇相讥,鄙视他又在家长签名栏签下了"周司远"。

少年弯唇,大笔一挥,把签错的名字画掉,再笔走龙蛇地写下三个字:周霖成。

"这位就是周工的父亲。"杨帆低沉的嗓音将她从回忆里拉回来。

她抬眸,迟缓地问:"他是怎么牺牲的?"

"在一次援外的联合试射中,发射塔爆炸,老周工和几位国外的专家全牺牲了。"杨帆表情凝重地介绍着,"老周工是发射系统的专家,是袁老的得意门生,咱们现在仍然在使用的Z3-J7就是他设计的。"

Z3-J7,火箭二级发动机的同泵游机,除和二级主机一起在高空为火箭提供持续的上升动力外,还承担了末速修正、姿态调整等任务,卫星、飞船等能毫无偏差地推入轨道,全靠它们。

这些都是宁安然在培训资料里看到过的关于Z3-J7的记录。但在记录中,关于研制的工程师,资料上只有一个代号——动力系统3号。

没有周霖成的名字，除了内部人士，外界至今都不知道他对航天事业做出的特殊贡献。

宁安然垂眸，注视着墓碑上刻记的生辰。

"老周工走的时候，周工才十六岁。"杨帆沉痛地说。

周霖成牺牲那天，宁安然和周司远正在北城参加"国才杯"决赛最后一场的即兴演讲。

周司远抽到的顺序在她前面，演讲主题是"无限"。和过去每场比赛一样，他的表现自信、松弛，以物理学的"熵增定律"作为切入点，生动形象地讲述着关于生命、科学、宇宙和思想的"无限"……展现了非常扎实的口语素养和思辨能力，赢得一片掌声。

陪宁安然在后台候场的张广兴奋得两眼放光，直嘀咕："稳了、稳了。"

舞台灯光照亮少年的脸，耀眼了整个会场。

快问快答环节结束，周司远步履潇洒地迈下台，全然不顾张广和其他选手的目光，抬手揉了揉她的脑袋："不要紧张，我等你一起领奖。"

语气笃定而狂妄。

宁安然注视着他坦然明亮的眼眸，心中的羞窘和紧张一扫而空，落落大方地点了点头："好！"

可惜，当颁奖嘉宾念出她和周司远的名字，宣布他们打破了赛会纪录，成为"国才杯"有史以来的双冠军时，扬言要和她一起领奖的少年再次失约了。

"他家里出了点事，有人把他接走了。"张广的话宛如一把尖刀霍地扎进宁安然的心里。

望着贴有他名字的空座位，宁安然骤然回想起夏令营结束的那天……眼皮突突直跳。

颁完奖的那个晚上，她在酒店等到了他的电话："对不起，又放你鸽子。"

周司远用浑不懔的语气，轻描淡写地告诉宁安然："我得去给我爸收个尸。"

再见周司远，是在一个礼拜后。

短短几天，他整个人瘦了一圈，原本就深邃的眼眶更加凹下去，素来挂在脸上的散漫笑意褪去，眼睛里布满了红血丝。

他穿着白衬衫、黑裤子，腰间系着一根细细的麻绳。

看见一直坐在楼梯上等候的她，周司远声音哑得不像话："不是让你不要等？"

她仰起头，望着他瘦削凌厉的下颌，眼泪止不住地往下落。

就在那一天，在昏暗的楼梯间，她知道了周霖成和宋沁的故事——

"她比他小八岁，两个人是在菜市场认识的，他帮她揪住了小偷，她帮他怼了无良鱼贩……"

二十一岁的宋沁彼时还是北城师范大学的学生，才情、相貌样样出众，是无数男生心中的女神，不仅本校，就连隔壁几所高校也有不少人慕名而来，追求者几乎踏破了师大女生宿舍楼下的那条鹅卵石路。

然而，宋沁偏偏对周霖成一见倾心，哪怕得知他丧偶还带着个四岁的女儿也没能阻挡她陷进去。朋友极力相劝，家人千万个反对，周霖成更是再三拒绝，一次次狠心将她拒之门外。

"他坚定地拒绝，除了觉得自己年龄大、有孩子，更多的是不想让她吃苦。"周司远平静地说着。

周霖成是从事动力学研究的，师从动力学泰斗袁仁教授，一直做火箭、飞船等研制工作。那时，正值中国航天事业刚起步，作为中心重点人才和袁老的得意门生，周霖成被委以重任，承担了好几项技术的攻关和研发工作，没日没夜地干着。

周霖成的前妻和他是同门，也在航天中心工作，当年是由袁老牵线定下了这桩婚事。婚后，二人各自扎在不同的攻坚项目上，五年来，相处时间不足五个月。

他们把时间和精力都倾注在航天事业上，为共同的梦想奋斗着，甚至献出了生命。

在前妻因公牺牲后，家人朋友们一直劝他再找一个伴来照顾年幼的周书瑶，但周霖成坚决不同意："嫁给我和守活寡有什么区别？我不想再害了人家姑娘。"

只是，他未曾料到会遇到捧着一颗真心爱他的宋沁。

"我妈当年追他轰动了整个航天城。"周司远撇了下嘴，缓缓复述着母亲的"老生常谈"。

"我每个礼拜都给他写信，除了写我怎么喜欢他，还把那些中外情话全给他来了一遍。结果，谁晓得他们是涉密单位，所有寄进去的信全部要拆了检查，于是……"宋沁耸肩，"全中心的人都知道我有多酸了。"

而周霖成则搂着她说："谁说酸，大伙儿都羡慕我认识了个大才女，文采斐然。"

宋沁还说："我还约他看电影，他每次都不答应，有时候干脆不理我。我就干脆买两张票，在外面等到开场，再进去，一个人占两个位置，看完我再给他写信，告诉他电影讲了什么，然后，下次再接着约……"

不仅是直抒胸臆地大胆示爱，年纪轻轻的宋沁还会细心地照顾周霖成的生活，她会帮他囤冬天的菜，她会替他缝好破掉的制服，会在寒冬的半夜背着得了肺炎的周书瑶去敲医生的门……

周霖成是内敛的、深沉的，宋沁却像一个大火球炙烤着他，融化着他，让他一点点沦陷，最终放弃理智决定爱一回。

他用尽全力说服宋家二老，终于在宋沁毕业的第二年，娶到了她。婚后，二人如胶似漆，宋沁开朗大方、为人善良，把周书瑶带得特别好。很快，他们还迎来了爱情的结晶。

周司远出生后，周霖成虽然依旧忙碌，也常常十天半月地出差，但多少还是能挤出时间陪他们。那几年，也是他们一家四口最美好的时光。

这一切终止在周司远五岁那一年，航天中心"916"工程正式启动，周霖成被选为工程动力系统主要负责人。

秘密地干、静静地干、锲而不舍地干——这是从"916"工程技术经济可行性论证启动后，国家对所有科技人员的要求。于是，周霖成和一大批当时最顶尖的科研人员隐姓埋名、舍家忘我地扎进了伟大的载人航天事业中。

宋沁就是在这期间患上癌症的。为了照顾她，周司远的外婆强行将他们接回了江陵。无奈，两次手术都没能留住她。

"我妈走的时候，边上就只有我一个人。"周司远哑声说。

准确地说，宋沁癌症复发后身边一直只有周司远。那时候，周书瑶在英国留学，而宋家二老不堪打击双双卧病，年仅十三岁的周司远用瘦弱的肩膀扛起了照顾外公外婆和妈妈的重担。

漆黑空荡的楼梯间里只有他沙哑低沉的声音。

宁安然听着他平静地叙述自己如何每天五点不到就起床给母亲制作流食，听着他是怎么从一开始踉跄地背宋沁上下四楼做化疗到后来轻而易举打横抱她去楼下晒太阳。

听着他怎样冷静地擦拭清理母亲大口大口呕出的血，再半夜清洗被血浸透的校服和衬衫，再听着他一次次在病危通知书上签下周霖成的名字，最后又是如何跪在病床前，握着母亲渐渐失去体温的手无声地哭泣……

"她快走时，意识已经混乱了，常常拉着我的手喊他的名字。"周司远把脸别向一边，声音里带着哽咽，"她跟他说好疼，说想他，说不想死，说不要离开他，说爱他，也说怨他……

"但等她清醒了，她又一遍遍地告诉我：'阿远，别怪你爸，你爸爸在做一件很重要、很伟大的事,他很爱我们的。'……"

泪水从下巴上簌簌滑落,宁安然抬手抹去,眼睛里的水汽却挥之不去。

"我妈临死前一直望着门口,她一直吊着那口气在等他,想见他最后一面。"周司远仰起头,喉结艰难地滚动着,良久,他才哽咽出声,"可直到她火化,她都没等到他。"

那一年周司远直到最后也没有告诉她,为什么他的父亲不能回来。

多年以后的现在,在熟读了那些记载在资料里的信息后,宁安然已知道答案——宋沁走的时候正是任务的关键期,周霖成根本回不来。

一边是国家任务迫在眉睫,一边是挚爱之人命悬一线。

周霖成当时内心所受的煎熬可以想见。

"嗒!"路灯在一瞬间亮了起来,照亮了整个问天林。

宁安然垂眸,静静地注视着橙黄灯光下的墓碑,耳边仿佛又响起了少年的冷嘲:"他们都说他很爱我妈,我这次去给他收尸,他们给了我几大箱的信和日记,全是这些年他写给我妈的。

"沁沁,展信安……"周司远冷冷一笑,"展信安?真讽刺,她人都不在了,他天天给她写信写日志,而她最想见他时,他杳无音信。

"也好……"他嘲讽地冷哼一声,"这回他也下去了,可以亲自说给她听了。"

那一天,周司远问她:"宁安然,你说一个连妻儿都照顾不好的人,算哪门子伟大?"

耳边有风声在响,宁安然盯着墓碑的视线渐渐模糊。

当年,周司远被领到问天林,看见周霖成墓碑的那一刻该是怎样的心情呢?

而时隔多年,佩戴着0号胸牌的他又还会质疑这份"伟大"吗?

从问天林出来,宁安然沉重的心情久久无法平静。

吃饭时,杨帆刻意转移她的注意力:"其实讲起来,你和周工还蛮有缘的。

"你看啊,你们高中是同学。"杨帆偏头看她一眼,接着道,"大学都是平淮,现在又成了同事,你说这不是缘分是什么?"

宁安然垂眸,浅笑。

她和周司远的缘分又何止这些?

见她没否认,杨帆"嘿嘿"一笑:"可惜你订婚了,周工也结婚了,要不然……"

结婚？

宁安然身子蓦地一僵，抬起头来，不敢置信地看向杨帆，问道："你说，他结婚了？"

"对呀。"杨帆对上她惊讶的目光，笑道，"很震惊吧？他呀，英年早婚，孩子都四岁了。"

舀汤的勺子轻轻晃动，碗里的冬瓜汤荡出一片涟漪。

宁安然终于明白了昨晚临别时葛慧慧的欲言又止，更懂了她眼底的同情自何而来。

"周工爱人是大美人，而且是网上说的那种……浓颜系大美人。"杨帆接着道。

宁安然拇指摩挲过汤勺，听他热情介绍："他们家诺诺更漂亮，眼睛又大又黑，皮肤粉粉白白，妥妥地遗传了他们的优点。"

瞧得出，杨帆和他们一家很熟。

"他爱人也在高州基地吗？"宁安然问。

"没。"杨帆扒了一口饭，道，"她不在咱们系统，是开公司的，在青州。"

杨帆："诺诺妈人很好，每回来都很客气，又是请客又是送东西的。"

宁安然："她经常来吗？"

"也不算经常。就是每年夏天，她会带着诺诺来基地住一段时间。"杨帆感慨，"你知道的，航天人家属不容易，尤其配偶是周工这样的人，更不容易。"

配偶。

很刺耳的两个字。

时间果然是利刃，茌苒间就把那些你曾经认为坚不可摧、坚信不疑的东西分割得一干二净。

她低下头，用勺子慢慢地拨着碗里的冬瓜汤，问："他们什么时候结婚的？"

"这个我倒不清楚，他们没有办仪式，而且你知道的……"杨帆给了她一个"你懂"的表情，"他可是0号。"

0号，既代表着权力和责任，也代表着涉密等级。

宁安然想到了沉睡在问天林中的周霂成，在有关动力系统的各类文献资料中，他至今没有名字，只有一个代号3。

周司远是问天系统的最高指挥长，和他有关的所有信息，除非在允许披露范围内，否则都属于秘密。

"不过，诺诺今年四岁，算下来，他们结婚至少五六年了吧。"杨帆推算道。

"这都七年了吧，指不定人家孩子都能打酱油了。"——这是前天看到周司远照片时，陈筱筱用来刺激她的话。结果，还真是一语成谶。

宁安然有点想笑——自嘲的笑。

她想起了重逢以来那些抑制不住被放大的情绪和猜想。

她到底在期待和希冀什么呢？

七年了，她又能期待和希冀什么呢？

杨帆丝毫未察觉到她百回千转的心绪，像是打开了记忆的匣子："我和周工是同一年到基地的，还有慧慧。他是我们那批人里最耀眼的，专业能力强，脑子聪明，一来就参与了重大项目攻关。关键吧，人还长得帅。

"不夸张地说，那会儿喜欢和暗恋他的女同事没有十个也有八个吧，给他介绍对象的更是踏破门槛。那谁……"杨帆往前凑了凑，稍稍压低嗓子，"就八院的老院长也想把唯一的孙女介绍给他。"

宁安然心不在焉地"哦"了一声。

似是怕她不知其中厉害，杨帆追问："八院那位老院长，你知道是谁吧？"

宁安然从脑中搜寻出一个人："莫老？"

杨帆立刻点头，又递给她一个"你懂了吧"的眼神。

八院是运载系统研制中心，老院长莫云溧是系统内德高望重的功勋人物，连他都想让周司远做孙女婿，可见对这位青年有多么认可。

"只可惜，他早就有对象了。"杨帆笑道，"刚开始慧慧说他有女朋友，我还不信。因为那会儿我俩就住隔壁，看他的样子完全不像是有女朋友的。

"每天没日没夜地干，经常忙得好多天不回宿舍，哪儿来的时间谈恋爱啊？哪想到……"杨帆失笑，"人家是爱情、事业两手抓，不仅没耽误谈恋爱，连孩子都搞定了。"

杨帆直言"赶不上、赶不上"。

是啊，赶不上。

宁安然放下汤勺，看着早已停筷的杨帆："我吃饱了，走吧。"

到招待所门口，杨帆又嘱咐了一通明天吃饭和乘车的事后才离开。

回到房间，宁安然打开台灯，把领来的工作手册和纪律条例从头到尾认真阅读了一遍，并把一些要点做了标注。

接着，她照例浏览各个时事新闻网站，掌握今天的新资讯。

不知不觉，时间就到了十一点。

她关掉电脑，洗漱完毕，关灯躺在床上。

大脑不再处理信息，那些暂被抛开的情绪争先恐后地涌出来，在脑中横冲直撞，头皮突突跳个不停。

涨意和紧绷感扰得她根本无法入睡。第N次翻身后，她一跃而起，快步走到门口，从柜子里拎出行李箱，拉开，再从内侧口袋里摸出昨天被她塞回去的小盒子。

一根细长的香烟夹在了指间。

只是，她很快又烦躁地抓了下头发，因为没有打火机……

在房间里找了一圈无果后，宁安然认命地把那根被捏得有些变形的烟丢进垃圾桶，转身又从行李箱夹层里掏出了一盒药。

铝制薄膜板上仅剩下两粒。她剥下一粒塞进嘴里，直接咽下去。

再次回到床上，她设定好闹钟，闭上眼，任由思绪狂奔乱飞——

"周司远，你说我们能走到最后吗？"

穿着黑色T恤的少年甩来一个白眼，眼睛里写着：你在说什么废话。

少女头枕手臂，歪头望向窗外的砖红色屋顶，满怀感伤地叹了口气："可是，你看我室友，还有筱筱和蒋铮亮、陆昱辰和颜矜……"

少年挑眉，抬手用力揉她的头发，语气里带着点不痛快："宁安然，我和他们不同，我这人，一旦认定就不会改。还有……"他略停，骨节分明的手指从发顶移到脸颊上，不轻不重地捏住了她的脸，说，"从你在夏令营当着众人的面轻薄我开始，你就得有对我负责一辈子的觉悟，懂？"

"谁轻薄你啊？"宁安然炸毛，"我当时只是太开心太激动了"

"能不激动吗？"他吊儿郎当地说，"肖想了那么久，终于能付诸实践对我这样那样。"

"什么这样那样……"宁安然揍他一拳，"就抱了一下而已。"

少年瞥她："啧啧，怎么听着还挺遗憾呢？"

"算了，你也不用悔不当初，我今天就帮你补回来吧。"

他摊手，一副任君采撷的模样，气得宁安然磨牙，心中因为陈筱筱分手而产生的低落情绪被扫得一干二净。

少年带笑的声音渐渐飘远。她的意识逐渐涣散，身体一点点脱力，彻底坠入混沌的深渊时，少年清浅却坚定的声音从很远的地方传来——"宁安然，宇宙中的原子不会湮灭，而我们，一定会在一起。"

手机连续振动了三遍终于将她唤醒。

宁安然费力地睁开眼，呆呆地望着白色的天花板，眼神失焦。

应是药物还没代谢完，身体轻飘飘的，大脑却像灌满了铅，重得仍处于昏昏沉沉的状态。

足足愣了好几分钟，才反应过来身处何地。

用力按压了几下头皮，她挣扎着爬起来，洗漱完，再化了个淡妆，勉强遮住了一脸的憔悴。

换上制服，她看了看胸牌上的编号——9716327，是她的工号，也代表着她航天人的新身份。

一种充盈的自豪感油然而生，那些烦扰的思绪暂时被抛到脑后。

她对着镜中的自己微笑，大声说了一句："宁安然，加油！"

今天是正式上班的第一天，尽管没有一点胃口，她还是决定先去食堂随便吃点东西。

在选择去哪一个食堂时，她刻意避开了昨天去过的餐厅，选了杨帆说的几个食堂中味道相对差一些的那家。

如杨帆所言，味道确实不如之前的两家，但意外收获是她发现其中一个卖西式早餐的窗口居然提供咖啡，还能外带。

简单吃了两片吐司，她带着一杯热咖啡去坐车。

等车的地方就在食堂对面。距离头班车进站还有十几分钟，站台上人不算多，她习惯性地摸出降噪耳机塞进耳朵里。

女歌手充满磁性的声音吟唱在耳边，她慢慢呷着咖啡，肩膀冷不丁被拍了一下。

她吓了一跳，偏头一看，葛慧慧笑盈盈的脸放大在眼前。

"嗨，你怎么这么早？"

宁安然微笑："你也很早。"

"这个点人少，车子不挤。"葛慧慧嘀咕道，"自从高中碰到那个变态后，我一坐人多的车就难受。"

见宁安然没反应过来，葛慧慧提醒道："就是高一，周司远和蒋铮亮救我那次……你当时也在的。"

宁安然闻言终于想起来，淡淡地"哦"了一声。

"说起来。"葛慧慧忽然压低声音，凑近些问，"那时候，你和周司远就在谈了吧？"

"没有。"宁安然立刻否认。

葛慧慧白了她一眼，"不信"两个字只差没贴脑门上。

虽然能在这里遇见是缘分，但以二人的关系，宁安然不觉得需要解释，于是笑而不语。

而葛慧慧应是想到周司远的现况，不由得神色一变，歉然："不好意思，我多话了。"

宁安然回了一个没事的眼神，转开话题："对了，昨天忘了问，你在哪个系统上班？"

"航天员系统。"葛慧慧主动道，"我大二的时候被选中去定向攻读神经交互，毕业后就直接进了基地。"

大二？

宁安然注视着她，有关那场生日宴会上的种种疑团全部有了答案。

葛慧慧猜到她的想法，大方承认："是呀，就是那次。我是特地去了断我的青春的。"

晨风温暖，阳光金灿灿的。

空气里却飘浮着一丝怅然和苦涩的味道。

宁安然给了她一个鼓励的微笑，再仰头喝了一口咖啡。

苦意布满唇齿间。

半杯咖啡下肚，首班车定点到达。

如葛慧慧所言，乘车的人并不多。宁安然随葛慧慧坐下，目光一抬，就瞧见了前门拾阶而上的挺拔身影。

下一瞬，葛慧慧讶然的嘀咕声钻进耳朵里："咦，他怎么会来坐车？"

显然，有相同疑问的不止她一个，只听前方传来一道粗犷的男音："周工？你今天不骑车？"

周司远表情淡淡地"嗯"了一声。

"那你坐我这儿。"男人作势起身，想让出第一排的位置，却被周司远摁住了肩头。

"不用，我坐后面。"他淡声说着，人已越过对方往车后走。

因为肩宽腿长，狭窄的过道里，他的存在感极强，每走一步都带着强烈的压迫感。

眼见他离她们越来越近，葛慧慧忍不住瞥了眼身旁的宁安然，却见她正慢条斯理地浏览着音乐软件。

脚步声停下，葛慧慧下意识地抬起头，看向已近在咫尺的周司远，不期然撞进一道视线里。

只是，甫一交汇，对方便若无其事地偏开，落在了她们右前方的空位上。

下一秒,他转身,背朝她们坐下。

葛慧慧盯着他的后脑勺,腹诽:车上那么多空位,他偏偏要坐眼前,这不是故意给宁安然添堵吗?

车子很快启动。

换歌的间隙,宁安然缓缓抬起眼睫,看向斜前方的男人。

乌发黑睫,侧颜线条流畅硬朗,带着几分锋利。

和少年时一样,和少年时又不一样。

短暂的注视后,她重新低下头,在男歌手深情的吟唱中翻看评论,滑到高赞评论时,目光微微一顿。

——世界上有没有糖是苦的?

——有啊,他的喜糖。

大巴车一路停靠,下一站就是宁安然要下车的站点。

她提前起身,小声同葛慧慧告别,刚往前走一步,后背就被人撞了一下。

她被撞得一个踉跄,耳机掉下来,滚了出去。

"不好意思。"后面的同事连忙道歉。

宁安然回头应了句没事,一扭头就撞见周司远投向这边的目光。

想来是听到响动下意识地回头。

宁安然错开目光,低头找掉落的耳机。不想,耳机竟好巧不巧地落在周司远座位下。

犹豫了两秒,她蹲下来,偏着头,伸手去够,眼看就要够到,一只骨节分明的大手霍然闯入眼帘。

收手已来不及,指尖就这样碰到一起。

她怔住,下意识地抬眼,对上他向下的视线。

四目相对。

周司远看了她几秒,稍稍侧脸,错开了视线,然后先她一步,捡起了那只耳塞,递给她。

宁安然接过,说:"谢谢。"

"不谢。"他面无表情地回转头,气息冷然。

她握着耳机欲起身,不料,司机恰在此时踩下刹车,惯性带着重心不稳的她往前栽。

就在她即将摔个狗啃屎时,一只手倏地横出来,猛然抓住了她的大臂,将她稳稳地拉了回去。

同一时间,右边座位上的同事也眼疾手快地拉住了她的衣角。

宁安然站稳，侧头向对方道谢，再偏转视线望向仍抓住她手臂的周司远。

他漆黑的瞳仁细微地动着，只是没等她辨清那是什么，他已松开手，眼底又恢复到古井无波。

宁安然盯着他的侧脸，沉默了一瞬，礼貌地道了句"谢谢"后，跟着大伙儿一起下车。

入职第一天，宁安然特意来得早些，可进到办公室，她发现自己竟是最后一个到的，原来是程俊特意召集了处里的同事准备欢迎她。

"师父说昨天你入职时他不在，今天要给你补上欢迎仪式。"杨帆鼓着掌说。

宁安然笑着谢过程俊的好意，同时表示自己是新人，今后会努力向大家学习取经。

宣传处一共四个人，除了程俊和杨帆，还有一位去年刚毕业的小姑娘，叫朱佳佳，另一位则是资历深厚的老黄。

程俊简单介绍完各人情况，就同她聊起现阶段宣传处的工作重点。

"下个月，'天阁二号'就要脱轨回收，这标志着我们顺利完成载人航天第二步第二阶段，具有跨越意义。"程俊顿了下，目光落在宁安然身上，道，"我们计划做一组总结回顾的宣传报道。

"这些是你来之前，小杨他们准备的几个选题和切入点，你看看，提提意见。"程俊把几张打印出的选题纸递给她。

宁安然接过，仔细看起来，很快发现杨帆这人看着大大咧咧，工作却很细致，选题说明整理得非常清晰，逻辑也很简洁。

她初来乍到，在航天领域又是实打实的门外汉，自然不敢在选题内容上大放厥词。

于是，认真读完一遍后，她如实道："我刚来，很多东西都在学习中，选题内容上我就不班门弄斧了。不过，在宣传形式上我倒是有一些不成熟的建议。"

程俊笑望着她，示意她继续说。

宁安然指了指手里的选题，说："航天对普通老百姓来说是一项非常有距离感的事业，内容比较晦涩和艰深，就拿我来说，虽然已经啃了好几个月的资料，但很多东西仍旧是蒙的。

"属于，典型的每个字我都认识，可连在一块儿，我就读不懂了。"她自我调侃道。

"别说你，我在基地干了二十多年，很多也读不懂。"老黄道。

宁安然冲他笑了笑,接上刚才的话:"既然这样,我在想,我们能不能围绕第二阶段的一些内容做一组系列的科普短视频。"

"这个想法不错。"杨帆立马赞成,"刚好可以放在咱们新开通的视频号上。"

"还可以放在中小学教育网站上……"老黄补充。

宣传处工作氛围很好,宁安然开了头,大家集思广益,一个上午,就有了初步方案——找不同系统的航天人员给群众"上课"。

"人员方面,由我负责和各系统对接,请他们确定授课人。"程俊侧头看着宁安然,"具体的录制和采访工作,就由你和小杨完成。"

两人点头,其余人也记下各自的工作,程俊宣布散会。

此时,早已过饭点,杨帆笔都没搁下就张罗大家去吃饭。

不想,程俊喊住了宁安然:"小宁,你不用去食堂了,你跟我走。"

宁安然费解:"去哪儿?"

程俊却是神秘一笑:"有人想见你。"

"谁呀?"杨帆好奇。

"你少管。"程俊白了他一眼,对宁安然说,"我先上个厕所,你在楼下等我。"

程俊一出会议室,杨帆就凑到宁安然跟前,问:"谁要见你啊?"

宁安然摇头,她也很想知道,谁会让程俊带她去会面。

坐上程俊的车,宁安然试探地问:"程处,是总部宣传处来人了吗?"

"不是。"程俊拨动右转的转向灯控制杆,车子拐到了星州大道上。

昨天,杨帆带她逛场区时提过,星州大道是基地的核心,空间站和飞船两大系统的科研中心就在这条路上。

她迅速猜到对方应该隶属这两个系统,但此人绝不会是周司远。

尽管,放眼整个航天中心,除了周司远,其他科研人员她一个都不认识,可凭她对他的了解,尤其加上重逢以来他的态度,他大抵是不需要单独与她会面的。

思绪翻转间,车子已一路疾驰过飞船研究中心,停在了半公里外的一幢大楼前——正是空间站系统所在的89号楼。

许是怕她不清楚,下车时,程俊还介绍了一句:"这幢楼就是空间站研发中心。"

宁安然应声,压着心底的疑惑随他进到中心大楼旁的裙楼。

看得出,这儿应是附近几个中心的用餐食堂,穿着同款制服的同事们三三两两地往一楼大厅走,而程俊则带着她上了三楼。

和楼下的热闹不同,这里安静许多,一瞧就是包厢区。果然,穿过一个椭圆形的中厅后,标着门牌号的一排包厢呈现在眼前。

程俊在标着"303"的门前站定,礼貌地敲了敲门,而后推门而入。

宁安然牵起一抹笑,跟在他后面进去,在看清里面坐着的人时嘴角僵住。

不大的房间里摆放着一张小圆桌,桌边坐着三个年龄各异的男人。

宁安然想收回来在车上的定论,除了周司远,面前另外两位她还真"认识"。

为首那位满头银丝的老人是航天系统总指挥袁仁,人称袁老。而他左手边,捧着茶杯好整以暇注视着她的则是载人航天系统总师,常宏亮,常总。

至于袁老右手边眉眼俊朗,此刻脸上和她一样带着困惑之色的年轻男人,不是别人,正是早晨刚碰见过的周司远。

程俊一边入席,一边毕恭毕敬地打起了招呼:"袁老、常总。"稍顿,再转向周司远,换了个轻松些的语气,称呼道,"周工。"

宁安然闻言立刻敛神,微笑着同三人问好。

"别站着,过来坐。"袁老和蔼可亲地冲她招招手,示意她也坐下。

宁安然颔首,往前几步,挨着程俊坐下来。

"小宁啊,不需要我介绍吧?"程俊打趣地问,"这三位应该都认识吧?"

"认识。"宁安然笑答,心里却是疑云重重。刚才,周司远一见她,脸上的讶然清楚可见,显然对她会出现在这里也表示费解。

而剩下两位大佬……宁安然不动声色地瞧了眼两人,是谁要见她?

心下思忖时,周司远给了她答案。

"您说要见的人是她?"

他这话问的是袁老。没想到,要见她的人竟是袁老。

宁安然端起茶杯,借着喝茶的动作观察着对面的老人,想听听他的答案。

然而,袁老只是淡淡地瞧了一眼周司远,答非所问地来了一句:"去年年底,部里决定设立航天新闻中心时,小宋来征询过我的意见,我表示非常支持。"

宁安然知道他嘴里的"小宋"就是她和程俊的顶头上司,航天部副部长宋云彬。

随着航天事业蓬勃发展,如何让国民尤其是青少年认识、了解到航天人和航天工作,成为摆在管理层面前的问题。

过去,这类宣传报道基本以航天部门提供基础稿件给央媒,再由他们进行加工制作，在深度、专业度等方面都有欠缺，加上部分内容涉及机密，要把握尺度，往往一个主题报道要几经审核，程序相当烦琐。

正因如此，航天部门才决定成立独立的新闻中心，由宋云彬负责总领筹建。

为了组建一支专业过硬的新闻队伍，从去年年初起，宋云彬便开始四海招贴，广纳贤士，宁安然就是他亲自从兴平社挖来的。

想来，应是宋云彬向袁老提起过自己。

这个推断刚从宁安然心里闪过，就被对面的老人推翻。

"我向小宋推荐了你。"他说。

这回，就连程俊都露出了惊讶的表情。

唯有常宏亮噙着点淡笑抿了口茶，视线若有似无地在宁安然和周司远身上转了一圈。

压住心中的讶然，宁安然注视着袁老，微微蹙眉："我和您应该没见过吧？"

其实，哪里需要答案，今天之前，除了媒体网络，她从未和这位航天功勋人物接触过，他为什么要主动向宋云彬推荐自己？

袁老将她的疑惑看在眼里，慈爱地笑了笑："我们是没见过，但我认识你。"

"您认识我？"

袁老微笑着颔首："我看过你很多视频，还有照片。"

宁安然惊保了，这位航天领域的泰斗居然看过她的视频，还很多？

她在香江的一些视频确实很出圈，在社交平台上传播度很高，但……面前这位笑容和蔼的老人，完全不像会去刷短视频网站的吧？

"搞了半天，您原来是小宁的粉丝啊。"程俊玩笑道。

袁老笑："小宁很优秀。"

没有正面回答，对宁安然的喜爱却溢于言表。

程俊又玩笑了两句，一旁的常宏亮则是转着茶杯，淡淡地瞥了眼拧着眉头的周司远。

说话间，饭菜上桌，很简单的工作餐。

只一眼，程俊便瞧出了端倪。

果然，袁老把那道水煮肉片和醋熘白菜转到宁安然面前，说："司远说这边川菜不错，你尝尝看。"

直到这会儿，宁安然十分确信袁老对她的态度"非同寻常"，她的第一反应便是因为周司远的关系，可转念又迷糊了……就算袁老知道他们的事，但那都已经翻篇了。他现在有家有室的，袁老如此抬爱她又是为哪般呢？

宁安然心中迷雾重重，表面上倒是发挥了记者善于聊天的技能，和袁老有说有笑地聊着。

当聊到从繁华的香江到偏僻的高州会不会有落差时，她如实回答："落差倒没有，就是稍微有点不习惯，这里晚上太静了。"

"这确实是个问题。"袁老偏头对常宏亮道，"我之前也提过，特别能吃苦是航天人该有的精神，但这不代表要让大家去做苦行僧。工作之余，该有的娱乐、文体活动还是得有。

"尤其对年轻人，"袁老瞥了眼周司远，"不能总让他们除了工作就是工作，每天两点一线。"

常宏亮除了是载人航天系统的总工程师，还兼任高州基地负责人，闻言立即道："您批评得对，晚点我就召集几个部门弄个方案出来。"

说说笑笑，一顿饭就这样愉快地结束了。

从餐厅出来，程俊送袁老和常宏亮回宿舍午休。

宁安然站在台阶上目送他们离开，可就在车子即将驶离时，后排车窗降了下来，常宏亮从车里探出半个头来，对立在她身后的周司远喊道："阿远，小宁路不熟，你送她回宣传处。"

身后并无回应，常宏亮却已朝他们挥手，升起车窗。

车子缓缓驶离，空旷的大楼前，唯剩下她和周司远。

宁安然不想和他独处太久，微抿唇，正斟酌如何礼貌告辞，就听身后传来不轻不重的两字："走吧。"

"不用。"宁安然侧身，平静地看着他，说，"我认识路，能自己回去。"

周司远双手插在裤兜里，老神在在地注视了她几秒，嘴角撇出一点弧度，反问："你认为他们是怕你迷路？"

宁安然愣住。

答案昭然若现。只是，袁老和常宏亮为何要这样做？

"年纪大了，喜欢多管闲事。"周司远语调散漫地说。

竟是有读心术一般，猜中了她的困惑。

许是见她仍站着不动，周司远挑了下眉："我下午还有会。"语气里透着点不耐烦。

换作从前，宁安然一定反呛一句"我又没让你送我"。

如今，她只盯着他，微微一笑："好的，再见。"

周司远毫无防备地吃了个软刀子，波澜不惊的脸上难得有了一瞬的变化。

须臾，他望着已径自转身离开的女人的背影，慢慢挑起一点唇。

宁安然没走出几步就感觉有人跟了上来，不用看也知道是周司远。

自己态度已表明，至于他？她管不着，也懒得管。

骄阳悬挂在正空，周司远始终跟在她身后，隔着半米左右的距离，不远不近。

宁安然则是半垂眸，不紧不慢地走着，脑子转得飞快，心中的疑团也越来越大。

到了综合楼，宁安然没有回头道别，直接忽略了身后的男人，进了大楼。

回到宣传处，杨帆正躺在午休椅上看电影，见到她，就问："师父带你去见谁啊？"

宁安然不想被特殊看待，选择含糊其词："总部的人。"

袁老和常宏亮都是部里领导，可不就是总部的人。

杨帆被成功带偏："总部的啊，难怪。"

宁安然牵了下唇，回到工位，目光不经意一偏，略怔。

楼下，周司远竟没有走，还站在马路上，一手插兜，一手拿着手机似在打电话。

仿佛有感应般，他猛然抬起头来，往上看。

基地所有大楼的玻璃窗都做了特殊处理，在外面是看不见里面的。可是，宁安然就是觉得他应该在和她对视。

见她一直望着窗外，杨帆好奇地支起脖子："看什么呢？"

"没什么。"宁安然拉下遮光帘，挡住了所有视线。

"有多的午休椅吗？"她问。

"有，黄老师早就给你准备了，就在你桌子下。"杨帆朝她座位的方向努了努下巴，"佳佳还给你准备了枕头和毯子。"

老黄和佳佳在另一间办公室，宁安然决定下午再好好谢谢他们。

只是，没等到上班，她就又被程俊叫走了。

"下午有个研讨会，你和我一起去听听。"

路上，程俊简单介绍了会议的主题——空间站首飞关键技术验证。

宁安然立刻想到了周司远中午那句话："我下午有会。"

看来，他们又要碰面了。

车子很快再次停在了89号楼前。不同的是，这一回，他们进了大厅没再往左拐,而是直接乘坐电梯到达九楼会议室。

距离会议开始还有十五分钟,会议室里却已是黑压压的一片。

有别于这两天她所见的一水的蓝色制服,屋子里出现了好几种颜色和款式的衣服。

白大褂、藏青色飞行服、浅灰条纹衬衫……

全是来自全国各航天研究院的同事。

程俊一进屋就碰见了几位老朋友,交代她:"小宁,你找下座位牌,坐宣传处就行。"

然后,他就笑容满面地朝朋友奔了过去。

宣传处是旁听,座位被排在最里的角落处。

宁安然抱着笔记本,目不斜视地往里走,路过右边过道时,眼前忽然横出来一道人影。

一道清冽的男声随即而至:"真的是你呀?"

宁安然立刻认出了对方:"是你?"

眼前,穿着白色制服的男人就是前几天在飞机上同她一起吓唬"熊孩子"的那位男乘客。

宁安然快速扫了眼他袖章上的建制——中国航天第八研究院。

"原来你是八院的。"

这几日天天听大伙说八院一大批人来了基地,看来就有眼前这位。

男人笑:"原来咱俩是同事。"

当日,他们俩做恶人,轮番吓唬熊孩子,终于换来了一舱乘客的宁静。因为都穿着常服,后来又被不同处室派去的车接走,压根没想到,居然都是航天系统的人。

"你在哪个系统?"他问。

宁安然指了指角落里的桌牌:"宣传处。"

"你在宣传处?杨帆同部门?"

一听就是认识杨帆。果然,他接着道:"我和杨帆是大学同学,同宿舍的好哥们儿。"

宁安然觉得这世界果然很小,千丝万缕,尽是熟人。

男人还要说什么,就听前面突然起了一阵骚动。

两人循声望过去,发现是一行人从前门进来,为首的是一头银发的袁老,而他身旁,乌发黑眸、气宇轩昂的青年正是周司远。

不用主持人召集,原本散落在会场聊天的其他人迅速收起话题,纷纷回到座位。

和宁安然说话的男人也赶紧道:"我先过去,晚点再聊。"

宁安然颔首,正要走,跑出了两步的男人却突然回过头来,冲她笑道:"忘了说,我叫陆沉。"说完,也不等她自我介绍就快步跑向了会议桌。

宁安然看了眼他跑远的背影,抓紧回位置,没注意到有一道视线落在她身上。

两点整,各大系统和研究院的负责人围绕主题"空间站首飞关键技术验证",正式开始会议。

按照战略规划,中国空间站工程分为两个阶段,第一阶段是空间站关键技术验证阶段,在这一阶段,我国会先后安排多次飞行任务,从而验证空间站建设各环节的技术是否达到了标准。

而这当中,首次飞行任务就是验证新一代运载火箭能否将更重的空间站运往太空,而它要搭载的正是新一代载人飞船的试验船。

"长风五号B的设计运载量是按照空间站建设研制的,承载量是试验船的两倍。"陆沉代表八院报告运载火箭的研制进展。

只见他单手操控着笔记本电脑,一面展示相关实验数据和报告,一边沉着自信地介绍:"除了运载力,在长风五号A基础上,我们还做了一个升级,实现了低轨和高轨的变速运行,能更有效地节省燃料,减少动力损耗……"

宁安然边听边记并在心里感叹,如果当年能好好学物理和数学,现在也不至于完全像在听天书。

陆沉汇报时,袁老和常宏亮一直在频频点头,瞧得出无论是对八院还是对这位年轻人都十分满意。

相比之下,坐在袁老旁边的周司远神色则淡然得多,只专注地盯着演示屏幕,不时在笔记本上记上几笔。

八院是最后一个汇报的单位,等陆沉报告完毕,袁老推了推眼镜,环视一圈,问:"大家还有什么补充的吗?"

见其他人皆摇头,袁老将目光转向了周司远:"司远,你讲几句?"

几十双眼睛齐刷刷地望向同一处。

而听到自己的名字,正在做记录的周司远缓缓地抬起头,露出坚毅俊朗的眉眼和利落凌厉的下颌线。

宁安然的视线却被他手里的黑金色钢笔吸引。

如果她没认错,那是她高二时送他的生日礼物。彼时,他们刚分文理班,那天,晚自习后,她把包装好的礼物塞到他手里,快速说:"送你的。"

说完就要跑,却被他扯住校服袖子,要笑不笑地问:"为什么送我?"

"明知故问。"宁安然白了他一眼。

周司远扯着笑，弯腰看着她的眼睛："宁安然，你偷偷查我生日？"

"谁偷了？"宁安然嘟囔，耳朵却不争气地红了起来。

偏偏周司远恶劣得很，还拆穿她："宁安然，你耳朵又红了。"

宁安然又气又窘，最后只能横了他一眼，跑上了楼，可刚坐下，就接到他的电话。

"宁安然，"少年清浅的声音贴在耳边，"很久没人给我过生日了，谢谢你。"

"那我讲几句。"扩音器将男人沉稳的声音送至耳边，与记忆中的少年音截然不同。

宁安然抬眸望着他，嬉笑闲散的少年面孔烟消云散，取而代之的是眼前目光如炬的青年。而他没有做任何铺垫，一开口就直奔问题关键："试验船需要完成独立在轨飞行和实行自主控轨，制动点选在哪里？"

"我们目前设计的制动点是在轨道的远地点。"负责制动设计系统的总工立马接过话，"这个速度正好是载人飞船返回地面时的再入速度，距离落脚点地面航程是16500公里。"

宁安然快速回忆起前面飞船设计系统负责人介绍时提过，新一代载人飞船的真正用途是登月。显然，周司远和制动系统的工程师们，都是围绕这一点在做更长远的思考。

"方舟飞船站点跟踪速度最大是七分钟，按照这个距离和飞船模拟加速度，这个站点应该是圣地亚哥，在境外测控时间要一个半小时，保障方面怎么安排？"周司远接着问。

这回，没等测控中心的人回答，程俊先在旁边小声叹了一句："他这是把测控点全记住了啊。"

不仅记住了全球测控的点位，就连时间都计算得很精准。

"针对您提的这点，我们已经计划在喀什站增强布设，采用S式波段，应该可以捕获跟踪到还在国外上空的试验船。"测控中心的人连忙答道。

"尽快做测控测试，另外，我建议再增加雷达和USB点对发射。"周司远说。

"这点我们也考虑到了……"

宁安然边听边快速记着笔记，并不时在一些地方标记问号。因为，同刚才各系统的汇报相比，周司远的提问更深更细，也是各个环节中最容易出纰漏的地方。

虽然同样听不懂，但在一问一答中，宁安然已然能看出他对整个项目把握得非常全面,哪怕一个细小的环节都了然于胸。

果然,等他问完,袁老和参会的顾问领导们都露出了赞赏的神情。

袁老总结时更是半玩笑半认真地说:"他把我想问的都问完了,我就不讲了,大家听他指挥就好。"

众人言笑,被夸的人却只是波澜不惊地牵了下嘴角。

一如过去他每一次被赞誉时那样,毫不放在心上。

因为无论过去、现在,还是将来,他永远是光芒万丈的周司远。

三个多小时的会议,满满都是干货。

会议结束,大家并未散去,而是三五成群地围在一块儿继续热烈地讨论着刚才会上提到的一些问题。

最前方,周司远被陆沉和飞船系统的几位工程师团团围住,争着同他讨论几个技术细节。

程俊心里惦记着早晨讨论时提出的"科普视频",趁着这会儿各系统的负责人都在,便争分夺秒地找他们商量,借机敲定讲课的人选。

宁安然初来乍到,人生地不熟,便坐在位置上努力消化笔记。看得太认真,丝毫没注意到有人走近,直至头顶传来袁老的声音:"这么认真啊。"

她吓得抬起头,发现座位边围了不少人,而被簇拥在中间的袁老正笑盈盈地望着她。

宁安然忙推开椅子站起来,恭敬地问好。

"感觉怎么样?听懂了吗?"袁老问。

在泰斗面前,她没必要扭捏,直接大大方方地承认:"听不太懂。"

前面各项目组汇报进展时还能听懂一些皮毛,到后面开始做技术研讨分析,就完全听不懂了。

袁老笑,伸手拿起那个记得密密麻麻的笔记本,认真看了看,赞道:"关键点都记到了,挺好。"

在对话和交流中抓取信息点是记者的基本素养,哪怕没听懂,也不妨碍宁安然能通过他们的语调语气、词频度等判断出关键信息。

"逻辑也挺清楚的。"袁老笑道。

宁安然赧然地抿了抿唇——也是为难他老人家了,努力找理由夸她。

众人不动声色地观察着她,纷纷猜测这位小姑娘是谁,居然能让袁老专程绕到角落来寒暄几句。

常宏亮深谙其中缘由,微笑着拿过笔记本,仔细翻了翻,说:"逻辑清楚,字也漂亮。"

被他一点，袁老右手边一位戴眼镜的男人突然插进话来："小姑娘的字怎么看着有点眼熟？"

"和周工的字很像。"有人答。

宁安然一怔，不知该怎么接话。

好在袁老帮她解了围："司远的字没有小宁漂亮。"

说话间，他已从常宏亮手里拿回了笔记本，交还给宁安然。

宁安然接过笔记本合上，道了一句"谢谢"，心底却清楚得很，袁老这话着实是谬赞。

周司远的硬笔书法可是拿过江陵市中学生书法比赛一等奖的，还被收录进了组委会编纂的字帖，她的字还是他们在一起后，他教出来的，怎么可能比他好看。

那时，高考刚结束，他俩一个凭着竞赛保送，一个通过自主招生降分，早早就把两只脚都踏进了平淮大学的校门。于是，在其他人还苦苦等分数时，周司远带着她游走于江陵的大街小巷，吃遍全城的美食。

而每一个不出门的日子，他们便窝在家里写字看书，看周书瑶留下的各种电影。

一个暑假下来，宁安然练就了一手漂亮的行书，但笔风潜移默化地被周司远影响了个透。

这几年写字的机会越来越少，但有些东西很难忘掉。

袁老又亲切地同她交流了几句才离开，宁安然看着他远去的背影，心中有了一个不确定的想法。

一番交涉后，程俊心满意足地回来。

"大家都觉得这个主题和形式不错，晚点就选人给咱们。"程俊高兴地收好东西，说，"走吧，也该吃饭了。"

宁安然点头，拿着笔记本跟在他后面往外走，路过被团团围住的周司远时不由得瞥了一眼。

巧的是，陆沉恰在此时抬头，撞上她的视线。

一秒的愣怔后，他竟着急地喊道："那个，你等一下。"

突如其来的一嗓子把周围的人都吓了一跳，纷纷顺着他的喊声看向宁安然。

正中，周司远亦抬着头，眼眸漆黑，直直地看着她。

"周工，你稍等，我和朋友说个事。"陆沉说完就从人群里挤了出来，小跑到她身边，摸了下鼻子，直接说，"晚上能一起吃个饭吗？"

168

会议室里闹哄哄的。

宁安然抬眼注视着面前略显局促、同先前汇报时判若两人的男人，眉头几不可见地蹙了一下。

一时没听到她的答案，陆沉也察觉到自己的邀约太突兀，急忙补救："还有杨帆，我们一起吃个饭。"

"晚上我还有别的安排，下次吧。"宁安然礼貌地婉拒。

陆沉眼底划过一抹失落："那我们晚点再联系。"

宁安然简单应"好"。

陆沉同程俊打了个招呼，意兴阑珊地离开。

同一时间，一直抬眸望着他们这个方向的周司远也收回了视线，重新在图纸上画起来："这里的转角要保证在42°～43°，要给空间机械臂留下足够的位置……"

宁安然亦收回视线，同若有所思的程俊道："程处，我们走吧。"

出了会议室，见四下没人，程俊才问："你和小陆认识？"

因为杨帆的关系，整个宣传处的人和陆沉都很熟悉，加上金谨在红旗场工作期间和陆沉一起参与过好几个重大项目，对这位年轻人甚是赞赏，每回他来基地，只要有空，他们夫妻都会邀请他去家里做客，所以这么多年下来，程俊早把他当成了自家小兄弟。而对这位兄弟，程俊最挂心的便是他"成家的事"。

尽管金谨总嫌他多管闲事瞎操心，可眼见陆沉一点动凡心的模样都没有，他多少是发愁的。然而，刚才他好像看到了一点曙光。

就凭那小子兴冲冲跑过来的举动，就是有点苗头。但瞧二人的模样，应是刚刚认识。

果然，宁安然证实了他的猜测："一面之缘。"

她把飞机上偶遇的事轻描淡写地讲了一遍，听得程俊抚了下额，笑道："原来是这样啊。"

这是对人家一见钟情了？

程俊心下感怀，不免有了私心，有意无意地夸起了陆沉："你别看小陆很年轻，但已经是总工，是好几个项目的主要负责人……"

航天系统人才辈出，从不乏青年才俊，但陆沉又无疑是他们中的翘楚。

"他大三时就入选了航天千人计划，被送往美国攻读飞行器动力工程，只用了四年就拿到了硕博学位，而且还是双博士。

"当年，小陆回国是困难重重，老美那边一直以各种理由卡他，各种调查,有一回人都到登机口了,结果又被带走了。"

国防科技工作者在国外出入境遭遇拦阻,被盘问调查,甚至遭遇莫须有的指控并不是新闻。宁安然前三个月的入职培训中,有一块内容就是讲如果遇到这样的情况,应如何处理。

以老美对陆沉的态度,看得出当年陆沉在留学期间必是出类拔萃。

"他一回来就进了八院,承担大运载火箭的研发项目,长风A系列就是他主导设计研制的。"程俊语带骄傲地说,"他和周工一样,是系统里最年轻的总工。"

说话间,车子就到了宣传处楼下。

程俊停好车,终于收住话头:"你看,我一讲起这些优秀的年轻人啊,就收不住嘴。"

宁安然笑了笑,假装没看懂他的"用意"。

程俊也见好就收,说:"小宁啊,我还得去医院,就不上去了。"

"好。"宁安然解开安全带下车。

到了楼上,杨帆他们竟都还没走。

"佳佳说你包还在,猜你还得回来。"杨帆站在她桌前说,"师父这段时间得跑医院,估计没心思搞欢迎宴,所以我们决定先请你吃顿饭,欢迎你加入咱们的小家庭。"

"我请你们。"宁安然赶忙道。

"谁请都一样。"老黄一句话终止了一场无意义的拉扯。

简单商量后,四人决定去吃火锅。

基地东边有一块商餐区,是员工们休闲聚餐常来的地方。

"这家火锅店是基地最火爆的店。"朱佳佳边抽纸擦桌子边介绍,"要不是帆哥和老板关系好,咱们晚上还不一定能吃得着。"

这些天下来,杨帆的好人缘宁安然已见识过,对此毫不怀疑。

"我其实是借了周工的光。"杨帆似乎想到什么,转眸对宁安然说,"这老板是你们老乡。"

宁安然淡淡地"哦"了一声,拿起菜单细看,不打算深入这个话题。

点好锅底和菜品,杨帆扫了一圈三人,试探地问:"要不要来点酒?"

老黄不急着表态,而是问:"小宁会喝酒吗?"

要是从前,宁安然决计会说"不会",可今天……在被药物还是酒精支配身体之间,她果断选择后者。

"我要啤酒。"她直接道。

干脆爽快，让其他人的热情也跟着高涨了起来。

杨帆招手，让服务员搬来半箱啤酒，再一口气打开，各分了三瓶。

"能喝多少是多少，喝不完给我和小杨。"老黄赶紧道。

原意是减轻宁安然的压力，谁想她压根不领情，几口菜下肚，就"咺咺"开喝，两三口一瓶啤酒就见了底。

老黄不知她酒量深浅，担心她喝得太急，见她一口菜没填肚子，又开始倒第二瓶，连忙捞了几片牛肉给她："酒慢慢喝，先吃点菜。"

"对，先吃点菜。"杨帆看着她碗里的牛肉片说，"这个嫩牛肉是它家招牌，每天限量供应。老板是冲着周工的面子，才把最后两盘给我们了。"

宁安然夹起一片牛肉，左右看了看，撇嘴道："这年头，吃个牛肉还得托关系。"

"可不是嘛……"杨帆正准备告诉她这盘牛肉有多畅销，视线一偏，就看见了刚刚拉开玻璃移门进来的三个男人。

"说曹操曹操到！"他笑着改口。

宁安然闻言转头，在一屋子缭绕的烟雾中看清了三人中间，神色冷然的男人。

不是周司远，又是谁？而他左手边，一脸开心的人正是陆沉。

高州基地就这么小？走哪儿都能碰见。

宁安然蹙眉，平静地收回目光，把那片牛肉塞进了嘴里。

门口的三人显然也看见了他们，尤其是陆沉，没等其他两位反应，就雀跃地奔了过来。

"怎么这么巧！"这话是盯着宁安然说的。

"你也来吃饭？"宁安然扯着笑，回了句毫无意义的废话。

陆沉："对呀，我们讨论晚了，食堂没什么菜，就拉着周工来吃火锅。"

宁安然干干地应了一个"哦"。

一旁被完全忽略的杨帆立马插进话来："什么状况？你俩怎么也认识？"

他这个"也"显然对应的是葛慧慧。

陆沉闻言，这才意识到还有其他人，不由得挠了挠后脑勺，不失尴尬地说："你们处室聚餐啊。"

毫无意外，收到了杨帆的白眼："哟，这都被你发现了？"

陆沉干笑，摸了摸鼻子。

杨帆懒得理他，再次问宁安然："你怎么会认识这家伙？"

"我和陆总坐同一趟飞机来高州的。"宁安然轻描淡写地说。

杨帆想起来，这两人确实是同天来的高州，正要开口称巧，就被老黄打断。

"你们就三个人吗？"

"就我们三个。"陆沉反应很快，"你们要是不介意，我们拼个桌？"

陆沉和杨帆的关系，宣传处的人都清楚，老黄能问这话就是这个意思，自是爽快地说："有什么好介意的，人多还热闹。"

于是乎，深受欢迎的陆沉快步走回周司远身旁，连比带画地讲了几句。

只见原本单手插兜，低头摆弄手机的周司远抬眼瞧了眼他们的方向，沉默了几秒，轻轻点了点头。

下一瞬，陆沉就高高兴兴地带着两人过来。

朱佳佳已快速给三人腾出了位置，并拿来了干净的碗筷。

他们坐的是一张小圆桌，周司远被安排坐在宁安然左边，坐下时，他扫了眼她脚边空掉的啤酒瓶，眸光暗了一度。

"周工，也来点酒吗？"老黄客气地问。

"可以。"周司远淡声答。

陆沉自觉，直接顺了杨帆面前的两瓶酒，分给自己和同事。

杨帆顺理成章地主持起了局，各种祝酒词一套套地往外搬，酒过三巡，气氛越发热闹起来。

搞宣传的人本就健谈，酒精一熏，更是话题不断，从杨帆讲述如何和陆沉不打不相识，到老黄爆料程俊喝酒爱作弊，经常拿矿泉水当白酒忽悠人，再到大伙纷纷贡献身边的笑料……

当然，作为一群人里的新人，宁安然不免要被点到。

"你们不知道吧，周工和安然是高中同学。"杨帆突然道，"而且他俩还都是平淮毕业的。"

"哇，这也太有缘了吧。"朱佳佳少女心泛滥，捧着红彤彤的脸蛋问，"那你们以前认识吗？"

"不认识。"

"认识。"

两人同时开口，答案却是截然相反。

朱佳佳一时没反应过来，倒是老黄视线在两人之间来回兜了一圈，敏锐地嗅到了一点不同寻常的味道。

杨帆直截了当得多，眯眼看着宁安然："你说不认识，你呢……"

他顿了下，转向周司远："说认识。

"那你们到底是认识，还是不认识？"他问。

周司远瞥了眼拧着眉头的宁安然，撇了撇嘴，慢悠悠地说："可能我认识她,她不认识我。"

"不是吧!"朱佳佳不敢置信,"周工你这样的在读书的时候肯定名动四方,怎么可能有人不认识你?"

周司远缓缓抬眼,注视着把玩酒杯的宁安然,散漫地道:"就有人不认识。"

朱佳佳仍然觉得不合理,就算不论成绩,以周司远这个颜值,那也必须得是校草级别,女生们怎会不认识。就像她,让她讲当年的学年第一是谁她还不一定能答出来,可要问校花校草,她能如数家珍。

"安然姐,你们学校都没评过校草什么的吗?"朱佳佳不死心地问。

"有啊。"宁安然端起酒杯,仰头喝完了半杯酒,再冲等着听答案的众人嫣然一笑,"我前男友就是校草。"

"哇!"朱佳佳又是一声惊呼,"安然姐,你居然高中就谈恋爱了。"

学霸都这么酷吗?

"不是高中。"宁安然语气认真地纠正,"是高考结束后。"

朱佳佳才不管,抓住她胳膊问:"你男朋友……"

"前男友。"宁安然强调。

朱佳佳"嗯嗯"两声,改口:"你前男友和你们也是同届吗?"

宁安然颔首。

"是不是同桌?"朱佳佳立马想到了那些青春校园小说和偶像剧的标配设定。

可惜,宁安然的答案是:"我们不同班。"

也不同班?老黄瞟了瞟仍在把玩酒杯的周司远,某种感觉更强烈了。

"那你们怎么会在一起?"

这话是陆沉问的。

宁安然歪头,微醺似的闭了闭眼,说:"我们初中就认识了。"

一句话,引得朱佳佳双手捂嘴,震惊不已。

"青梅竹马,两小无猜,我不行了!"她激动地问,"安然姐,我能八卦一下,你们谁追的谁吗?"

宁安然用掌心托住下巴,借此稳住微微发沉的脑袋,稍加思忖后,慢慢地道:"他先表白的。"

朱佳佳双眼瞬时冒出一堆粉红心心。

"怎么办?我还想知道他怎么表白的。"她巴巴地望着宁安然。

怎么表白?

宁安然托着下巴,把脸转向左边,不出意外地撞进了一道深邃的视线里。

四目相对，不同于从前，这一回，他们谁都没有立刻移开眼。

墙角的射灯落在两人身上，仿佛一层结界，将热闹沸腾全隔绝在结界之外——

"周司远，以后在学校我们还是要保持一点距离。"少女一边降旗一边交代。

"为什么？"少年老神在在地反问。

宁安然回头，没好气地扔去一个白眼："你说为什么？"

这段时间来，学校里有关他俩的流言蜚语传得满天飞，就连在这方面一向开明的何凡都忍不住找她谈话："那个，老师知道你们都是有主意的孩子，成绩方面也不会受到影响，但是……"

何凡轻轻地咳嗽了下，道："毕竟还在学校，有些方面还是要稍微注意点。"

全程没一句重话，宁安然却臊得一张脸通红。

"就因为那些流言？"周司远明知故问。

宁安然瞪他，用眼神答：不然呢？

周司远扯了下嘴角，把手插进校服裤兜里，半仰头望着站在升旗台上的她，要笑不笑地说："宁安然，你没听过身正不怕影子斜吗？"

宁安然没好气，差点脱口反问"咱俩身正吗？"，话到嘴边忽觉这话太暧昧，只能生生咽回去，憋得一张脸通红。

奈何周司远像是会读心术，扯着笑问："怎么，不正了？"

宁安然气结，狠狠剜他一眼。

周司远失笑，语气贱又吊儿郎当："宁安然，遮遮掩掩、偷偷摸摸那叫不正，我们这样叫光明正大。

"还有——"他敛起一点散漫的神色，语调随意却透着认真，"我要澄清一下……"

他稍顿，对上她明显慌乱的视线，缓缓地道："那不是流言。"

半秒前因为他的话语而停跳的心脏飞快地蹦起来，兵荒马乱地撞击她的胸膛。

少年身后是将落未落的残阳，染红了半边天。

这一刻。

夕阳将他们笼罩在橙红的柔光里，世界好似只剩下彼此。

他望着她："你呢，要澄清吗？"

"不对呀……"杨帆带着狐疑的声音将宁安然从旧时光中拉回来。

眼前是一张熟悉的脸,和夕阳下的少年相比,褪去了年少的轻狂散漫,多了一份沉稳与内敛。

和记忆中一样,又和记忆中不一样。

"你和慧慧不是同届吗?"已经微醺的杨帆歪头看宁安然,"我记得她说过,周工是你们学校的校草啊。"

没等宁安然解释,他又道:"你说前男友是校草,他!"

杨帆突然指向周司远,语气狐疑:"也是校草,那不就是……"

声音戛然而止,意味深长。

陆沉一颗心倏地被提起来,胸口闷闷的,仿佛被什么东西堵住,憋得慌。他皱眉,用手肘揉杨帆,烦躁地抱怨:"是什么?说话说一半的。"

"帆哥,你该不会觉得周工就是……"朱佳佳欲言又止。

杨帆:"是什么?"

"就……"朱佳佳瞥了眼周司远和宁安然。

众人意会。杨帆却是惊得一口酒差点没喷出来:"你想什么呢?我是想说,他们中肯定有一个是假校草。"

朱佳佳神色僵住,半晌才扯了扯嘴角,小声嘟囔:"什么嘛。"

老黄则是对着空气翻了个白眼。

遭到嫌弃的杨帆很无语:"不是,你们那什么表情?我说得不对吗?哪有两个校草的,肯定有一个不是嘛。"

朱佳佳"呵呵"两声,觉得程处平日讲得对,帆哥脑回路偶尔会异于常人。不过……她扫了一眼被议论的两位主角,二人皆是神色淡然。

事不关己的态度,确实不像她猜的那样。

杨帆不作他想,一掌拍在周司远肩头,问:"你老实说,你和她男朋友,谁更帅?"

周司远没有立即回答,而是偏眸瞥了眼宁安然,慢腾腾地道:"有句话不是叫情人眼里出西施。"

正在捞菜的宁安然手上一晃,勺子里的豆花差点掉进锅里。

杨帆则"哈哈"大笑:"对对,情人眼里出西施,在安然眼里,肯定男朋友天下第一帅。"

被打趣的宁安然并不见恼火,而是把豆花倒进了碗里,出言纠正:"前男友。"

杨帆轻拍一下嘴巴,以示自惩。

周司远垂眸,嘴角扯起一点。

见她旧事重提并未不悦，朱佳佳大着胆子继续吃瓜："安然姐，你们高考后就一直在一起吗？"

宁安然"嗯"了一声，夹了几根茼蒿扔进锅里，主动交代："我们大学同校。"

杨帆"啊"一声："你男朋友也是平淮大学的？"

这回，不等宁安然开口，陆沉先杵了他一肘子："前男友！"

"知道、知道，前男友。"

陆沉斜瞥一眼，再转眸看向宁安然，好奇地问："那你们什么时候分手的？"

翻滚的红汤里，茼蒿翠绿，宁安然将它们捞起来，答："大学毕业前。"不等其他人追问原因，她大大方方地说："我拿到了海外工作的offer（录取通知），不想异地恋。"

朱佳佳下意识地想感慨一句：不是吧……

然而，话到喉咙被哽住。

这看似烂俗的理由是多么合情合理又残酷狠厉，想想在这硕大的高州基地里，又有多少情侣是因为它分道扬镳、遗憾半生呢？

席上的航天人们似乎都想到了一块儿，气氛骤然变得凝重。过了好一会儿，朱佳佳才回神："那你们现在还有联系吗？"

"还联系他干吗。"宁安然挑起一根茼蒿，一本正经地道，"前任就该像死了一样，这是社会公约。"

什么是好前任——死人一样就对了。

"话是这么说。"朱佳佳撇撇嘴，心里一阵遗憾难过。

尽管宁安然几句话就讲述完了这段恋情，并未过多渲染，可她就是没来由地觉得他们之间的故事必然充满了甜蜜和美好。

宁安然并未理会朱佳佳低落的情绪，只自顾自吃着茼蒿，待盘子空了，她才放下筷子，喝了两口水，起身道："我去个洗手间。"

"我陪你去。"

朱佳佳紧跟着放下筷子，可还没起身，就被宁安然按住肩膀："不用，你吃你的，我没醉。"

朱佳佳犹豫了两秒，点头："那你小心点，这边地上滑。"

宁安然点头，转身看了看墙上的提示牌，往右边走去，看不见来自身后的两道视线。

老黄望着男人的侧颜，突然发问："周工，你应该认识小宁的前男友吧？"

听他这么问,其他人这才想到,这"三人"既是高中同届又是大学同校。

虽说临川学霸如云,每年都有不少学生拿到平准、景禾的录取通知书,但能进入这两所学校的学生,要么是竞赛大户或特长生,要么是学年大榜排位靠前的。而不管哪一类,在校期间都不可能是默默无闻之辈。

周司远先前就说认识宁安然,那应该也认识她的学霸男友。

果然,只见周司远不紧不慢地收回目光,瞟了眼老黄,答:"认识。"

"不开玩笑,说真的……"杨帆往前凑了点,"她前男友到底帅不帅?"

周司远拖着点腔调:"和我差不多。"

没有直接回答是与否,却更让杨帆惊叹:"那是真帅!"

朱佳佳无比赞同,心下正要对这段感情再惋惜几分,就听杨帆扔出一句:"不知道她未婚夫长什么样?"

未婚夫?

朱佳佳愣住,怀疑自己喝晕了。

陆沉亦然:"什么夫?"

"未婚夫啊。"杨帆扫了眼他们,恍然想起来,"哦,你们还不知道,小宁她已经订婚了。"

"订婚?"陆沉声音拔高了两分。

老黄第一时间看向周司远,只见他拿杯子的手微微一僵,眉毛往里拢了一下,顷刻,又恢复如常,甚至没有像其他人一样看杨帆,而是抬眼瞧了瞧大厅右边的方向。

这边,杨帆不满地推了陆沉一把:"你喊那么大声干吗?"

朱佳佳心急,不给两人任何打岔的机会,直接问:"帆哥,你说安然姐已经订婚了?"

"对呀。"杨帆点头,把宁安然在人事处与王姐的对话复述了一遍。

"会不会只是托词?"陆沉怀疑。

"那不清楚。"杨帆话落,脑中忽然灵光一现,眯起眼打量起陆沉。

须臾,他喃喃道:"不对、不对……人家订不订婚关你什么事?你小子激动什么?"

"还有啊……"杨帆一手勾住他的脖子,将人箍过来,审问,"你刚过来的时候,先和她打招呼,再看见我们,你有问题啊……"

陆沉反手钳住他的手腕,两人扭成一团儿。

同一时间,周司远站起身来,一言不发地走向卫生间。

火锅店装修得很简单,只有两间厕所,不分男女。此时,两扇铝塑门皆半开着,里面空无一人。

· 177 ·

周司远挑眉，扭头望向走廊深处的小门。

夜很黑，火锅的香味四散在盛夏夜晚的风里。

宁安然站在墙角边，听着屋内隐约传来的热烈拼酒声。屋檐下的灯泡昏黄破旧，暗沉的光落在她身上，晕染出一层孤单的忧伤。

她半仰头望着天上的星星，抬手，把一根点燃的烟放在了唇边。

昏暗中，一点猩红闪亮。

辛烈的烟草味在唇齿间漫开，迅速滑过咽喉，沁入鼻腔和肺。

太过生疏的味道，让她忍不住皱眉。

正想再吸一口适应适应，空气中突然响起一道低沉冷冽的男音："什么时候学的抽烟？"

宁安然手指本能地一紧，扭头看过去。

檐灯下，周司远蹙眉盯着她，神色被勾勒得锋利。

宁安然抬眼，毫不躲闪地对上他幽深的视线，撇了下唇。

下一瞬，她轻启唇瓣，抿住烟头，缓慢又坚实地深吸一口，再吐出来……一个漂亮的烟圈袅袅浮在夜光里。

朦胧的烟雾里，她望着他，单刀直入："周司远，你结婚了？"

周司远却不答，而是单手插兜，往前走了几步，站定在她面前，稍稍弯腰，凝视着她的眼睛，悠悠地开口："你未婚夫有没有前任帅？"

盛夏的夜，屋外没有一丝风。

混杂着火锅与烟草味的空气中处处透着一股憋闷。

橙黄的灯光铺在无声对视的男女身上，拉出两道长长的影子。静寂的眼波间，一种看不见、说不清的东西在汩汩流淌。

不知过了多久，宁安然察觉到近在咫尺的琥珀色眼眸细微地动了一下。没待她辨清，手背皮肤蓦地拂上来一点温热，硬朗的指骨滑过她的指背，一触即离。

下一瞬，夹在指间的烟落入了他的手中。

宁安然怔了下，耳边飘过一句低沉的话："九块九的祁连山，你还真是不挑。"

语气里的嫌弃简直要溢出来。

宁安然当下明白，他说的是烟。她其实并不认识什么祁连山，这烟是她上完厕所出来，恰巧碰见一位捏着烟盒的服务员小哥，顺口问对方要来的。

倒是眼前懒散地夹着烟的男人……

扫了眼他指间的猩红,她淡笑:"价格门儿清,看来也没少买。"

周司远不置可否地撇了下唇,淡淡的目光似有若无地扫过她:"什么时候学的?"

竟是把话题又绕了回去。

一阵微风吹过,树影浮动,短暂拂过他俊秀的眉目。浅淡的光影里,宁安然窥到了他眼底藏匿的别样情绪。

什么时候?大约就是在那些被情绪折磨得狂躁只能半夜坐在窗前凝视夜色的时候吧。

然而,她没有答,而是抬起下巴,问:"你又是什么时候开始抽的?"

他夹烟的动作娴熟悠然,一看就是老手。

周司远从前并不抽烟,上大学时,有一阵男生之间莫名流行起吞云吐雾来,连蒋铮亮都叼着烟装深沉,而他从不碰。甚至几人聚会时,他还会毫不留情地将准备点烟的蒋铮亮一脚踹开,让他抽完了再滚回来。

为此,蒋铮亮没少怼他:"周司远,你有病吧,我抽烟惹你了?"

"兄弟,你该不会真相信肺癌是抽烟抽出来的吧?"蒋铮亮拍着桌子,"我爷爷八岁就开始抽烟,不也好好的活到八十多才死,还不是肺癌。"

周司远斜他一眼,道:"那就祝你活到八十多。"

蒋铮亮气结,竟不知这话是好还是坏。

宁安然见他如此厌恶,不由得好奇:"你怕得肺癌?"

周司远捏她的脸,似玩笑似认真:"我怕你只活八十多。"

彼时,宁安然回到宿舍脑子才转过弯,懂了他这话的意思,不由得抱着靠枕笑成了傻子,被室友们又是好一顿嫌弃。

她浑不在意,笑嘻嘻地给他发信息:周司远,咱们都要长命百岁。

周司远秒回:百岁太长,九十九吧。

宁安然立刻联想到天长地久,心里顿时甜滋滋的:行,说好了,我们一起努力活到九十九。

周司远:既然这样,明天可以练体能了,不久就要体测了。

想到要命的体测,心里的甜味顷刻间荡然无存,她一头撞在抱枕上,耷拉着小脸回:5555,要不就九十八吧,九十七也行……

过往点滴,记忆犹新。可惜,时至今日,他们似乎都已经忘掉了当日的约定。

心中怅然腾升,耳畔响起周司远的揶揄:"你们当记者的还真是喜欢提问。"

她敛神,瞥了他一眼:"你们做总指挥的问题也不少。"

◆ 179 ◆

下午那场可行性分析会,作为总指挥的他问题一个接一个,密不透风,让各系统的汇报人应接不暇,比她这个记者可威风多了。

周司远自是听懂了她的话,失笑:"宁安然。"

突如其来的一声呼唤令宁安然怔了下。

这是重逢来,他第一次喊她的名字,也是时隔七年,他再一次喊她的名字。

喉咙蓦地有些发紧,鼻子也蹿上来一点刺痛的酸意,她快速低下头,悄悄吸了吸鼻子,逼回那股酸意。

周司远把这一串动作收进眼里,搭在裤侧的手指蜷紧。他垂眸瞧着她的发顶,抬起了手……

"咚!"

夜空里炸出一道刺耳的声响。

宁安然被吓了一跳,扭头望向声源处,未注意到背后那只抬了一半的手。

周司远把手插进兜里,拧眉看向那道通向餐厅的小门,一眼就认出了那个正费力把一个装满餐具的大筐从台阶上拖下来的中年男子。

眉头往里又拢了点。

不出所料,下一秒,喘着粗气的男子发现了他。

"耶,你啥子时候来的?"男子大声问,说的是荣省方言,"你吃过没?"

宁安然立刻想起杨帆饭前提过这家火锅店老板同他们是老乡的话来。

周司远回了一个"嗯"。

男子直起身,在衣服下摆上擦了把手,视线一偏,瞧见了被挡住半个身子的宁安然,眼睛陡然睁得老圆:"青椒妹妹?"

青椒妹妹?

宁安然目光一聚,定睛看向朝他们奔来的胖男人。

"桃李苑的赵哥。"周司远的声音适时从头顶落下,印证了她的猜测。

宁安然偏头,眨了下眼,用眼神问:他怎么变这样了?

桃李苑是临川中学食堂三楼的一个小餐厅,本来只对老师开放,但像周司远这类为学校争光争面的学生,自然能享受"例外"。托周司远的福,宁安然没少去桃李苑开小灶,而赵哥就是那里的小厨师。

只不过……宁安然看着已跑至他们面前,足足胖了三圈的赵哥,不由得感慨,岁月果然是一桶猪饲料。

"青椒妹妹,你还记得我不?"赵哥喘着气问。

宁安然直接喊他:"赵哥。"

"哟,可以可以。"赵哥激动不已,"还记得哥啊,看来青椒肉片没白给你炒。"

宁安然爱吃青椒肉片,每回去桃李苑吃饭都必点这道菜,搞得赵哥都忍不住吐槽:"你俩吃不腻,我都炒腻了。"

宁安然想想也是,便同周司远道:"下回不点了。"

"爱吃就点,管其他的做什么。"周司远不甚在意。

宁安然很早就发现无论是她点菜,还是周司远点,最后上来的菜几乎都是她喜欢和常吃的。

对此,周司远的解释是:"我又不叫挑食兔。"

话虽如此,但每次都让他迁就自己单一的口味,宁安然难免忐忑:"你应该也腻了吧?"

"腻倒是不腻,就是吧……"他故意停顿一下,懒洋洋地往后倚,拖着点惯有的懒散腔调,"每回吃青椒肉片吧,都会想起你当年的鬼哭狼嚎。"

宁安然不堪黑历史,用餐巾纸团砸他。

周司远大笑,夹了肉片给她,故作讨好:"队长,以后你吃肉,我吃青椒。"

思及过往,宁安然嘴角仍止不住上翘。

赵哥这边则开启了好奇宝宝模式:"你也来高州工作了吗?"

她身上穿着基地统一的工作服,这问题其实不需要回答,但宁安然还是点了点头。

"你不在香江做记者了啊?"赵哥又问。

很奇怪,先有葛慧慧,后有袁老,现在再加个赵哥,他们仿佛都很了解她这些年的情况……

宁安然瞟了眼一旁安静的男人,把自己调来宣传处的事又简单地讲了一遍。

赵哥听完一拍手:"杨帆晚上欢迎的新同事就是你哦。"

没等宁安然答,他接着道:"昨晚王大姐在群里说来了个美女老乡,没想到就是你。不过,确实是个美女,你比小时候漂亮,比电视里头也漂亮。"

宁安然微笑:"谢谢。"

许是察觉到周司远一言不发,赵哥撞了下他的肩膀:"你小子,青椒妹妹来了也不跟我说一声。"

周司远凉凉地瞥了他一眼,挑了下眉:"她没名字?"

"晓得晓得,不喊妹妹。"赵哥拖长音,做了个鬼脸,再转头故作小声地对宁安然说,"人家现在是总工程师,惹不起……"

"你现在也是老板了。"宁安然说。

赵哥"嘿嘿"一笑:"小生意、小生意,还得感谢周工。"

原来，他们毕业后不久，学校就把食堂承包给了一家专业做快餐的大公司，赵哥只得另谋出路。辗转在外面做餐馆两年，后来被一位在基地开面馆的老乡带过来帮厨，就这样又遇到了周司远。

"大前年，我老板类风湿很严重，做不动了，我就把店盘了过来自己做。"赵哥讲到这儿，指了指周司远，"本金就是他借给我的。

"我一直想开家火锅店，但没本钱。本来想把老家的宅基地卖了凑点钱，这小子居然拍了张卡给我，让我拿去做启动资金。"赵哥竖起手，比了个数字，"十万块，他借条都没让我打，你说他是憨，还是胆子大？"

宁安然听着他包裹在玩笑里的感激之情，微微动容。

"不过，我当时就说了，如果亏了，这钱就算我借的；如果赚了，这家店的收入有他一份。"

见周司远挑眉，赵哥抢先道："哎呀，我知道，你们有规定，不得参股经商。所以，我说了嘛，等你……"

"咳！"

周司远忽地用力咳嗽一声，粗暴地打断了赵哥的话。

宁安然一愣，转头看向他，就见他沉着脸，不太高兴地瞪了赵哥一眼："话那么多呢。"

赵哥怔了两秒，以为他担心外人知道这层因缘后说三道四，嘟囔："她又不是外人。"

宁安然看着面色依旧不善的周司远，接过话："现在是外人。"

赵哥愣怔，不明所以地望着两人。

周司远闻言则把视线转到她身上，瞧了片刻，才慢条斯理地扔出两个字："确实。"

气氛陡然坠入冰窟。

身处寒意中的赵哥咽了下嗓子，来来回回地看了两人好几遍，正搜肠刮肚地想怎么开口，余光一偏，瞧见了周司远手中忽明忽暗的红点。

"你怎么又抽上了？"他下意识地问，"你不是早戒了？"

冰窖被这一嗓子喊得裂开一道缝。

被问的周司远没有立刻回答，而是抬手，不紧不慢地将烟贴在唇边，懒散地抿住。

不偏不倚，正是宁安然之前衔过的位置。

"帮人抽一根。"他说话时盯着宁安然，语调是漫不经心的，眼神却像个小钩子，钩得宁安然心尖微微一晃。

她忙移开目光，听见赵哥笑问："这烟还能帮人抽？"

活了四十年，他第一回听说帮别人抽烟的。

"你小子不会是又想抽，找借口吧？"赵哥问。

周司远其实只用唇瓣抿着过滤嘴，并没有抽，几秒后，他便取下来，撅灭。

然后，他瞧了眼宁安然，声音懒淡："呛嗓子，傻……"

最后一个字很轻很轻，几乎听不见，宁安然却读懂了他的唇语。

心磕了一下。

赵哥只听到前半句，接过话："废话，九块九的烟能不呛嗓子吗？你看小罗那破锣嗓，就是祁连山熏的。

"我说你就算要抽也搞点好的。"赵哥碰碰他胳膊，压低声音，"我等会儿给你装两条软中。"

"不用。"周司远把烟头扔进垃圾桶，说，"我不抽。"

"我得活到九十九。"

宁安然和赵哥一起回大厅。

杨帆很惊讶："小宁，你怎么连赵哥也认识？"

宁安然将赵哥在临川食堂做厨师的事几句话带过。

杨帆："难怪周工和他这么熟。"

"那是。"赵哥笑嘻嘻地接过话，"我可是看着他俩……"

后面的字在接收到宁安然暗示的眼神后硬生生地转了个弯："好好学习，天天向上的。"

众人被他逗得大笑，笑够了，才注意到周司远没回来。

"周工呢？他没跟你们一起？"老黄问。

"他有事先走了。"赵哥回答。

进门前，周司远接了个电话，没讲几句就走了，听着像是单位有事要他赶回去处理。

少了周司远，大家同赵哥聊过几句，也准备结账回去，却被告知："周工已经付过钱了，这顿他请。"

杨帆摸了下头："说好我们给安然接风的，周工怎么跑去付了。"

赵哥觑了一眼宁安然，玩笑道："说明周工也想替小宁接风嘛。"

一行人说说笑笑地出了门。赵哥不忘交代宁安然："我就住店里，想吃什么就和哥说，哥给你做。"

"好。"

"还有……"赵哥看了看等在旁边的其他人，把话吞了回去，"算了，以后找机会告诉你。"

火锅店离宿舍不远,大伙儿决定散步回去。

走到去招待所的分岔路口时,陆沉抢先道:"我送安然回去。"

杨帆意味深长地瞧了他一眼,拖着音应了个"哦"。

朱佳佳和老黄对视一眼,没接话。

刚才在火锅店,宁安然出去后,面对杨帆的审问,陆沉大大方方地承认自己对宁安然有好感。

"有好感也没用,人家都订婚了,你还想挖墙脚不成?"杨帆泼他冷水。

陆沉瞥了他一眼:"你确定她真订婚了?"

"反正是她自己说的。"杨帆不太有底气地回答。

其实,被朱佳佳一反问,回想宁安然当时说这话的场景,杨帆已经偏向她是为了断掉王姐的念头,避免不必要的麻烦才找的托词。可就算她没订婚,也还有一个巨大的现实难题。

"她来基地只是短期学习,结束后就得回北城,以后工作肯定就在北城。"杨帆语气严肃地说。

尽管程俊对外只说宁安然是总部派来学习的,并未提到其他身份,但凭她在兴平社的名气,杨帆猜测她八成是新成立的新闻中心的某个部门的负责人,职级远比程俊还要高。

八院大本营在青州,新闻中心常驻地在北城,以陆沉和宁安然的身份及所承担的工作来说,他们都不可能像其他家属一样,随配偶安置迁移。远的不提,就说程俊和金谨,为了各自的事业,结婚十几年一直天各一方,聚少离多。

"你别忘了她为什么同前男友分手。"杨帆提醒。

可惜,陆沉这人做事从不瞻前顾后,更不畏惧未知的困难。

将宁安然送到招待所楼下,他没有犹豫,选择单刀直入:"我能问你个问题吗?当然,如果你觉得被冒犯,可以不回答。"

宁安然点了点头,示意他说。

"你订婚了吗?"

宁安然不是傻子,从会场相遇后的一系列表现来看,陆沉对她的兴趣显然超越了普通同事或朋友。不过,她很欣赏他的直接和坦荡,也愿意坦诚相待。

"没有。"她如实道,"但我有喜欢的人。"

陆沉眼底有一闪而过的失落:"是你说的前男友吗?"

宁安然点点头。

陆沉浅笑，语气认真："我有机会和他竞争吗？"

"应该没有。"宁安然对上他的视线，亦是认真，"因为我的心是偏的。"

"人心本来就是偏的。"陆沉不以为意地道，"无所谓，我不需要公平竞争。"

宁安然凝视着他坚毅的眼眸，想到了程俊对他过往经历的介绍，这一路走来，他所学的、所研究的、所从事的，无一不是这句话最铿锵有力的证明。

这是一个很有魅力的男人。可惜……她的心太偏了。

见她默不吭声地望着自己，陆沉笑了笑："你不用紧张，我知道你暂时不愿意对其他人打开心门，但你放心，我也没打算破门而入。"

如此快人快语，没有让宁安然觉得被冒犯，反而觉得这男人有点可爱，不由得笑了："陆沉，你追过女孩子吗？"

"没有。"陆沉看着她，"你是第一个。"

"为什么是我？"宁安然好奇。

"为什么不是我？"陆沉反问。

宁安然怔了下，明白了他的意思，扬起嘴角，笑了。

为什么喜欢那个令她偏心的人而不是面前的他？他们显然有一个共同的理由。

台阶下，陆沉望着她笑弯的眉眼，潇洒地伸出手："宁安然，你好，我是陆沉，很高兴认识你。"

"你好。"宁安然笑着握住他的手，"我也很高兴认识你。"

礼貌交握，陆沉松开手，从裤袋里摸出手机："加个微信吧。"

"好。"宁安然爽快地答应。

两人交换了微信名片，互加好友。

陆沉："这段时间我都在高州，你有任何需要，尽管找我。"

宁安然点头，表示不会跟他客气。

回到房间，洗完澡，宁安然拿出笔记本电脑，打开思维导图，整理下午开会的笔记。

以她现在的专业知识储备，要想完全消化是天方夜谭，她能做的充其量就是查阅相关专业名词和文献，尽可能地去理解那些术语背后的含义。

一个小时过去，宁安然脑仁开始疼。她用力揉了几下太阳穴，起身去倒水，回来时发现手机屏幕亮着，微信有一条未读提示，是一条好友验证消息，只有五个字：我是周司远。

手机右上角的时钟显示，23:32。

宁安然迟疑了两秒，喝了一口水，确认通过。

系统跳出提示：您已添加了Roche limit，现在可以开始聊天了。

洛希极限，和他的QQ名一模一样。不同的是，头像不再是爆炸的天体，而是一盏点亮的路灯。

风格很不周司远。

宁安然点进他的朋友圈，封面是一片灰，下面显示仅三天可见。

倒是很周司远。

退出，看见屏幕上多出一行字：下个礼拜天，晚六点到七点、九点到十点，挑一个。

没头没脑的一句话，让宁安然一头雾水。

宁安然：[问号.jpg]

周司远：袁老让我给你补课。

——"张老师让我带你去吃饭。"

记忆中遥远的画面突然跳出来与之重叠。宁安然捧着水杯，哂笑，回复：谢谢，我已经找到老师了。

信息发出去很久，一直没有回复，顶端也没有出现"对方正在输入中……"，唯有一个名字安安静静地立着。

想来，他这回还真是被袁老逼迫的。

把手机扔到一旁，宁安然坐回书桌前，继续啃笔记，直到困意袭来才爬上床睡觉。不知是酒精起了作用，还是晚上学习太费脑子，她难得睡了一个舒服的整觉。精神抖擞地起床，洗漱完又化了个淡妆，宁安然把昨天的衣服装进袋子，打算带去门口的洗衣房。

"啪嗒！"一个小东西掉了出来，是打火机。

火锅店外的那场对峙像走马灯一样闪出来，男人漫不经心的语调犹在耳畔——

"我得活到九十九。"

与其说是讲给赵哥听，不如说是讽刺揶揄她。

宁安然撇唇笑了笑，弯腰捡起打火机，扔进了垃圾桶。

自那晚微信石沉大海后，先前频频巧遇的周司远仿佛一夜凭空消失。

宁安然懒得去想，带着杨帆和朱佳佳心无旁骛地搞科普视频，从主题策划到脚本撰写，再到后期包装……短短一个礼拜，就弄出了一份完整的拍摄制作方案——《3、2、1点火！来看中国长风如何飞天》。

程俊看完赞叹不已："不错、不错，这都快赶上专业团队了。"

"师父你这话说得,我们就是专业团队啊。"杨帆不服气。

程俊白了他一眼:"少翘尾巴,你几斤几两我还不知道?这还不是小宁的功劳。"

无论是0.173吨的东方一号,还是22吨的天阁一号,它们必须借助强大的动力才能摆脱地心引力飞向星辰大海。要让火箭载得更重、飞得更远,就需要加入更多的推进剂,但与此同时,火箭自重随之增加,又需要更强大的动力。为了解决这个矛盾,工程师们首先想到了在箭体上纵向加级,也就是在火箭的第一、二级箭体分离后,第三级再次点火加速……

程俊翻看了两张旁白,越看越满意:"这都是小宁写的吧?"

朱佳佳猛点头:"程处,你是不是也觉得写得特别好?"

这一周下来,朱佳佳俨然成了宁安然的小迷妹,天天跟在她后面拿小本本记笔记。当然,宁安然展现的专业能力也让包括程俊在内的几人不止一次感叹:"不愧是兴平社的首席记者啊!"

"这篇旁白写得很好,通俗易懂又不失专业,还富含感情。"程俊点评道,"一看就做了很多功课,把素材和主题完全吃透了。"

"可不,"杨帆接过话,"昨天陆沉那小子还说,等这期视频做完,她也是半个火箭专家了。"

这些天,为了把这些晦涩难懂、枯燥乏味的理论知识讲明白,讲得生动有趣,在大量阅读相关文献的基础上,宁安然没少拉着陆沉补课。从火箭升空原理到箭体设计逻辑,再到最新材料的应用……但凡书上有不懂的地方她都跑去请教他。

陆沉很有耐性,又善于因材施教,带着她画图做模型,硬是让她这个当年物理严重偏科的人弄懂了"宇宙第一速度"和"牛顿第三定律"。

对于两人近期频频接触,程俊乐见其成:"小陆是这方面的专家,找他做顾问肯定没错。"

"岂止顾问,陆总还答应我们出镜做主讲人。"朱佳佳开心地说。

陆沉年轻帅气,资历更是大神一样的存在,第一期视频若能请他来做主讲人,节目效果和传播量肯定翻番,指不定能爆出圈。

"八院那边没问题吧?"程俊问。

作为核心技术人员,陆沉涉密等级很高,不是想出镜就能出镜的。

"陆总已经口头报备了,院里回复是没问题。"宁安然补充道,"我们打算请示过你这边后,再正式打申请报告。"

一听八院全力支持配合，程俊立马行动，会议一结束就按流程提交了拍摄申请。

周五下班前，总部批示下来，不仅同意了他们的拍摄方案，还夸他们有创意，期待成品。

程俊喜滋滋地宣布了这个消息，当然免不了又夸奖宁安然一通，最后还定下："这样啊，明天，咱们都去帮小宁搬家收拾屋子，然后在她家聚一聚，替她暖暖房。"

昨天，后勤处终于给住了十几天招待所的宁安然分了一间宿舍。而且，还是一间小两居的套房。

"这几个月宿舍实在排不出来，全满了，就这间还是常总腾出来的。"后勤的老许把钥匙交给程俊，压低声问，"老程，这个小宁到底什么来头？"

上回空间站首飞关键技术分析会上，不少人都围观了袁老特意绕下台找宁安然聊天的经过，对她已充满好奇。这回，远在北城的常宏亮居然亲自来电话，让后勤将他在高州的宿舍腾出来，安排给宁安然。

常宏亮兼任高州基地负责人，需要北城、高州两地轮流办公，因此，在基地一直有一套宿舍。而现在，为了宁安然，他把宿舍让了出来。

能让袁老和常宏亮如此抬爱，要说没点特殊缘由，老许是决计不会信的。

无奈，程俊也不知个中关系，只能言辞含糊："小宁是我们宋部长千辛万苦挖来的，肯定得照顾下。"

话虽如此，程俊却明白这些事八成和他们顶头上司无关。

周六一大早，程俊带着大队人马，拎着一堆吃的喝的赶到宁安然家。

她的行李很简单，一群人没多会儿就帮着拾掇好了，聚在客厅打牌看电视。

临近中午，程俊和老黄钻进厨房忙活，宁安然想去帮忙，被赶了出来。

"你就别去影响他们发挥了。"额头上贴满纸条的杨帆喊她，"赶紧过来玩牌。"

"我真不会。"宁安然笑道。

他们在玩的是一种叫"打大A"的扑克游戏，和常见的扑克牌玩法不同，这游戏是两副牌、五人玩，而且没有固定的组队，时而是一对四，时而又是二对三，规则还很复杂，什么找次A，什么捉4……宁安然看了小半天，还是一头雾水。

"不会就对了。"杨帆吹着鼻子上的纸条说，"就是要你来帮我垫垫底。"

"你来玩几把就会了。"葛慧慧也加入游说。

朱佳佳则干脆让出位置："安然姐，你来玩，我要回宿舍收衣服。"

大家兴致高昂，宁安然不好扫兴，无奈地坐下来。

趁着洗牌、摸牌的工夫，杨帆把最基础的规则再给她讲了一遍。

宁安然听得懵懵懂懂，就记着不要抢A，跟其他队友混就行。谁想，浑水摸鱼的运气贼差，一连四局，她都是和垫底的杨帆做队友，连输四把，双颊被贴上了纸条。

杨帆那边更是没眼看，整个脑袋全被纸糊住了。

葛慧慧很不厚道地笑话了一番，又同情宁安然："你也真够背的，怎么一把都没摸到和陆沉同边。"

从早晨到现在，陆沉只输了两局，还是被队友拖累的，和他组队，基本稳赢。

宁安然苦笑，继续摸牌。然而，很不幸，当陆沉亮出A，杨帆爆出一句咆哮，她扫了眼手里的牌，笑容更苦了……

得，再添一张纸条呗。

理好牌，主A先出。

许是猜到她不是次A，陆沉出牌明显手下留情，直接出了一个单5；杨帆"嘿嘿"一笑，麻溜地扔出手里最小的单牌6……

轮到宁安然时，她刚想顺着葛慧慧的黑桃J丢一个Q，身后突然传来一声："出A。"

声音松散熟悉。

宁安然愣怔，回头，看见了消失已久的人——周司远。

其余人也都抬头，看向玄关处的周司远及她旁边的朱佳佳。

"我在走廊碰见周工。"朱佳佳赶忙解释。

这幢宿舍是联排，一层四户，共用一个回廊。

宁安然挑眉，心中刚划过一个念头，就听杨帆恍然大悟地说："对哦，你和周工是邻居。"

第六章 完美夏日

一句话，让大伙想起来，周司远也住在这幢楼里，还就在隔壁。

葛慧慧迅速看了眼宁安然，神色复杂——邻居是我前男友，这都是什么狗血剧情？

相比之下，本该最不自然的两位主角反而神色自若。

宁安然平静地移开视线，看向朱佳佳："佳佳，还是你来吧。"

说话间，她就要起身，却被杨帆拉住："别别，让周工帮你看，他刚不是说出A吗？"

"对，让周工来指导。"童笙跟着附和。

葛慧慧说宁安然手气背，童笙更是没好到哪里去。一整个上午，她都抽到和杨帆同组，输得惨不忍睹，这会儿瞧周司远简直就像见到了救星。

两位队友如此期盼，宁安然只得作罢，转过脸，看手里的牌。

"该你出。"杨帆提醒。

宁安然"嗯"了一声，听着身后渐近的脚步声，抽了一张A甩出去。

牌局继续。

单A最大，其余人均选择过，还是她继续出牌。

"56789……K。"

磁沉的声音从头顶落下来，不知是不是错觉，宁安然觉得这声音听着有些嘶哑，略显疲惫。

忍住回头的冲动，她把注意力放回牌面上，却立马陷入迟疑。

沉默了两秒，她终究还是回头，仰起下巴，用眼神询问站在身后的男人：你确定？

之所以需要确认，是因为她手里有四个7和五张8。在打大A的规则里，四张及以上相同牌叫大蛋，类似临川扑克里的炸弹，可以炸单龙（连续数字的五张

· 190 ·

以上单牌），五张则可以炸双龙。

　　大蛋张数越多，威力越大。

　　周司远为了连一个单龙居然要她拆掉两个大蛋，这是什么打法？

　　应是看穿她的担忧，周司远牵了下嘴角，淡笑："放心，不会让你输。"

　　——"有我在，就不会让你输。"

　　十几年前小男孩的豪言壮语犹在耳畔，如今的他虽不似当年那样狂妄，但更让人信服。

　　深深看他一眼，宁安然甩出了九张单龙。

　　作为主A，坐她下家的陆沉毫不犹豫地扔出了四张5的大蛋；杨帆想给宁安然垫牌，打出了四个10；童笙选择过牌；葛慧慧犹豫了下丢出了五张6。

　　遗憾的是，宁安然手里的五张8此时只剩下四张，她没有可以压制的大牌，只能喊过。

　　杨帆一听，慌了。

　　五个6都要不起，她的牌应该不算太好。

　　轮到葛慧慧出牌，她丢出一个三连对。没等宁安然回头询问，周司远直接替她喊了"过"。

　　陆沉抬眸看周司远一眼，打出了一个稍大的连对……到童笙时，她选择扔大蛋，然后出单……

　　接下来的几轮，出牌权在两边来回跳转，但宁安然从那把单龙后，就再也没有拿到过先出牌的机会。

　　杨帆和童笙互看一眼，颇为失望，原想周司远能妙手回春，现在看来是巧妇难为无米之炊。

　　至于宁安然，她望着手里一大把几乎没动过的牌，无言以对。

　　别人不知道，可她很清楚，有好几轮，她是要得起葛慧慧的牌的，但周司远每回都抢在前面喊"过"。

　　看不懂他的套路，宁安然干脆做个出牌机器人，并在他的指挥下将四个4拆成两对，从池子里先后取走了三个7和三个9……

　　见对家两人手里都只剩下四张牌，杨帆忍不住了，仰头问周司远："你俩到底什么牌？怎么一对5都要不起？"

　　宁安然摊手，表示无奈。

　　一旁的陆沉倒是早就看懂了周司远的谋算，知道他这把不仅如常规那样计算剩余牌数，还在推算各方手里的牌和每一轮对方会出什么牌……

　　陆沉手里还有一对大A、一张10和一张K。

双A是游戏里最大的牌,可以干掉一切。然而,手拿重型武器的陆沉竟没信心能拿下这局。他扫了一眼葛慧慧手里的牌,大致猜到了是哪几张。

果不其然,童笙一出K,葛慧慧就毫不犹豫地丢下2。

然而,这一次,牌落在桌面,那声熟悉的"过"并未响起。

不用周司远提醒,宁安然干脆地扔出了四张8。

大蛋炸。

陆沉弯唇,斜了周司远一眼,清楚了他的用意——逼自己出双A。

他同样推算出了宁安然那一把牌里有六张7和三张9,如果这把就出双A,那么他只能逃出一张牌。葛慧慧也许能逃走,但面对周司远,这个可能性极小。

周司远老神在在地回望他,眼底染了点轻狂,似乎在说:就是这样。

稍作思考,陆沉决定赌一把,那对终极大牌的双A被提前用出来。

"你们还有双A。"杨帆拍脑袋,"那还玩什么?输了输了。"说着,就要亮牌认输。

此刻已看清牌势的宁安然立刻大喊:"谁说的!还能打。"

杨帆看看她手里那一大把牌:"打什么呀,他就两张牌了,肯定赢啊。"

"打!"宁安然很坚决。

童笙瞥了眼懒洋洋靠着沙发的周司远,扯了扯还要说话的杨帆,说:"打完吧。"

双A最大,谁都要不起。

陆沉盘算了下,出单10。

杨帆压上了手里最大的单牌2,童笙喊"过",紧张地看向葛慧慧。

如果她没有比2更大的牌,那他们也许还能逃出去一家。很糟心,葛慧慧还有一张大王。

得,应该是输了。

殊不知,宁安然手上还有更大的牌。

拥有六张大蛋的宁安然激动不已,刚想扔出王炸,头顶蓦地被轻拍了下。

她不明所以地扭头,望着周司远,眼里满是疑惑。

周司远低眸瞧她一眼,没答话,原本搭在沙发靠背上的手往前一伸,越过她的肩膀,直接从她手里抽了四张7扔出去。

竟像是从后面将她圈进了臂弯里。

带着体温的香皂味钻进鼻子里,干净清爽,像是刚沐浴过后的味道,视线所及是他好看的脖颈和清晰锋利的下颌。

他很快收回手,若有似无地瞥了她一眼。

心跳陡然快了两下。

她听见陆沉和其余人都喊"过"。

这一回，不用周司远指导，她先甩了三个9带两个7，再扔出了手里最后一张5。

同一时间，有温热细碎的声音轻扫过她的耳郭："说了不会让你输。"

语气明明没有丝毫得意，却透着股又酷又痞的劲。

陆沉把手里的黑桃K放在桌面上，无奈地笑了笑，问葛慧慧："你手上是三个J吧？"

"对呀。"葛慧慧狠狠甩出三张J，指着宁安然说，"我知道她还有三个9……"

前面有一轮，宁安然用一对4取走了三张9，却始终未出牌，葛慧慧便一心留下三张J，想要压她。谁料想，周司远完全不按套路出牌，居然将六张7的大蛋拆成了四张加两张，再接小蛋，活活闷死了她。

对这把操作，回过神的杨帆拍手称妙："高，实在是高。"

陆沉接过童笙递来的纸条，表示输得心服口服。

从牌面看，宁安然这把最大牌是五个8，连一对王炸都没有，实在算不上好牌。相反，陆沉和葛慧慧各拿一对双A和王，占尽优势，可最后两人竟双双被捉A，输了个大分。

"你这牌算得太精了。"陆沉由衷地道。

除了做计算题，还做心理题，比如：取走那三张9后迟迟不出，就是给队友做垫牌的明示，又让拿着三张J的葛慧慧因为想压他，错失了拆牌的机会。

按照规则，输两分贴一张，赢两分，可以撕下一张。

他们这局抓了双A，得了四分，可以揭下两张。

杨帆扬手撕掉了脑门正中贴的两张，那叫一个扬眉吐气，高喊："再来，再来。"

陆沉却站了起来，对周司远道："你来玩，我来帮她看牌。"

"不了。"周司远瞥他一眼，慢条斯理地说，"昨晚没睡好，累，不想动脑子。"

杨帆刚赢了一把，正在兴头上，不容陆沉再多讲一句，直接将他拽坐下："哎呀，你走什么走？你没听过一句话，输家不开口，赢家不许走？"

"她有周工，你少操心。"杨帆麻溜洗着牌，并朝周司远谄媚一笑，"你也不用太费神，稍微动动脑子就好。"

陆沉无奈，只得继续摸牌，葛慧慧则扫了一眼倚靠在沙发边，神色怠懒的周司远在心底叹了口气。

有了周司远这位军师，接下来的牌局，宁安然赢得很轻松，尤其有一回，她和陆沉一对,联手将其余三人杀得片甲不留。

杨帆又被贴了一脑门的纸条,生无可恋地长叹:"周工,你不是说不想动脑子吗?"

"这把确实没动脑子。"周司远一本正经地说。

宁安然秒懂,杨帆呢,愣是反应了半刻才明白过来,默默在心里低骂了一句。

脑子好了不起啊!

而葛慧慧看得开:"输给航天双子星,这不是很正常的事吗?"

童笙:"就是,他们可是咱们系统内最年轻的两位总指挥。"

杨帆闻言立即释然,正好程俊喊吃饭,于是一群人便收了牌,洗手,帮忙拿碗端菜。

不多会儿,小小的餐桌上就被摆得满满当当,色香味俱全,让人食指大动。

条件有限,大伙也不讲究,站的站,坐的坐,大快朵颐。

"周工,你不是去美国了吗?怎么这么快就回来了?"程俊舀着汤问。

"原来你去美国了?难怪这段时间都没看见你。"杨帆接过话。

周司远"嗯"了一声,回程俊的话:"那边会议结束没什么事,就提前回来了。"

"是国际空间站会议吗?"葛慧慧插嘴,"我们朱总好像也去了。"

周司远颔首,没多言。

宁安然则低头安静地吃饭,倏地想起那天在火锅店外,他接电话时,似乎是问了一句:"现在就走吗?"

想必就是在说去参加会议的事。

除了宁安然,其余人都是专业出身,大家顺着这个话题你一言我一语就聊起了空间站的事,宁安然分神听着,默默吃饭。

谁想,周司远冷不丁地问了一句:"你们视频拍得怎么样了?"

程俊立刻笑嘻嘻地把进展介绍了一下,顺带又把宁安然狠狠夸了一遍。

而听说陆沉要出镜,周司远勾了下唇,淡笑道:"挺好,陆总人这么帅,正好做我们形象代言人。"

"要说代言人肯定是你。"陆沉说。

原以为他会否认,孰料,他竟耸了下肩,悠悠地道:"我倒是想,可没人找我。"

众人一愣,程俊最先反应过来,"哈哈"大笑着喊宁安然:"小宁,周工都这么说了,你还不赶紧约他做下期视频?"

宁安然僵硬地笑了笑，抬眸瞧向周司远："周工要是愿意……"

"没问题。"

竟是没听完就爽快地答应下来。

之后的话题就绕着视频拍摄展开，一直沉默的宁安然终于能插上话了。

…………

一顿饭吃得热闹。

吃完饭，几个年轻人硬是把老黄和程俊推去客厅休息，然后分工收拾。

"这里交给我们，你还是回去睡个觉，倒下时差吧。"陆沉对周司远道。

刚刚聊开了才知道，由于飞机晚点，他凌晨两点多才到的北城，接着又坐一大早的飞机赶回高州基地。

宁安然看着他眼睫下的青色，沉默了片刻，开口："陆沉说得对，你回去补个觉吧。"

周司远应是真的很累，缓慢地点了下头。

收拾完后，大家相继离开。

宁安然搬出笔记本电脑在客厅干了会儿活后回卧室睡觉。

许是前些天在招待所没休息好，这一觉她睡得特别沉。醒来时，窗外已是太阳西斜，余晖映红了纱帘。

卷着凉被翻了个身，她摸过床头的手机，微信提示有一条未读信息，来自姚静娴：下个月你奶奶九十大寿，我和你爸商量了，打算弄个简单点的家宴，你抽空回来一趟。

宁安然打开日历，看了下备忘录，发现奶奶生日那天正好是周末，便回：好，我尽量先安排下。

姚静娴倒不啰唆，叮嘱她：早点确定下来。

宁安然回"好"，坐起来，靠在床头刷起了朋友圈，发现一堆人在转发钻石乐队要来中国开演唱会的消息。

钻石是二十世纪八九十年代风靡全球的一支乐队，和宁安然差不多年纪的人几乎都是听着他们的歌长大的，算是属于这一代人的集体记忆。

十年前，钻石来过中国一次，就在北城青年体育馆。当时，他们大三，周司远和蒋铮亮轮流排了一宿队，终于抢到了四张看台票，让他们现场感受了一把偶像的魅力。

演唱会散场已是半夜，宁安然和陈筱筱又累又兴奋，立下豪言等以后工作赚钱了，一定要买内场VIP票。

可惜，没等他们毕业，钻石女主唱Selena就因和男友兼贝斯手的Bob分手，含恨出走,乐队被迫解散,让全球乐迷心碎一地;而毕业前夕,相约再去看演唱会的他们也分道扬镳,各奔东西。

这次,相隔十年后,钻石重归舞台,除了让全球乐迷们能再享受音乐,Selena和Bob这对昔日被称为金童玉女的旧情侣再度牵手合作,更是让全世界的CP粉和吃瓜群众陷入了狂欢。

习惯赶热点的公众号们已纷纷加速写出了Selena和Bob的情路历程。

宁安然随便点了两篇,大同小异,无外乎就是把各种媒体八卦、爆料串在一块儿,有些还张冠李戴。不过,自媒体讲究的就是短、频、快、热,只有及时抓住热点才能在浩瀚如海的公众号里杀出一条血路来。

手指继续往下翻,在视线扫到某个微信名时顿住了动作。

RL,头像是那盏点亮的路灯。

没有任何文字,只有一张随意拍摄的照片,里面是一张演唱会门票,上面印着中英文。

　　钻石乐队世界巡回演唱会——中国·青州站
　　地点:青州奥体中心
　　座位:VIP1区 2排2座

票价刚好被旁边的信封压住,但这个区域和位置,再加上钻石的热度,价格一定不菲。

当然,最关键的并非价格,而是按照官方消息,本次演唱会门票抢售时间是后天凌晨。

周司远竟然提前拿到了门票,还是内场绝佳位置。

演出方提前赠票并不稀奇。以前在香江,宁安然就没少沾娱乐版同事的光拿到一些赠票,但钻石这样的顶级乐队,别说赠票,就是黄牛票都有钱难求。

他一个和娱乐圈八竿子打不着的人,竟然有VIP票,着实让宁安然震惊。

然而,很快,她发现了另一个惊诧的点——周司远这条动态是凌晨三点左右发布的,算算时间应该是他刚落地北城机场的时候,距现在已经十几个小时,下面竟没有一个点赞和一条评论。

哪怕没有朋友圈铺天盖地的消息,这也不可能。

唯有一个解释:这条动态,或者说他的朋友圈,仅她一人可见。

白天睡太多的后果是都快十二点了,宁安然还了无睡意。

把建模需求发给制作方后,她合上笔记本电脑,转了转僵硬的脖子,去上厕所。路过阳台时发现外面亮着灯，应该是刚才晾好衣服忘记关。

开关在外面，她拉开阳台门，脚还没踏出去，就听右边传来一声懒洋洋的嘲讽："你欠我的还少？"

宿舍楼梯在中间，东西各两套房，阳台紧挨着。下午，杨帆他们就开玩笑，说以后她要是忘记带钥匙，可以从周司远家阳台跨过来开门。

就像此刻，她稍稍一偏头，就瞧见了背靠着栏杆打电话的周司远。

他还穿着上午那件黑色T恤，下半身换成了一条灰色的宽松运动裤，整个人懒洋洋的，像是还没倒过来时差的样子。

显然，他也看见了她，主动朝她点了点头。

比邻而居，可以预见未来半年还会有很多这样的场景，她不可能，也没有必要刻意避开。

想通了这一点，宁安然也朝他微微点头，算是回应。然后，迈过门槛，走到外面，关了灯。

屋外，瞬时陷入了昏暗。

宁安然这才注意到，周司远那边并未开灯，整个阳台上只有他手机屏幕映出的微弱光亮。

借着那点光，她看见周司远把身子转过来，面朝她的方向，对着电话说："有事，晚点再说。"

话落，他就挂了电话。

下一瞬，一束刺眼的白光打在了宁安然脚下。

望着被手机摄像头灯照亮的阳台，宁安然的心轻轻颤了一下。

"谢谢。"她声音很轻地说。

周司远右手举着手机，大步退到阳台另一端，打开了他那边的灯。

屋外又恢复明亮。

宁安然再次道了个谢，几步走回屋，准备关上推拉门。

然而，手刚摸到门，就被周司远喊住："宁安然。"

她抬头，对上他的视线。

"有吃的吗？好饿。"他问。

冰箱里只有中午吃剩的几样菜，宁安然捣鼓了小半天，就着剩下的排骨给他煮了一碗面。

瞧得出，周司远是真饿了，连屋子都懒得进去，长腿一伸，勾过角落里的凳子就坐下开吃。

屋外寒露重，面汤的热气冉冉飘荡在空中，香气一点点钻进鼻子里。

瞧着他大快朵颐的模样，宁安然问："你晚饭没吃？"

"太困了。"周司远头也不抬地说。

下午葛慧慧提过,这次空间站会议原本是邀请了袁老做主题演讲,谁想一到美国,老人家竟病倒了。周司远临危受命,连夜赶往纽约,代表中国航天发声。

不难想见,这几天他必定是连轴转,一刻都不曾松懈。不过——

"你怎么不在那边多待两天?"宁安然问。

按照惯例,这类会议后面的行程多为参观考察各大高校和研究所,或者参加各类酒会宴会,都较为轻松悠闲,带着点游玩形式。他大可以留下多玩几天再回来的。

"院里事比较多。"周司远喝了两口汤,放下筷子,抬眼望着她,似玩笑似认真地说,"而且,待那边怎么能吃到好吃的面?"

阳台的灯光透亮,似是要把人的心思照得一览无余。

宁安然凝视着他的眼睛,胸口像是揣了一只迷路的兔子,瞎转乱跳。

脸颊热度变高时,她稍稍撇开了视线,问:"袁老没事吧?"

"没什么大碍,心脏有点老毛病,累的,休息一段时间就好了。"

"是该好好休息。"宁安然附和。

袁老今年已八十八岁,换作其他行业或系统,以他的成就和贡献,早就可以在家安享晚年。然而,满头银丝的他至今仍在为中国航天事业奋斗着,其工作强度、时长、热情和精力完全不亚于年轻人。

这回与其说是病倒,不如说是累倒。

"他应该回国了吧?"宁安然问。

周司远低低"嗯"了一声,修长的手指摩挲着白瓷碗的边缘。

夜已深,整个基地静悄悄的。

这一方被白炽灯照亮的天地里,空气仿佛也陷入了缓速流动中。

仿佛过了很久,实际只有几秒,宁安然将目光从他手指移到碗里,说:"你吃好了吧?碗给我吧。"

周司远抬眸,嘴角弯了弯:"干吗?怕我把你的碗私吞了?"

宁安然无语,白了他一眼:"我是怕你太饿,把碗一起啃了。"

周司远笑:"碗有什么好啃的,要啃也啃……"

声音戛然而止,但对那已绕到舌尖的某个字,两人皆是心知肚明。

火燎般的热意又悄悄爬上脸颊。

周司远轻轻咳嗽了下:"在这儿等会儿,我洗好给你。"

"不用,给我吧。"

可惜,周司远置若罔闻,扔下句"很快",就拿着碗筷,大步流星地进了屋。

望着那道迅速消失的身影,宁安然嘟嘟嘴,腹诽,什么嘛,就算他要洗,也可以明天再给她嘛,大半夜的,还让她在这儿等。

好在,周司远动作很快,不一会儿就回来了。

见她抱着手臂,周司远问:"冷?"

"还好。"她接过碗,正要说自己先进去,余光里忽然多出来一样东西。

下一瞬,周司远散漫的声音钻进耳朵里:"这个给你。"

宁安然拿碗的手微微僵住,视线落在那排烫金刻印的字上——钻石乐队世界巡回演唱会……

青州奥体中心、VIP1区、2排2座……

是他在朋友圈晒出的那张门票。

心跳节奏倏地被打乱,宁安然缓缓抬起头,看着他:"给我?"

周司远对上她的视线,手指擦了下鼻尖,语气漫不经心:"一个朋友送的,我想你应该有兴趣。"

她当然有兴趣,不仅她,朋友圈一堆人都准备好了闹钟和钱,准备抢票。

一丝隐隐的小火苗从心底钻了出来,宁安然望着他,试探地问:"你不去看吗?"

"我没时间。"周司远淡声道,"也没多大兴趣。"

一盆凉水兜头而下。

"扑哧!"小火苗被浇灭,熄得透透的。

宁安然干干地"哦"了一声,勉强扯出一点笑:"你还是给别人吧,我应该也没时间。"

这话还真不是撒谎。

钻石开演唱会的时间和奶奶生日正巧前后天,如果她要赶回江陵给奶奶祝寿,就没法先去青州。

周司远挑眉瞧着她,似是在审视她话里的真实性。须臾,他才慢慢道:"那你送别人吧。"说完,不容分说地将票塞到她手里。

胶印的门票滑溜溜、凉飕飕的,可宁安然莫名就觉得有些烫手。

"这票太贵重了。"她很是为难地说。

按照朋友圈和网上的热度,这张票都不是钱能买到的。

宁安然正在思忖这些,冷不丁听到周司远喊她:"宁安然。"

"啊?"她下意识地睁大眼。

周司远勾唇,若有似无地笑了笑,问:"你的面多少钱?"

"嗯?"宁安然眼睛睁得更大了。

周司远瞧着她又黑又亮的大眼睛，笑了："票价抵面钱。

"要是怕我吃亏，你可以……"他顿住，稍弯腰，看着她亮晶晶的眼睛，声线松软散漫，"多煮几次。"

回到房间，宁安然把碗放进橱柜，再把那张门票放进书桌的抽屉里。
躺上床已近一点，她不自觉地又点进了周司远的朋友圈。
动态里依旧只有那张演唱会的门票，评论和点赞依旧静寂。
她盯着那张照片看了好一会儿，按下了一个赞。
几乎是下一秒，微信弹出来一条新消息。
RL：忘了说，面很好吃。
宁安然裹着被子又翻了个身，心脏"咚咚"撞着胸膛。
她回复：下次再给你加点青菜。
周司远应：白菜也可以。

周五下午，宁安然邀请陆沉到宣传处看第一期《航天微课堂》的样片。
看着屏幕上，穿着白大褂，拿着火箭模型侃侃而谈的陆沉，朱佳佳忍不住犯花痴："陆工好帅啊。"
都说上镜胖十斤，镜头下的陆沉挺拔修长，宽肩、窄腰、大长腿，白大褂扣得规规整整，配上鼻梁上的无框眼镜，又纯又欲，让人移不开眼。
"声音还这么好听，你说等这视频播出去，得迷死多少女人。"朱佳佳凑到杨帆旁边，小声嘀咕。
"再多也没用。"杨帆瞟了一眼坐在一块儿看样片的陆沉和宁安然，怅然，"他呀，非得在一棵树上吊死。"
陆沉喜欢宁安然在宣传处不是秘密，但朱佳佳不想评价他人的感情，主动转移了话题："程处哪里去了？"
"师父到行政楼开会去了。"
常宏亮上午来到高州基地，下午便召集各处室、各系统负责人开工作会议，听取近期工作进展汇报。
说曹操曹操到，杨帆话音刚落，就耳尖地听到走廊上有脚步声和说话声。
"他们就在这边看片子。"程俊带笑的声音在门外响起。
杨帆和朱佳佳循声望去，见到他笑嘻嘻的脸，以及身后单手插兜的男人。
"周工？"
佳佳诧异的轻呼唤醒了正认真看片的宁安然，她回头，目光一顿。
周司远？

"刚才开完会和常总汇报我们第一期的样片到了,他很感兴趣,让周工先过来看看。"程俊笑着说。

杨帆挠了下头,有些费解:常宏亮感兴趣,来的却是周司远?这是啥操作?

也不知是否看穿了他们的疑问,周司远朝众人点了点头,说:"程处说你们下期主题是天阁一号,我先过来了解下拍摄流程。"

这理由倒是能说得通。

杨帆赶紧起身,让出椅子:"周工,你坐这边看。"

朱佳佳则麻溜地去倒了一杯水,双手递上:"周工,先喝点水。"

周司远接过,道谢,却没有坐下,而是站在宁安然和陆沉背后,居高临下地看着两人面前的笔记本电脑,轻点下巴:"你们继续。"

声音从头顶落下来,莫名带着点压迫感。

"小宁,你从头开始放吧。"

宁安然领首,将进度条拉到了最前面。

音画流淌而出……

这次除了原始影像剪辑,还采用了大量3D动画,具象化地将我国火箭从外观设计到动能原理的发展历程逐一展示,形象生动,层层递进,让人一目了然。

尽管已经看了好几遍,宁安然依旧看得全神贯注,看到一个困惑点时,不由得偏头问陆沉:"你说三号丙的设计师们是怎么想到用横向捆绑的?"

"因为长度已经到极限。"

头顶突如其来的一道声音让宁安然吓了一跳,半晌,她才后知后觉地想起周司远站在后面。

她回过头,对上他下垂的视线,听见他简单解释:"动能从下往上传导,箭体越长,传导中消耗的能量就越大。同时,还会引起偏移,给准确入轨带来风险。"

"周工说得对。"陆沉补充道,"从BZ三号开始,长风就已经开始采用三级箭体设计,到三号乙时,无论动力还是箭体的稳定性、安全性都达到了一个极限。"

陆沉稍顿,抬眼看向周司远,眼神和语气饱含钦佩:"当年,最早提出捆绑式设计思路的就是老周工。"

宁安然一愣。

有关周霂成,大家提得最多的是Z3-J7,火箭二级发动机的同泵游机的设计研发。但作为发射系统的专家，袁老的得意门生，长风系列的研发和攻关必然离不开他。

"而且，也是他建议在三号丙的顶端安装逃逸塔。"陆沉对周司远淡淡一笑，由衷地道，"老周工真的是一位非常伟大的航天设计师，他的许多设计研发思路至今还在被延续使用。"

陆沉说得情真意切，宁安然却紧张地望着周司远。

耳边，恍若又响起了少年不屑的嘲讽："一个连妻儿都照顾不好的人，算哪门子伟大？"

时隔多年，桀骜少年长成了沉稳的航天总工程师。

他几不可见地挑了下唇，未回应陆沉的夸赞，把目光重新落回宁安然脸上，不疾不徐地开口："有几个小意见，想听吗？"

宁安然愣了一秒，立刻道："当然，你讲。"

从拍摄方案制定以来，她听见的几乎都是称赞，迫切想听一些不同的意见。

"专业内容有陆工在，无可挑剔。我只提几点观众视角的意见。"

"好。"宁安然拿过手边的笔记本和笔，做洗耳恭听状。

瞧她仰着下巴、聚精会神听讲的模样，周司远勾了下唇："倒也不用这么认真。"

宁安然窘，稍稍放松了身体。

周司远不再啰唆，直接说："2分27秒，在介绍长风一号的问世时，你先介绍了东方导弹一号……"

他的意见很简单：增加一小段关于导弹与火箭关系的阐述。因为，对大部分观众而言，他们分不清导弹和火箭有什么区别，也就难以理解为什么长风一号是基于东方导弹一号研制而成的。

加上几句简短的阐述，更有利于帮助观众理解。

在笔记本上记下这点后，宁安然抬头问："还有呢？"

"2分49秒……"

"3分51秒……"

"7分19秒……"

很快，随着周司远一个个精准地报出时间点、对应内容，并指出存在的不足和提出意见后，会议室众人的表情早已从惊诧、不敢置信变成了顶礼膜拜。

杨帆咽了下嗓子，抬眸瞧着不紧不慢提意见的男人，脑中只有一个声音在呐喊：这是人吗！

这个片子是他和宁安然一点点抠出来的，宁安然他不敢妄下结论，但他是绝对没办法精准到秒地报出每一个对应画面的。

宁安然惊叹的却是周司远一针见血地指出了这个科普视频最大的问题——还不够"普"。

一种醍醐灌顶的感觉油然而生，她领悟了那天吃饭时袁老对她的期许：做出让老百姓看得懂的航天新闻。

看得懂，这是所有传播的基石，也是最高境界。

宁安然扫了眼笔记本上的内容，抬头注视周司远，发自内心地道谢："谢谢，你的这些意见让我很受启发。"

周司远看着她的眼睛，浅浅地勾唇："不补课，改作业吧。"

"补什么课？"杨帆听得一头雾水。

其他人云里雾里，宁安然却心如明镜——这人明显在揶揄她婉拒他补课的事。

宁安然斜他一眼，眼神里写着：小气。

周司远笑着，替她回杨帆："袁老让我给她补课。"

一群人畅快地聊了会儿，不知不觉就过了下班时间。

程俊一看已经六点多了，忙招呼："今天辛苦大家了，晚上一起吃个饭吧，我请客。"

说完，他看向周司远："周工，你没问题吧？"

周司远放下已经空了的水杯，瞥了眼宁安然，说："可以。"

程俊转向陆沉，还没开口，就被陆沉抢了话："你们去吧，我和安然晚上已经有安排了。"

周司远挑眉，目光慢慢转向宁安然，见她面带难色地说："我们几天前就约好了。"

吃完饭，宁安然拎了一大袋水果回宿舍，钥匙刚插进锁孔，隔壁传来了开门声。

她循声看过去，入眼便是穿着黑色短袖T恤的周司远。

宁安然下意识地看了眼腕上的表，八点十三分。

难得，他今天居然回来这么早。

住到宿舍后，宁安然很快发现周司远比传闻中还要"拼命三郎"，每天夜里都是她迷迷糊糊快睡着时才听见墙那边有细微的响动。

能在精英荟萃的航天系统里成为闪耀的巨星，除了天赋，背后付出的努力和心血也是常人无法企及的。

把视角从表盘移到他脸上，宁安然随口问："你今天没加班吗？"

周司远轻轻"嗯"了一声："胃有点不舒服。"

瞧他眉毛微微蹙着，似是在忍耐着痛意，宁安然停下开门的动作，转身看向他，问："怎么了？"

"没什么，老毛病。"周司远不以为意地道。

照他这个工作强度，想必忙起来饱一顿饥一顿是常事。想到那晚他大半夜问她要吃的，宁安然挑眉问："你不会还没吃晚饭吧？"

不出所料，周司远的答案是："忘了。"

之前见宁安然不去程俊的局，他也顺势拒绝了。

吃饭都能忘？

宁安然很是无语，催他："食堂应该还有夜宵，你快去吧。"

"不想走。"周司远声音懒洋洋的，"去楼下买包泡面吃。"

胃不舒服还吃泡面？

宁安然思忖了下，说："我那儿还有点馄饨，你拿去煮吧。"

"不用了。"周司远淡声说，"我不烧饭。"

宁安然恍然，以他工作狂的状况，肯定是一日三餐都在食堂解决，宿舍压根不开火，可能连锅碗瓢盆这些东西都没有。

"算了，我帮你煮吧。"她说。

周司远有些迟疑："方便吗？"

"有什么不方便的？"宁安然反问。

不等他答，她已转动钥匙，瞥了他一眼，半真半假地说："演唱会门票的钱还没抵完呢，刚好，馄饨比面贵，能多抵点。"

周司远颔首，唇角略弯："也是。"

进了屋，宁安然从袋子里拿出一个苹果给他："刀在茶几上，你自己削，我去烧水。"

说完，她转身走向厨房，并反手抓起头发，在脑后随便绾了个髻。刚把皮筋套上去，固定好圆髻，脖子上就蓦地一凉。

她身子一紧，皮肤飞速游蹿过一阵战栗。

下一秒，周司远不咸不淡的声音钻进耳朵里："这里还有头发。"

原来是她刚才束髻时落下了一小撮头发。

待她回头时，周司远已收回了手，神色坦然，仿佛刚才拈起头发的举动再平常不过。

而被他指腹碰过的地方却像被火燎过一般，一阵烫过一阵。

在脖子快烧起来前，宁安然赶紧重新绾了个髻，然后拎着东西，快步进了厨房。

开火，烧水。

青蓝色的火焰跃动着，小小的厨房有"咕嘟咕嘟"的烧水声，浅白色的水蒸气从锅盖边冒了出来。

等水开的工夫，宁安然做了个汤底，刚拿起香油瓶，忽然想到什么，又放了回去。

身后却冷不丁传来一声轻笑。

宁安然一怔，回头一看，只见周司远懒洋洋地倚在门边，手里拿着还没削的苹果。

"你笑什么？"宁安然不解。

周司远没急着回答，而是径直走到水槽边，打开水龙头，似笑非笑地瞥了她一眼："我不吃香油。"

香油？

宁安然愣了一秒，随即就明白那声笑的来由，不就是笑她依旧记得他的口味吗？

她磨了磨牙，不服输地说："正好，香油贵，我也舍不得给你放。"

"也是。"周司远抬手关了水，悠悠地说，"该省则省。"

模样端的是一副深表同意，嘴角和眼底却噙着笑，看得宁安然牙痒痒，忍了又忍，才没上去踹一脚。

宁安然愤愤地别开头："你出去等，好了我会端出来。"

"你怕烫。"

竟是毫不避讳地表达自己仍记得她的细节。

宁安然压住偏头的冲动，说："有隔热手套。"

周司远闲闲地"哦"一声，却还是没离开。

锅里的水开了，汩汩冒泡，一个接一个，渐渐连成了一串。

宁安然被身侧的目光盯得不自在，视线更是不知该往何处放。

无措间，身后又传来了周司远的声音："陆沉在追你？"

搭在碗边的手微微一顿，她终是偏过头，对上了一道似笑非笑的眸光。

心底某个位置忽地冒出了一个小气泡，犹如锅里的水，蓄势待发。

在第二个气泡钻出来时，她盯着那双黑得发亮的眼眸，问："和你有关吗？"

哪怕她刻意压制，微颤的尾音仍泄露了她的紧张。

是她想的那样吗？

她目不转睛地看着周司远，心里升起隐隐的期待，但很快另一个声音就跑了出来，疯狂嘲笑着她异想天开。

果然，周司远选择了沉默。

无声的静默中，宁安然感觉胸口仿佛被什么刺了一下。她缓缓垂下眼睫，自嘲地撇了下唇。

她在妄想什么？骄傲如周司远，怎么会轻易原谅她。更何况，横亘在他们之间的还有整整七年的光阴。

一股酸意涌上鼻腔。

宁安然轻轻吸了下鼻子，正想偏开头藏起当下的情绪，就听周司远说："有关系。"

她愣住，抬眼看向他，看见他牵了下唇，认真又玩味地说："因为，我想重新做你男朋友。"

"嘭！"

一声惊雷在心底炸响。

他在说什么？重新……做她的……男朋友？

锅里的水早已翻开了花。

见她目瞪口呆的模样，周司远眼底浮起一抹笑。他上前，伸手先关掉火，再转身，好整以暇地望着她，问："宁安然，你不会真以为我结婚了吧？"

宁安然抿了抿唇，摇头。

如果他真的已经结婚生子，绝不可能随身带着她送的钢笔，袁老和常总更不可能对她关爱有加；还有那晚在火锅店外，赵哥从初见她时的兴奋到后面告别时的欲言又止……

她若是连这点敏锐度和推断能力都没有，这些年的记者生涯也算白混了。

就像，他亦同样肯定自己那个未婚夫不过是稻草人。

至于他刻意制造假象让她误会的缘由，她当然清楚，并且也随他愿，任他时不时刺自己两下。

谁叫七年前，她毫不留情地推开他呢？

只是，现在……

她凝视着他，试探地问："周司远，你……不生气了吗？"

"气啊。"周司远答得干脆，却在她心往下沉的瞬间补充道，"你把我甩了，我能不气吗？"

宁安然低眸，讷讷地说："对不起。"

周司远"哼"了一声："本来呢，我想的是，你折磨了我七年，我至少得晾你七个月，但后来想想，还是太亏了。"

宁安然不解。

他斜了她一眼："反正最后肯定会和好，再折腾几个月，怎么想都亏。"

他话里对他们未来的笃定瞬间抚平了重逢以来宁安然心中的那些忐忑和慌乱。

刚刚压下去的酸意再度涌了上来，她声音哽咽："周司远，就算你再气我一段时间，也没事的。"

"你当然没事。"周司远屈指敲了下她的额头，"吃亏的是我。"

"你哪里吃亏了？"宁安然嘟囔。

别以为她是傻子，这些日子，他可没少暗戳戳地撩拨自己。

"怎么没吃亏？"周司远瞥她，闲闲地说，"想见一面，还得在食堂转悠半天。"

一句话，直接让宁安然"扑哧"笑出声。这些年，压得她喘不上气的愧疚和自责随着这一声笑"嘭"地被打散。

她凝视着眼前故作恼怒的男人，眼眶里尽是酸意。

她在开心地笑，眼泪却像断了线的珠子，簌簌而下。

周司远收起玩笑，几不可闻地叹了口气，伸手将她揽进怀里，用下巴摩挲着她的发顶，柔声说："都过去了，我们重新开始吧。"

"好。"宁安然伏在他胸口，泪如雨下。

感受到胸前的衣襟被浸湿，周司远什么话都没说，只是收紧手臂，将她搂得更紧，并用手掌轻抚她的背脊。

痛痛快快地大哭了一场，宁安然心情是好了许多，眼睛却肿成桃子。

客厅里，周司远用裹了冰袋的毛巾贴上她的眼皮，打趣道："我以前怎么没发现你这么能哭？"

宁安然羞窘，闭着眼不出声。

其实，她已经很多年没哭过了，尤其和他分手后这七年，她云淡风轻地提起他和过往，洒脱肆意得仿佛早就放下一切。

她骗过了室友，骗过了陈筱筱……甚至一度以为骗过了自己。

直到，三年前的某一天，她在港城街道，望着巨幕大屏上一闪而过的身影，失声痛哭。

同行的同事被吓得手足无措，最后只能守在一旁，默默地看着哭得不能自已的她……

后来，有同事借着酒意问她："安然，那天的新闻里是不是有你想念的人？"

夜风打在脸上，宁安然轻轻地说："是无法忘掉的人。"

明明已经努力不去想念，可仍然刻骨铭心。

应是怕冻伤她，周司远不时挪一挪冰敷的位置。

宁安然透过眼缝仔仔细细地打量他，目光从他专注的眉眼一寸寸移到那微抿的唇瓣上……

下一瞬，眼缝里的人影倏地一晃，唇上覆上来一股温软的热意。

年轻男人的容颜近在咫尺，宁安然震惊得睁大眼，将他鸦羽般的睫毛和眼底的笑看得一清二楚。

"傻子。"他衔住她的唇瓣，将抱怨的话碾碎在唇齿间，"看半天，都不知道亲……"

从隔壁回到宿舍，周司远去冲了个冷水澡。

出来，手机里多了两条宁安然发的消息：

——我刚想起来，你馄饨还没吃呢。

——要不我煮好给你送过去？

竟是真信了他的苦肉计，惦记着他的胃。周司远无声地笑了，告诉她实情：刚刚是骗你的。

宁安然回得很快：哼！我就知道。

周司远用毛巾搓了下头发，问：知道还让我进屋？

宁安然：给你面子，不想拆穿你。

周司远：不是给我制造机会？

许是无语凝噎，宁安然直接甩来一组神态各异的表情包，小小的微信聊天框瞬时被一排软软胖胖的蓝色玩偶填满。

周司远把毛巾搭在一旁，随手点一个同系列的表情发过去，立刻引来宁安然的惊讶：你怎么会有胖兴？

周司远瞧着蓝色玩偶胸口的"兴"字，说：什么胖兴？

"嗖！"

对话框里立马又跳出一个蓝胖胖。

宁安然：喏，它就是胖兴。

周司远：哦。

宁安然追问：你这个表情包哪里来的？

周司远：你刚才发的。

宁安然：对哦。

宁安然：我还以为……

周司远：以为什么？

宁安然：没什么，就是我还以为你是那个二创。

这回，没等周司远问，宁安然便发来一条很长的语音："这个表情包不是微信里的表情包，而是一个博主自己设计的……"

五年前，兴平社紧跟潮流，推出了自媒体客户端，并同步发布了形象IP——一个胖乎乎、软糯糯的蓝色虚拟玩偶。

不想，此形象一发布，便遭到了一些"专家学者"的强烈批评。其中，核心的意见就是，这个胖胖丑丑的形象看起来不够精神，还带着憨态，完全不能体现我国最大媒体的精气神。

对此，兴平社紧急撤回胖兴，并在隔周发布了新的IP——一朵奔腾的"浪花"。

寓意新闻人要勇立潮头，逐浪而上。

这回倒是完全符合专家们要求的精气神，但网友们不太买账，特别是年轻的网友纷纷力挺胖兴，兴平社内部对此也是各执一词，褒贬参半。

年龄稍大和思想偏保守的人认为专家们讲得很有道理，而诸如宁安然这样的年轻一派则认为无论是IP形象，还是兴平社，都应该朝着更年轻、更潮流、更亲民的方向前行。

可惜，年轻人终归还不是有决定权的人。

胖兴被撤了下来，社里还要求所有职员不得再公开传播被废弃的"胖兴"，所有已经设计生产的周边也全被打入了冷宫。

人在屋檐下不得不低头。宁安然再力挺胖兴，最后也只得遵从命令，删掉了社交平台实名账号上所有关于胖兴的图文、视频，只敢用小号偷偷发文：555，好喜欢它啊。

她的小号没有关联实名号，粉丝总共就二十来个，还都是僵尸粉，常年没有活跃度，每回发消息阅读量都不会超过五十，至于点赞、评论和转发，一律为零。因此，小号成了她的树洞，让她能在上面畅所欲言，放飞自我。

和往常一样，这条博文发出去后，依旧悄无声息，宁安然也没当回事，发完就抛到了脑后。直到，大半月后，她再登录小号，发现消息栏里居然多了一条评论。

——图在首页，可取。

这类像是骗人进首页的评论，宁安然素来是不理会的。然而，那天，她选择了点开那个用爱因斯坦做头像的ID，只因为，对方的微博名叫"熵增"。

熵增定律，宇宙第一规律。

令人欣喜的是，这位叫"熵增"的博主并未骗人，他的微博里真有许多胖兴的二创图，搞怪卖萌、恶趣逗笑……胖兴的憨态被展现得淋漓尽致，令人拍手叫绝。

宁安然猜想，博主应该和她一样，也很喜欢胖兴。

尽管对方已说了可取，但她还是秉持新时代网友素养，留言：你好，我可以都拿走吗？私用，非商。

评论发出去却久久没人回复。宁安然再一看对方的粉丝、关注和阅读量，皆是个位数，竟比她还要少。至于微博内容，除近期连续发了许多胖兴的图外，其余竟都是转发的兴平社的一些新闻。

宁安然翻着翻着，不由得怀疑，这该不会也是社里某位同事的小号吧？这么一来，也不怪她为胖兴爆肝作图了。

对方在一个礼拜后回应，很简单的两个字：可以。

"这些图我们之前在QQ用，后来有个同事的男朋友在互联网公司上班，会做表情包，于是把图做成了表情包。"宁安然补上一条语音，"但我们都只在私下用。"

所以，刚才周司远甩来一个胖兴，她才会感到惊讶。

周司远：所以，你以为是我？

宁安然解释："就刚刚忽然闪过一个念头，因为那人叫熵增嘛，我就想该不会是你吧……"

周司远打开衣柜门，取了一件T恤套上，问：你希望是我？

聊天框静默了几秒，才传来宁安然的回复：也没。

徘徊在是与不是之间的两个字，透出她的犹豫和不确定。

周司远神色微沉，果断岔开了话题：你洗好澡了吗？

宁安然回复：还没，啊，这么晚了，不跟你说了，我先去洗澡。

周司远：好。

对话框静止下来，手机屏幕渐渐暗下来。

卧室里没有开灯，窗外的月亮格外皎洁，银色的月光洒在地上，仿佛铺了一层薄薄的霜。

周司远把手机搁在书桌上，拉开了阳台的推拉门。

夜风携着丝丝凉意扑面而来。

已近凌晨，基地里静悄悄的，却有不少屋子的灯还亮着，尤其是对面宿舍楼，几乎是灯火通明，来调试火箭的八院的人就住在里面。

视线落在其中一间窗户上，脑子里又浮现出几个小时前，宁安然试探的话："是因为陆沉吗？"

她问得小心翼翼，那双水盈盈的眼眸里盛着忐忑和犹疑。

她在害怕，怕他是因为另一名男性的追求激发了斗志，一时冲动才选择了和好。

　　周司远的心狠狠抽了一下，神色和语调却是不以为意："你以为我怕陆沉把你追跑了？"

　　宁安然未答，只是抿着唇瓣，盯着他。

　　周司远在心底叹口气，故意轻嗤了一声："呵，别说一个陆沉，十个也追不到你。"

　　他捏了捏她的脸："你前男友可是校草，你能看上别人？"

　　宁安然显然被他狂妄又不要脸的态度气笑了，一把拍掉他的手，说："怎么不能？再说了……"

　　她刻意顿了下，睨他一眼，接着道："人家陆工年轻有为、心存高远、风姿绰约，长得也挺……啊！"

　　剩下的夸赞被一句惊呼替代。

　　"周司远……"她一边气呼呼地瞪着挠她痒的男人，一边手忙脚乱地推开他使坏的手，喊道，"你别动手动脚……"

　　周司远哪里会听，继续挑她敏感的腰攻击，痒得她笑成一团，只得求饶："痒、痒，周司远，我错了。"

　　可惜，他不买账，一手擒住她阻挡的双手，将她压在沙发上，要笑不笑地凝视着她："年轻有为？"

　　没等宁安然答，他又不紧不慢地问："心存高远？"

　　"风姿绰约？"

　　每问一个，都不忘在她最敏感的右腰上揉捏一下。

　　宁安然痒得不行，偏偏被他压得不能动弹，只能又哭又笑地投降："不是……没有……"

　　奈何周司远记仇得很，轻飘飘地瞥她一眼，再问："长得还挺……"

　　"不帅、不帅！"宁安然费点力挣脱他的钳制，一把抓住他作乱的手，气喘吁吁地求饶，"周司远，你、你最帅。"

　　周司远倒没有再反扣回来，只是撑起一点身子，居高临下地俯视她，悠悠地问："我最帅？"

　　"嗯嗯嗯。"宁安然点头如捣蒜，"你最帅！你天下第一帅！"

　　周司远勾了下唇，拖着点音："年轻有为……"

　　"就是你啊！"宁安然抢过话，"你何止年轻有为，你可是航天双子星……"

　　"双子星？"周司远眯起眼。

211

"不不不。"宁安然立马改口,"天降紫微星,北斗星、仙王、武仙、牧夫……"

竟是将他过去教过的星座一股脑地抛了出来。

周司远成功被取悦,"哧"了一声:"还行,没还给老师。"

"那是因为周老师教得好。"宁安然赶紧拍马屁。

周司远睨她一眼,终于松开了对她的压制,翻身和她并排躺在沙发上,不大的沙发立刻变得逼仄。

两人却都不嫌挤,就这样头挨着头,安静地躺着。

时间在静谧中悄然流逝。

就在宁安然迷迷糊糊感觉要睡着时,身旁的周司远忽地开了口。

"宁安然。"

"嗯?"她下意识地侧头。

周司远亦偏过头来,凝视着她的眼睛,嗓音低沉磁缓:"记住了,过去、现在,我想和你在一起只会因为我爱你。"

坚定有力的三个字,让宁安然的眼眶又红了。她翻身紧紧地搂住他,头埋在他颈窝里,哽咽着说:"周司远,谢谢你原谅我。"

其实,不是没想过再赌气和别扭一段时间的,可是……

周司远仰头望着悬在天上的月亮,眼前又浮现漫天繁星下,少女眼眸里坠着的那颗最亮的星星。

——"周司远,那是北斗七星吗?"

——"周司远,大熊星座看起来也不像熊啊?"

——"周司远,我知道为什么北冕座是酒神送给阿里阿德涅的皇冠了,你看它中间的贯索四好亮啊,不就像皇冠最中间的大宝石。"

…………

女孩清脆的声音犹在耳畔,女孩的一颦一笑,从十四岁那年起就铭刻于心。

还有什么,又有什么是不能原谅的呢?

更何况……他偏头看了眼隔壁安静的阳台,眸色竟比夜色还要沉。

怎么真舍得让她难过呢?就像当年,哪怕知道她言不由衷,终究还是被她的痛意和眼泪击溃,同意了分手。

夜色愈浓,寒露沾湿了手臂。

周司远直起身,几不可见地弯了弯唇。

他曾告诉她:"你只用往前一步,其他的都交给我。"

十四岁的夏天,他这样做了。

十六岁的夏天，他也这样做了。

而二十九岁的夏天，他亦会大步朝她走去……

回到房间，周司远拿起书桌上的手机，看见里面有一条新信息：洗好了，我先睡了。

发送时间是五分钟前。

他没有立刻回复，而是拿起压在书本下的一张演唱会门票，拍了张照片，发给她。

——宁安然，我们一起去看演唱会吧。

潮热的水汽填满了整个浴室，镜子蒙上了一层厚厚的雾。

宁安然裹着一条浴巾，站在镜子前，望着里面隐隐绰绰的身影。

迷蒙蒙的，看不清，就像她此刻的心情。

其实，只要一抬手，轻轻一抹，就能留下一片清晰的痕迹，但她迟迟不肯动作，就像她凭着多年记者生涯的敏锐猜到周司远选在今晚必然事出有因，可她没有勇气刨根问底。

至少，结局是好的，不是吗？又何必在意其他。至于……宁安然看向蒙在镜面上的水雾，待门窗打开，总会慢慢散去。

回到卧室，宁安然换上睡衣，先去外面倒了一杯水，再从行李箱里摸出一个药盒。

铝制薄膜里只剩下最后一粒，她把水和药一并放在床头，再拿起手机，给周司远发了一条信息：洗好了，我先睡了。

聊天框没有回应，他应该睡着了。宁安然想到了很久未曾登录的小号，登了上去。

主页第一条微博映入眼帘——我知道这是一场冒险，但为了他，我愿意倾其所有，孤注一掷。

阅读数依然是惨兮兮的一百以内。

宁安然浑不在意，点了转发，写下：谢谢。

发完，准备退出账号时，忽然心血来潮打开了关注列表。

往下一拉，很快就看到了那个爱因斯坦头像，微博名居然还是"熵增"。她点进去，发现他的主页似乎设置了仅半年可见，唯一一条是半年前转发的一则兴平社简讯——科桑即将登录，香江地区将迎来强雷暴雨。

宁安然怔了下，越发觉得这人是社里的同事。

退出微博，宁安然放下手机，准备吃药，周司远却回了微信。

点开一看，是一张演唱会门票。

青州奥体中心，VIP1区，2排1座……

宁安然看着票面上熟悉的字眼，嘴角一点点扬起来……这人，还真是死鸭子嘴硬。那晚言之凿凿说这票是朋友送的，还做出一副不感兴趣的模样，让她以为他真就做个顺水人情，随手一给。

现在看来，肯定是他专程托人帮忙买的，而且，一早就想好了要和她一起去看。

也就是说，至少在从美国回来前，他应该就想过要与她和好了吧？

这么看，还真和陆沉没什么关系。

思及此，宁安然笑容又往上扬了些。

她看着手中的药，思忖了片刻，拉开床头柜的抽屉，放了回去。

然而，半小时后，她还是了无睡意。

在第N次翻身后，她只得认命地爬起来，却倔强地不肯吃药，而是摸过手机，胡乱地刷起了朋友圈，酝酿睡意。翻着翻着，她就翻到了周司远那条晒演唱会票的消息，依旧是无人点赞和评论。

尽管当时就猜到他设置了仅她可见，但今天再看，寓意又变得格外不同。

脑中一个念头闪过，她按住图片，选择保存，又把他晚上发来的另一张票的图一并发在了朋友圈，附言：很幸运，还能和你一起看演唱会。

写完，左看右看都觉得矫情，便一一删掉，最后只落了三个字：很开心。

编辑完，她也学周司远设置了分享权限。

一通操作后，满涨的情绪总算有了宣泄的窗口，她这才放下手机，睡觉。

翌日，她在清脆的鸟叫铃声中醒来。

昨晚虽然睡得晚，但一夜无梦，睡眠质量很好。

她在床上伸了个满足的懒腰，摸过手机，关掉闹铃，却发现微信上豁然多出来几十条消息。

她讶异地点开，发现微信列表上，一水儿的头像都挂上了鲜红的数字。

为首便是陈筱筱，贡献了消息总量的20%：

△你居然抢到了钻石的门票？你太牛了！

△我们十几个人，搞了十几部手机都没抢到，姐妹，你是怎么做到的？

△我又看了下，你还是内场票，顶级奢华座位。姐，你这不是牛，是壕（土豪）啊啊啊啊！

△我同事买了黄牛票，内场第八排，一万三，你这第二排……

△哦买嘎（Oh My God，哦，我的上帝），我看到的不是票，而是红彤彤的

毛爷爷。

△不对，你抢了两张，老实交代，你准备和谁去看？
············

许是嫌打字麻烦，陈筱筱后面索性发起了语音，话题也从演唱会门票变成了打听八卦。

宁安然没听完就退出了，再快速浏览了一遍其他消息，大致分为两类：第一类，是感慨她居然抢到了钻石内场票；第二类，则是询问她是否有特殊途径，能否帮忙搞票……

至于朋友圈，更是炸翻了天。

点赞评论破百，俨然所有微信好友全来围观了一般。

可在一圈评论里，唯独没有周司远。

她直觉肯定是昨晚设置权限时出了错，点进图标一看，果然——不给谁看的选择里，周司远的头像孤零零、明晃晃地列着。

宁安然沉默了。

本想隐晦地向周司远示个爱，结果闹出一个大乌龙。

她把手机拍在脑门上，欲哭无泪。

碍于消息已太多人看见，此时再删除就显得欲盖弥彰，最好的方式便是不回应，装没看见。

不过，好友们发来的消息，等会儿还是得一一回复。

她哀怨地叹口气，把手机扔回床上，起床洗漱。

换衣服时，瞥到屏幕上似乎又有新消息，估摸又是哪位好友来问票的事。

她懒得理会，自顾自收拾妥当，换好鞋，准备去食堂吃饭。

一开门，一道高瘦挺拔的身影撞入眼帘。

深蓝色的制服，不是修身的款式，却被他穿得格外精神；外翻的上衣领口，完美地修饰了他锋利干净的下颌线条。

这人，怎么每回看都很惊艳。

周司远对上她的视线，似是知道她心中所想，勾了下唇，声音松软散漫："很帅？"

"蟋蟀。"宁安然啐他，反手带上了门。

周司远扫了一眼她的手提包，说："给你发信息了。"

"啊？我没看见。"宁安然忙摸出手机，一看，那条未读消息居然是他发的。

——收拾好了吗？一起吃饭。

"我刚刚在换衣服,所以没看手机。"她又解释了一遍。

周司远不以为意:"无所谓,我听着动静的。"

两人一墙之隔,就算她没看到信息,出门时他也必然能听见。

宁安然把手机装回包里,问:"咱们去食堂吃吗?"

周司远偏着头看她,眉眼带着点若有似无的笑意:"你有其他推荐?"

"这里我又不熟。"宁安然嘀咕,视线却落在他下唇上。那里的唇色明显暗一些,仔细看,有一道伤口。

周司远顺着她的目光,摸了摸那处,笑问:"怎么,内疚?"

宁安然瞪了他一眼,热意从耳朵爬上来。

周司远没再打趣,而是说:"有个地方比食堂好吃,你要试试吗?"

"哪里?"

"你去过。"他说。

宁安然反应很快:"你们院的餐厅?"

周司远点点头:"去吗?"

"不去。"宁安然猛摇头。开什么玩笑,她一个宣传处的干事跑去他们院吃早餐也太奇怪了吧?

"还是食堂吧。"她说。

这幢公寓楼是呈L形,他们俩的宿舍恰好在最右边,和其他房间完美地隔开。

不长的走廊里,两人并排走着,宁安然不时瞥一眼身旁的男人。

他走得不紧不慢,下巴微微抬着,线条宛如刀刻,锋利清晰,修长的脖颈被喉结顶出一块棱角,随着呼吸,微微滚动。

清晨的阳光镀在他冷白的皮肤上,仿佛染了一层温润细腻的釉色。

宁安然看得有些失神,压根没注意转向,直到手腕被握住。

周司远不轻不重地扯了下她的手,悠悠地道:"再看要撞墙了。"

宁安然大囧,掩饰地咳嗽了一下,转开头,目不斜视地望着前方。

周司远失笑,却没有放开手,而是手指下挪,顺势将她的手包进掌心。

似有电流穿过掌心,心跳陡然快了两拍。

宁安然抿住唇角的笑,任由他牵着往前。

快到楼梯口时,空寂的走廊忽地传来一道开门声。

宁安然一怔,本能地甩开了牵着的手。

周司远挑眉,没好气地看了眼心虚的某人,甚是无语。

另一头,那人也看见了他们,远远就笑着打招呼:"周工、宁记者。"

宁安然也认出对方，正是那位和老张头同名的后勤处处长，张广。

"张处。"她笑着回应。

周司远则是淡淡地喊了一声："张处。"

张广几步走上前，温和地问："你们也这么早啊？"

"嗯。"宁安然赶忙道，"我约了周工聊微视频的事儿。"

话音甫落，宁安然就感觉到周司远若有似无地瞥了她一眼，似乎在嘲笑她此地无银三百两。

好在张广没多想，而是顺着她的话说："我听你们程处说了，这个创意很好，咱们确实应该给老百姓好好科普科普航天工作。"

"我听说第一期已经做完了，还是陆工授课的？"张广问宁安然。

"对。"

"不错不错。"张广又转头看向周司远，"周工，你是不是也来录一期啊？"

周司远回答得很是客气："听宁记者安排。"

张广闻言，立刻吩咐宁安然："小宁啊，那你无论如何都得给他安排一期。"

"最好，还就是第二期。"张广兴奋地说，"航天双子星，又年轻又帅气，这往外一放，得是多好的招新宣传。"

他"嘿嘿"笑了几声，半玩笑半认真地说："还能帮咱们系统的男孩子们做个形象宣传。"

张广是管后勤的，最挂心的就是解决基地里这群小伙、姑娘的终身大事。

他们这行的工作性质，几十年扎在这偏远的戈壁上，另一半要么忍受常年两地分居，要么抛家弃业跟来吃苦，换谁能乐意。

只可惜了这群优秀的孩子。

想到这里，张广觉得前段时间常宏亮在会上讲的话是对的，还是得多组织活动，让年轻人互相认识，增进感情，促进内部消化。

思及此，他侧头看向宁安然："对了，小宁，你们程处有没有跟你说文体节的事儿？"

"没。"

"哦，那他可能晚点会跟你说。"张广示意她边走边讲。

"我们准备下个月初组织一次文体节系列活动……"

他们住在四楼，宁安然随着他往下，周司远则落后一步，走在后面。

下到转角处，宁安然忽然感到手掌一热。

她脚步一顿，胸口"扑通"一声。

周司远竟然趁着拐角的盲区，牵住了她的手。

心跳快得像要蹦出来。

眼看就要拐过去，宁安然紧张得手心开始发热，周司远却像没事人一样，依旧老神在在地牵着她，完全没有要松手的意思。

阶梯已映入眼帘，宁安然心一横，张开手指，反握住了他。

身后有似有若无的轻笑声。

有意思的是，一路下楼，张广尽顾着介绍文体节的事，丝毫没留意到他们的小动作。

直到在楼门口要告别时，他目光一偏，才惊得瞠目结舌："你，你们……"

尽管做了一路的心理建设，此刻，宁安然依旧羞窘不已。

相比之下，周司远则大方得过分，只见他神色坦然地接过话："我们是男女朋友。"

一句话让张广的瞳孔再次地震。

目瞪口呆地盯了两人足足半分钟后，他才猛地咳嗽几下，找回了一声音："你们……在处对象？"

后面三个字晃悠悠，俨然是不敢置信。

宁安然甚是明白张广的震惊，毕竟她才来半个多月就和周司远交往上，这速度，确实令人难以置信。

周司远利落地回道："对。"

宁安然在心里翻了个白眼。

大哥，你就不能委婉点吗？非要这么直接？

果然，张广又被这单刀直入刺激得咧了咧嘴，干干地应了两声："哦哦。"

他边应，视线边滴溜溜地在两人身上转来转去，一副欲言又止的模样。

宁安然决定给他点消化的时间，便主动岔开话题："张处，你去食堂吗？"

张广思绪被打断，摆摆手："我不去，我在家吃了，你嫂子做的，你们赶紧去吧，我也去处里。"

说完，他深深地看了眼周司远，抿了抿嘴角，步下台阶。

望着他渐行渐远的背影，宁安然垂眼，看了看两人交握的手，犹疑地问："这样没事吗？"

"有什么事？"周司远反问。

宁安然抬眸，看向他："会不会太快了点？"

"快？"周司远眉眼稍稍扬起。

宁安然赶紧纠正："我的意思是，有点突兀。"

尤其在外人眼里，他们俩这速度都能赶上长征B了。

然而，周司远不这么想。

"哪里突兀？"他问。

"就……"宁安然组织了半天语言，也没找到合适的词，"就人家会觉得咱俩刚认识……"

宁安然没说完，给了他一个"你懂吧"的眼神。

虽说他们俩是破镜重圆，可个中经历和缘由讲起来就是一部长史，有些事，宁安然不想，也不认为有必要解释给旁人听。

只是，基地不同于其他地方，所有人成天工作、生活在一块儿，总得顾及下言论，尤其牵手的这个人还万众瞩目。

宁安然叹了口气，迟疑地道："要不咱们先低调点？"

见他凉凉地斜过来一眼，她赶忙道："而且，你谈恋爱，得报告吧？"

基地行为准则里写得明明白白，倡导自由恋爱，但要根据保密等级，如实向组织报告个人重大事项。以他的涉密等级，肯定得说明。

周司远嗤一声："你觉得有人会反对？"

那倒不是……

以袁老和常总那个态度，知道两人重修旧好，指不定还要再宴请一顿。

"程序总要有。"宁安然半仰起脸，眼巴巴地望着他，"你是领导，要带好头。"

周司远耷拉下眼皮，瞧着她："一个礼拜。"

"嗯？"

"给你一个礼拜雪藏我。"

经过一番讨价还价，周司远勉强答应延期半个月再公开他们的关系，至于张处那边，则交给宁安然去封口。

出了宿舍门，宁安然一心琢磨着说辞，待周司远推着自行车过来，才恍然："你载我去？"

"有问题？"

宁安然瞅瞅零星的路人，提醒他："不是说好半个月？"

周司远哂笑："你坐杨帆后座少了？"

宁安然一怔。想到这段时间，因为她不会骑车，杨帆可没少载着她跑东跑西。但是……她扫了一眼他的后座,没底气地说:"我们又不一样。"

她和杨帆那是光明磊落的同事关系,可和周司远,就多少有些做贼心虚。

周司远斜了她一眼,跨上车,用不大不小的声音说:"宁记者,麻烦你路上给我讲讲视频的事。"

见几个同事循声瞧过来,宁安然尴尬得想遁地,连忙跳上车,小声催他:"快走啦!"

前头的人肩膀微微耸动,一看就是在笑。

车滑了出去。

只是,很快宁安然就很想再次遁地,或者干脆买个头套把脑袋蒙起来。

她怎么忘了,无论过去还是现在,只要和周司远在一块儿就会自然而然地成为焦点。

不似杨帆第一回载她时大家轻松地调侃打趣,这一路过去,安静得过分,但来自四面八方的目光有增无减,来来回回的,充满了探究和寻味。

宁安然局促地动了动身子,轻声唤道:"周司远。"

"嗯?"

"要不,我还是自己走过去吧。"她小声说。

周司远回头,问:"不习惯?"

"有点。"

他笑了一声,拖长音调:"说明,得多练。"

相同意思的话让宁安然的目光不由得落在了他下唇的伤口上,又想起了昨夜那个吻。

在他贴上自己唇瓣后,她便急促笨拙地回应他,像是掉入深海的人好不容易抓住了一根浮木,拼尽全力想攀上去,用力抱住,再也不肯松开。

直到,唇间泛起隐隐咸腥的味道,她才惊愕自己居然把周司远的唇磕破了。

"对不起。"她手忙脚乱地拿纸巾摁住他渗血的唇,紧张地问,"疼不疼,要不要抹点药?"

"不用。"周司远拉下她的手,不甚在意地揩了下破皮的地方。

见那处仍在慢慢渗血,宁安然内疚得很:"不好意思,我不是故意的,我就是……"

话没说完,周司远用虎口托起她的下巴,迫使她仰脸与他对视。

"这七年,没和别人亲过?"他语气意味不明。

宁安然一怔,试探地问:"你有?"

"嗯。"

宁安然心脏陡然一沉,下一瞬,却见他凑上来,贴上她的唇,慢悠悠地道:"一分钟前。"

这一回,她克制内敛了很多,偏周司远吻得用力,横冲直撞,没有半分温柔地含着她的唇纠缠,强势得不容抗拒。

在她感觉快呼吸不上来时,周司远才微微后撤,眼神湿漉漉的,灼热发烫。他额头贴着她的,声线沙哑:"确实生疏了。"说着,又亲上来,"陪你再练练。"

晨风鼓动着他的蓝色制服,宁安然望着他宽阔的背脊和漂亮的后脑勺,不知怎的,又想到了高考前的那个夏夜。

他们逃了晚自习,最后一次去二楼的露台观星。

"你说,这里以后会有别人来吗?"

"肯定的啊。"少年背靠着护栏,轻哂一声,"竞赛队那帮小子里不知道多少人惦记着。"

瞧出她的不舍,周司远宽慰道:"放心吧,我都给他们交代好了,以后不管谁来,都得把这里打理好。"

宁安然"嗯"了一声,视线缓缓睃过露台上的一花一草。从高一到现在,这里承载了他们太多的回忆和秘密。

"我们以后放假都回来看看。"周司远说。

宁安然点点头,看向楼下忙着布置的老师们,问:"听说老张拉着全年级英文老师表演小组唱。"

周司远回头,瞥了眼楼下,说:"他的保留节目。"

按照临川传统,今晚最后一节自习课,高三学生会冲出教室,唱歌喊楼,尽情享受毕业的狂欢,而高三的老师们也会在楼下"深情表白"。

据陈筱筱说,何凡还特地为原九班准备了一首原创诗歌。

时间真快,三年一晃而过,他们就要毕业了。

"周司远,你紧张吗?"她问。

"紧张什么?"周司远不以为意,"我这都准大学生了。"

凭借竞赛成绩,他早早就被平淮录取,确实不用参与千军万马的竞争,但谁都知道,老师和学校都期待着他能一举夺魁,成为状元。

不是过独木桥,而是站上最高峰。

"想那么多干吗。"周司远耸肩,语气又践又理所当然,"又不是没当过状元,就那么回事儿。"

宁安然被他这副又践又酷的模样弄得啼笑皆非。

"那你高考后最想做什么？"她换个话题。

"谈恋爱。"周司远答得干脆。

宁安然被噎住，瞪他："正经点。"

"很正经啊。"周司远偏过头，要笑不笑地望着她，"事关我的终身幸福，怎么就不正经了？"

"你再胡说，我不理你了。"宁安然把头扭向一边。

周司远却不给她躲的机会，用肩膀撞了下她，问："你不想？"

"不想。"宁安然说。

周司远好笑，凑到她耳边："你鼻子又变长了。"

宁安然羞恼，反手推他："懒得跟你说，我要回教室了。"说完，一溜烟就开跑。

周司远倒没有拦着她，只是两手插兜，噙着得意的笑，慢腾腾地跟在她后面。

下到高三所在的一楼时，他才喊住她，悠悠地问："想听我唱歌吗？"

操场此刻已被布置得灯光璀璨，少年站在被舞台灯照亮的地方，笑得肆意飞扬："送你的，毕业快乐。"

一个刹车，车子停了下来。

沉浸在回忆里的宁安然冷不丁身子往前一扑，不轻不重地撞到了周司远的背上。

周司远回眸，看她脸颊有些绯红，问："怎么了？"

"没什么。"她跳下车，想想又问，"基地有KTV吗？"

"商业区有。"周司远锁好车，瞥她一眼，"想唱歌？"

宁安然摇头："就随口一问。"

她不是想唱歌，只是想听他再唱一次《我们俩》。

到了三楼，碍于周司远的显眼程度，宁安然特意挑了个最角落的位置坐着，等他去买餐。

正值用餐高峰，每个窗口排队的人都很多，她托着下巴，远远瞧着排在队伍中间，鹤立鸡群的周司远。

顾长挺拔，宽肩窄腰，碎发落在额际，侧颜轮廓好看得无可挑剔。

七年的航天生活，褪去了少年的散漫不羁，沉淀下坚毅、稳重和冷峻。

宁安然试着想象他坐在指挥中心冷静自若的模样，但悲哀地发现，无论她如何努力去模拟，脑中都无法构建出那样的画面。

◆ 222 ◆

七年，她错失了他工作和生活中的所有点滴。

她不曾为他的成功喝过彩，未曾在他沮丧和失落时鼓励他，没有为他的伤痛落过泪……

喜悦、悲伤、快乐、痛苦……都与她无关。

一片空白，了无痕迹。

昨夜那种虚晃的不真实感又从心底滋蔓上来。

她深吸了两口气，压下这空荡荡的感觉，再次看向端着餐盘回来的男人。

"买煎饼的人太多，我懒得排。"

熟悉的语气语调，让宁安然终于找回点真实感。

她扯了点笑："没事，我前几天刚吃过。"

周司远坐下，把小米粥一分为二，先递给她半碗，又将一杯豆浆放她面前："你先喝，喝不完给我。"接着，又利索地把茶叶蛋的蛋白剥到她碗里。

动作行云流水，自然而然，仿佛他每一天都是这样做的，从未有过间断。

宁安然盯着碗里的蛋白，眼眶泛起热意。

见她久久不动，周司远偏头，去寻她的眼睛："怎么了？"

"没事。"她捧起豆浆，借着仰头的动作，将泪意逼回眼底。

周司远望着她微红的鼻尖，默了一瞬，拿起了筷子。

两人边吃边闲聊，而在喝下小半杯豆浆后，宁安然果然把杯子推给了周司远："不要了，都给……"

"你"字还未出口，身后冷不丁传来一声："咦，真是你们。"

来人是杨帆。

宁安然想把豆浆撤回来，但已来不及了，只能慢慢缩回手，再伴装镇定地回头："你一个人？"

好在杨帆并未留意，端着餐盘径自坐下，随口回道："这不，慧慧又把我拒了。"

宁安然干笑，想到了朱佳佳说的："帆哥被慧慧姐拒了十几次了吧，但他还是屡败屡战，每半年就正式表白一回。"

百折不挠，就是……宁安然心里很同情葛慧慧。

"你知道她会拒绝你吧？"宁安然问咬着煎饼馃子的杨帆。

"知道啊。"杨帆不以为意地说，"她还算着时间提前给我打了预防针，说这回再表白就朋友都没得做了。"

"那你还去？"

杨帆端起碗，喝了两口粥，才道："不去，我怎么知道她有没有改变心

223

意呢？"

宁安然不懂，葛慧慧事前不都已经表达态度和心意了吗？

杨帆放下碗，轻轻笑了一声："我也得要个准信。"

他笑容里的苦涩显而易见，宁安然一瞬间就明白了他的心思——他何尝不知道结局是输，但他还是押上了全部，求的是千金散尽，彻底离场。

七年，在那一次次热烈的表白被凉水浇灭的经历里，也许他们都需要沽清离场。

这一刻，宁安然忽然有些佩服他的决断和勇气。

"对了，你今天怎么和周工一块儿？"杨帆突然问。

宁安然看了一眼正在喝豆浆的周司远，答："聊一下视频的事。"

杨帆点头，视线投向对面，目光微微一顿："周工，你的嘴唇怎么了？"

正在喝小米粥的宁安然心虚地垂下眼睫，选择装死。

周司远若有似无地扫了她一眼，懒声扔出三个字："被咬了。"

握勺子的手一僵，宁安然抬起头，偷偷递给他一个眼神：不是说好先保密？

周司远把玩着豆浆杯，对上她嗔怪的视线，眼底蕴了一分玩味的笑意。

杨帆却又追问："被什么咬了？"

宁安然闻言一怔，随后偏头，认认真真、上下左右地扫了一圈杨帆的大脑门，很想知道里面到底是什么构造，居然能问出："被什么咬了？"

偏偏，周司远还很配合，答："人。"

杨帆先是愣了几秒，继而恍然大悟："嫂子来了？"

对哦，她怎么忘了还有这一出？

周司远对外可是有家有室的身份，老婆美丽、孩子可爱，标准的幸福人生。

难怪早晨张广得知他们"处对象"后，表情一言难尽，欲言又止。

八成是当他俩背德了。

宁安然好笑，目光落在周司远脸上，好整以暇地等着他如何来答这道题。

回答"是"，那"嫂子"没到，不到明天就会被揭穿；回答"不是"，以他已婚的身份，那不就摆明了是背着"老婆"偷腥？周工这一世英名啊……

思及此，她不由得有些幸灾乐祸。

不想，周司远根本不纠结，干脆地回答："不是。"

果然，此话一出，杨帆就瞪大了眼，结舌道："不、不是嫂子？"

"不是。"

"那……"杨帆竟比当事人还要紧张，讷讷地问，"那是谁？"

周司远撇了下唇，视线慢悠悠地转向看热闹的宁安然。

宁安然一个激灵，脑中警铃大作。

下一秒，却听他懒洋洋地说："我自己。"

"呼！"警报解除，宁安然暗舒口气，想想不够解气，便在桌下踹了他一脚。

周司远却是面不改色，唯有点漆的黑眸里泛着淡淡的笑意。

一顿饭吃得有惊无险，回收餐具时，杨帆视线不经意地扫过周司远餐盘里的豆浆杯，微微一顿，然后侧眸看向周司远的下唇，若有所思。

下楼时，杨帆问周司远："周工你车还没修好？"

周司远："有个配件还没到货。"

宁安然好奇："你有车？"

"摩托车。"杨帆笑着接过话，"但是，比汽车还贵。"

摩托车？他什么时候会骑摩托车了？

这个疑问刚冒出来，就被另一个声音无情嗤笑：他的事，你不知道的多了去了！

手臂被轻轻地撞了下。

她扭头望向走在侧后方、单手插兜的男人，看见他用嘴形说："哈雷，你相中的那款。"

这句话如同一把拂尘，扫掉了宁安然心中的沮丧和苦涩。原来，哪怕她不在，她也一直在左右他的生活和决定。

三人到了站台，有人前来和周司远聊天。

宁安然记得这人，是上回首飞技术验证会上站在袁老旁边的中年男子。

杨帆趁机将她拉到一边，神秘兮兮地问："你觉得周工的话可信吗？"

宁安然一头雾水："什么话？"

"就是嘴唇。"杨帆用手指碰了碰嘴，"那伤口，他自己咬的？"

宁安然不接话，微挑下巴，示意他继续讲。

杨帆快速看了眼那头和人聊天的周司远，压着嗓子说："那个位置有点不对劲，我刚自个儿试了试，怎么也不可能自己咬到那儿。"

仿佛为了印证推断的可靠性，杨帆背转身，用手指推了推自己的下唇，示范道："你看，除非这样……"

说话间，他已把脸和唇扭成一个特别滑稽的姿势。

"噗！"宁安然被逗得忍俊不禁。

杨帆收了动作，问道："对吧？就谁没事儿会拧成这样呢？"

宁安然憋着笑，点了点头。

"还有啊。"杨帆再道，"刚刚，我还看见他杯子上好像有口红印子。"

宁安然暗叫不好，那杯豆浆是她先喝的，可能沾了她的口红。

不过，她偷瞄了眼杨帆，又觉得他似乎并未怀疑到她头上。果然，杨帆下句就是："肯定是他嘴巴上沾过口红。"

宁安然再次看了看杨帆的大脑门，觉得这人绝对是个奇才，细心时能窥到蛛丝马迹，但有时线条粗得能撬动地球。

"不过，我有点没想明白。"杨帆挠了挠头，"他一大早就找人Kiss（接吻）了？"

宁安然扶额，故作一本正经地说："有没有一种可能，他涂了药膏？"

"对哦。"杨帆觉得这很合理，但随即又困惑了，"不过，什么药膏能是红色的？"

"红霉素软膏。"宁安然干脆胡说八道。

"红霉素是红色的？"杨帆怀疑。

"谁知道。"宁安然不想和他扯下去，果断岔开话题，"那人是谁？"

杨帆顺着她的视线看向和周司远聊天的男人："他呀，他是宋志伟，飞船系统的总工程师。"

宁安然："他和周工很熟吗？"

那天在会场，就是他一眼点出她的字迹像周司远。

"那是相当熟。他是周工的第一个师父，周工刚进来时就在他手下。"

宁安然"哦"了一声，听见杨帆说："而且，就是他坚持要把周工从平淮挖来的。"

"招他的不是李副书记吗？"宁安然问。

李副书记，李国民，现任航天集团副书记。

"李书记那都是后话。"杨帆给她讲起了历史，"在这之前，宋总就三顾茅庐，但被无情地拒绝了。"

周司远本科读的是物理，但对高能物理研究颇深，大三下学期时，他独立发表了一篇名为《粒子物理与碳化硅半导体探测器研究应用》的论文，引起了中科所高能物理研究中心的关注，因为他所研究的方向正是中心一直在攻克的难题。

"高能所那时正帮航天中心一起技术攻关，宋总知道他在这方面有研究后，亲自去了北城想邀请他加入团队，结果……"杨帆顿了下，接着道，"他想也没想就拒绝了。

"他同意把研究成果无偿提供给高能所和中心,但拒绝进入航天系统工作。"杨帆说。

"据说,宋总动之以情,晓之以理,磨了他整整一年,还搬出了老周工,但他都不为所动。"

搬出周霖成,只会让他拒绝得更快。

宁安然在心底叹口气,他那么怨恨周霖成,不认同他为大家舍小家的行为,又怎么会同意呢?

不过……她看了眼不远处的周司远,他倒是从没提过大三时就有人找过他。

"他在飞船系统没待多久吧?"宁安然问。

"一年半。天阁一号对接成功后,他就被任命为问天工程的副总工程师,转入了空间站系统。"

讲到这里,杨帆忍不住又感叹:"要不说他厉害呢?很多人一辈子都达不到的成就,他一年半就实现了。"

说话间,班车来了。

看周司远还被宋志伟拉着讲话,宁安然便同杨帆先上了车。

杨帆挨着她坐下,自嘲道:"慧慧为了躲我,连车都不坐了。"

宁安然:"那她怎么去院里?"

她记得葛慧慧和她一样都不会骑自行车,而宿舍区到他们院,走路少说也得一小时以上。

"罗茜有小毛驴,她蹭车。"

宁安然同他说着话,余光瞥到周司远和宋志伟上了车。

如往常一样,前排立刻有人起身让座。不过,两人都摆了摆手,径直往后走。

走到第五排,有个空位,周司远让宋志伟坐下,自己继续往后。

没几步,就到了他们这一排。

周司远停下脚步,冲他们点了点头。

杨帆想也没想就说:"周工,要不你坐这儿。"

"好。"

不假思索,四周听到此言的人皆是一怔,杨帆更是呆住。

他……只是随口一问啊……

周司远却恍若未见,云淡风轻地说:"正好,我和宁记者把刚才的事讲完。"

杨帆恍悟，立马站起来，让出座位："行，你们接着聊。"

全部人坐定，车子启动。

鉴于某人都放话了，宁安然只能装装样子。

她清了清嗓子，用不大不小的声音说："我们第二期视频的主题是——'人如何上天'。"

周司远轻轻"嗯"一声，示意她继续。

"我们打算讲一个动画故事……"

宁安然原本是想随便讲几句，可见周司远侧耳听得聚精会神，便收起敷衍，认真地讲起了她的拍摄方案。

和上一期的飞行动力器的科普不同，这一回，她打算用嫦娥和一个虚拟的"航天小人"作主角，讲"航天小人"如何帮嫦娥实现奔月的故事。

周司远听得很专注，不时会问一些要点，两人一问一答，就连周围的人也都支着耳朵，听得饶有兴致。

"大概思路就是这样，还不是很成熟，晚点可能还要调整。"宁安然谦虚地说。

"我听起来很完善了。"周司远眼眸含笑，夸赞，"构思很新颖，逻辑和结构也很完整，而且很有趣。"

宁安然被他夸得难为情："其实，这个构思很多人都在用。"

"但你会用得更好。"他肯定地说。

宁安然盯着他眼里真诚的赞赏，想起了从前他也是这样，不吝言辞地肯定她、欣赏她、赞美她，一遍遍、一回回地说："宁安然，你就是最好的。"

"谢谢。"她由衷地道。

谢谢你，一如既往地用那样的眼神凝望着我。

周司远笑道："不谢，实话而已。"

宁安然点点头，不再客套，又说回工作："视频中，需要一个科普主讲人，我们想邀请你，可以吗？"

照刚才的气氛，四周旁听的人都以为周司远肯定一口答应，谁料他的答案是："我不合适。"

第七章 爱而无畏

周司远的拒绝让旁听的人们始料未及，宁安然却不慌，而是微微一笑，问："你认为哪方面不合适？"

"按照你刚才讲的拍摄思路，科普的内容是以飞船为主，请飞船系统的同事做主讲会更贴切。"周司远直接道。

宁安然："这些科普内容对大部分航天人都不难，尤其你，曾经还是飞船系统的一员。"

周司远没有反驳，而是肩膀往后一靠，侧身望着她，问："你们选定我的理由是什么？"

宁安然对上他的视线："如果，我说是因为长相更帅呢？"

还真不是宁安然瞎掰，这就是当初总宣否决他们提交的人选，另择周司远的理由。

在原拍摄计划里，宁安然邀请的是飞船系统的一位年轻副总，但被集团总宣否了，并指定由周司远来做第二期主讲。

当然，他们的说辞是："既然是航天双子星，就前后一起上，不要浪费了周工的好形象。"

周司远闻言笑了下："如果是这样，那我就更不合适了。"

"为什么？"

周司远："我媳妇不喜欢我抛头露面。"

宁安然眨巴眨巴眼："你，媳……"

"媳妇"两个字着实太烫嘴，她最后换成了："她应该没这么小心眼吧？"

"她很小心眼。"周司远偏了下头，懒懒地道，"还有，我这人，素来卖艺不卖色。"

等等，她哪里小心眼了？还有，什么叫卖艺不卖色？只是让他出个镜，露个脸，怎么还扯到卖色……

腹诽的话蓦地顿住，宁安然缓缓抬起眼皮，看向他，心中一片清明。

是呀，他们这档节目的宗旨是向普通群众科普航天工作，展示航天工作人员的精神状态。但随着视频制作和推广，他们的出发点居然变成了：如何获取流量，如何吸引眼球，如何利用当下观众的喜好来制造话题度。

于是，当总宣指定周司远时，他们内心是认可的，甚至是欣喜的。因为他们懂得，相比于朴实无华的航天人，年轻、帅气、有为的周司远更有话题度，更能吸引一众粉丝。至于，这些粉丝是来看他，还是来看科普内容早已不再重要。

周司远的话像一道清凛的钟声，敲醒了她。

航天是一个最能体现众人划桨开大船的事业，最不提倡个人英雄主义，如果仅仅谁话题度更高谁就能成为代言人，那中国航天的价值就彻底崩了。

沉默须臾，宁安然说："我懂了，我会调整拍摄方案。"

见她明白了，周司远牵了牵唇，说："其实，我有个合适的人选。"

"谁？"

周司远未直接答，只问："你中午有空吗？如果有空，可以一起吃饭，我把他介绍给你。"

宁安然瞧出他的小心思，弯起唇："好。"

十几分钟后，宁安然和杨帆踏进办公室。

朱佳佳一见面就拉住她的胳膊，激动地晃动："安然姐，你居然抢到了钻石的票！啊啊啊！"

"什么钻石？"杨帆问，"你要买钻石？"

"是乐队，钻石乐队。"朱佳佳嫌弃地看他一眼，"帆哥，你确定你是'90后'？"

"1990年1月3日，货真价实啊，不信你看我身份证。"

朱佳佳："你这是公历吧？农历就还是属蛇。"

杨帆："你管他蛇啊龙，我就是'90'后青年。"

"那你连钻石都不知道。"朱佳佳吐槽。

杨帆挠了挠头："我不追星。这钻石乐队很有名？"

"岂止有名，是享誉全球。"朱佳佳替他补起了课。

宁安然懒得参与话题，打开电脑，起身倒了一杯水，开始调整第二期的拍摄方案。

那边，朱佳佳口若悬河地讲完了钻石乐队的音乐成就，并把主唱Selena和贝斯手Bob之间的爱恨纠葛也讲了个大概。

杨帆关注点立刻偏了："所以，他俩现在是旧情复燃了？"

"没官宣，但八九不离十。听北美乐迷说，Bob这几年一直在照顾Selena，粉丝去年还拍到他们一起度假。"

朱佳佳一听就是CP粉，讲起这对CP，两眼放光："他俩真的是绝配，超爱对方的。"

"这么爱，那还分什么手？"杨帆质问。

"Bob生病了啊。"朱佳佳为自家哥哥正名，"他不想拖累Selena啊，他那个癌又不是一般的癌症。"

"他什么癌？"杨帆好奇。

空气突然陷入安静，朱佳佳语塞，摸了下耳朵："就……"

"睾丸癌。"宁安然帮她补上答案。

朱佳佳清了清嗓子，斜了杨帆一眼："你明白了吧？"

杨帆张着嘴，下意识地低头，看向某处，点点头："这……确实不能耽误人家女孩子。"

"对呀，他也是迫不得已，很痛苦的。"

作为一个男人，杨帆完全能想象Bob的痛和苦。

不过，他有点迷糊："你刚才说的是Bob照顾Selena？得癌的不是Bob吗？"

"因为Selena有很严重的抑郁症。"朱佳佳解释。

宁安然敲键盘的手蓦地一僵，听见朱佳佳说："其实，Selena从少女时期就得了抑郁症，后来越来越严重。2015年的时候，她服用过量药物，差点没救回来，后面这些年如果没有Bob，她可能早就走了，更不要提重回舞台。"

朱佳佳眼眶微红，杨帆也听得唏嘘，感慨这两人算是互相温暖，相互救赎。

宁安然捧起水杯，慢慢贴在唇边，抿了一口，目光一点点移向左手手腕的位置，白皙得近乎透明的皮肤下，青紫色的血管清晰可见——

一粒细小血珠从皮肤里渗出来，疼意从腕间蔓延，还不够痛，皮肤又裂开了些，血珠终于变成了细细的血流，一滴一滴落在地板上；还是不够痛，还可以再深一些……

"咚！"

手里的水杯被猛地丢了出去，砸在窗沿上，四分五裂。

屋内的人都被吓了一跳。

杨帆反应过来，一个箭步冲到宁安然身边，问："怎么了？被烫着了？"

"没。"宁安然扣住左腕，缓慢却用力地转了转，小声道，"手滑了下，把杯子摔了。"

"摔了就摔了，人没烫着就行。"杨帆转头吩咐佳佳，"拿扫把来，别割到手。"

"我自己去。"

"没事，安然姐，我来。"佳佳摁住她，小跑开。

杨帆把纸巾递给她，让她擦一下洒在衣服上的水，又看了看她煞白的脸，问："真没事吗？"

"没事。"宁安然抿了下唇，捏着纸巾起身，"我去一下厕所。"

拿着扫把回来的朱佳佳在门口和她撞了个正着，看她面无血色地飘走，很担心："帆哥，安然姐脸色不太对，真没事吗？"

杨帆扫了眼窗台边四分五裂的玻璃杯，这个距离怎么会是手滑？

他抓了几下头发，无奈地说："没事儿。"

从厕所回来，宁安然已调节好情绪，但脸色依旧不太好看。不过，瞧出她不欲多讲，其余二人也没再追问。

九点整，部门常规例会。

各人汇报手上工作进度，宁安然把方案调整的思路重新做了说明。程俊和其他人都认为言之有理，便定下重新向总宣申报人选，至于具体落实，仍由宁安然负责。

讲完本部门工作，程俊开始讲文体节的事。

"我和张处已经商量过，上头虽说由我们两个部门牵头，但在组织活动上，还是后勤更有经验，所以这回主抓仍是他们，我们全力做好配合。"程俊交代道，"上午有个筹备讨论会，我去不了，和张处说了，派你们三个去。"

他目光扫过杨帆、宁安然和朱佳佳。

三人领命，出了会议室，拿了包就直奔后勤处。

一路上，朱佳佳和杨帆都在回顾上届运动会的趣闻，宁安然兴致不太高，靠着头枕，思绪迷迷茫茫的。

杨帆和朱佳佳把她的状态看在眼里，互相打了一个眼色。而后，朱佳佳主动叫她："安然姐，你有没有什么文艺特长啊？"

"没有。"宁安然敛神，牵了点笑，"我小时候比较懒，学什么都没坚持住。"

起初，姚静娴是想培养她琴棋书画样样精通的，从幼儿园开始，钢琴、架子鼓、古筝、素描……没少花钱,但宁安然小时候非常活泼,根本静不下来,加上那会儿姚静娴正值事业冲刺期,便把监督她练琴学习的事儿交给了还在做小公务员的宁鸿博。

偏宁鸿博心软,不似姚静娴那样严厉,每每宁安然撒个娇、卖个萌,再撇撇嘴就能让他投降:"那就不练了吧。"

姚静娴不知内情,只当她没有天赋,又不死心地换别的。结果,便是她好像什么都会点,又什么都不擅长。

最后,还是一个老师板着脸告诉姚静娴:"孩子不是学不好,是练太少。"

姚静娴回家一通威逼利诱,父女二人才低头承认这些年的阳奉阴违。

姚静娴气得和宁鸿博大吵一架:"你现在纵容她就是害她,等她日后一事无成,你看她会不会恨你今天的不管不教……"

宁安然原以为那天后,姚静娴会对她严加管教,并做好了吃苦练琴的准备。然而,意想不到的是,在她忐忑地等了一个礼拜后,宁鸿博温柔地告诉她:"你妈妈答应了,如果你实在不喜欢、学得不开心,我们就不学了。"

宁安然不敢相信:"如果不开心,真的可以不学了吗?"

宁鸿博摸着她的头,说:"嗯,爸爸和妈妈只希望你能开心成长。"

"哇,你爸妈好开明。"朱佳佳听完,羡慕得很,"我爸妈只会告诉我,钢琴要五万,一节课的学费是好多家庭一天的伙食费,弹不好就是藤条伺候……绝不可能说出只要我开心的话。"

宁安然弯了弯唇,喃喃:"也许,他们是怕我长大后就开心不了吧。"

"证明你爸妈高瞻远瞩。"杨帆接过话,"人这一辈子,真正无忧无虑、快乐开心的只有小时候。"

宁安然不置可否,偏头看向窗外。

行道树一棵棵退开,灰白的信笺从树与树之间的虚影里飘来,蓝色的钢笔字徐徐印在眼前——

"然然,生命很短暂,爸爸希望你去做会让你快乐的事,去追寻让你快乐的人。"

"宝贝,爸爸祝福你这一生,嘴角有笑,心中有爱,眼里有光,所遇所及皆是美好……"

一滴泪从眼角滑落,怀里的手机同时振了下。

她敛神,低头,点开微信。

RL:酸辣土豆丝、青椒肉片、空心菜、番茄炒蛋、蚂蚁上树,还有什么?

熟悉又久违的菜单，带着喷香的气息拂过原本微涩的心。

她用指尖抹掉脸上的湿意，轻轻笑了，回复：有水蜜桃汁吗？

第一次筹备会在行政楼五楼。

他们到时，人基本齐了。

张广把打印好的活动方案分发给与会人员，开始介绍这次活动的背景。

"今年是高州基地建成45周年，按照传统，逢五逢十都要搞一搞。但大家也知道，今年也是'两个十'的关键期，各系统都在没日没夜地干。所以……"张广稍稍一顿，说，"上头的意思是，传统呢，不能丢，该庆祝的、该办的我们还是要办，但要秉持精简办、轻俭办、高效办的原则，不要兴师动众。"

基于这个指导原则，后勤已拿出了一套活动方案：趣味运动会加歌手大赛，取消了大型运动会和类似三大球这样耗时耗力的大型比赛。

为达成常宏亮和袁老要求的"要给年轻人搭建友谊联欢的平台"，后勤还在形式上动了点脑筋，比如，根据各系统年轻男女职工的比例完成两两结对，把像航天员系统这样女职工占比高的与勘测系统组合在一块儿。

同时，在比赛项目上，更是以趣味性为主，两人三足、夹弹珠、飞镖、投壶、背背佳……主打就是一个老少皆宜，全员参与。

文艺方面则是放弃了劳民伤财的文艺晚会，改为歌手大赛。

"其实我们还能再简单些。"朱佳佳提出建议，"初赛我们可以采用网络参赛的形式，由选手自行上传录制的演唱作品，然后，根据网络投票来确定进入决赛的选手。"

这样一来，不仅可以少办初赛和复赛，还能增加选手的参与面。

"这个能实现吗？"张广问来参会的信息部同事。

"应该没问题，可以放在宣传处的内部视频端上。"

"这样还能激活我们视频端的活跃度。"杨帆觉得这简直是一举两得。

确认技术能实现后，筹备会便一致通过了这个提议，由信息部搭建报名通道，宣传处确定作品的录制要求及审核作品的发布。

随后，大家又对方案里的一些细节进行了优化……讨论热烈而高效，一个上午，转眼就过去，张广留大伙儿吃饭："中午都留下来，尝尝我们后勤的小餐厅。"

"那是肯定啊。"杨帆玩笑道，"后勤的小餐厅可是高州国宾馆。"

"就你知道。"张广在他背上拍了一掌，脸上却并无生气的样子。

宁安然和周司远有约在先，便告假："你们吃，我就下次吧。"

"干吗下次？"王姐揽住她，"我特地让师傅做了酸菜鱼和火锅肉，很香的。"

宁安然笑了笑："我中午约了人。"

"对，她中午约了周工。"杨帆也帮她解释，"他们早晨就约好了。"

众人听她是真有事便不再强行挽留。

张广却是挑眉深深地看了眼她，欲言又止。

宁安然知道他心里怕是还在忧虑她和周司远的"出轨问题"，便主动喊住对方："张处，有个事，我想单独跟你聊几句。"

张广了然，同意，示意王姐带其他人先去餐厅。

待人都走光了，宁安然微微一笑，开门见山："张处，我和周司远以前就是情侣，后来分开了一段时间，现在我们又在一起了。另外，他没结婚，我也没订婚，我俩都是单身。"

张广愣住，片刻，讷讷："小周没结婚？"

"没结。每年来基地的是他姐姐和外甥女。"

尽管还没有向周司远求证，但根据杨帆对"嫂子"的描述，宁安然推断那人就是周书瑶——周司远同父异母的姐姐，标准的浓颜系大美人，至于诺诺，应该是书瑶姐的女儿。

张广讶然，继而难为情："哎呀，这话传的，大家都说那是他的爱人和孩子。小周这孩子也是，怎么也不解释解释……"

"他怕人家给他介绍对象。"宁安然干脆帮周司远找理由。

"哦，这孩子……"张广哭笑不得地说，"不过，就说嘛，这几年，都没见他休假回家过几次，怎么就老婆、孩子都有了。"

张广笑着摇摇头，看向宁安然，打趣道："照这么说，他这摆明就是在等你啊。"

宁安然笑了笑，不置可否。

"挺好、挺好。"张广感慨，"不管过去发生什么，能重新走到一起就挺好的。"

"嗯。"宁安然颔首，说出最终目的，"不过，我们的事还没打报告，所以……"

"明白、明白。"张广拍胸脯保证，"放心吧，你们不说，我是不会说的。"

宁安然言谢，张广则是放下了心中的一块石头，心情大好地送她到楼梯口。

两人道别，宁安然下楼，在路口等车，顺带给周司远发信息：我结束了，过去找你。

应是怕她去大食堂吃饭尴尬，周司远特地订了个小包厢，就是袁老上回请她吃饭的餐厅。

见他久久没回复，宁安然猜他还没忙完，便补了一条信息：我去小包厢等你。

信息刚发出，冷不丁听见有人在身后大喊"宁记者"。

转头一看，发现是后勤处负责发物资的大姐。

"幸好你还没走。"大姐快步上前，把一个装着东西的黑色塑料袋交给她，"张处说给你拿袋这个。"

宁安然下意识地问："这是什么？"

"计生用品。"大姐云淡风轻地说。

计生……用品？宁安然愕然，垂眸看向手里鼓鼓囊囊的袋子——不会是她想的那个东西吧？

大姐对她的反应见怪不怪，拍了下她的手臂，说："别不好意思，大家都有。"

到最后，宁安然也没明白这个"大家都有"是啥意思。

她今天拎的是小包，这么一大袋计生用品根本塞不进去，只得提在手里坐车去航天楼。

一路上，周司远都没有回复信息，好在她上回来过，便直接熟门熟路地上到二楼。

报了周司远的名字，服务员把她领到一个小包厢，倒了热茶，询问她："是否上菜？"

"再等等吧，他们还没忙完。"

谁知这一等就是一个小时，服务员中途来了好几回，问客人什么时候能到。

眼见已经一点多，怕耽误厨师下班，宁安然只得吩咐先上菜。

五菜一汤把小圆桌摆得满满的，服务员又问："周工特地交代我们帮忙买了这个饮料，也一起上吗？"

宁安然看着服务员手里的水蜜桃汁，点头："放下吧。"

放好饮料，服务员带上门出去，包厢里只剩下宁安然一人。

她看了一眼仍然静黑的屏幕，轻轻呼了口气，取了一瓶果汁，给自己倒了大半杯，再拿起筷子，夹了一块肉片。

肉片很嫩，就是有些凉了。

一个人安静地吃完饭，菜还剩下一大半。她喊来服务员打包，并付了钱，再拎着两袋东西坐电梯下楼。

光可鉴人的梯门上映出她的脸。

无波无澜，看不出什么情绪。

须臾，她摸出手机给周司远发信息：我已经吃好了，先回去了。

"叮！"

电梯门应声而开。

她抬眸，与门口的人视线撞了个正着。

"安然？"陆沉有些讶然，"你怎么在这儿？"

"我约了周工吃饭。"宁安然收起手机，步出电梯。

陆沉恍然，随即道："他去着陆场了，估计得下午才能回来。"

似是怕她没明白，陆沉又补了一句："着陆场那边出了点故障，他带着几个系统的人去现场了，那边手机没信号。"

宁安然点点头，和她的猜测差不多，他知道她在等，但又久久不联络她，肯定是有特殊原因。

陆沉看她拎着打包盒，怕她只顾着等，没吃，便又问："你吃过了吗？"

"吃过了。"

陆沉颔首，想想又说："我办公室可以打卫星电话，你需要打一个给他吗？"

"不用。"宁安然微笑，"我的事不急。"

只是吃顿饭而已。

简单寒暄几句后，宁安然告别陆沉，坐车回处里。

尽管知道周司远收不到消息，但她还是告诉他：碰见陆沉，知道你去着陆场了。

对话框依旧悄无声息。

宁安然收起手机，靠着椅背，望着车窗外飞逝的景物——

"你知道航天人的工作状态吗？他会常年扑在项目上，完全顾不上你，不能陪你看电影、逛街、吃饭、过生日……当你孤独、生病、脆弱无助，甚至连临死时，他都可能不在你身边，也许连一句话、一个文字都没法留给你。

"想想你的母亲，再想想他的母亲。"戴着眼镜的男人用最轻柔的语气说着最阴毒剜心的话，"你确定你能接纳这样的伴侣和爱情吗？

"又或者——"男人浅浅一笑，"你再想想你父亲、他父亲，还有他。

"他们会想让你重复这样的痛苦和经历吗?"

"轰隆!"

天边一道惊雷。

宁安然从回忆里惊醒,手指微微发颤。

雷声余音闷闷地回响,她又看了眼静悄悄的手机,然后把它塞进了包里。

戈壁的天,说变就变。

雨点在她跑进大楼的瞬间"噼里啪啦"地砸下来。

这个点还不到上班时间,但杨帆他们都被这惊天霹雳惊醒了。见她推门进来,杨帆举着手机说:"正想问要不要去接你。"

话落,他视线一偏,看见她手里拎着的黑袋子,目光一顿,不敢置信地瞪大了眼。

宁安然浑然未觉,走回座位,把包和那袋东西一并搁在桌上。

杨帆在原地思想斗争了一番,最终还是没好意思问。

外面已是瓢泼大雨。

宁安然想到了她来基地的那一天,好像也是这样的大雨,也是在着陆场附近,不知周司远他们有没有带遮雨的设备。

正想着,程俊走了进来,对他们说:"下午我请个假,你们有事打我电话。"

众人应"好"。

杨帆多嘴问了一句:"师父,你什么事儿?"

"我去着陆场那边看看。"程俊面上有一点忧色,"你师母这几天都在那边。"

金谨上回因为淋雨后动了胎气,在医院里躺了足足两个礼拜,可听杨帆说,她一出院就立马投入工作,还是跑外勘。

程俊深知她的性子,不能阻止,只能全力支持。不过,眼见这大雨滂沱的,他难免担心。

"要我陪你去吗?"杨帆问。

"不用,我就去看一眼,给她送几件干衣裳。"程俊说。

瞧着他匆匆离开的背影,坐在角落里的朱佳佳感叹:"程处也挺不容易的。"

宁安然回眸,看着窗外已连成线的雨幕,轻轻"嗯"了一声:"都不容易。"

这场雨一直下到半夜，宁安然听着雨声，也听着隔壁的动静。

其实，她知道没有必要，因为如果周司远回来，肯定会先联系她，可她还是不由自主地看看手机，生怕错过他的消息。

临近十二点，隔壁和手机都没有动静。

宁安然拉开抽屉，注视着里面那颗药。半晌，她轻轻合上了抽屉，给周司远发了最后一条信息：不等你了，我睡了，晚安。

这一觉，睡得很不踏实。

梦里，也是瓢泼大雨——

少年撑着伞，单手抓住她的手臂，大声道："宁安然，你看着我，看着我说，你要跟我什么？"

宁安然抬起头，看向他，可仅仅一秒就被那愤怒的眸光烫到，闪躲开，只能强调："我要跟你分手。"

"我让你看着我说！"少年掐住了她的下巴，将她的脸掰过来，强迫她与自己对视，"你看着我的眼睛，再说一遍！"

最后四个字，咬牙切齿，透着深深的怒意。

下巴被钳制，宁安然不能动弹，却死死抿着唇不说话。

"你说呀！"少年虎口用力，却在看见她皱眉的瞬间又泄了劲。

他盯着她不住下落的泪水，双目一片赤红："他们来找过你，对不对？他们用什么威胁你？"少年钳制她下巴的手缓缓松开，覆上她的脸，捧住，不屑地问，"是你的前途，还是我的？"

"我说了，不要听他们的狗屁！"他用拇指摩挲她的泪痕，"我周司远的前途不是只有航天，我也根本不喜欢航天……"

"是吗？"宁安然终于开了口，"那你为什么要辅修动力工程？你的研究方向为什么是高能物理？你每次去图书馆，为什么总情不自禁地拿起航天类的书？"

"周司远，"宁安然如他所愿地注视他的眼睛，"你是真的不喜欢吗？还是你根本是在逃避？"

"好，就算我喜欢。"少年不跟她争论，而是强调，"我不是非要进系统，我可以继续深造，可以去做纯研究，甚至可以去国外，我有很多路可以选……"

"但我没有！"宁安然猛地打断他，"你当然有很多路可以选，但我没有。"

"怎么可能？"

"为什么不可能？"宁安然冷冷一笑，"你知道的，我从小的梦想就是做

239

记者，但现在，因为你，他们掐断了我通往梦想的所有路。"

周司远身子摇晃了下："我们可以去国外。"

"然后呢？"宁安然看着他，"你知道亚裔在国外媒体求职成功的概率吗？你知道想做BC这样的首席要什么样的资源吗……"

周司远凝视着她，久久，沉声道："我去找他们。"

"你不用去。"宁安然喊住他，说出最剜心的话，"我已经答应他们，只要他们能给我海外记者站的offer，我就会想办法跟你分手。"

少年身子摇晃了下，他不敢置信地望着她，随后又仰头看看天，肩膀一点点耸动，一点点笑出声来。

"宁安然……"少年笑望着她，双目红得像是要滴出血来，"原来我们九年的感情就值一张海外offer……"

"嗡嗡嗡！"

手机振动的声音把宁安然从梦境中硬生生拽出来。

她失神地望着漆黑的天花板，好一会儿才回神。

扭头，拿过床头振个不停的手机。

临近一点，号码被隐藏。

脑中一个念头闪过，她迅速接了起来："喂？"

"是我。"听筒里有呼呼的风声和嘈杂的马达声，似是直升机螺旋桨盘旋的声响。

巨大的轰鸣中，他大声对她说："我得去趟胡尔场。你好好吃饭，好好睡觉，等我回来。"

翌日是个好天气。

大雨后的高州，天空碧蓝如洗。

宁安然在闹钟响之前醒来，翻出收藏夹里吃灰的八段锦跟练视频，做了套晨起运动。

身体微微发热，额头有薄薄的汗，通体舒畅。

洗漱，化妆，换衣服，出门吃饭。

很巧，在楼梯口又遇见了张广。

见她落单，张广问："今天没跟小周一起？"

"他出差去了。"宁安然应得轻快，同他有说有笑地下了楼。

美美地吃了个早餐，她戴上耳机，选了一组醒脑的歌单，一路听到单位。

进办公室，朱佳佳正在拖地，抬眼看见她，先是一愣，而后夸赞："安然姐,你今天看起来好漂亮。"

"因为认真化了个妆。"她从包里拿出新茶杯,带上烧水壶走向茶水间。

烧上水,她拿出茶叶,准备泡茶,程俊却在此时喊她:"小宁,你到我办公室来一下。"

"好。"她放下茶杯,跑了过去。

一进程俊办公室,他就直截了当地说:"宋部长早晨给我打了个电话,让我把你手上现在的工作安排下,你可能要提前回北城了。"

宁安然一愣:"他有说什么时候吗?"

"应该就是下个月底。"

今天是十二号,距离月底只有三十八天。

宁安然:"他有说原因吗?"

"具体没多讲,估计他等会儿会亲自给你打电话。"程俊抬着头,语气和脸上都是不舍,"有点快啊,我这刚刚得了个宝,就……"

他声音微微哽住,继而摆摆手,故作洒脱地说:"不过,你本来也不该在这儿,是我多想了。"

宁安然来这儿虽然只有一个多月,但她干活利索,有想法,融入集体快,大事小事都能扛,俨然成了宣传处的顶梁柱。

这段时间相处下来,竟让程俊把她只是来"镀金"这个念头抛到九霄云外,早把她当成自家人。以至于,早晨接到宋部长电话后这一路,他心里很是不得劲,舍不得得很。

不过,金鳞不是池中物,纵然舍不得,他也不能耽误人家的前程。

压下心中浓浓的不舍,他交代宁安然:"你把手上的工作梳理一下,尤其是科普视频的事儿,争取让杨帆能独立上手。"

果不其然,从程俊办公室出来,宁安然就接到了宋云彬的电话。

他告诉她,因为融媒体端上线计划提前到今年年底,中心需要她回去主持工作,负责推进全矩阵的融媒体上线运营。

"本来是想让你这月底就回来的。"宋云彬停顿,迟疑了几秒,说,"但我听袁老说,司远昨天上午刚向他们报告了你俩的事。"

听他对周司远的称谓,宁安然立刻猜到他可能和周霖成是故交。

果然,只听他笑了笑,说:"司远可能没告诉过你,他爸妈结婚的时候,我是伴郎。所以,我这个做叔叔的就徇私一回,让你们再多聚一个月。"

知道自己就快离开后,宁安然迅速调整好情绪投入工作,力求能在走之前

241

多做一些。

一整个上午,她都精神焕发,干活效率更是奇高。

吃过饭,一行人喝着酸奶沿着花园散步消食。

"我发现咱们基地是不是没有卖奶茶的?"宁安然忽然问道。

"你才发现啊!"杨帆咬着吸管说,"岂止是没奶茶,所有连锁品牌都没有。"

"对哦。"宁安然点头。

"要不说我们这里条件艰苦呢。"杨帆把酸奶盒扔进垃圾桶,说,"所以,等你回总部后,一定要记得多为我们这些扎根偏远地区的职工谋福利,别忘了,这里还有很多人一辈子都没见过奶茶。"

"一辈子也太夸张了吧?"朱佳佳反驳。就算一辈子在这儿工作,逢年过节休假也还是要出去的嘛。

杨帆:"修辞!"

朱佳佳斜他,问出憋了一上午的问题:"安然姐,你真的下个月就走了吗?"

早晨,程俊同她讲完就把这事告诉了他们,但强调:"不许渲染离别的气氛,咱们得让小宁高高兴兴地来,开开心心地走。"

话虽如此,可朱佳佳一上午还是难过得不行。

宁安然看了看她微微发红的眼眶,笑了笑:"我们还在一个系统啊,而且还是同一条业务线,肯定会打交道的。"

"先说好。"杨帆故作轻松地说,"以后我们基地上稿可得比别的单位优先。"

"没问题。"宁安然拍胸脯保证,"只要有'高州'两个字的,我都用。"

"你等会儿、等会儿,我拿手机把你这话录下来。"杨帆作势去摸手机。

忧伤的气氛稍稍缓解,朱佳佳轻轻感慨:"以后想见面就难了。"

"这可不一定,说不定我每年都来呢。"宁安然说。

"怎么可能?"朱佳佳撇嘴。

整个航天集团有几十家单位,每家单位都有宣传口,就算需要宣传素材,宁安然也不可能专门跑下来,还指定来高州基地。

"可能呀,因为……"宁安然冲她狡黠一笑,"我得来看我男朋友。"

朱佳佳怔住,一旁的杨帆也目瞪口呆,而后,一脸不敢置信地问:"陆沉那小子成功了?"

宁安然笑:"那倒没有。"

没有？朱佳佳和杨帆更惊："那你男朋友是？"

宁安然扬唇一笑："我男朋友是周司远。"

一石激起千层浪。

整个中午，宁安然都在接受拷问——

"也就是说你之前在火锅店说的校草前男友就是周工？"朱佳佳问。

宁安然点头。

朱佳佳立即捂住嘴巴一阵扭动："所以，你和周工从高中就开始谈恋爱了。"

"严格意义上说应该是高考后，但我们很早就互相喜欢了。"

朱佳佳又是一串激动的无声尖叫："天哪，不行，我觉得太甜了。"

"等等，不对啊！"杨帆终于从惊愕中回过神，"他不是结婚了吗？"

"那是他姐和外甥女。"

"什么，我们都以为他爱情、事业两手抓，敢情是骗我们的啊。"

"我觉得……"宁安然帮周司远说话，"会不会是他自己没说过，而你们也没人求证过？"

杨帆被问住，从头捋了一遍，发现还真是。

"但他也没否认过啊？"杨帆说。

"哎呀，我知道原因。"朱佳佳接过话，"你看，他要是不让大家误会，那这些年追他的、介绍对象的，不得如过江之鲫？所以，他干脆让我们以为他结婚了，其实呢，是一直在等安然姐。"

"倒也不是在等我。"宁安然觉得，为了减少麻烦的可能性更大些。

朱佳佳才不管，只管嗑糖："安然姐，那你是为了周工专程来高州的吗？"

"不是。"宁安然如实道，"我来之前，不知道他在这里。"

朱佳佳略感遗憾，但仍不死心地问："那他知道你要来吗？"

"应该也不知道。"宁安然笑了笑，"他肯定连我来航天系统都不知道。"

一通拷问后，朱佳佳抛出最后一个问题："你俩什么时候和好的？"

"这问题，我知道！"杨帆硬生生插进话，"肯定是这两天，对不对？"

不等宁安然答，他就斜过来一眼："还红霉素软膏，我就说，那红霉素软膏能是红色的？"

宁安然一怔，随即"哈哈"大笑。

留下朱佳佳一脸蒙："什么红霉素？红霉素是什么梗？"

· 243 ·

为了抚慰杨帆受伤的心灵，宁安然承诺等周司远回来后请大家吃饭。

下午上班前，她把单方面官宣和请吃饭的事一并发信息告诉了周司远。

消息仍旧石沉大海。

胡尔着陆场在内蒙古，是无人航天器的主要回收场地，比高州还要空旷和偏远，估计除了卫星设备，其余民用通信都没法接收。

打开早晨没写完的大纲，宁安然准备继续干活，桌上的座机却响了起来。

来电显示是基地内部号。

她接起来，礼貌地说了一句："喂。"

"你好，是宁安然吗？"

"你好，我是，请问是哪位？"

"我是沈书周，飞船系统的顾问，也是司远的好朋友……"

十分钟后，宁安然在宣传处楼下见到了沈书周。

瘦瘦高高，皮肤冷白，五官轮廓优越，戴着一副细边的黑框眼镜，极具书卷气息。他并没穿基地常见的蓝色制服或白大褂，而是穿着普通的白衬衫和黑裤子，但看得出是极好的剪裁和料子。

换句话说，价格不菲。

刚才，在电话里，沈书周说明了来意，原来他就是周司远替他们请的第二期视频的主讲人。而在等他过来的十分钟里，朱佳佳已把他堪称完美的履历如数家珍地讲了一遍。

天才少年，十五岁考上科大少年班，麻省博士后，飞行器动力工程专家，曾在国外航天院工作，现在是航空大学教授，同时也是航天中心飞船系统的总顾问。

"沈教授是我的男神！"朱佳佳激动地说，"你知道吗？虽然周工和陆总是双子星，但论男神，那一定得是沈教授，系统里喜欢他的人可多了！"

宁安然："有这么夸张吗？"

"有，相信我！你等下见到沈教授就知道了。"朱佳佳胸有成竹地表示。

此刻，宁安然望着彬彬有礼的沈书周，觉得朱佳佳还真没带多少滤镜。

谦谦君子，温润如玉。

宁安然觉得这八个字用来形容他再妥帖不过。

收回欣赏的目光，宁安然礼貌地伸出手："你好，沈教授。"

"叫我名字吧。"沈书周微微弯腰，绅士十足地与她轻轻一握，"我和司远是多年好友，我听他提起过你很多次。"

在宁安然的记忆里并没有沈书周这号人，她猜他和周司远是工作后认识的。

宁安然浅笑:"沈教授,楼上会议室空调已经开了,要不我们上去聊?"

"好。"

把人带上楼,朱佳佳、杨帆,连程俊都已等在会议室门口。

见到他们,程俊立刻迎上来:"沈教授,辛苦你跑一趟。"

"不辛苦,应该的。"沈书周轻轻笑了下,"而且,这是司远特地交代的,我肯定得来。"

程俊笑着言谢,把人领进了会议室。

几人陆续坐下。

来前,沈书周说只能抽出三十分钟时间,于是大家没有寒暄客套,直奔主题。

听完宁安然介绍的拍摄方案,沈书周不吝称赞:"这个很有趣。"

程俊立刻道:"都是小宁想的。"

沈书周朝她笑了笑,没有继续讲客套话,而是直接问:"我的拍摄安排在什么时候?因为我在学校还有课程,可能需要提前对接一下时间。"

"拍摄大概需要一天,我先把脚本发给你熟悉一下,等你熟悉后,在月底前安排一天给我们就可以。"宁安然想了想,说,"如果你不在高州,我们也可以请北城中心的同事帮忙录制。"

沈书周:"我最近半个月都在高州,给我一天时间准备就好。"

沈书周为人儒雅,做事说话却很干脆,当即定下了拍摄行程。

宁安然和他交换了微信和邮箱,方便后期把脚本发给他,又简单确认了几个问题后,便送他下楼。

到楼下,沈书周和程俊等人道完别,然后头一偏,喊住宁安然:"我可以单独和你聊几分钟吗?"

众人闻言纷纷挥手道别。

宁安然安静地站着,等待他开口。

"别紧张,是司远让我帮他带几句话。"沈书周温柔地笑了笑。

见她露出点讶然,沈书周解释道:"上午我和他因为工作通了个电话,听说我下午会来找你,他让我帮他告诉你,他需要在胡尔待三四天,让你……"

沈书周忽地顿住,冷白的皮肤上渐渐泛出一点红。

宁安然见他戛然而止,不由得奇怪,再看他原本白皙的脸颊泛起一点绯色,更是一头雾水。

下一瞬,却听他清了清嗓子,缓缓地道:"他说,让你别太想他。"

这回,换宁安然面露绯色:"谁想他啊!"

周司远这人,能再不要脸一点吗?

245

不过，能大剌剌地让人家带这种不要脸的话，想来两人关系确实不一般。
脑中一个想法忽地闪过，宁安然开口："我可以问你一个问题吗？"
沈书周："什么问题？"
宁安然沉吟片刻，问："我想知道，他有没有跟你提过我的病？"

接下来几天，周司远都没再联系她。
宁安然自己这边忙着文体节，忙着拍视频和写后面的大纲，同样是脚不沾地。
忙碌的日子总是飞快，不知不觉就又过去四天，距离她走的日子更近了。
周四，是沈书周拍摄的日子，进行得很顺利，所有音画全在白天搞定。
晚上，宁安然洗完澡，抱着电脑在卧室做初剪。
窗外月亮渐渐爬上树梢，夜幕如一匹柔软的黑丝绒。
她戴着耳麦处理音轨，正在做合成，隐约听到阳台上传来叩门的声音。
窗帘拉着，看不见外面的动静，但叩击的声音越发清晰。
宁安然先是吓了一跳，继而想到什么，摘下耳麦，飞快奔向推拉门边。
"哗啦！"
她扯开窗帘。
透明的玻璃外，年轻男人站在清冷的夜色里，身后悬着一轮明月。
他单手插兜，隔着玻璃与她对视，嘴角轻轻上扬："想我没？"

窗外，月色明亮。
宁安然拉开推拉门，扑进他怀里，用行动来作答。
周司远被她撞得晃了下，手从兜里掏出来，抱住她，磁沉的声音从她头顶落下："我想你了。"
宁安然眼眶一热，喉头微微发紧。
她用力圈住他的腰，把脸贴在他胸口摩擦。
周司远端起她的脸，低眸与她对视："你还没说呢，想不想？"
"想。"宁安然不扭捏，大大方方地表达思念，"日思夜想，久不能寐。"
"啧啧。"周司远低头啄了下她的唇，"怎么这么甜？"
一语双关，既是在说品尝到的芳泽，又是在夸她的情话。
"还能更甜。"宁安然勾住他的脖子，将他拉下来些，衔住他的唇，"你，要不要再尝尝？"
周司远眸色加深，抬手扣住她的脖子，将她压进怀里，边亲边将她往卧室带。

进门时，他反手拉上窗帘。

世界被隔绝在外。

脚踢到窗边的书桌时，周司远掐着她的腰，将她抱到了桌上。

这个高度，让他能更肆意妄为，也更汹涌狠戾。

屋内白炽灯明晃晃的，宁安然被他亲得喘不上气，眼睛里全是水雾，却还是舍不得推开他。

最后，还是周司远先撤开，抵住她的额头，微微喘息。

清冽滚烫的气息扑到她耳边，撩拨得人心痒痒。

周司远稍稍平复下来，松了点力道，却没让她从书桌上下来，目光落在她被碾红的唇瓣上，又哑声重复："怎么那么甜。"

尾音如丝缱绻，钻进人耳朵里，麻麻痒痒的。

宁安然微微仰起脸，凑上去，轻轻抿住他的唇瓣，细声说："还有更甜的，想尝吗？"

说话间，她已把手探过去。

已然生疏，异常坚定。

周司远身子陡然一僵，却见她的唇一点点移到他耳边，小声道："后勤的大姐给了我一袋计生用品……"

暗黑的森林里，倏地冒出一簇火苗。

周司远拢住那纤细白腻的后颈，将她按过来，咬住唇瓣，嗓子沙哑得不像话："知道自己在干什么吗？"

"知道。"

"确定？"

"确定。"

时隔七年，他们再一次彼此探索。

周司远努力克制不让她受伤，但那些埋在内心深处长达七年的渴望又恨不能将她狠狠撞碎，拆吃入腹。

最后一次结束，宁安然浑身一点劲都没有，只迷迷糊糊地躺在床上，任由他帮忙清理。

身体太累，他的动作又太过温柔耐心，像踩在涓涓流动的溪水里，舒服得她很快就睡着了。

醒来，屋子里一片漆黑，伸手一摸，枕边空落落的，唯有枕头和被子上那未散尽的味道能证明刚才的疯狂并非黄粱一梦。

宁安然翻了个身，抓过落在地上的睡衣套上，赤脚走到推拉门边，透过窗帘缝看着与夜色几乎融为一体的男人。

他背对着她，手臂搭在栏杆上，指间有似有若无的一点猩红。

静静地看了半分钟，宁安然轻轻敲了敲玻璃。

周司远闻声回头，无声地与她对视，半晌，缓缓直起身，上前来，拉开了阳台的门。

"醒了？"他问。

"嗯。"她借着薄薄的月光看着他的眼睛，问，"你没睡？"

周司远同样"嗯"了一声。

两个人都没有动，空气里有淡淡的烟草味。

他牵住她的手，一点点摩挲，随后举起指间的烟，问："要吗？"

宁安然没有伸手接，而是偏头，启唇，就着他的手，轻轻含住，用力吸了一口，再缓缓吐出一个烟圈。

动作娴熟得刺痛了周司远的眼睛。

他丢掉手里的烟，扣住她的肩膀，狠狠亲了上去。

烟草的味道在唇齿间交换。

这个吻，持续了很久，直到双方都气喘吁吁，周司远才停下来，摸着她的唇瓣说："以后，有问题直接问我。"

那天，宁安然问沈书周："他有没有跟你提过我的病？"

沈书周选择了沉默，然而，沉默已是最好的答案。

宁安然笑了下："是我来高州以后对吗？"

沈书周推了下眼镜："我不清楚具体的时间，但半个月前，他去北城，请我引荐了一位临床心理的专家。"

半个月前，那就是他从美国回来后。难怪……

沈书周："你为什么确定我知道？"

"不确定。"宁安然笑了下，"只是直觉。"

女人可怕的直觉。

阳台上，两人并肩站在栏杆前。

周司远让她直接问，宁安然便照做："你是怎么知道我有抑郁症的？"

周司远："袁老告诉我的。"

那次，周司远被临时抽调去美国替袁老开会。病床前，袁老看着他，虚弱地说："阿远，有件事，我想了想，还是得告诉你。前段时间，李威给我看了小宁的一份资料……"

袁老告诉他,五年前,宁安然确诊为中重度抑郁症,这五年间,一直在吃药和接受治疗。

宁安然牵动嘴角,眼底毫无笑意:"袁老是不是劝你谨慎考虑?"

"不是。"周司远偏头看她,"他让我对你好一点,说你这些年吃苦了。"

想到那位慈眉善目的老人,酸意从宁安然心底爬出来。

她偏开头,不去看他,只淡声说:"所以,你知道我病了,觉得我太可怜,于是一回来就火速原谅了我,跟我和好如初。"

周司远被她话里的自嘲刺痛,伸手将她的脸掰过来:"如果我说是,你是不是又要把我推开?"

宁安然静静地看着他,看进他眼睛里,良久,她摇头:"不会。周司远,我不想再跟你分开了。"她声音很轻,却透着一股坚定的力量。

"不管你出于什么原因原谅我,肯和我在一起,这次,我都不会再和你分开。"她语气更坚定地强调一遍。

而后,她把手覆在他钳住自己脸的手背上,徐徐地道:"袁老说错了,我不是五年前病的,是九年前,我爸走的那年……"

宁鸿博是在宁安然大二那年走的,在一次深海勘测中,他背上的安全绳扣脱落,他永远地留在了深爱的海洋里。

单位为他举办了隆重的追悼会,抚恤、补偿、荣誉和光环纷至沓来。

因为有这些光鲜的东西,尽管奶奶是白发人送黑发人,但还能搂着她一边流泪一边说:"然然,不要难过,你爸爸牺牲在他奋斗和付出了一生的事业和岗位上,他死而无憾,我们应该为他感到骄傲。"

然而,只有宁安然知道,那个安全扣并非意外脱落,而是宁鸿博亲手解开了它。

宁安然看到那封绝笔信是在父亲葬礼一个礼拜后,信上是父亲飘逸的字迹,他用最喜欢的浅蓝色墨水,写下对她说的话:然然,对不起,爸爸要永远离开你了……

在信里,宁鸿博向她诉说了他短暂又漫长的、不快乐的人生。

他从小丧父,安静敏感,却又强迫自己懂事、听话、争气,出人头地挑起这个家,让守寡的母亲获得幸福、安享晚年,然而他没有做到。

十八岁之前,我不知道什么是快乐,我总觉得心里有一块沉重的大石头夜夜压得我喘不上气,直到我遇见了你妈妈。她美丽、大方、明朗、朝气蓬勃,仿佛阳光下的大树充满了蓬勃的生命力……我深深地被她吸引,并深深地爱上了她。

我很爱她,直到现在她仍然是我唯一的至爱……当我知道她也爱我时,我第一次体会到了快乐,当她同意嫁给我时,我以为我将永远快乐。

事实上,那些年我真的很开心,特别是有了你之后。我看着怀里的你一点点长大,听着你咿咿呀呀地喊我爸爸,看见你跌跌撞撞地学走路……我感受到了生命力,比你母亲更强大的生命力。我开心得落泪,我以为我会这样,爱着你母亲,爱着你,守着你们,快快乐乐地过一生。然而……我还是太天真了。

击垮宁鸿博的是宁安然一岁半时突发肠套叠,小儿病症里常见却异常凶险的急性病症。

当我看见他们把你摁在手术床上通气,当我看见你撕心裂肺地哭喊时,当医生告诉我们再晚一分钟送到就只能切掉你的肠子时……我才意识到我的爱根本无力保护你。

因为送医及时,宁安然化险为夷,照旧活蹦乱跳。但宁鸿博变得胆战心惊,他害怕她受伤、害怕她不快乐、害怕她生病,害怕有一天她也会同自己一样没有生的勇气……
他小心翼翼、战战兢兢、如履薄冰。

我知道自己病了,我去看医生,偷偷吃药,但我仍旧不可控地害怕。而当有一天,我发现我居然冒出把你带走就可以永远让你留在快乐里时,我害怕到了极致。

我知道,我必须离开你们了……

宁鸿博以工作为由离开了家,和姚静娴平静地离婚,常年漂在海上。

这些年,我很开心,因为我知道在没有我的地方,你在快乐地成长,你有自己的梦想,有自己的追求,爸爸为你感到骄傲。不过,爸爸也累了。我想,是时候结束我快乐不起来的一生了……

然然,爸爸本不该把这些告诉你,但我思来想去,我这一生没有对任何人诚实过,在亲人、爱人、朋友面前,甚至面对自己,我都在掩藏不快乐和痛苦。我想，如果要选择一个人诚实，我希望那个人是你。

宝贝，爸爸祝福你这一生，嘴角有笑，心中有爱，眼里有光，所遇所及皆是美好。

——永远爱你的我。

泪水已布满面颊。

周司远紧紧搂着她的腰，一下下抚摸她的头，自责地说："都怪我，我不应该回美国，应该一直陪着你。"

宁鸿博出事时，周司远刚好在麻省做交换生。得知宁鸿博的死讯后，他第一时间就请假飞回来陪了她整整一个月，还是学校那边下最后通牒，他才飞回去。

如果当时他一直陪着她，就会发现她的不对劲，不让她遭那么多罪。

"跟你没关系。"宁安然把脸颊贴在他温热的胸膛上，用很慢的语速说，"我在看完那封信后就下定决心不告诉任何人，包括你。"

她害怕别人知道宁鸿博其实是自杀，害怕别人嘲笑他、嘲笑奶奶，害怕妈妈会像今天的周司远一样，自责当年在一起时太过疏忽，没能早点发现……

宁安然想，宁鸿博之所以选择在工作时解开安全扣，而不是默默赴死，何尝不是因为考虑过这些？

"他这一生努力装得若无其事，我能为他做的唯一的事就是帮他保守这个秘密，让他体体面面地离开。"宁安然对周司远说。

只可惜，年少的她并不知道，以她的心理和阅历，完全没办法承受这个秘密。

发现自己不对劲是在周司远离开后，那时她一个人留在北城，白天如没事人一样上课、吃饭、学习，但到了晚上她就开始睡不着，整夜整夜地失眠。

她找了很多方法，尽量让自己不去想，可是没有用……最后她去了医院。

医生告诉她，这些症状都是轻度抑郁症的表现，给她开了抗抑郁的药物，并建议她接受定期的心理疏导。

当看见诊断书上"抑郁症"三个字时，她害怕得浑身发抖。她怕有一天，她会像父亲一样结束自己的生命。

她像父亲一样，不敢告诉任何人，包括周司远。她也像父亲一样，用力使自己开朗起来，去运动，去学习，去生活，然而……每当夜深人静时，那种来自心底深处的低落总会排山倒海地卷上来。

幸好，在药物的控制下，她的情况有了好转，最关键的是，周司远回来了。

他们每天在一起，他总有办法在她低落时、沮丧时哄她开心。他充满了少年特有的气息，像烈阳，烘烤着她的心。

她明白了父亲在描述与母亲相爱时的感受，同时，又时不时地恐惧着自己像父亲一样，哪怕深爱着周司远，仍旧会陷入不快乐。

但是，和周司远在一起的日子总是灿阳当空，明媚明亮。

她胡思乱想的频率越来越低，她满心欢喜，憧憬着他们的未来。

直到，李国民找到她，希望她出面劝解周司远加入航天项目。

"我负责招新很多年，他是我见过最有天赋的少年。

"他现在研究的信息交互正是我们目前最需要攻关的课题，我们很希望他能加入。

"作为谢礼，我可以保证你能进兴平社，并且拿到任何一个国家的海外记者站的offer。"

李国民抛出一个个肥美的诱饵吸引她，但宁安然断然拒绝了："你们找错人了，他去与不去都是他的选择，我无权也不会干预。"

"你当然有权干预。"李国民居高临下地看着她，"你不要告诉我，你不知道他为什么拒绝。"

宁安然自然知道周司远拒绝的原因，但也知道他内心的矛盾。

他热爱航天事业，却又痛恨这个让他父亲舍小为大，进而让他母亲一生苦痛、死不瞑目的事业。

"你很清楚，他之所以断然拒绝，除了对他父亲的恨意，更多的是因为你。"李国民俯身，手撑在桌沿，带着压迫的气势，"他不愿意你重复她母亲的命运，他想全身心地陪伴你，他宁愿放弃内心对航天的热爱和渴望，放弃大好的前程选择在你身边，而你呢？"

李国民冷冷一笑："你因为贪恋他的陪伴，明知道他心里藏着一个航天梦，却自私地想要牺牲他的梦想，只为了成全你自己。"

"我没有！"宁安然猛地站了起来，愤怒地回击，"我没有。我说过，无论他做出什么选择，我都会义无反顾地支持他。"

"你当然会这样说，因为你知道他只会选择你，尤其在知道你的病以后。"

宁安然身形一晃，不敢置信地盯着他。

"我说过，没有我不知道的事。"李国民缓缓直起身，从桌上的袋子里抽了一份东西推到她面前，"看看吧。"

宁安然垂眼，身子蓦地开始发抖。

那是一份关于宁鸿博死亡的调查报告。原来，在葬礼后，出于对安全警示的需要，海生所组织人员对宁鸿博的死因进行了调查，最后发现安全扣不可能自动脱落，同时他们还查到了宁鸿博常年服用抗抑郁和精神类药物。最后得出结论，他是自杀，而非殉职。

李国民告诉她，一年前，姚静娴就知道了这件事，但她央求海生所不要公开这份报告，并主动提出停止宁鸿博的抚恤金等。而海生所鉴于宁鸿博多年来勤勉尽职的工作表现和良好口碑，不仅同意不公开这份报告，还保留了他的光荣称号和相应的抚慰金。

"他威胁你要公开这些对吗？"周司远恨恨地问。

宁安然点头："但让我同意的不是这个。"

而是，李国民拿出了她大二和大三时的就医证明。

"以你对周司远的了解，你有信心瞒住你的病情吗？而他知道实情后，会想放弃你，开始新生活吗？当你有一天选择你父亲那样的方式，他又会怎样？"

三个问题，如同一座重过一座的大山，彻底压垮了宁安然。

她不怕周司远知道宁鸿博的事，不怕他知道她有病，她怕的是他得知这些后会不离不弃，怕的是自己会和宁鸿博一样明明深爱着对方，深爱着女儿，可最终还是选择葬身大海。

如果那样，周司远该怎么办？

李国民太明白用什么来拿捏她。

"其实，你也不必这样悲观，只要你说服他进入系统，你们依旧可以在一起的。我们系统有非常好的精神科医生和心理咨询师，我还可以安排你和他一起进入基地工作，你们照样能恋爱、结婚、生子，组建幸福的家庭。我一开始就说过，我的目的不是逼你们分手……"

"我会和他分手。"宁安然抬起头来，重复了一遍，"我会和他分手。但我不会帮你劝说他，我说过，那是他的人生，应该由他自己去选择。"她坚定地说。

而她的选择是，给他一个不用为了顾忌她而牺牲梦想，不用陪她一起承受病痛的、快乐健康的人生。

"没有你，我哪儿来的快乐人生？"周司远用力搂着她，既生气又心疼。

"对呀，没有了你，我更没有快乐人生。"宁安然哽咽道。

和周司远分开后，她又开始陷入抑郁。但和上回不同，这一次她几乎不失眠，反而是嗜睡，无论做什么都提不起精神，除了必须醒来，她的大部分时间都在睡觉和思绪放空。

她又去看了医生，医生告诉她这是中度抑郁症的一种表现形式，她再次开始抗郁治疗，但效果并不理想。

为了刺激倦怠的神经，她学会了抽烟，学会了喝酒，一边在吞云吐雾中费力保持着清醒，一边又在酒精麻痹下宿醉到天明。

很多个趴在马桶边呕吐的夜晚，她都在想，李国民说得对，她的基因里就是带着不快乐的因子。

医生让她尽量不要去想那些会让她不快乐的事，于是她开始慢慢减少想周司远的频率。慢慢地，她似乎有了点起色。后来，她去了香江，工作更忙碌，生活更多彩，朋友更多，她似乎恢复成了那个活力无限的宁安然。

直到，某一天，她和同事吃完饭，一路说说笑笑地聊着上午采访的趣事，然后在过马路时抬眼看了下对面竖起的巨大LED屏，里面正在播放一条简讯——中国载人航天实现新突破。

镜头扫过指挥中心，在一群蓝色的衣服里，一张熟悉的侧颜赫然出现。

宁安然愣在原地，目不转睛地盯着大屏，清晰地感受到封印着心里那个窟窿的胶在一点点剥落。

已走到路中间的同事察觉到她的异常，扭过头来问她："怎么了？"

同一时间，镜头切到另一个场景，那张侧脸消失不见。

心底掩埋的痛意轰然喷薄，如海啸般将她淹没。

她茫然无措地站在人来人往的街头，盯着早已播放其他新闻的大屏幕，像个走丢的孩子一样失声痛哭。

那个晚上，她抽掉了整整一包烟，灌下了一整瓶酒，然后拿起了茶几上的水果刀，割向左腕……

周司远的心仿佛被锋利带刺的冰刀恨恨地捅过，鲜血淋漓。

他箍紧她，喉咙憋闷得无法呼吸。

"我一共割了两刀。"宁安然在他怀里闷闷地说，语气很平静，"第一刀太浅了，只冒了个血珠子，然后我又补了一刀……"

血顺着手腕蜿蜒……她靠着沙发，不知是失血还是醉酒，人昏昏沉沉的，电视里播放着兴平社的新闻，和中午一样的内容。

不知过了多久，她听见主持人口播："今日，中国航天集团……"

敏感的字眼让她偏了点头，看向电视的方向，就这样又看到了那张脸。

这一次，好像不再是冷漠的侧脸，他不悦地瞪她："宁安然，地上凉不凉？"

因为这句话，她从地上爬起来，给自己叫了救护车。

许是喝醉了的关系，她力道不大，伤口不算深，做完祛疤后，不细看很难发现。

只是，她必须再次开始治疗。

一年的药物治疗后，她的病情似乎稳定了。

然后，她跟随一支港城的公益队伍去了西藏做跟踪报道，她学着那些朝圣的人，上身匍匐跪地向神明许愿，祈求那个少年余生平安喜乐。

最后一天，他们去了纳木措，因为天气冷，加上海拔高，同行的不少人都产生了高原反应。

宁安然也有，但她选择了隐瞒。

她裹着一张披肩和没有高反的队友去湖边看星星，围着小小的暖炉听他们讲自己的故事。

胸口很难受，她躺了下来，呼吸沉重地望着满天星斗。她又想到了周司远，想到了他许下的要教会她辨认所有星星的豪言壮语，想到了他们要去草原、沙漠、南极洲看星星的约定……

眼泪顺着眼角流下。那一刻，她觉得就这样死在这里挺好的，至少星星会一直陪着她。

高反的症状越来越明显，心跳得很快，头像要炸裂，呼吸越发沉重，身体似乎也在升温。恍恍惚惚中，耳边有人在问："安，你还好吗？"

她不好，可是她努力表现得毫无异常："还好。"

脚步声慢慢走远。好累，就睡一觉吧。

宁安然缓缓闭上了眼睛，无声地说："周司远，我爱你。"

胸口的巨石越来越重，她闭上眼，平静地承受着痛苦，思绪却开始凌乱。

——"你好，我叫宁安然，你呢？"

——"周司远。"

——"周司远，你还记得我对吗？"

——"你以为我是你啊？"

——"宁安然，看见你开心，我很开心……"

——"宁安然，宇宙中的原子不会湮灭，而我们，一定会在一起。"

…………

少年笃定坚毅的声音从远方传来。

他穿着迷彩服，手揣在兜里，又跩又酷地说："宁安然，有我在，就不会让你输。"

死神站在纳木措湖边，对她冷漠一笑。

她猛地睁开眼，拼尽全力抓住了旁边队友的手，用尽最后一丝力气说：

"Help（帮助）！"
…………

"我命很大，足够幸运，同行里好几个队友曾是国际医疗救援队成员，他们合力救回了我的命。"宁安然自嘲地说。

她被紧急送往医院，在拉萨躺了足足半个月。医生对她说，再晚一分钟，哪怕救回来，她的肺损伤也将终身不可逆。

"后来，我回到香江，我去找了罗教授。"

罗教授也是那次的队员，是港城有名的精神科专家和临床心理学教授。

他告诉她："安，不要怕，你一定会救起自己。"

宁安然再一次接受抗抑郁的治疗，比她以往每一次都更系统。因为肺水肿后遗症，她开始戒烟戒酒，运动健身，而在罗教授的引导下，她慢慢学会接纳那些好的、坏的情绪，去大胆地想周司远，去恐惧。

罗教授对她说："不要逃避爱和被爱，任何时候，爱都是你最有力的力量。"

在系统治疗下，她的情况渐渐好转，虽然偶尔仍旧需要依靠药物控制情绪和睡眠，但她不再恐惧自己患有抑郁症这件事。

她明白了那些不快乐、绝望乃至轻生的念头都仅仅是因为她病了，就像感冒会流鼻涕、发烧、咳嗽一样，只要治愈，这些症状就会消失。

同样，她也清楚，就像感冒病毒会反复攻击人体一样，抑郁情绪也会不时地袭击她。但没有关系，强大的免疫系统会帮助人类对付感冒，强大的情绪系统同样可以让她顺利疗愈抑郁。

它不是不治之症，更不是只有死亡这样的结局。

在罗教授的引导下，宁安然慢慢学习如何构建稳定的情绪系统，学习接纳负面情绪，学会调节偶尔的低落、沮丧……

但与之而来的，是她对爱的渴望。更准确地说，是她对周司远无尽的向往。

她想告诉他，她想和他在一起，一起快乐和不快乐。

决定接受宋云彬邀请的那一刻，她几乎没有犹豫，甚至没有去求助罗教授是否应该去。

反而是事后罗教授问她："如果他已结婚生子，如果他不原谅你，你会怎么办？"

"不会，他不会。"宁安然异常笃定。

罗教授却不依不饶："如果会呢？你考虑过吗？"

宁安然望着他,耸了耸肩:"罗教授,我没必要为一个还未发生的假设担忧,我清楚地知道此刻我要做什么。"

罗教授亦望着她,良久,真诚地笑了:"安,记住这句话。"

临行前,他把药给她:"我有种预感,这是你最后一次找我开药。"

夜色愈沉,月亮和星星仿佛都躲了起来,天幕仿佛铺满了浓黑。

然而,周司远告诉过她,这是黎明前的黑暗,是地平面以下的太阳光的散射光冲淡了星光,却又不能透过稠密的低层大气带来的影响。

这是一昼夜中最黑暗的时刻,再过一会儿,旭日就会冉冉升起。

"周司远,"宁安然从他怀里抬起头,"你就是让我有力量熬过至黑时刻的太阳。"

旭日如期而至,天空微亮。

他们相拥着看藏在厚厚云层下的太阳。

"你知道我在高州吗?"周司远问。

"不知道,我只知道你在航天系统。"宁安然说。

她并不知道他在哪里,也不曾向宋云彬打听,但她相信以周司远的才华和能力,他一定会站在很高的位置,光芒万丈,就像那年中考时一样,万众瞩目,无人不知。

谁想,上天真是眷顾她。她在第一个实习的基地,在第一天就遇见了他。

那天,在倾盆大雨中,他拉住了即将坠向深沟的她,就像过去七年,他一次次拽住已跌下深渊的她……那一刻,宁安然就告诉自己,哪怕他不原谅她,哪怕他不爱她了,甚至他喜欢上别人了,她都会爱他,并努力让他重新爱上自己。

"所以,我才不在乎你是不是同情我。"宁安然抚摸他线条分明的下巴,语调轻快了些,"何况你才不是什么烂好人,你会原谅我,有且只有一个原因,那就是你还爱我。"

"你要是早点这么想,我们也不至于分开七年。"周司远愤愤地捏了下她的脸颊。

"现在也不迟。"宁安然冲他笑,红肿的眼睛弯成了一条缝,"我戒烟了,以后每天练八段锦,肯定可以多活七八年。"

"你说的哦。"周司远微眯眼,佯装威胁,"你要是偷懒,看我怎么收拾你。"

"能明天开始吗?"宁安然靠在他肩头,打了个大大的哈欠,"我现在好困,只想睡觉。"

周司远侧眸瞥她一眼,弯腰将她抱起来:"去床上睡。"

这一觉睡得异常沉,再醒来已经是下午。

枕边,周司远合着眼,鸦羽一样的睫毛柔软地扑在眼睑下,薄唇轻抿,带着点红,好看得令人心动。

她稍稍挪了下身子,凑上前,轻轻尝了下。

想后退,却被一只手掌牢牢地摁住了背。他没有睁开眼,只轻启唇,把沙哑慵懒的声音送进她耳朵里:"多亲一会儿。"

宁安然勾唇,从善如流地再凑了上去,辗转,吸吮,轻咬。

周司远被她亲得上火,睁开眼,拢住她的脖子,用力回应。

翻身上来时,他咬住她的唇问:"饿不饿?"

"饿。"宁安然勾住他的脖子,"所以,这次不要太久。"

结束后,周司远让她先休息,自己套上衣服去厨房煮了一碗面。

宁安然确实饿惨了,三下五除二就解决了那碗面。

周司远见她把汤都喝得干净,问:"再给你煮一碗?"

"不要了。"宁安然把碗筷推一边,用纸巾擦了嘴,再看向他,继续清晨时的坦白局,"你最后为什么同意进来?"

"李国民答应我,只要我进来,就不会卡你的求职。"周司远没什么表情地说。

"他真是无所不用其极。"宁安然撇了下唇,"难怪这些年平步青云。"

周司远笑了笑,不予置评。

"那你……找过我吗?"

周司远没回答,而是把手机拿出来点开了自己的微信头像。

一盏夜色里的路灯。

宁安然先是不明所以,接着灵光一现:"这是……"

"你港城公寓楼下的街口。"周司远替她说。

宁安然:"你去过港城?"

以他的身份,因私出境会非常困难。

"五次。"

五次!而她在港城正好五年。

"你,每年都去?"

"立功换来的。"他云淡风轻地说。

宁安然望着他,突然想到一件事:"我去港城前一晚,是你背我回去的吧?"

那天，陈筱筱拉着王维安、黄敏洁为她饯行，结果三个女生酩酊大醉，躺在KTV完全走不动道。

陈筱筱和黄敏洁都有男朋友，王维安一个个通知来接人，剩下宁安然只得他来送。

见他默认，宁安然讷讷："我以为是维安。"

她记得被背起来时，她看到了一截冷白的后颈，然后"咦"了一声，说："大哥，我才发现你还挺白的。"

她歪倒在他背上，喋喋不休："郭老师说错了，你哪是黑马，明明是白马嘛。"

走出KTV，"王维安"打了个车，结果她铆足劲捶他肩膀，嚷着说："我不坐车，我要走回去。"

他似乎很无奈，弯腰同司机说："不好意思，我们不坐了。"

恍惚间，她好像还听见司机说："你女朋友脾气挺大。"

"别胡说，我不是他女朋友。"宁安然闭着眼怼回去。

后来，"王维安"真的把她背了回去。一路上，她像个疯子，唱遍了钻石的歌，还拍着他肩膀问："哥，好不好听？"

"一般。"

"喊！"宁安然不屑，"你可珍惜吧，等我去了港城你就听不到这么好听的歌声了。"

背着她的人瞬时沉默了。

夜色如水，他背着她行走在寂静的路上，路灯将他们的影子拉得很长。

宁安然困倦地趴在他背上，昏昏欲睡。

陷入沉睡前，她好像听到他问："宁安然，你想去港城吗？"

她把头扭向一边换个姿势睡，喃喃："想啊，做驻外记者可是我从小到大的梦想，你忘了，当初我参加'国才杯'也是为了离梦想更近啊……"

就是这句话让周司远放弃了留下她的自私念头。

"后来，我看见你在港城如鱼得水，名利双收，生活多姿多彩。"他摸摸她的脸，"我远远地跟着你，远远地看着你开怀大笑，远远地看你专业犀利地提问……我就想，周司远，就这样吧，只要她过得好就行。"

而现在，他才知道，那些只是她对抗抑郁的一种手段。

"对不起，我其实应该再走近一些。"那样他就会发现，那些笑不过是虚假的。

"不是的，这不怪你。"宁安然握住他的手，"你不要自责，我不想你内耗。"

"好。"他反手握住她,"李国民很浑蛋,但说对了一件事,如果知道你病了,我更不会进系统。"

"那现在呢?"宁安然问。

现在,你已经知道了,是否要为了我放弃你已然为之奋斗的热爱的事业。

宁安然以为周司远会沉默,至少会思考一瞬,然而他没有,他毫不犹豫地说:"我愿以身许国,也会和你携手前行。"

在宁安然动容的目光中,周司远徐徐地道:"宁安然,我说过,一个连妻儿都照顾不好的人算哪门子伟大?"

十几年前,他这样说。十几年后,他亦这样想。

"我周司远从来没有想过要做一个伟大的人,更不认同爱国和爱家只能二选一。

"我爱物理,爱航天事业,爱祖国,因为这份爱,我愿意扎根在这荒漠里,为之奋斗一辈子。但我同样爱你,爱我母亲,这并不冲突。

"国家需要我时,我必全力以赴,鞠躬尽瘁,但你最需要我时,我一定会不顾一切。"他轻轻笑了下,"国在我心里,你亦然。"

几百年来,人类前赴后继、孜孜不倦地探寻着宇宙的奥秘,却忘了探寻自己那颗小小的心。

周司远却坚定遵循自己的心——国在我心里,你亦然。

眼泪又流了下来,宁安然望着他:"还有三十三天,我就要回北城了。"

"知道,宋云彬通知我了。"

"离开高州,我们就不能像现在这样每天都在一起。"

"知道,我会想办法多在一起。"

"我可能又会犯病。"

"知道,我能察觉,我会陪着你。"

"可我会很想你。"

"知道,我会用我的方式让你感受到我的存在,我会更加努力地奔赴你。"

四个"知道",让宁安然泪如雨下。

"周司远,你真的很傻……你明知道……"

周司远起身上前,蹲在她面前,用力握住她的手,缓缓地道:"不要为了我申请留下,你可以朝任何一个方向,爱走几步走几步,剩下的都交给我。"

宁安然用力点头:"我知道。"

因为知道朝夕相处的时间不多,两人决定不再低调。

周一上班,周司远载着她去吃饭,坐上车时,宁安然直接抓住了他的衣服。结果,周司远头也不回地拉住她的手环在腰上,嘟囔:"这才叫高调。"

"你确定这不是脸皮厚?"宁安然迟疑,"而且,咱们这么撒狗粮合适吗?"

周司远轻"哼"一声,不以为意:"已经少屠了他们七年,够意思了。"

宁安然想想也是,便单手环住了他的腰。

一路过去,果然捡了一地的眼珠子。宁安然选择视而不见,和他闲聊起沈书周来:"你和沈书周什么时候认识的?"

"大二,我在麻省做交换生时,和他同实验室。"

"他那时已经是研究生了吧?"宁安然记得佳佳提过,沈书周是少科班的。

"博士。"

"哇,这么厉害?"宁安然由衷地感慨,"难怪他年纪轻轻就能做顾问,佳佳说他是航天男神,很多女同事都喜欢他。"

周司远回头瞥她一眼:"我怎么听着你也挺喜欢他的?"

"我是挺喜欢的啊,我从小就喜欢他那种……"

"吱呀!"

一个刹车,车猛地停下来。

周司远单脚撑地,扭头挑眉瞧着她:"宁安然,你就只记住了我不吃香油是吧?"

什么吃香油?不是在说沈书周吗?和香油有什么关系?

看她一脸茫然,周司远哼笑:"我不吃香油,但我爱吃醋。"

宁安然稍愣,随即顿悟。

"周司远,"她啼笑皆非,"你是幼稚鬼吧?"

不等他答,她又笑着凑上前,补上一句:"但我很喜欢。"

周司远给了她一个"算你识货"的眼神,然后回身,重新上路。

宁安然却凉凉地补上一句:"但沈教授确实不错。"

这次,车子没停下,周司远回眸,吊儿郎当:"不错也是人家的。"

"他有女朋友了?"

"老婆。"

"他结婚了?"

宁安然还没从上一句里消化过来,就听见周司远云淡风轻地说:"就快离了。"

于是,宁安然一整个风中凌乱:"怎么就要离了?"

周司远又回头瞥她一眼:"你干脆给他做个专访吧。"

"也不是不行。"宁安然如实道,"我觉得回去后,我可以在新媒体开一个人物访谈栏目,第一期就可以请他……"

见她思维跳跃,竟开始构思起未来事业,周司远反手宠溺地拍了下她的头:"第一期当然得请你男朋友。"

吃过饭,两人照例去坐车。

刚落座,手机就跳出来一条信息,是葛慧慧:你和周司远什么状况?

随后还有一张照片,是她环住周司远腰的画面,没有拍正脸,但一眼就能认出是他们。

宁安然回:我们又在一起了。

葛慧慧:又在一起?他办好离婚了吗?你可别糊涂。

宁安然:他没结婚,那个是他姐。

昨晚,她特地向周司远求证了这事,如她所料,那位浓颜大美人,传说中的"嫂子"正是周书瑶。

"书瑶姐什么时候结婚的?"

"她没结婚。"

宁安然:"那诺诺?"

"她没告诉我孩子父亲是谁。"周司远回忆道,"大概五年前,她从英国回来,告诉我她怀孕了,会独立生下孩子。"

宁安然不由得往坏的方面想,迟疑道:"她回来时应该没受伤吧?"

周司远明白她的意思,答:"她告诉我没有人强迫她,她爱那个男人。"

"那个男的知道她怀孕了吗?"宁安然又问。

"她不愿意细说。"周司远若有所思,"但我推测应该是不知道。"

这不就是带球跑?宁安然瞬间又脑补出了一部言情小说。

后来,周司远给她看了她们的照片,周书瑶竟比以前还要美丽明艳,至于诺诺,粉雕玉琢,好看得像个洋娃娃。

这头,葛慧慧的信息又来了:我就说嘛,你俩当初那么好,他怎么可能转头就结婚了。

葛慧慧:恭喜你,兜兜转转还在一起,真好。

宁安然:谢谢,你也会有的。

葛慧慧:我就算了,我已经决定为我们伟大的航天事业奋斗终生了。

字里行间透着苦涩,宁安然蓦地想到了杨帆,又想到了大二那场闹剧。当时只觉得滑稽,而今却发现有些遗漏的地方,比如,葛慧慧为什么毫无征兆地表白?

她撞了下旁边人的胳膊,小声问:"蒋铮亮和葛慧慧是不是有过什么事?"

"这种事,得问当事人。"周司远拿过她手里的耳机,分了一只塞进她耳朵里,说,"挑首甜的。"

那一趟下来,她和周司远的事不胫而走。

到了办公室,朱佳佳捂着嘴笑,杨帆则是"啧啧"几声:"哎呀,我兄弟这回算是彻底没戏了。"

被他一讲,宁安然忽然想到得同陆沉交代一下,于是给他发了一条信息:吃火锅那天,我说的偏心的人是周司远。

陆沉回得很快:我知道。

宁安然:你知道?

陆沉:嗯,他早就告诉我了,你是他前女友。

宁安然很好奇:什么时候?

陆沉:你搬家那天。

陆沉没谈过恋爱,但并不迟钝。搬家那天,周司远教她玩打大A时,他就窥到了一些蛛丝马迹。

他不是喜欢绕圈子的人,结束后便直接问周司远:"你和安然是不是认识?"

周司远没隐瞒:"她的校草男友就是我。"

陆沉被他这话弄得哭笑不得:"你现在什么打算?"

其实不需要问,从下午周司远的态度看,答案已经很明显。

果不其然,周司远轻轻笑了下:"我们会和好。"

不是讲步骤和计划,而是肯定地告知结果。

陆沉想到了那一夜,宁安然说的"但我有喜欢的人"。

两情相悦,结局自然是笃定的。

但他还是坦坦荡荡地说:"在你们和好前,我会继续追求她。"

不是征求意见,只是告诉周司远。

周司远瞥了他一眼:"无所谓。"

狂妄得让人想揍一顿。

对话框里,陆沉的信息又闪出来:我本来想给他制造点难度,不过现在看来,好像是无用功。

宁安然:不好意思。

那头默了几秒,好一会儿才问:如果我们先认识,你会考虑我吗?

宁安然想了想,斟酌道:应该会吧。

263

他各方面条件优异，性格也是她喜欢的那类，如果从未认识过周司远，她应该会考虑试试。

聊天界面突然跳出一句：截图了。

宁安然蒙，截图？

刚想问他什么意思，陡然明白过来，她把先前打好的字删除，重新发了句：你……不是吧？

陆沉直接回了另一张截图，正是他把刚才那段对话掐头去尾截图后发给周司远的界面。

宁安然扶额，堂堂总工程师，居然这么幼稚无聊的吗？

那头，似是猜到她的想法，回了一句：我得看看他是不是真无所谓。

周司远是真无所谓，还是装格调，宁安然不清楚，但她肯定某位"不吃香油，爱吃醋"的幼稚鬼一定会拿这事儿恶劣地闹她。

一整天，周司远并未提那张截图的事。

到了晚上，宁安然先下班回家，周司远依旧很忙，快十点隔壁还没响动。

两人虽然和好，但还没搬到一起，一来是宁安然所剩时间不多，搬来搬去麻烦；二来则是周司远工作忙，经常晚归，怕进进出出吵到她休息。

十点半，宁安然给他发了一条信息说自己先睡，然后进浴室洗澡，洗好出来就听到外头有动静。

她裹着毛巾出来一看，发现是周司远，再一瞥，发现阳台推拉门开着。

"你怎么又翻阳台？"她嘟囔。

"我敲了门，你没听见。"周司远义正词严。

宁安然留意到他手上有衣服，故意问："你干吗？"

"洗澡。"

"你跑我这儿洗澡？"

"嗯，我家热水器坏了。"

宁安然抬脚踢他："宿舍统一用锅炉，你哪儿来的热水器？"

周司远倒也不躲，任她踢，懒懒地道："那就是水龙头坏了。"

见他脸不红心不跳地撒谎，宁安然啼笑皆非，白了他一眼："周司远，你也太不要脸了。"

周司远不理，单手拎着T恤的领口往上一提，脱下衣服，就这么半裸在她面前。

肌肤冷白，结实，窄腰，腹部平整，露出两个腰窝。他还穿着制服的裤子，没有皮带，松垮地挎在胯上，露出若有若无的两道斜线。

很诱人。

虽然这两天,他们已经多次深度融合,但灯火通明下,瞧见这么美好的身体,宁安然多少还是有点拘泥的。

她咳嗽一声,稍稍别开视线:"那你洗吧。"

说着,她捏着毛巾,准备跑出去,可刚跨出一步,就被周司远扯了回去。

他掐着她的腰,将她摁进怀里:"等会儿,你家水龙头……"

"我不会开。"

这一晚,周司远又是好一番折腾,而以他的恶劣程度,自然不会忘了陆沉的挑衅。

宁安然捉住他的手,颤声叫屈:"又不是我挑衅你,你该惩罚他。再说,我怎么就不能考虑考……啊!"

剩下的话被拆碎。

最后一次结束,宁安然看着床头的黑袋子,悠悠地问:"后勤发这个的频率高吗?这会不会是一年的配额?"

餍足的某人无所谓地道:"没事儿,我明天去把陆沉的配额领了,反正他也用不上。"

宁安然抬脚踢他小腿:"你能再无耻点不?"

进入九月,各分工会紧锣密鼓地比起了趣味运动会的分组赛,网络歌手大赛的初报名也进行得如火如荼。

宣传处和网络中心每天忙着审核上传的视频,听歌听得耳朵都快工伤了。

不得不说,这些平时一板一眼的工程师唱起歌来,还真不比男团选秀那些人差。

比赛报名截止日下午,朱佳佳正在审核最后提交的几个作品,忽然,握住耳麦尖叫:"我的天!他们怎么也参赛了。"

"谁啊?你这么激动。"杨帆问。

"你们来看就知道了。"

宁安然随大伙儿放下手里的活过去,定睛一看,不由得和朱佳佳一样睁大了眼。

报名信息上,赫然写着"演唱者:周司远、沈书周;演唱作品:《我们俩》"。

"快点开看看。"杨帆很兴奋。

朱佳佳连忙拔掉耳麦,选择外放,然后点击加载视频,一秒后画面跳了出来。

镜头下,周司远和沈书周穿着一黑一白的衬衫,随意地坐在篮球场边的台阶上,一人挂了一根耳机线。

短暂的前奏后,最先开口的是沈书周:"你在左边,我紧靠右,第一张照片……"

声线很温柔,略带一点点沙哑,配合他温润的气质,一下就抓住了人的耳朵。

朱佳佳捂住嘴,把尖叫堵在喉咙里,眼睛闪闪发光。

宁安然的视线却始终落在旁边半垂着头的男人身上,心跳一下快过一下,直到他唱出来:"太多感触,已不同了,世界变了……"

不同于沈书周的温柔,周司远的声音有一种少年感与成熟感交融的奇妙气质,淡淡的,像清泉,如月光,没有甜得发腻。

合唱部分,两人的声音都很有辨识度,却又融合得不尖锐突兀。

唱到副歌那句"永远爱你是我说过"时,周司远忽然直视着镜头,声音沉稳、笃定。

宁安然心里"嘭"地炸出了一场绚烂的烟花。

十几年前,他也是这样,站在临川的操场上,对着她的方向,用少年特有的散漫和温柔,唱着:"太久太久,是否过了太久,忘了忘了,开始怎开始的,喝醉了小河边唱着歌,永远爱你是我说过……"

关于他们的流言在临川早已不是秘密。

当他唱到"永远爱你是我说过"时,整个教学楼都沸腾了。

鼓掌声、口哨声、尖叫和起哄声此起彼伏。

陈筱筱在旁边揉她的肩膀:"你的男孩太帅了!"

宁安然没有像从前一样纠正她的说辞,只是盯着操场的方向,周遭人声鼎沸,耳边只有心脏鼓动的喧嚣,还有他结束时,隔着人潮,对她说的那句"我们俩,毕业快乐"。

我们俩,是歌名,也是他和她。

他用他的方式给了她一场盛大的快乐。

"啊啊啊啊啊!"朱佳佳的声音将她从那个夏天拉回来。

"太绝了,我不行了!"

老黄手托着玻璃杯,笑道:"这放出去还不直接把其他人全秒了。"

"绝对!"朱佳佳断定。

沈书周、周司远,这两人随便一个拿出来参赛都够抓眼球了,何况他俩还双剑合璧。

"不过,这个录音还是粗糙了些。"老黄客观地说。

"不重要！"朱佳佳很有发言权，"初赛比的就是人气和魅力。"

这两人，往镜头前一站，哪怕是不张嘴，都能俘获一群"颜狗"的票，更何况他们唱得很不错。

"我打赌，他们初赛绝对第一。"朱佳佳边说边火速通过审核，把视频传了上去，并广泛通知各小姐妹，快去给我听和投票！

果不其然，当天晚饭时间，《我们俩》的播放量和投票数就断崖式地位列第一。甚至，在车上、路上、食堂，宁安然都瞧见不少人在刷这个视频。

晚上周司远有会，无法和她一起吃饭，她和处里的人一起去食堂，自然又收到了不少目光。

回到家，她洗了澡，忍不住又把那个视频翻出来看了一遍，并和朱佳佳一样发出了迷妹的尖叫。

这男人怎么总那么帅！

这么帅的男人还是她的，这个认知让她更是甜得想打滚。

十点多，周司远加班回来。

宁安然靠在床头看书，手机搁在床头，见他又拿着衣服进来，只是略略掀了眼皮，说："结束了？"

"嗯。"周司远捏着衣服站在离床半米远的地方，漫不经心地问，"在看书？"

因为要做新媒体，宁安然会抽一点时间集中去刷一些短视频和文章。

"嗯，手机在充电。"宁安然不抬眼地说。

周司远视线投向她反扣的手机，笑了，上前揉了下她的脑袋说："线都不插，充哪门子电？"

他边说边扯过床头的充电线，准备帮她插上，脖子上却勾上来一双手。

他偏眸，望着仰着脸，笑得像个得逞的小狐狸的人，懂了。

果然，她勾着他的脖子，语气笃定得很："你想让我看你的视频吧。"

周司远将就她的高度，弯腰，单膝跪在床沿，注视她的眼睛："喜欢吧？"语气不仅笃定，还很骄傲。

"喜欢。"宁安然轻晃他的脖子，问，"什么时候录的？"

"前天。"

"为什么拉上沈书周？"

"是他拉着我。"周司远纠正。

"哈？"

"他想唱歌哄老婆开心，自己一个人不好意思。"

宁安然噘嘴，长长地"哦"了一声："敢情你是挂件啊。"

"谁是挂件？"周司远不服，"比赛是我要参加的，歌是我定的，录像的人也是我找来的，他才是那个挂件，懂？"

"懂。"宁安然笑着点头，关注点在——"衣服谁搭的？"

"当然也是我。"

"搭得不错。"

周司远甩给她一个"那还用说"的眼神。

宁安然被他傲娇的模样逗笑，手指在他脖子上勾勾画画："你穿黑衬衫比白衬衫更帅，很欲……"

周司远垂下眼睫，很是嫌弃地斜着她挂在自己脖子上的手："那你还搁这儿挠痒痒？"

宁安然好笑，照着他的脖子拍了下："脏死了，快去洗澡！"

周司远瞪了她一眼，倒没有废话，拿起衣服进浴室。

快到门口时，听见身后的人悠悠地问："水龙头会用了吗？"

他勾唇，转身，大步流星地走到床边，打横抱起了笑得一脸狡黠的人，直接进了浴室。

《我们俩》以一骑绝尘之姿拿下了初赛冠军，挺进决赛。

杨帆看着后台导出的播放量，啧啧称赞："四百八十万的播放量，咱们系统全部员工都没这么多啊。"

这次比赛是放在他们内部的视频端，并没有对外发布，也就是说这些播放量全是系统内部职工点击出来的。

"同一账号多次点播也计算在播放量内。"网络部的同事解释。

程俊笑道："说明大家在反复播放嘛。"

"我就刷了几十遍。"朱佳佳说。

宁安然没接话，她也就刷了个十几遍吧。

按照比赛规则，一共十二个作品进入决赛，决赛是比现场，并且同步直播，时间就定在运动会结束，合并颁奖。

这边演唱比赛告了一段落，那边的趣味运动会也进入了最后赛程。

根据分组，宣传处和飞船系统一队，八院来的人不属于基地常驻人员，按照参属，一起分到了飞船队，而周司远所在的空间站系统则和航天员系统组成为天阁队。

晚上正是飞船队VS（对抗）天阁队的比赛。

作为宣传处的女子主力，宁安然参与的是背背佳这一项目。

所谓背背佳，就是十六个人，八男八女，按照两男两女，每四人一组背对背合成一圈，腰上套一个大的呼啦圈参加接力跑，跑步过程中，四人必须背对背，出现转向，则视为成绩无效。

宁安然他们这个小圈里是杨帆、朱佳佳和陆沉。

确定小组名单的当晚，宁安然就知会了某自称爱吃醋的男人，不过他只是轻飘飘地斜了她一眼："你当喝醋是喝水啊？"俨然一副不屑的态度。

只是，拿到天阁队的队员名单后，宁安然就有些啼笑皆非。

"小周胆子不小，居然跟女朋友打擂台。"王姐盯着对面正在贴号码牌的周司远，打趣道，"小宁，等会儿咱要是输了，晚上你就让他跪搓衣板。"

"键盘也行。"杨帆看热闹不嫌事大。

宁安然笑："没有榴梿壳吗？"

"够狠！"杨帆竖起大拇指。

朱佳佳："那我们要是赢了呢？"

"那更简单，让他跪着唱《征服》。"杨帆笑。

众人笑成一团。

玩笑归玩笑，正式开赛前，大伙儿还是认认真真地在场边热身。

十分钟后，两队开始排兵布阵，决定接力的顺序。

宁安然他们这圈实力均衡，被排在了最后一棒，而那边，周司远那圈被排在第三棒，负责冲刺，拉距离。

一声哨响，比赛正式开始。

两队的第一棒皆像离弦的箭一样冲了出去，但很快两队的速度又都慢了下来，考验小组协作能力的时候才刚刚到来。

按照规则，所有人必须背对背，这就导致后面三人的步伐是侧着走和倒着走，光靠前面带路的男生冲完全没用，前面太快，后面的人步子却乱成一团，一不小心就会跌倒、绊倒。

为此，他们在训练时就定下两个女生站侧方，侧着跑，前后则交给体能更好的男生。

显然，天阁队也和他们采用了同样的策略。

第一棒和第二棒，两队旗鼓相当，几乎是同时交出了接力棒。而到了第三棒，周司远带领小组一路领先，拉开了十几米的距离，率先交出了接力棒。

压力陡然给到了飞船队。

宁安然死死盯着奔向他们的队友，舔了舔嘴唇。

这个差距，他们必须要比平时速度更快才有机会反败为胜。

随着第三组的最后一跃，接力棒交到了杨帆手里，只见他一接棒就开始加速狂奔,宁安然和朱佳佳则紧紧拽着呼啦圈,奋力跟上他的步伐,陆沉更是加快频率,努力配合整队前行。

很快,被周司远甩开的差距在缩小,他们渐渐拉近了和天阁队的距离。

观众席上加油声顿时升级。两边啦啦队互不示弱,一声赛过一声地嘶喊着。而沉浸在比赛中的四人置若罔闻,心里只有一个念头:快点,再快点。

两队距离更近了,宁安然咬紧牙关,克服着体力不支。头有点晕,鼻子里仿佛有液体滑出来,她用手背飞快地抹了一下,又抓紧了呼啦圈。

心跳得很快,像是下一刻就要从胸口蹦出来,鼻子里依旧滑溜溜的,但她已然顾不上擦拭。

终点就在前方了,他们已经追平了天阁队。

两队都在奋力一搏,加油声、鼓劲声不绝于耳。

一片喧闹里,突然钻出一声高喝:"宁安然,加油!"

声音穿透鼎沸的赛场,直击宁安然耳膜。

是周司远。

原来,此刻两队前三棒的队员全部凑在了终点边,等他们撞线。

听见周司远猛一嗓子的加油声,天阁队队员先是一愣,随即相视而笑,集体高呼:"宁安然,加油!"

飞船队当然不遑多让,紧随其后,也跟着喊:"宁安然,加油!"

接着,全场似乎都加入了起哄,都在喊:"宁安然,加油!"

换作平常,宁安然该大窘了,可这次她只觉得满满地充盈,仿佛有一股磅礴的力量注入体内,让她奋力跃过了终点。

撞线的那刻,她看见了周司远。

他一个大步上前,单手搂住了她,然后用力捏住了她的鼻子,说:"用嘴呼吸。"

其余三人都还套在圈里,闻言纷纷扭头过来,这才发现她鼻子和脸颊上有血痕。

宁安然也很蒙,她一边张嘴大口大口喘气,一边缓而无力地抬起手,发现手背上果然沾了一抹暗红的血迹。

她依偎在周司远怀里,眨巴眨巴眼,喘着气问:"我又流鼻血了?"

周司远给了她一个眼神:你说呢?

那头,张广和程俊已小跑过来,紧张地问:"没事吧?"

"没事。"周司远捏住她的鼻子,解释道,"她运动后,太兴奋就容易流鼻血,一会儿就好了。"

"要不要让医疗队来看看?"陆沉不放心。

"应该不用。"周司远捏住她的鼻子,低头问她,"还有哪里不舒服吗?"

"没有。"宁安然整个脸往后仰靠在他胸口,小声道,"就是,能把我脸打马赛克吗?"

比赛结束,天阁队以微弱的劣势输给了飞船队。

对此,全队认为宁安然功不可没,领奖时非要她站正中间,还撺掇组委会给她颁发一个浴血奋战奖。

宁安然无语凝噎,偏偏杨帆还煞有介事地问她:"你老实说,到底是因为比赛太激动,还是看见周工在前面,被帅得流鼻血?"

宁安然哂笑:"我是被你熏得流鼻血。"

关于她运动后一激动偶尔流鼻血的毛病已让她几度成名,第一回就是在高一运动会上,她被抽到去跑女子800米,跑着跑着,鼻血就滴出来了。

巧的是,当时周司远正好在田径场中间的场地比跳高,她跑得上气不接下气,还要顾及形象,不想让他看见自己龇牙咧嘴、风中凌乱的模样,结果……快到终点时,余光扫到周司远在助跑,然后背身一跃,像一只敏捷矫健的猎豹,轻松越过了竹竿。

动作干净利落,帅得一塌糊涂,引来一片尖叫和欢呼。

同一时间,宁安然也拖着灌了铅一样的腿跑过终点,然后,听见了陈筱筱的尖叫:"啊啊,你流血了。"

宁安然隐隐约约感觉鼻子里有东西流出来,伸手一摸,红色的。

不远处,周司远听到声音已飞奔过来,二话不说就捏住她的鼻子:"别怕,没事。"

宁安然刚跑完,上气不接下气,被这么突然堵住呼吸通道,一紧张,嘴巴就不受控地"噗"了一声。

像……放……屁。

于是,目光所及,她看见了男孩扬起的眉眼、耸动的肩膀,以及陈筱筱笑得扭曲的脸。

事后,陈筱筱坚持认为她是因为看见周司远犯花痴才兴奋得流鼻血。直到大二那年,她又因为体测跑步流了鼻血,周司远带她去医院检查,才知道她有轻微的过敏性鼻炎,鼻腔水分不足,充血状态下就容易出血。

陈筱筱知道这病因后,还挤眉弄眼地问:"那你俩那啥时,会不会也……"

"滚!"宁安然自然不会理她,但那段时间总会不由自主地思考这事,甚至含含糊糊地提醒周司远,"那个,要不,咱们还是注意点。"

周司远起初没懂,等明白她说的意思后,附在她耳边说了一句话。

宁安然的脸轰地爆红，从此以后倒再也没担心过水分不足流鼻血的问题。

比赛陆陆续续地进行，到了月底，趣味运动会就告了一段落。

第一、二、三名出炉，天阁队拿了总冠军，飞船队获得亚军。

按照计划，颁奖和歌手大赛决赛放在同一个晚上。

宁安然这段时间制作科普视频、准备大赛直播，忙得脚不沾地，好几个晚上甚至比周司远回得还晚。

好不容易忙完视频，得了点空闲，周司远又被派去北城出差，且一去就是一个礼拜，直接缺席了歌手大赛的决赛。

"安然姐，周工真的赶不回来吗？"朱佳佳仍不死心地问。

"嗯，回不来。"宁安然核对着调度表说，"会议明晚才结束，他最早也得后天才能赶回来。"

"早知道这样，我们比赛推迟一天嘛。"朱佳佳任性地说。

话虽如此，却知道这根本不现实，一场比赛关系多少人，又有多少部门前前后后地付出，怎么可能为了一个人随便更改？

"没事啦，不是还有沈教授在？"宁安然宽慰道。

不能听周司远再唱一回现场，要说不遗憾那是假的，但是……来日方长，整个人都是他的，她相信总还有机会的。

决赛日，宁安然起了个大早，吃完早饭就直奔现场。比赛安排在傍晚，场地就在问天林旁边的空地上。舞台、座位等早在昨天就搭建好，此刻工作人员正在拉线布置灯光和音响。

宣传处今天的主要任务就是负责好比赛的网络同步直播。

前期，他们已经调试过很多次，但是直播这玩意儿，除了硬件设备到位，更多的是考验现场导播的临场反应和应变能力。

这个重任，就交给了宁安然。

怕她压力太大，程俊再三给她松绑："咱们这是第一次试水，又是自娱自乐，出点小问题、有点小毛病也是正常的，你们不要太紧张。"

宁安然的性子是做了就会全力以赴，嘴上虽应着好，但还是打起了十二分精神，力求不出纰漏。

六点半，比赛正式开始。

直播车里，宁安然戴着耳麦，全神贯注地盯着各机位送来的画面，不时指挥杨帆和佳佳切直播的场景。

沈书周是第五个出场，他选唱的是齐秦的《原来的我》。

他本就是超高人气选手,主持人刚报完他的名字,下面的观众就已开始欢呼,而灯光一亮,大家看见他手里抱着的吉他时更沸腾了。

沈书周今天依旧穿着最简单的白衬衫和黑西裤,坐在琴凳上,慢慢拨动琴弦,琴音低缓,温柔的声线流出:"给我一个空间,没有人走过,感觉到,自己被冷落……"

纵是已经听过两遍彩排,宁安然也被耳麦里传出的歌声打动了。

作为头号粉丝,朱佳佳拿着纸巾摁眼角,但感动归感动,工作一点没耽误,适时地切了一个近景。

镜头里,沈书周半垂眸,视线似乎是落在琴弦上,又像是落在了一个虚空的位置,他随着琴音,吟唱:"既然说过深深爱我,为何又要离我远走,海誓山盟抛在脑后,早知如此,何必开始,我还是原来的我……"

字句里竟有一股浓浓的悲怆。连没什么音乐细胞的杨帆都说:"沈教授这歌听着也太难受了。"

一曲结束,镜头扫过观众,竟是不少人泪眼蒙眬。不知又有多少人想到了那些"早知如此"。

沈书周后,剩余选手按顺序登场,随后就是电脑统计票数,公布名次。

沈书周拿了第二名,冠军是航天员系统的原创歌曲《问天》。

颁完奖,朱佳佳还在遗憾:"要是周工也在,第一名肯定是他们。"

宁安然笑了笑,不置可否。

收拾完东西,宁安然婉拒了张广一起吃夜宵的邀请,准备回家洗个澡好好睡一觉。这里离宿舍还有段距离,她正思忖找谁顺路带自己回去,手机响了。

拿出一看,是周司远。这个点,他应该刚开完会。

宁安然接起,声音里透着疲惫:"喂。"

"结束了?"

"结束了。"

"累吗?"

"累爆了。"她嘟囔。从早到晚,她跑上跑下,几乎没坐过,腰都要断了。

"还有力气听一首歌吗?"

"嗯?"她累得反应迟了半拍。

"沈书周选的那首不适合我。"听筒里,他声音懒洋洋的,"我唱另外一首。"

"哪首?"

"回头。"他缓缓地说,声音在夜里低沉沙哑,"我唱给你听。"

宁安然愣了一下，反应终于搭上了线。

她猛地回头，看见男人就站在空荡荡的舞台边，背后是还没拆完的排灯。

他远远地朝她招手，然后，手撑舞台，一跃坐在了舞台边缘。

电话还没有挂断，他凝视着她，闲闲地问："唱了？"

"嗯。"宁安然点头，握着手机，一步步朝他走近。

耳机里，温柔磁沉的歌声缓缓而来："嘈杂世界里，拥挤人海里，每个翻来覆去全部关于你……兜兜转转我还是一样喜欢你，把我最美好的回忆都给你……奔向你的我总怕来不及……把我最美好的回忆都给你……"

宁安然想到了高考前的那一夜，他在万众瞩目下唱《我们俩》；而今天，他跨越山水而来，为她一人清唱《把最好的都给你》。

这是周司远的浪漫，在人声鼎沸的欢喜里，在狂欢散尽的寂寥里，他始终唯独望向她，他始终为她而歌，始终把最好的都给她。

快乐的时光总是短暂。

九月末，宁安然结束基地的工作，周司远休假陪她飞去青州看钻石乐队的巡演。

在青州，自然见到了周书瑶和诺诺。对于两人重修旧好，周书瑶一点都不意外。

"他电脑、手机里全是你的出镜视频，能把你忘了才有鬼。"周书瑶毫不吝啬地出卖弟弟，"还有，他房间里有个箱子，里面应该全是你的东西。"

周司远呢，一点都不怕她揭秘，不甚在意地在一旁陪诺诺玩。

不想，诺诺冷不丁冒出一句："舅舅，那个女孩子把你追到手了吗？"

宁安然一愣，疑惑地看向沙发上一大一小的两个人。

只听周司远懒洋洋地"嗯"了一声："算是追到了吧。"

"太好了。"诺诺开心地说，"那我明年又能去看火箭了。"

周书瑶见她一头雾水，就解惑："每年暑假我们都去基地住一段时间，但今年，他打电话让我们别去，说……"

周书瑶故意提高了点音调，好让周司远听见。

"他说，有个女孩子千里迢迢跑过来追求他，他得留心看着，免得她半途而废。"周书瑶撩了下浓密的头发，问宁安然，"欸，你见过有人被追还要给对方买演唱会门票的吗？"

宁安然早已知道那两张演唱会门票是周司远请周书瑶帮忙搞来的，闻言笑道："见过一个。"

周书瑶嫌弃地瞥了眼自家弟弟:"我也就见过这么一个傻子。"

沙发那边,周司远充耳不闻,诺诺却睁着一双大眼睛,奶声奶气地问:"舅舅,追你的人是不是就是舅妈?"

"这都被你发现了?"周司远点了下她的鼻子,"比你舅妈聪明。"

诺诺眨了眨眼,转头看向宁安然,有些迷茫:"舅妈,你为什么要追舅舅呢?"

宁安然笑了笑,把视线从诺诺身上移到周司远脸上。

两人视线相对,她俏皮地说:"因为他在等我给你做舅妈啊。"

演唱会后,就是奶奶生日,两人在青州只待了两天就飞回江陵。

宁安然自小独立,姚静娴对她的工作、恋爱、婚姻都不过多干涉,加上她和周司远的事,家里人多多少少知道个大概,见她这回直接把人领回来,都是开心较多,尤其奶奶,更是拉着他们的手,嘱咐他们要好好的。

正值国庆长假,两人索性就留在江陵玩,每天吃吃喝喝,循着记忆,走过少年时的每一条路和小巷,一路走,一路回忆,好不开心。

假期最后一天,两人回了临川。

尽管没有上课,但学校管理很严格,校外人员不得随意入内。但到了门口,保安并未拦着他们,还亲切地同宁安然打招呼:"又来了。"

宁安然笑了笑,从兜里顺手摸了两包烟递给他,说:"这是我男朋友。"

周司远见她动作娴熟,低头笑了笑。

进了门,两人在空寂的校园里晃了一圈,然后去了二楼的露台。

和之前不同,现在这里已经不再上锁,据说是他们毕业后不久,学校觉得这么好的地方留给一两个学生不合适,便将那道门拆掉,花园改为公用。

进入花园,宁安然把周司远带到一个花坛前,说:"我们毕业的时候说,以后每年都来。"

大学四年,他们确实每年都回来一趟。

"跟你分手后,我自己也回来。"宁安然蹲下来,指着花坛一角,对他说,"每次回来,我就在这里写一句话,留给你。

"其实,我知道你不可能看到,但我觉得,也许有一天,等我病好了,我就去找你,把你带到这里来看我留给你的话。"

她吸了下鼻子,逼回眼底的酸意。

周司远蹲下来,视线落在那块墙砖上,那里有用尖锐的东西刻画的痕迹。

2011年11月28日,zsy,我爱你。

2012年9月17日，zsy，我很想你。
2013年5月9日，zsy，我要去港城了。
2014年12月25日，zsy，圣诞快乐，可我一点都不快乐。
2015年8月11日，zsy，我梦见你喜欢上了别的女孩子。
…………
2018年1月1日，zsy，我还想和你在一起。

整整八年，每一年都有她留下的笔记。
"是不是很傻？"宁安然自嘲。
周司远摇头，不说话，只是带着她绕到花台后面，指了某块墙砖。
宁安然蹲下，发现上面也刻了字。

笨蛋，梦是反的，我们会一直在一起。

宁安然捂住嘴："你什么时候写的？"
"今年一月二十三日，我妈忌日那天。"周司远把她拉起来，"每年我也会来这里，但我今年才看到你写的。"
一月二十三日，那时候宋云彬还没来找她，还没邀请她进入航天新闻中心，而他已笃定地写下他们会一直在一起。
宁安然想到："你打算去找我吗？"
"出境申请都批好了。"
从前，他总在等她踏出第一步，而那一天，他决定未来，由他来走好每一步。

国庆后，宁安然走马上任。
新中心正式运行，她手上管着全中心的新媒体端口和所有公众号，一切又都在初运营阶段，千头万绪。
周司远那边，问天一号进入试射倒计时阶段，同样忙得不分昼夜。
陈筱筱得知他们的近况，不由得感慨："你们这刚和好就两地分居了？"
其实，比起普通的异地恋，他们看起来情况更糟糕些，因为工作性质，他们连时刻保持联系都无法实现。
但是，周司远在用他的方式来谈恋爱。不管再忙，他每天都会跟她通一个电话，三不五时，她会收到他投送的零食甜品和礼物，他送她手绘的星空图，给她录制基地的蝉鸣，让她感受他骑摩托车时风从耳边吹过的肆意……

他在用他的方式，让她体验他的陪伴，让她快乐。

罗教授给的那颗药一直放在床头柜的抽屉里，她的情况比想象的还要稳定。

就这样，一转眼就到了年底。

十二月的某一天，集团召开干部大会，宣布新的人事任命。

宁安然抱着一大堆选题报告进了会议室，没留心周围的人都在聊新的人事任命。

她对这些一向无感，反而是手里的选题对她来说更有趣。

不知过了多久，旁边的人推了她一下，紧接着，便听到了掌声。

她从善如流地跟着邻座的同事站起来，一边机械地鼓掌，一边顺着大伙儿的目光看向门口。

一道颀长挺拔的人影撞入眼帘。

他今天没有穿蓝色制服，而是穿着黑色西装、白衬衫，将他整个人衬托得更加笔挺。在他前面是满头银丝的袁老、常宏亮以及李国民等人。

宁安然愣住，看见他似乎抬头看了她的方向一眼，随后跟着袁老等人落座在了主席台。

邻座同事见了，撞了撞她："小宁，你瞒得够深的啊。"

宁安然一头雾水，凝神一听，正好听见集团书记在说："经袁仁同志和指挥中心提名，集团党委充分考察，决定任命周司远同志接任航天指挥中心总指挥长……"

航天指挥中心？那不就在北城？

他要常驻北城工作了？

宁安然抬头看向坐在主席台的周司远，心跳有些快。

离开高州前，他说："宁安然，我们的爱不是单枪匹马，不用退让牺牲，只有比肩而立，齐头并进。"

眼眶微润，心头的暖意汩汩而出。

会议结束，她并没有随人群离开，而是站在原地，看着那个男人一步一步穿过熙熙攘攘的人群朝她稳稳地走来。

一如十四岁那个夏天，他手握一把彩旗，迎着烈阳，坚定地朝她奔来。

宇宙中的原子不会湮灭，我们一定会在一起。

-正文完-

番外一 辞旧迎新

人事任命一结束，周司远当天晚上就飞回了高州。

问天二号发射在即，为保障工作顺利进行，他仍然是问天的0号，将在最后一刻按下发射按钮。

"问天这边还没有更合适的人选，估计一段时间内都得北城、高州两地跑。"周司远如实道。

宁安然很乐观："没事儿，总比之前好。"

距离预计发射的窗口期还有两周，周司远几乎住在了指挥中心，而作为新闻中心融媒体端负责人，宁安然同样忙得不分朝夕。这是融媒体正式运行以来第一次承担大型新闻发布和报道，她要打的仗，要做的准备丝毫不比他轻松。

不过，再忙碌，两人依旧见缝插针地保持联系，互道一句"早安"和"晚安"。

发射期一天天临近，从北京的指挥中心到远在胡尔的着陆场，每个单位都按照进度表紧锣密鼓地准备着，悬在指挥中心的倒计时单位已经从天变成了小时。

LED数字渐渐变小，当跳到"3:00:00"时，站在融媒体中心直播间的宁安然听见耳麦里传来了一道清洌冷沉的声音："这里是问天二号发射任务指挥中心，我是0号，请各号确认是否准备就绪……"

演播大厅的硕大液晶屏上出现了一张熟悉的脸。他坐在指挥台前，目光坚定沉稳地盯着面前各系统传回的实时画面，冷峻的神色将他本就轮廓分明的五官衬得更为硬朗和锐利。

宁安然盯着这张日思夜想的脸，心跳有些快，下一秒，却平静地举起了对讲机，下达指令："演播室准备，三十秒后直播开始。"

这一次，新闻中心将全程直播问天二号发射全过程，并将信号同步给兴平社等国内权威媒体,实现多平台互动直播,让全球观众实时跟踪发射进程。

左边耳朵的频道里,各单位在陆续向指挥中心汇报:"报告0号,10号已准备就绪……"

"报告0号,9号已准备就绪……"

宁安然分神听着,眼睛落在演播大厅正上方的倒计时上,沉静地报数:"十、九、八……"

"报告0号,4号已准备就绪……"

"三、二、一!"

几乎同时,新闻中心两位主持人微笑着向全球观众问好:"观众朋友们,上午好,这里是中国航天集团新闻中心,我是主持人……"

长达三小时的直播就此拉开序幕,直播间瞬时涌进了近千名观众。早已准备好待命的话题组,立即在互动区抛出了第一组话题——"#此刻,我想说……#"。

△此刻,我想说,祖国真厉害。

△此刻,我想说,钱爷爷、邓爷爷,这盛世如你们所愿。

△此刻,我想说,致敬那些默默奉献的航天英雄。

…………

评论如潮水般涌入,互动区的字幕飞速向上滚动。

左耳声道里,男人沉稳的声音再次响起:"各号注意,发射时间为11时30分……"

同一时间,主持人正根据直播方案,连线前方记者。画面切到了高州基地,扎着高马尾的朱佳佳精神抖擞地出现在镜头前。

"佳佳,你好,你现在在发射基地,能否给我们介绍一下目前前方的准备情况呢?"

"好的,主持人。"朱佳佳落落大方地一笑,接过了话,"为了保障本次发射圆满执行,各系统早在两个月前就开始准备……"

听见她自信昂扬地介绍着各系统为问天二号发射做出的贡献,其间还顺带科普了一些相关的知识,宁安然嘴角微微扬起。她偏了偏头,看向分屏器上的另一处,那里是发射场,而在镜头前严肃待命的正是杨帆。

几个月不见,他们每个人都在努力成长。

两次连线后,直播接入先前录制好的采访视频,主持人抽空喝水休息。这段视频报道的是火箭发射系统,被采访的正是陆沉,互动区瞬时炸开了锅。

△这位工程师哥哥长得也太帅了吧?

△现在报考航空工程还来得及吗?

△果然，优质的小哥哥都上交给祖国了。
△啊啊啊，火箭小哥哥！
△告诉我，告诉我，今天能蹲到其他大神吗？
…………

宁安然笑了，随着科普系列视频的推出，陆沉、沈书周等主讲人火爆出圈，在网上掀起了一波航天热潮。不过，周司远因为综合原因，并没有做主讲，否则又得添上一份尖叫。

几段视频后，直播继续切回主持人与嘉宾的互动。时间一分一秒地过去，LED数字一点点变小，距离发射只剩下三分钟。

此刻，左耳声道里落针可闻，只有隐约的电流穿过……

指挥中心的显示屏上，寂静一片，一块分屏上，支架已打开，火箭矗立在发射井上，就绪待命。

那是全新亮相的"长运B-5zV"运载火箭，由陆沉所带领的八院研制，也是在周霂成原有设计构想上加以创新改造的。而今天，这个大家伙将带着中国空间站核心舱飞往太空，搭建起属于中国航天人的太空之家，为人类探索宇宙搭起天梯。

火箭能不能运载发射，空间站核心舱能不能成功入轨，能不能实现交互对接，全在今天。

作为航天人，宁安然清楚这是一次只能、也只会成功的发射，可同样作为航天人，她更清楚，为了保证这个只能、只会，数十万计的航天人在背后默默做出了多少贡献。

她望向画面最中间的男人，他的神色依旧平静而专注，窥不出丝毫紧张的情绪，深刻的五官轮廓尽显刚毅。

从二十四岁接过问天工程0号指挥这个重担，五年，一千五百多个日日夜夜，数以万计的心血和汗水……都凝聚在了这一天。

一阵酸胀的热意从心底淌过。

导播将直播信号切到了最前方的指挥中心，一群身穿蓝色制服的航天人出现在观众面前，他们坐在各自的岗位上，紧张地忙碌着。

镜头缓缓扫过，周司远完美的侧颜跃过画面。

疯狂刷着激动兴奋心情的互动区里很快挤进了新的声音：

△刚刚那位一闪而过的小哥哥是谁？好帅啊！
△嗯嗯嗯，我也看见了，好帅！
…………

一片热闹的互动里，指挥中心的人仍在有条不紊地工作着。

最后一分钟,镜头再次给到了周司远。

左耳无线电和网络转播里同步响起了他清晰沉稳的声音:"各号注意,一分钟准备!"

△啊啊啊,声音也好好听。

△正经点!就要发射了。

△好激动、好紧张。

△有什么好紧张的,相信中国航天,从未失败过。

△怎么办,有点想哭……

计时器快速跳动着,整个演播大厅仿佛被一个巨大的降噪罩笼住,所有人的目光全落在画面中心的男人身上。

只见他身子微微前倾,一丝不苟地报出数字:"十、九、八、七、六、五、四、三、二、一,点火!"

火光从火箭下方猛然喷出,瞬间照亮了发射塔架,一团巨大的白烟翻卷而起,稳稳地把火箭托举起来。

"火箭起飞!"1号在调度上喊着,声调高昂、亢奋。

"T0,11h30m03s。"1号报出了起飞时间。

随即,2号、3号、4号……陆续开始报出"抛逃逸塔""助推器关机!""助推器分离"等指令。

新型火箭搭载着中国自主研制的空间站核心舱又快又稳地飞向太空。

二十几分钟后,随着最后一声"舱箭分离",火箭将核心舱漂亮地推入轨道。

坐在指挥长位置上的年轻男人仍旧冷静自持,通过扬声器,沉声宣布:"中国空间站准确入轨。"

现场响起了热烈的掌声,大家站起来,脸上洋溢着自豪和骄傲的笑容。

在一片欢呼和掌声中,周司远缓缓起身,朝着所有工作人员深深地鞠了一躬:"谢谢大家,辛苦了。"

掌声如雷,宁安然眼睛涌上一片酸意。

她偏开视线,清了清嗓子,在对讲机里说:"五秒,切回演播室。"

他的工作告一段落,而她仍要继续。

评论区开始刷屏——祝贺空间站成功入轨!

主持人简单串场后,按照事先安排,再次连线了高州指挥中心。镜头前,满脸激动的朱佳佳已站在周司远身旁,准备做简单的采访。

三个提问和答案都是早就审核过的,第一个是问他此刻的心情,第二个是请他介绍这次空间站发射的意义,第三个是了解空间站入轨后还会有哪些任务和工作。

虽有提纲,但周司远并未背答案,而是用他的话简单做了介绍和说明。

不知是氛围比较轻松,还是朱佳佳故意的,在周司远答完后,她俏皮地问:"周工,我们已经知道了空间站接下来要做什么,那么我想问,你接下来最想干什么?"

周司远长得高,之前采访时,他都是垂眼瞧着朱佳佳,而听到这个问题后,他缓缓抬起头,直视镜头,嘴角微微弯了下:"陪她。"

两个字,像一枚炸弹,将互动区炸翻了。

△啊啊啊啊,我看到了糖糖!

△是她吗?她?果然,完美的男人都是别人的。

△五分钟,我想知道她是谁。

△楼上的,少作死,这不是娱乐版。

△开玩笑,开玩笑的,我还不想被拉去喝茶。

△只有我注意到了小哥哥手上的皮筋吗?

△不,你不是一个人,我也看到了,好像还有个吊坠。

△是她的,是她的,一定是那个她的。

△怎么回事,越来越甜了啊……这……我已经脑补出了一个神仙极品爱情故事。

△我知道不应该,可是我好嫉妒皮筋姐姐。

△航天人的家属是很辛苦的,我表舅是搞航天的,忙起来一年回不了一次家。

△对对,致敬致敬……

宁安然看着屏幕上闪出的字,再看向画面里的周司远,果然瞧见他袖口处露出了一根黑色的皮筋,细看还有一个小小的吊坠,好像是星星。

她认出来,那是高一英语公开赛录制前她扎在头上的皮筋。那天,造型师将她的头发半披散下来,没有用上原来的皮筋。后来,周司远顺手就从她手里拿了过去,套在自己手腕上。

这么多年,他居然还留着这根皮筋。

宋云彬不知何时走过来,在她身后笑道:"这回总算破案了。"

宁安然回头,对上他促狭的笑眼。

"整个问天项目组都知道,他每回执行重要任务,手上都会戴着这东西。"宋云彬打趣道,"老常那时就说,肯定是个姑娘的。"

这不废话吗?周司远一个大男人,哪里用得上皮筋,还挂个水钻吊坠……

只是,他每次执行任务都戴着这根皮筋干什么?护身符吗?

宁安然好笑，决定等他回来要好好问问。

周司远回来是在一个礼拜后，随行的还有整个问天的核心团队。

功臣归来，上面给予了隆重的欢迎仪式。作为"家属"，宁安然跟随一群人前去接风。

航天中心的大门口已被装点得花团锦簇、热烈盎然，处处洋溢着喜庆的氛围。领导、家属、同事站在门前，翘首以盼。

终于，入口处，一辆印着中国航天字样的大巴车缓缓驶来，人群里瞬时有人激动地喊："来了、来了。"

四个字，让宁安然原本平静的心倏地雀跃，身体更是不自觉地跟着人群往前涌动。

车驶入大院，停下来。

雀跃的心升到了顶点，脚下却一点点慢下来。

一声气响，车门缓缓打开。

两秒后，一道熟悉的身影撞进她的眼帘。

是周司远。

他穿着黑色冲锋衣，拉链被拉到了下巴处，整个人显得凌厉锋芒。然而，仅仅一瞬，他的嘴角就微微上勾，好看的眉眼也扬起了笑意。

他看见了她。

"还愣着干吗，快去啊！"身旁的同事笑着推了宁安然一把。

宁安然被推得往前迈了一步，正准备上前，就见周司远大步流星地奔了过来，一把将她揽住，抱了个满怀。

身后立刻响起哄笑声："瞧把周工心急的。"

宁安然有些赧然，单手拍了拍他后背，在他怀里小声道："大家看着呢。"

周司远充耳不闻，只把下巴搁在她肩膀上，深深地抱住她，不说话。

这三个月来，两人各自忙碌，见面次数不超过三回，更别提拥抱和亲密。

宁安然被他箍得发紧，紧贴的胸口滚烫发热，仿佛有浓郁的思念之情从他的心脏传到她的心脏。

眼眶微微发热，再顾不上旁人在场，她搂住了他的腰。

他抱着她的手臂收得更紧，附在她耳边说："宁安然，我回来了。"

欢迎仪式后是表彰会。

周司远再获一等功，被授予航天先锋勋章，并代表整个问天团队致辞。

台上，他脱下了冲锋衣，穿着秋制的蓝色工作服，长身伫立，英姿挺拔。

掌声渐息，他低缓磁沉的声音透过扬声器传出："很多人问过我，这五年来有没有想过失败？有没有想过放弃？有没有过撑不下去的念头……"

他稍顿，抬起眼睑，轻轻笑了笑："有的，而且不止一次。"

出乎意料的开场白让观众席上一片寂静，所有人都仰头注视着他，安静耐心地听着他娓娓道来。

"两年前，第五次论证会失败后，我望着被推翻的方案，看着工作室满屋子、满墙的验算纸，陷入了从未有过的彷徨和迷茫。我反复问自己，为什么非要把中国的空间站送入太空？为什么人类一定要去探索宇宙？在浩瀚的宇宙中，我们这群人付出时间、青春，甚至生命去追逐的梦想到底有什么意义？"

三个问题，让场下的人陷入沉思，也让彼时的周司远陷入了困顿。那些世俗标准一样的答案不能填补他内心的空茫，他找不到答案，也迷失了方向。

"回来后第三天，我向上面提交了离职申请……"

宁安然震惊地瞪大眼，台下的其他人亦然。他们从不知道，这位意气风发、前途一片光明的年轻总指居然提过离职。

显而易见，周司远的申请不会被批准，但碍于他态度坚决，袁老只得无奈地提出缓兵之计，要求他再考虑两个礼拜再做决定。

周司远休了工作以来的第一个长假，他学着这个年龄的大部分男生那样，运动、社交、打游戏，忙忙碌碌地悠闲着。然而，时间被排得满满当当，精神却空空落落，他依旧找不到答案，心底那个迷惘的黑洞越卷越大。

直到，最后一天。

"我看到了她。"周司远目光转向宁安然，不疾不徐地说，"她站在港城的街头，被一群闹事者围着，他们骂她，让她闭嘴，让她滚出港城……"

宁安然知道他说的是哪一段视频，但她没有想到在她被围攻时，他居然正在经历人生灰暗的时刻。

"周围有很多围观的人，但没有一个人站出来声援她，他们或冷漠，或观戏，或同流合污。那一刻，我气得浑身发抖，只想冲进去把她护在身后，可我做不到。我捏紧手机，无力地攥紧拳头，愤怒又无力地望着她被那些人嘲讽、质问。我盯着视频里的她，想到她那么怕争执的一个人，肯定会被气哭。然而，她没有。"

她没有哭，还铿锵有力地反击了质问她的记者，眼神坚定有力，没有一丝惧怕和退让。

"就在她转身说'好饿'时，我忽然就有了答案。"周司远轻轻勾了下唇，"我爱的女孩如此勇敢，我又有什么理由退缩？"

人们的目光全落在了宁安然的脸上。

周司远亦一瞬不瞬地凝视着她,郑重又深情地道:"宁安然,谢谢你,在我逐梦星辰最黑暗的时刻,亮起那束照亮我前程的光。从此,无论风急雨骤、孤夜寂寥,我都不再害怕,因为……"

他微停,低眸望了眼袖口处露出的一小截黑色皮筋,再抬眼注视着宁安然,缓缓道:"你在陪着我。"

问天二号入轨一个月后迎来了它的首位客人——问天运输舱。虽然这回没有现场直播,也没有声势浩大的发射仪式,但就内部而言,意义更为远大。因为,这表明我国自主研发的自动交互对接技术实现成功运用,为接下来载人航天飞船进驻空间站打下了基础,标志着我国航天事业迈入了空间站时代。

问天工程项目顺利完成了第二阶段的工作,周司远光荣卸任,不再担任问天工程总指挥,改为总顾问,并在春节前到任北城,正式担任北城指挥中心总指挥长。

因为工作刚交接,两人一合计,决定今年就留在北城过春节。

陈筱筱一听开心极了:"好呀,好呀,我正愁过年没地方去。"

这两年,她妈催婚厉害,逢年过节回家话题总绕不过去,严重影响母女关系。所以,陈筱筱今年不打算回去,准备一个人在北城图个耳根清净。

"我可提醒你,蒋铮亮也来的。"宁安然给她打预防针。

陈筱筱不以为然:"来就来呗,我跟他几百年前的事儿了,早就翻篇了。"

见她洒脱,宁安然不再多言,告诉周司远后,索性拉了个小群商量起年夜饭。

宁:我们吃火锅可以吗?

周:听你的,你说吃什么就吃什么。

陈:当然可以,多方便。

蒋:没意见,有口吃的就行,不挑。

这结果,完全在宁安然的意料之中。她正准备@蒋铮亮和陈筱筱,询问两人想吃什么菜,她好提前准备时,聊天框里,周司远先发了言。

周:@蒋 你负责买菜。

头枕在他腿上的宁安然立马半撑起脑袋,望着发信息的周司远:"这样好吗?"

"有什么不好?"周司远反问。

"别人第一次来我们家做客……"

"所以不能空手来。"周司远道。

群里，蒋铮亮已有了回应：没问题，你们去买，我出钱。

宁安然刚想答个好，就见周司远已在群里扔了句话：想什么呢？我说的是你去买你出钱。

回完，他低眸看向她，闲闲地道："买菜烦死了。"

刹那间，宁安然眼前仿佛浮现出了那个又贱又不耐烦地对前来让他留言的同学说"懒得写"的少年。

十四岁的周司远和二十九岁的周司远，一样懒得客套。

她倏地笑了，拽着他的衣襟将人扯下来，啄了下他的唇瓣："说得对。"

除夕这天，蒋铮亮天蒙蒙亮就驱车前往城东最大的菜市场，陈筱筱则非常自觉地承担了去超市采购酒水的任务。

一大早，聊天群里就塞满了两人从前方发回的各种照片和视频，俨然一个菜市场直播。

宁安然窝在被子里，睡眼惺忪地看消息，不时回复几句。

"毛肚和千层买一样就行。"

"喜力吧，青岛不好喝……"

喝字还没讲完，身后就横出来一只手臂，将人揽了过去，下巴搁在她头顶上，挨挨蹭蹭地嘟囔："还睡不睡？"

他的嗓音带着没睡醒的沙哑，像羽毛挠过耳蜗，酥酥痒痒的。

"他们在问。"宁安然试图在他怀里转身，偏他抱得紧，不让她动。

周司远轻轻一按，将她手机压在枕头边，毛茸茸的脑袋埋在她颈窝里，声音听着困倦懒散："别理他们。"

似是察觉到她的犹豫，周司远手臂再收了点力，将她整个后背紧紧贴住自己，用下巴蹭着她的后颈，懒洋洋地问："不想睡，嗯？"

一个"嗯"字，尾音上扬，带着点威胁的意味。

宁安然被他胡茬扎得难受，反手去推他的头："疼死了。"

偏这人更来劲，下巴垫在她肩上，故意蹭来蹭去："疼？哪里疼？嗯？"

"周司远！"宁安然哭笑着躲开，没什么气势地恐吓，"你再这样我可要反击了。"

"怎么反击？"周司远好整以暇地问，还使坏地往她耳蜗里吹气。

"烦死了！"宁安然用力挣开他，气呼呼地转身，用头发凌乱的脑袋往他脖子上拱。

周司远闷声笑，细碎的气息从头顶落下来："哟，这反击有点猛。"

宁安然噎得慌，抬起头，干脆照着他淡青色的下巴愤愤地咬了一口。

周司远眯起一只眼，轻轻嘶了口气。

宁安然一点不心软，还稍稍加重点力，出够气了才松开嘴，傲娇地"哼"了一声。

周司远毫不介意，笑了下，用两根手指捏她的脸，把她嘴巴捏得嘟起来："果然啊，小兔子急了也咬人。"

宁安然打了下他的手，张牙舞爪地恐吓他："兔子还会吃人呢！"

周司远笑出声，弯起泛红的眼尾，握住她的腰将人翻到自己身上，说："兔子大人，小的准备好了，您随便吃，我绝不反抗。"说完，还牵着她的手去撩衣摆。

"想得美！"宁安然在他腰上打了下，居高临下地瞪他，"赶紧起来，等会儿他们就到了。"

"还早着呢。"周司远吊儿郎当地说，"绝对够你吃干抹净我。"

谁吃干抹净谁呀？

宁安然"哼"一声，视线下滑，扫了眼那明显的晨间苏醒，一个翻身，利落地下了床，说："没时间理你，我还得去洗个头。"

"马上吃火锅，你洗什么头？"周司远拉住她。

"辞旧迎新，习俗，懂？"

周司远懒懒地"哦"了一声，乖顺地松了手。

只是，十分钟后，浴室传来了宁安然不满的嘟囔："你进来干吗？"

"辞旧迎新。"周司远弯腰，含住宁安然的唇，假模假样地道，"习俗，懂。"

这一闹就闹到了快中午。

门铃响时，宁安然正有气无力地被周司远伺候着喝水。

她愤愤地横了始作俑者一眼："你不是说还早？"

"这不刚好。"周司远笑。

宁安然翻了个白眼，接过杯子，催他："快去开门。"

周司远慢腾腾地"哦"了一声，起身去衣柜里拿套灰色卫衣和裤子套上，并对她说，"你再躺会儿，吃饭再叫你。"

亏他想得出来。

客人都到家了，主人还躺床上算怎么回事？

似是猜到她的想法，穿好衣服的周司远回到床边，揉了下她的脑袋："放心，他们没锅，不敢叽歪。"

宁安然不想和他贫嘴，推着他的腰说："快去快去。"

周司远脸皮厚，但宁安然要脸。待他一走，她立刻爬起来穿衣，简单擦了点护肤品后便出去迎客。

然而，看见玄关口站着的三个人，她直接傻眼了。

蒋铮亮、陈筱筱和葛慧慧。

这……是什么修罗场组合啊？

她下意识地看向周司远，用眼神问：什么状况？

周司远撇了下唇，表示：谁知道。

最后，还是蒋铮亮出来解释："那个，在菜市场碰见了他们，知道他们晚上也没地儿去，我想反正都认识，就大家一起热闹热闹。"

他们？宁安然倏地抓住了关键词，视线在陈筱筱和葛慧慧之间快速转了下，发现了话里的端倪。

不想，周司远先帮她问了："还有谁？"

蒋铮亮说的是"他们"没处去，这里面必然不包括早就约好来家里的陈筱筱。

"王维安。"陈筱筱替蒋铮亮答。

王维安？宁安然这回是彻底蒙了。不是，这到底是个什么状况？怎么大过年的，王维安还和葛慧慧一块儿逛菜市场呢？

未免也太诡异了吧？

正奇怪着，门口忽然传来一声高亢且兴奋的呼喊："妹子，我来了。"

宁安然探头一看，不是王维安又是谁。

陈筱筱回头白他一眼，啐道："喊那么大声干吗？小心别人告你扰民。"

王维安"嘿嘿"一笑，将手里抱着的两箱饮料"哐当"先搁在地上，问："要换鞋不？"

"不用不用，直接进来吧。"宁安然忙道。

王维安应"好"，进了屋，反手关上门，又看了眼地上的饮料，问周司远："这些，放哪儿？"

"先搁这儿吧。"周司远懒洋洋地说。

虽然心里万般疑惑，但宁安然还是赶紧尽起了"主人之礼"，让四人先进屋坐，还准备去倒点水出来。

陈筱筱却拉住她，一脸嫌弃地说："你别瞎忙活，他们想吃想喝自己会去搞。"

"对对对，妹子，你别客气。"王维安附和，"我们自己动手，自己动手丰衣足食。"

没等宁安然再客套两句，周司远已闲闲地说："正好，我也这么想。"

他们这群人里，和周司远最不熟的就是葛慧慧，听见他践得二五八万的调调，不由得抿唇笑了下："原来周工在家是这样的啊。"

"不然你以为他什么样？"蒋铮亮接话。

葛慧慧笑了笑："他在我们系统可是出了名的高冷，人狠话不多，高岭之花。"

蒋铮亮不屑地瞥了眼周司远，吐槽道："他那不是高冷，只是懒，懒得搭理人。"

陈筱筱和王维安深以为然，完全同意他的评价。

周司远不是传统意义上的践和酷，他不过是活得太通透，浑身透着股不被世俗常规裹挟的随意和散漫，偏偏这样的人居然从事了一份最讲纪律和规矩的职业。

周司远不置可否，抬脚踢了下蒋铮亮，再用下巴点点厨房："可以去洗菜了。"

"不是吧，洗菜也是我？"蒋铮亮哭号。

"不然呢？"周司远反问。

话音刚落，就挨了宁安然一掌。

"你别理他。"宁安然起身，朝蒋铮亮笑了笑，"你们歇会儿，我去洗。"

"我跟你去。"陈筱筱忙道。

"我也帮忙。"葛慧慧说。

宁安然笑着应好，带着她们走进厨房。

客厅里，王维安想起还有袋水果落在车上，忙拿了钥匙下楼去取。

蒋铮亮则长腿一伸，瘫倒在沙发上，并抬眼睨了眼周司远："还是你老婆好，你好好学学人家，做个人。"

使唤他出钱出力买菜还不够，连洗菜都想赖给他，周扒皮都没他黑心。

周司远瞥他，不咸不淡地道："你倒是会做人？新欢旧爱全往我家领。"

蒋铮亮腾地坐起来，张口结舌："什么、什么新欢旧爱，你胡说八道什么呢？"

周司远不开口，只好整以暇地瞧着他，直瞧得他眼神闪烁："我和她没什么。"

"哪个她？"周司远似笑非笑。

"哪个她都没有。"蒋铮亮红着脖子道。

周司远嗤笑，不予置评。

"不是……"蒋铮亮急得挠了好几下脑袋,"我跟她……"

刚起了个头,就听见门口有声音,估摸着是王维安回来了,便急慌慌地说:"反正,不是你想的那样。还有,你可别乱说,大过年的……"

"你还知道大过年。"周司远冷嗤,朝他伸长的腿踢了一脚,"那还让我老婆干活?"

蒋铮亮瞠目结舌,终于知道这少爷干吗拿话噎他了。

"行行行,我去洗。"他站起来,假模假式地鞠躬,"少爷,我错了,我这就去把少奶奶给您请回来。"

王维安进门瞧见他在鞠躬,打趣道:"哟,怎么还拜上了?"

"你来得正好,走走,洗菜去。"蒋铮亮一把揽住他的肩头。

"洗什么菜?她们不是在洗了?"

"刚才谁说的自己动手丰衣足食?是男人不?是男人就要说话算话。"蒋铮亮理直气壮,推搡着一脸蒙的王维安进了厨房。

半分钟后,宁安然被"请"了出来。

"您和少爷就好好休息,等着吃就好。"蒋铮亮毕恭毕敬地鞠躬,欠欠地道,"或者,你们去做点运动也行。"

什么跟什么呀?宁安然无语,看向气定神闲坐在沙发上的周司远,问:"你们玩什么?"

"别理他,过来。"周司远朝她招手。

宁安然狐疑地走过去,问:"你怎么他了?"

周司远不答,抽了纸巾给她擦手,说:"我们下楼玩去。"

"现在?"

"嗯,下雪了。"

下雪了?宁安然跑到窗边一看,果然发现天空中洋洋洒洒地飘着白絮,小区的矮树丛上已铺了不浅的一层白。

南方的孩子很稀罕雪,一看下雪,宁安然哪里还有兴趣吃瓜,直接奔进卧室取了羽绒服套上,牵着周司远的手开开心心地下楼玩雪去了,玩得一身汗,才被陈筱筱喊回去吃饭。

"你俩是真不把我们当外人啊。"陈筱筱吐槽道。

"我俩只是不想成为你们Play(游戏)的一环。"宁安然瞥了她一眼。

"什么Play的一环?"陈筱筱眼神闪烁。

"呵!"宁安然佯作冷笑,"你自己知道。"

刚刚在楼下,周司远已经把这四个人之间复杂的纠葛简要地讲了下。对葛慧慧和蒋铮亮她早有所察觉,可她万万没想到,陈筱筱和王维安居然也有"非比寻常"的关系,最令人郁结的是,他们认识十几年,她居然毫无察觉。

"你是怎么知道的?"她问周司远。

"我猜的。"

宁安然揉了一下脑门,上来再瞧这四人,竟觉得比今年的春晚更有意思,更让人期待。

热腾腾的火锅上桌,六人边吃边聊,忆往昔,追未来,欢声笑语,很是热闹。

酒足饭饱,王维安提议玩牌。

"别!"蒋铮亮当即反对,指着周司远说,"这货会算牌,跟他玩就是找虐。"

想起那回在基地玩打大A,周司远带着宁安然大杀四方的经历,葛慧慧也附和:"对,不能玩动脑子的,否则我们都不是他的对手。"

王维安犯难,连剪刀石头布都得动点脑子,还有什么游戏能不需要智力。

"就比大小吧。"陈筱筱干脆选个简单粗暴的,"手机摇骰子,大赢,小输。"

毫无技术含量,纯粹就靠运气。

蒋铮亮等人一听,立即举双手同意,并定下规则:骰子数最小的玩家从整副扑克里随机抽取一张,红色为真心话,黑色为罚酒一小杯,抽到"王"则是两样都要,而真心话由当局点数最大的人来问。如玩家选择不回答真心话,则罚酒两杯。

确定游戏规则后,六人围坐在茶几旁,打开了小程序。

"先说好,咱得有游戏精神,真心话不能瞎扯。"王维安强调,"还有,代酒是双倍。"

"知道了、知道了。"陈筱筱不耐烦,"还开不开始?"

王维安"嘿嘿"笑,撸起袖子,喊:"开始。"

手机轻晃,几秒后统一停下,六人都把手机搁在了茶几上。

蒋铮亮迫不及待地凑上前一看,拍手大笑:"哈哈哈,果然治这货得靠运气。"

宁安然一瞧,忍着笑看向周司远:"你这什么手气?"

两个骰子,他摇出个两点,不能再小了。

巧的是,最大点数是蒋铮亮,十一点。

周司远倒是无所谓,随手抽了一张牌,红色。

蒋铮亮又是一阵"哈哈"大笑,摩拳擦掌地说:"兄弟,别怪哥不留情哦。"

周司远抬起眼,凉凉地瞥他一眼,一副压根不在怕的神色。

蒋铮亮习以为常,"嘿嘿"两声,坏笑着问:"你俩分手这几年,你有没有别的女人?"

"没有。"周司远不假思索地回答。

"一个都没有?相亲的都没有过?"蒋铮亮不信。

"我不是你。"周司远说。

蒋铮亮被堵了个哑口无言,一旁的陈筱筱则是瞥了眼他,嘴角扯出一个意味深长的弧度。

宁安然见状,赶紧救场:"好了,已经回答了,下一局、下一局。"

有意思的是,开局不利的周司远竟在接下来的十几轮里全身而退,倒是其余五人要么被罚酒,要么被提问。而叫嚣得最厉害的蒋铮亮则是连输了好几把,还全抽到了罚酒,倒空了好几听酒。

又一轮,这回是葛慧慧抽到了真心话,提问的是陈筱筱。

许是玩开了,许是陈年旧怨,陈筱筱一点没客气,单刀直入:"你的初恋对象是谁?"

宁安然一怔,视线快速在两人身上兜了圈,心跳蓦地有些快。

反而葛慧慧很轻松,头一偏,看向蒋铮亮,说:"他。"

"什么时候?"陈筱筱追问。

王维安闻言,立马出来打圆场:"一次只能问……"

"很久。"葛慧慧不仅打断了他的救场,还进一步补充,"比你更久。"

宁安然不敢置信地眨了眨眼,再神色复杂地看向陈筱筱,听见她自嘲地笑了笑:"敢情,整了半天,我才是插足的。"

番外二 心动限定

葛慧慧和蒋铮亮缘分的开始来自周司远。

那年夏天,周司远在车上帮她呵退了"猥琐男",她连送了好几天的饮料,有关她暗恋周司远的绯闻传得沸沸扬扬。

可没人知道的是,那年夏天,在临川体育场还有另一个故事。

仿佛一切都是天注定,那天,蒋铮亮收完器材,遇见了坐在操场幽暗角落里伤心的葛慧慧。

原本,他是想装没看见,可想想这些天没少喝人家的可乐,便决定好心开解两句。

"被周司远拒绝的人没一百也得好几十,没什么大不了的。"

"我什么时候被拒绝了?你别瞎说。"

"那你伤心什么?"

"我没有伤心。"葛慧慧嘴硬。

"没有?"蒋铮亮扫了眼她哭肿的双眼。

"我……"葛慧慧语塞,瞪他一眼,"我不想跟你说,你根本不懂。"

蒋铮亮不恼,手撑在背后,晃悠着腿,悠哉道:"我是不懂啊。你说,那家伙除了长得帅点、成绩好点、脑子聪明点,还有什么值得你们一个个喜欢的?"

话落,成功收获一个白眼。

"长得帅、成绩好、聪明,还不够?"葛慧慧没好气地问,"难道我们要喜欢长得丑、成绩差、还笨的吗?"

"为什么不行?"蒋铮亮反问。

这个问题倒把葛慧慧问住了,连哭泣都忘记了。

她认真思忖了下,组织着语言:"人总是喜欢美好的事物,向往和更好的人在一起,这样更能身心愉悦。"

"那你现在愉悦吗?"蒋铮亮又问。

葛慧慧这回彻底噎住,半晌才呢喃:"不愉悦。"

"那不就对了。"蒋铮亮循循善诱,"你看,喜欢一个人最终的目的是自己开心,那衡量这个人值不值得喜欢的关键因素就是他是否能让你快乐幸福。至于他是靠美色,还是智力,还是内涵,取决于你的需求,没有标准答案。"

葛慧慧若有所思,半晌后看向他:"你想得还挺明白的。"

"那是。"蒋铮亮一扬下巴,得意地说,"我这人啥都不好,唯有一点好,想得明白,从不瞎较劲。我要是跟你们一样,老早因为样样比不上周司远含恨而终了。"

"不是啊,我觉得你也挺好的啊。"葛慧慧忙道。

"有眼光。"蒋铮亮冲她调皮地眨了眨眼,"小爷我可不就是样样都很好。"

他话里没有怅然和自我宽慰,反而充满了自信和豁达,让葛慧慧着实欣赏。

许是这份欣赏,让他们鬼使神差地又聊了很多。

落日余晖昏黄了校园,少女因被拒绝而感到的伤心渐渐消散。

临分别前,蒋铮亮喊住她:"等我两分钟。"

少年跑向体育场背后的自动饮料机,拿了一瓶水蜜桃汁回来,递给她:"专家说喝甜的心情会变好。"

葛慧慧垂眸,看着他手里冒着粉红色泡泡的饮料,嘴角轻轻扬了起来:"谢谢。"

"客气什么。"蒋铮亮笑着打趣,"我这些天可没少喝你请的饮料。"

葛慧慧抬眸,对上少年的笑眼:"下次,我单独请你喝。"

"好嘞。"少年大大方方地应,"那我回教室了。"

很多年后,葛慧慧还记得那个傍晚,晚霞染红了半边天,红绿相间的体育场上,少年蓝白色的校服被风鼓起,像一只肆意飞翔的鸟。

飞到一半,他突然回头,朝她喊:"对了,我叫蒋铮亮。"

临川很大,两人又在不同班级,那天之后,葛慧慧和蒋铮亮并无交集。但他好像又总出现在她的视野里——升旗仪式、课间操、学年大榜、篮球赛、运动会……

直到有一天,葛慧慧下意识地在一班的队伍里寻找他的身影时,她才恍惚意识到,自己好像喜欢上了这个男生。

和周司远拒人千里不同，蒋铮亮特别开朗，人缘似乎也很好，总是和一群人在一块儿，说说笑笑、打打闹闹，肆意奔跑。

葛慧慧不是纠结的人，但这一回，她不敢再像上次那样大张旗鼓、随意任性。

她迂回地要来了他的手机号和QQ号，借着问问题的名义，小心翼翼地接近，从网友做起。而接触越深，她越被他的幽默、率直和豁达的心态折服，越将一颗少女心深陷其中。

许多个夜里，他们借着网线和手机聊天文地理、体育音乐，分享这一天各自班级搞笑的事；他们互相打气，互相调侃，插科打诨地陪伴彼此在灯下自习……

他们成了网络和短信里无话不谈的好朋友，他们会在课间碰见时默契地相视一笑，他们会在对方考砸时悄然送上一瓶甜甜的饮料……

日历一页页翻过，高考倒计时日期在一点点变小。

在那个关系他们命运的日期的前天，葛慧慧画了一个小小的爱心，她决定在高考结束后向他表明心意。

可惜，命运似乎总喜欢跳出来打乱凡人的剧本。

高三的二诊考试前，蒋铮亮在短信里支支吾吾地告诉她：晚上，有人跟我讲有个女生可能喜欢我。

铅笔芯"啪嗒"断在了草稿本上，葛慧慧捏着手机，半晌才找回思绪，问：谁呀？

蒋铮亮：你认识的，我之前跟你说过。

一个名字跳了出来，她咬住嘴唇问：陈筱筱？

蒋铮亮：嗯。

咬唇的动作更用力，可唇上的疼意压不住心里的慌乱。她想大声问："然后呢？她喜欢你，那你喜欢她吗？"可是，她不敢，她怕他说喜欢，说他也喜欢她，早就喜欢她。

因为如他所言，在他们的聊天里，这个名字时常出现。

——我就奇怪了，小爷虽比不上周司远人见人爱，可我们班女生跟我都挺好的啊，怎么和那个陈筱筱，每回三句话不到就掐起来。

——我和陈筱筱肯定八字不合，打个羽毛球都能撞一块儿，疼死我了。

——笑死我了，今天我们两个班做值日时，她去倒垃圾，结果直接摔进垃圾堆里了，哈哈哈。

——我发现她这人虽然脾气不好，人还挺好的，每天都去喂流浪猫，还帮收破烂的老太太推车。

……………
　　此刻，葛慧慧仿佛明白了这些吐槽和抱怨后藏着的"丝线"，软绵绵、轻飘飘的，可是汇集成绳，足以要命。
　　蒋铮亮：你说，她怎么会喜欢我？
　　手机里又进来一条信息。葛慧慧压住心里的涩意，回：你应该问她。
　　蒋铮亮：那多搞笑，我又没听到她亲口说。
　　葛慧慧小心试探：可我看你挺开心的。
　　对面秒回：嘿嘿，是挺开心的。
　　心底的酸意蔓到了眼眶，她看见他说：这还是第一次知道有人喜欢我。
　　她终究还是问出了口：那你喜欢她吗？
　　手机静默了好一会儿，蒋铮亮欲盖弥彰的答案才跳出来：好像，是有点喜欢。就你懂吧，我觉得她这人挺有意思的，虽然她嘴巴很厉害，但……怎么说呢，反正我也说不清楚。
　　一滴眼泪从眼眶里钻了出来。
　　泪眼蒙眬中，葛慧慧回：我懂。
　　不喜欢一个人时，我们能给出一千零一个理由；喜欢一个人时，却绞尽脑汁都不明白为什么是她。
　　那些说不清楚的理由才是喜欢一个人最根本的理由啊，就像她喜欢他。
　　那晚之后，葛慧慧减少了和他聊天的频率，而她痛苦地发现，当知道他喜欢陈筱筱后，有关他的画面里，总是会有陈筱筱。
　　后来，她渐渐明白，或许过去也是有的，只是彼时她的镜头里只有他，而忽略了那个无数次和他一起的女孩。
　　没过多久，蒋铮亮就察觉到了她的疏离。
　　蒋铮亮：你们班最近作业很多吗？
　　葛慧慧：最近成绩不太稳。
　　葛慧慧没有说假话，她最近成绩像过山车，两回小测都滑出了班级前十，有一回甚至掉到第三十一名，这让班主任极为担忧，把她叫去办公室关心了两次，追问她是不是有什么心事，并反复提醒她："现在可是关键时刻，你不要为了其他事分心。"
　　蒋铮亮问：哪科？
　　不等她回答，他又说：要不明天你把卷子带给我，我帮你分析分析？
　　葛慧慧压住喉头的酸意，用力吸了口气，回复：谢谢，不用了，我再多刷刷题。
　　老师说得对，现在是关键时刻，她不能再分心。

只是,第二天做操回来,看见座位上多出的考点整理册时,她好不容易筑起的心防又土崩瓦解。

"刚才一班的蒋铮亮让我带给你的。"前桌男生告诉她。

同桌兼好友则十分好奇:"你啥时候跟蒋铮亮认识了?怎么都没听你提过?"

葛慧慧坐下,扯了个谎:"不怎么认识,就之前上过一个补习班。"

同桌不疑有他,手机上却收到了蒋铮亮的信息:这是我之前整理的物理和数学考点,你先研究研究,不懂的地方可以随时问我。

葛慧慧:谢谢。

蒋铮亮:我字乱,你能认识吧?

葛慧慧:能,谢谢。

蒋铮亮:客气啥,咱俩谁跟谁。

葛慧慧没再回信息,她把手机连同两个笔记本全塞进了抽屉,一如她对他的感情,统统压在最深的位置。

为了稳定情绪,她开始减少出教室的时间,习惯了戴着耳机走路,屏蔽自己耳朵的同时也屏蔽眼睛。升旗和做操时,她不再把视线偷偷落向一班的位置,再也不会在人群里一眼找出那道蓝白色的背影……

可是,她也越发安静、越发沉默。父母和好友渐渐都察觉到了她的状态不太对,都以为她是前阶段成绩滑坡压力太大,变着法子宽慰鼓励她。

庆幸的是,她找回了学习的状态,又稳定在学年一百名内,并顺利通过医大自招,拿到了降分录取的资格。

一切都在朝着好的方向行进。

五月,临川举办一年一度的校运会。由于怕意外受伤,高三不再参加比赛,但要求来学校观赛。

高考在即,大家都争分夺秒,开幕式一结束,不少同学便回教室背书刷题。

葛慧慧和好友也往回走,穿过体育场后面,看见那台自动饮料机时,脑子里忽然闪出了少年为她买果汁的画面。

她愣在原地,看着透明玻璃后的水蜜桃汁,心口像是被针扎了一下。

"怎么了?"好友问。

"我想买瓶饮料。"她偏头问好友,"你带钱了吗?"

"没带啊。"好友瞧瞧四周,没有熟人,提议,"去小卖部买吧,那边都有。"

小卖部可以赊欠,下回记得补上就好。

葛慧慧盯着饮料机，苦笑着喃喃："不一样的。"

"什么不一样？"好友不解。

"没什么。"她摇头，强行移开视线，"走吧。"

她们回到教室，拿出书本和资料开始自习。

然而，第二道大题还没做完，葛慧慧突然站了起来，拿着零钱包跑了出去。她一口气跑到体育场，跑向那台饮料机。

可是，当她气喘吁吁地准备投钱时，发现原本摆着水蜜桃汁的位置空空如也。

她无措地望着那个空掉的位置，心里有个声音在哭喊：你刚才就该买的，你应该跑快一点的……

如果没有犹豫，如果再跑快一点，那瓶水蜜桃汁是不是就会是自己的？

如果她早一点说出口……

眼泪夺眶而出，她缓缓蹲下来，抱住了膝盖，无声哭泣。

不知过了多久，有人拍了拍她的肩膀。

她抬起头来，看见了一脸焦急的蒋铮亮。

"真是你？"

"你怎么了？怎么哭了？"他紧张地问，"是哪里不舒服，还是受伤了？"

见她只看着自己不吭声，蒋铮亮试探道："你来那个了？"

少年耳朵微微发红，脸上有些许不自然。葛慧慧望着他紧张的模样，心底有一丝暖流拂过，终于啜泣着开了口："水蜜桃汁没了。"

蒋铮亮愣了下，随即看向饮料机，明白过来："哎呀，水蜜桃汁卖完了是吧？多大的事儿啊？"

见她又泪眼蒙眬，他连忙道："你想喝是吧？等着，别走，我去给你买。"说完，便转身跑开。

体育场内，运动会的音乐慷慨激昂，声音甜美的播音员在播报着各班送来的加油稿。

一片人声鼎沸中，葛慧慧只看到了那个跑在人群里的少年。

蒋铮亮很快回来，手里捧着三瓶水蜜桃汁："都给你。"

葛慧慧不接，他诧异地道："怎么了？不是想喝水蜜桃汁？"

葛慧慧不言，只是微仰头看着蹲在面前的他。

许是她的目光太过明显，蒋铮亮的脸上渐渐露出些许不自在。他稍稍撇开目光，清了清嗓子，战术性转移话题："你怎么一个人在这儿？"

不等她答，他又兀自说道："体育老师让我帮忙记下跳高的成绩，我刚搞好,想过来买瓶水,就看见你。

"你是不是有什么不开心的事?"他小心翼翼地问。

葛慧慧依旧没有开口,眼泪却再次滑下来。

蒋铮亮皱眉,叹口气,一屁股挨着她坐下,说:"行了,我不问,你想哭就哭吧,反正这里也没人。

"哦,你可以不把我当人,我现在只是一块人形牌。"他打趣。

外面烈阳高照,他们并肩坐在屋檐遮出的一块阴影下,仿佛与世界隔绝。

葛慧慧渐渐收住眼泪,偏头看向安静望向前方的少年那好看的侧颜。

他们谁都没有说话,过了很久,蒋铮亮才小心翼翼地试探:"你是不是……"

"不是。"葛慧慧打断他的话,抹了一把眼泪,霍地站起来,跑开了。

那天晚上,她毫不犹豫地将他从手机和QQ的通讯录里删除。

她不知道他还会不会找她、会不会说什么,但都不再重要。

今天的眼泪,是告别。

她用凄美的形式告别那酸涩的爱恋。

后来,蒋铮亮曾试图联系过她,葛慧慧却用冷冰冰的话将他打发:"请你不要再来打扰我,你拿到保送了,但我还得考。"

少年脸上划过一丝受伤:"好,你好好准备考试,我们高考后再说。"

只是,葛慧慧没有给他机会。

高考一结束,她就飞去了山东外婆家,就连录取通知书都是爸爸去拿的。她缺席了班里、年级里的各种聚会,借此逃开和蒋铮亮碰面的可能,但那些关于他和陈筱筱的事还是丝丝缕缕地钻进了她的耳朵。

他们在一班的毕业聚餐上被起哄,同学们闹着要他表白;他们在KTV唱甜甜的《水晶》,而他全程跑调,被大伙儿哄笑……

葛慧慧想起他说过:"我五音不全,最讨厌唱歌。"

原来,喜欢一个人时,哪怕讨厌,哪怕会被戏谑嘲笑,也甘愿为她改变。

葛慧慧很庆幸,她在最该告别的时候告别,至少,此刻她能看着大海独自发呆,而不是被迫坐在KTV听他们唱情歌。

上了大学,她换了手机号,除了好友,几乎不跟其他同学和校友联络。

医学生很忙很苦,北城医大的学生更忙更苦。每天都有背不完的分子式、做不完的实验和看不完的书……

生活忙碌而充实,只是偶尔自习后回宿舍的路上,看见天上的明月,她会想到那个穿着蓝白校服的少年。

其实,进大学来,她身边不是没有过比他更出色的男生,也不乏追求者,但她一次都没有动心过。

好友问她:"你是不是还喜欢那个谁啊?"

她笑着否认:"哪个谁?我现在眼里只有大福老师。"

从大一到大二,她重复着教学楼、实验楼、宿舍三点一线的生活,成绩越发出色。如果按部就班,她会读完本科被保送硕博,最后要么留在北城医大的附属医院,要么进入其他城市的大医院。

然而,命运再一次拨动了她生命的齿轮。

因为各科成绩出众,她被列入了航天载人系统培优计划的人选名单。

"虽然你在名单内,但我们一向主张的是自由选择,如果你不愿意,可以放弃。"负责招录的载人系统副总工程师说,"说实话,以你的成绩和表现,毕业后肯定能找到一份非常好的工作。因此,我没办法用高薪和优渥的就业条件来吸引你。相反,我还要告诉你,航天人是一份很艰苦的工作,他们承担着最重的责任,扎根在荒漠、戈壁和偏远的山区,远离父母、亲人、朋友和爱人……"

葛慧慧听她说着航天人的苦,却发现她脸上没有一点苦色,反而洋溢着骄傲和自豪,还有浓烈的热爱。

临分别前,她问:"您当年是不是也放弃了留在城市和大医院的机会?"

"不止我,每一个航天人都曾做过这种抉择。"

"那您后悔过吗?"

"没有。"女人摇头,轻柔却笃定地说,"我们都不曾后悔。"

那个晚上,葛慧慧在同意书上签下了自己的名字。

入选后,她需要去高州参加为期一年的封闭学习,订好机票的当天,她从临川校友录里找到了那个熟悉的名字。

意外的是,他居然还在用高中时的手机号码。

零点,她给他发了信息:生日快乐。

他还没睡,回:谢谢。你是?

她回:葛慧慧。

手机静默了很久很久,久到葛慧慧都以为对方是否拉黑她时,屏幕上终于跳进来一条信息:可以打电话给你吗?

葛慧慧的眼睛顷刻间就湿了。她翻转身,面向墙壁,回:室友都睡了。

蒋铮亮回得很快:我室友也睡了,我在阳台。

鼻尖酸得发疼，一滴泪落下，渗进鬓边，手机里又进来一条信息：你还好吗？

时隔两年，曾经无话不谈的两人，小心翼翼地试探着问候对方，似乎怕这好不容易牵起的丝线被刮断。

葛慧慧轻轻吸了口气，回复：还行，挺好的。

蒋铮亮：我也挺好的。

葛慧慧：我知道。

手机又静了一瞬，他终于问出：你找我，是有什么事吗？

葛慧慧：没什么特别的事，只是想祝你二十岁生日快乐。

蒋铮亮：原来你还记得。

简简单单七个字，却透着浓浓的苦涩。

葛慧慧抹了下鼻尖，看见他问：虽然很过分，但我想问你要一份生日礼物，可以吗？

葛慧慧：你想要什么？

蒋铮亮：我想你当面对我说生日快乐。

心口的痛意铺天盖地，眼泪再也不受控地滚出来，将鬓发濡湿。

她拉高被子捂住口鼻，防止哭声外泄。

好半晌，她才抽噎着回复：好。

他们约好晚上八点在医大旁的咖啡厅见面。然而，葛慧慧并没有按照约定前行，而是提前去了他的生日宴。

见着她时，蒋铮亮倏地站了起来："你……"

"我和朋友在边上吃饭，看见你们也在这儿，就进来打个招呼。"她打断他的话，扯起嘴角，望向满脸狐疑和诧异的宁安然等人，"没打扰到你们吧？"

宁安然干笑，陈筱筱则是压低声音与宁安然嘀咕："醉翁之意不在酒。"

葛慧慧佯装没看见，只问蒋铮亮："介意我坐会儿吗？"

"不介意。"蒋铮亮不假思索地答，立刻遭到了陈筱筱一记眼刀子。

他浑然未觉，只目不转睛地盯着葛慧慧，声音有些紧地问："你吃饭了吗？"

"吃了点。"葛慧慧拉开最外面的凳子落座，再刻意看了眼放在旁边凳子上的蛋糕，明知故问，"你们今天谁生日吗？"

意料之外，蒋铮亮并未答，反而是邻座的周司远懒洋洋地点了点下巴，回道："站着这位。"

301

"原来你是寿星啊。"葛慧慧看向依旧站着的蒋铮亮,微微一笑,"那我得祝你,生日快乐。"

依旧站着的蒋铮亮身体明显一僵,黑色的眸子里涌动着显而易见的难过情绪。

葛慧慧不敢再看,偏开视线,拿起桌上的啤酒,给自己倒了一杯。

"临时过来,没带礼物,就敬寿星一杯酒吧。"她端着斟得满满的酒杯,缓缓抬起眼睑,对上蒋铮亮的视线,送上最诚挚的祝福,"祝你每一天都平安、健康、喜乐。"

蒋铮亮较劲地盯着她,没有动作。

空气中飘荡着怪异的气氛,陈筱筱来回看了看两人,心中有了猜疑:"你们俩在搞什么?"

"没什么。"蒋铮亮终于开了口,"祝福我收到了,谢谢。"说完,他抓过酒杯,一饮而尽。

葛慧慧牵了牵唇,亦喝光了杯里的酒。

接下来的时间,她没再说话,只是默默地喝酒。其余人也不怎么聊天,只有杯盏碰撞的轻响。

许是氛围实在太压抑,没等菜上齐,陈筱筱就说:"行了,这饭也没什么好吃的了,让服务员来结账吧。"

宁安然深以为然,扬手叫了服务员:"没上的菜能退就退,不能退就算了,买单吧。"

服务员应"好",余光瞥到旁边的蛋糕问:"你们蛋糕还切吗?"

"不切了,我们带走。"陈筱筱不高兴地答。

服务员表示明白,很快拿来结账单,陈筱筱正准备去摸钱夹,坐在外面的葛慧慧已把一张卡塞给了服务员。

"怎么能让你买单。"宁安然赶紧拉住她。

"应该的,当我向你们赔罪。"葛慧慧环视一圈,"很抱歉,破坏了大家的心情。"

陈筱筱无语地翻了个白眼,余光扫到蒋铮亮已站起来,大步流星地走到葛慧慧身边,拉住了她的胳膊。

"不用你,我来。"

"让我来。"

"我说了让我来。"蒋铮亮突然拔高声音。

陈筱筱一怔,惊诧地看着明显动怒的男生。

在朋友圈里,蒋铮亮是出了名的好脾气。两人交往了三个月,哪怕她再任性，他也从未对她发过一次火，顶多皱着眉头抱怨两句："你们女生的心思简直比bug（程序错误）还要难找。"

现在，他却对着"陌生"的葛慧慧发火。

葛慧慧低着头，压抑的眼泪"哗啦啦"涌出来。

她知道这样很不理智、很冲动、很不道德，但是……此刻，她什么都不想想，就当她喝醉了吧，就让她任性妄为一次吧。

就一次，一次就够了。

葛慧慧倏地转过身，一把抱住了身侧的少年。

干净、清冽的味道扑面而来，她把头深深埋在他胸口，用只有两人能听到的声音，哭着说："对不起。"

捏着她小臂的手倏然收紧，她能感觉到他的身体很僵硬，也能听见身后陈筱筱那句不敢置信的冷笑："搞了半天，你是冲着他来的啊？"

葛慧慧没有回应，只是收紧了手臂，紧紧抱住他的腰。

时间仿佛被凝固。

她旁若无人地抱着他，似乎想用他的温度和味道来填满这三年多来心里那个越来越大的空洞。

眼泪很快濡湿了他胸前的衣服。蒋铮亮握在她手臂上的手再次收紧，他用下巴抵着她的头，说："别哭。"

他的声音很轻，轻到只有她能听见。

葛慧慧的眼泪流得更凶了。

同一时间，一旁的陈筱筱再也按捺不住，"噌"地站了起来："蒋铮亮，你有意思啊？"

宁安然怕在公众场合闹起来，连忙拉住发飙的她："有什么事回去说。"

"说什么说？"陈筱筱指着抱在一块儿的两人，"你还看不出来吗？他俩肯定有问题。"

"行了。"宁安然压住她的手臂，"就算有问题，你俩私下说，难道还要吵给大家听？"

说完，宁安然抬腿踢了踢周司远的凳子，怒道："还不快去帮忙？"

周司远懒懒地"哦"了一声，只是没等他上前相劝，葛慧慧已主动放开了手。

她后退了两大步，反手拉住门把手，朝屋内其他人鞠了一躬："不好意思，我喝多了。"

说完，她拉开门，冲了出去。

葛慧慧一口气跑到了楼下，拦了一辆出租车回学校。

刚下车，蒋铮亮的电话就来了。

她毫不犹豫地按了拒接。他却不死心，锲而不舍地打过来。

葛慧慧索性关了机。

回到宿舍，她连人带衣地摔在床上，拉上床帘，任由眼泪流下。

不知过了多久，室友来敲她的床沿："慧慧。"

她捂住被子，哽咽道："我睡了。"

室友没有离开，而是关切地问："你没事吧？"

"我没事，有点感冒了。"她撒谎。

室友静了瞬，迟疑道："有个男生让我带话给你，他在你们约好的地方等你，你不去，他就不会走。"

葛慧慧愣住，她没想到蒋铮亮能找到她的室友。

她咬住被角，眼泪流得更凶了。

她知道，蒋铮亮会说到做到，她应该狠心不去的。可是，当她打开手机，看见收件箱里的信息时，她心软了。

——我在咖啡厅等你，不见不散。

——有什么我们见面说好不好？我有很多话想对你说。

——你想躲我到什么时候？

——你到底在怕什么？你都敢抱我了，怎么就不敢跟我面对面说清楚？

——我想见你，我今天一定要见到你，你不来我就一直在这里等。

——葛慧慧，你不能总是这样骗我，两年前是这样，现在又是这样，你到底要玩我到什么时候？

——你说祝我生日快乐，可我现在一点都不快乐。

——你以前教我，每次过生日要许三个愿望，其中最后一个必须要许给自己，我刚刚把三个全许给了自己，我希望你能来。

葛慧慧想到了那个他们一起度过的十七岁生日，在学校天台。

他给了她一个蛋黄派，笑着说："今天我生日，这是请你吃的蛋糕。"

他笑嘻嘻地在晚风中许愿："第一个，祝世界和平；第二个，祝葛慧慧同学考上理想的大学；第三个……"

葛慧慧赶忙拦住他："第三个得许给你自己。"

"还有这样的规定？"

葛慧慧一个劲点头："你闭上眼睛，放心里许就好。"

他"哦"一声，不太情愿地闭上眼，却故意碎碎念："第三个，祝我和葛慧慧同学阳光灿烂，天天开心。"

睁眼时，少年冲她调皮一笑："这样总算吧？"

回忆排山倒海般袭来，葛慧慧眼泪轰然决堤。

室友应该是早就听到了她的哭声，长长地叹了口气，隔着床帘说："慧慧，你明天都要走了，真的不去见见他吗？"

半小时后，葛慧慧换了身衣服赴约。

刚到路口，就看见了站在咖啡厅门口的蒋铮亮。

他也见到了她，没等她过去，他就直接跑了过来，喘着粗气说："你来了？"

葛慧慧点点头，扫了眼灯光暧昧的咖啡厅，问："可以不进去吗？"

"可以。"他说，"我们去你们学校逛逛。"

葛慧慧应"嗯"，转身朝校门口走。

蒋铮亮和她并排走，问："你没吃饭吧？"

下午那顿饭，她只顾着喝酒，全程没有吃一点东西，他猜她回来后也不会吃东西。

"我不饿。"葛慧慧低着头走路。

"那你要不要尝尝这个？"蒋铮亮把一瓶水蜜桃汁递到她眼前。

是他买过的那款。

葛慧慧偏开视线，抿了抿嘴角，说："我现在不喜欢喝甜的。"

握瓶子的手微微一滞，蒋铮亮苦笑："是吗？我现在还挺喜欢喝这款的。"

葛慧慧没接话，带着他刷了门禁，进入学校。

两人默默走了一段路，谁也没说话，校园的路灯将他们的影子拉得很长。

直到走到一幢楼边，蒋铮亮突然道："你晚上走在这边不会害怕吗？"

葛慧慧一怔，看向他，眼里带着问号。

"这不是你们的解剖楼吗？"他随手指着旁边的实验楼说。

一个念头从心底滑过。

下一刻，蒋铮亮便印证了她的猜测："我来过你们学校很多次。"

前行的脚步蓦地顿住。

葛慧慧听见他说："大一刚开学，我就来过，来找你，我想让你把话说清楚。

"就在那儿。"他指着远处生物教学楼后面的小路说，"我就站在那里等你下课，然后看见你背着书包出来，你同学约你一起去吃饭，你说不去了，然后一个人走了。"

葛慧慧不清楚他说的是哪一天，因为这样的场景几乎发生在过去的每一天。

"我远远跟在你后面，看见你戴着耳机去了食堂，一个人吃饭，一个人去图书馆，一个人回宿舍。"蒋铮亮颓然地笑了下，"我突然就不敢叫你了。"

那天，蒋铮亮在她宿舍楼下站了好久，那些积攒了整整一个暑假的疑问和质问忽然软趴趴地倒了下来。

他怕打扰到她，怕打破她的平静，怕她根本不想见到他，怕她像高考前那样对他说："你当然能过得很好，但我不行。"

他终究没有勇气迈出那一步，他想，如果这是她要的宁静，那他就退到原来的位置吧。

可寒假前，他又忍不住来了第二次。那天，是她的生日。早晨，睁开眼的那个瞬间，脑子里突然冒出一个念头——今天，她会不会也是一个人过。

这个念头折磨得他一整个白天都坐立不安。下午去食堂的路上，他突然掉转方向，朝医大骑过去。

景禾到医大差不多七公里，寒冬腊月，他用力踩着自行车，心里只有一个想法在驱使着他前行。

他跟自己说，哪怕她会不高兴，他也要陪她过完十八周岁的生日。

凛冽的寒风扑在脸上，他的心却是火热的，像是即将喷发的火山岩浆。

一口气骑到她学院楼下，他拉住了一个女生，气喘吁吁地问："你好，你认识葛慧慧吗？"

很幸运，那女生居然是她的室友。

"认识啊，怎么了？"

"我是她朋友，你知道她现在在哪儿吗？"

女生狐疑地看着他："你是她朋友，难道没有她的电话号码吗？"

蒋铮亮被问住，他确实没有她的手机号。大一开学，临川校友会曾统计过北城同学的通讯录，但他发现，里面没有葛慧慧。

"葛慧慧啊？她说自己不用手机。"负责收集号码的女生吐槽，"这年头哪有人不用手机的，明显是不想留联系方式，大概怕咱们以后生病住院找她开后门吧。"

蒋铮亮知道不是，她只是不想让他拿到她的联系方式而已。

女生见他迟疑，更是提高了警惕："我不知道她在哪儿，你自己联系吧。"说完，打量了他好几眼，才离开。

寒风吹过，蒋铮亮冷静下来，回想上回跟着她去过的地方。推测这个点，她大概率是在吃完饭，准备去图书馆的路上。于是，他又朝图书馆骑去。

一路上，他边骑边思索可以通过谁联系上她。他记得，她有个好友在南延大学，他们班在南延的是……

正想着，那道心心念念的身影竟就这样出现在眼前。

他欣喜若狂，险些扶不住车把。将将扭正车，他正想大喊她，就见一个瘦瘦高高的男生迎面走向了她。

男生手里抱着一个大大的玩偶，用透明的包装袋套着，还扎了一个蝴蝶结。

蒋铮亮的心往下坠了一下。

下一瞬，便见男生把玩偶给了她。

她笑着接过，开心地抱在怀里，仰起头似乎对他说了什么。只见男生也跟着笑了，抬手亲昵地揉了揉她的脑袋。

下坠的心"咚"地落在冰凉的海面。

蒋铮亮用力握住车把手，怔怔地看着两人的笑脸，汗湿的后背透心凉。

葛慧慧和男生聊了两句后，两人便转身走了，许是嫌抱着玩偶太麻烦，走出一段后，她把玩偶塞回给男生。男生接过，又宠溺地拍了拍她的后脑勺。

看着渐行渐远的背影，蒋铮亮的心口仿佛被一记重锤砸中，闷痛从肋骨穿透胸腔，蔓延至四肢百骸。

他不知道自己是怎么回去的，只记得恍恍惚惚中，好像谁一直在他耳边笑，嘲笑……

当晚，他发了一场高烧。宿舍兄弟将他送到医院，挂了三天针才好。

后来，期末考试结束，宿舍聚餐，酒过三巡，老大勾着他的脖子问："老四，你真不考虑下人家筱筱姑娘吗？"

蒋铮亮沉默着，不说话。

自从表白后，陈筱筱对喜欢他这件事从不隐晦和委婉，她总是大大方方地表达爱意，不畏旁人的眼光。就连被他婉拒，她也只是道："没事儿，我追我的，你有权拒绝。"

"其实吧。"老大语重心长地说，"我觉得人家筱筱挺好的，人漂亮，性格又飒爽，关键人家锲而不舍啊，这都多久了，还每个月来咱们学校找你。要是换成其他女孩子，老早就跑了。"

"就是。"其他舍友附和。

蒋铮亮没说话，他想到了某个连开口的机会都没给他就跑掉的女生。

好不容易平静的心又牵起来。

后来一路，室友们说了什么他已经不记得。

那晚熄灯后，酒醉的室友相继发出呼噜声。蒋铮亮枕着手臂，看着黑漆漆的天花板,忽然听到对面床的老大低声问:"老四,你心里的姑娘是不是叫葛慧慧?"

蒋铮亮身体一僵,扭头,在黑暗里看着平躺在床上的老大。

听见他轻轻叹了口气:"上回你烧糊涂时,我听见你叫她名字了。"

路灯昏黄,飞蛾在灯下盲目地转圈。

蒋铮亮垂眼凝视着双眼红肿的葛慧慧,说:"我和她是这学期才开始的,下午她和我说分手了。"

葛慧慧头埋得更低了:"对不起。"

"跟你无关。"蒋铮亮抢过她的话,"其实,哪怕你今天不来,我们也准备分手了。"

葛慧慧依旧低着头,望着鞋尖。

头顶有沙哑的声音响起:"葛慧慧,你后来一直躲着我,是因为我说有点喜欢陈筱筱对吗?"

不给她答的机会,他苦笑道:"那你有没有看到,那天,我给你发的信息?"

他说:你喜欢我吗?我喜欢你。

葛慧慧将他拉进了黑名单,并弃用了那个号,她自然没看到。

不过,没关系,蒋铮亮决定亲口告诉她:"葛慧慧,我喜欢你……"

和上回一样,葛慧慧没让他说完,但这一次,她不是转身跑掉,而是吻住了他的唇。和上一回不一样,蒋铮亮没有目瞪口呆,而是伸手搂住她的腰,将她用力地压向自己,加深了这个吻。

眼泪滑进唇齿间,咸咸的、苦苦的。

蒋铮亮更用力地吻她,呢喃哄道:"别哭,我会难受。"

那晚,他们相拥相吻,蒋铮亮向她说了和陈筱筱的事。

"我不想找借口和理由,这事儿是我对不起她,我会处理,你再等我几天。"他说。

葛慧慧点头:"好。"

蒋铮亮攥紧她的手,别别扭扭地说:"那你男朋友?"

"他不是我男朋友。"葛慧慧缓缓道,"他是我堂哥,在我们学校读博。"

蒋铮亮一愣,随即想到她家是医生世家,高二时,她好像是说过家里哥哥姐姐里不少都是读医科的,所以她的目标也是医大。

蒋铮亮瞬间想呕血,那天他就该跑上去拦住她问清楚,也不至于拖到现在才互相明了心意。不过，好在，现在他们和好了。

蒋铮亮忍不住又将她搂进怀里，感慨："这说明一个问题，以后咱俩有什么都不要憋在心里，要及时说。"

葛慧慧将脸颊贴在他温暖的胸口，轻轻应了一个"嗯"。

互明心意后，他送她回宿舍，在楼下轻轻吻她的额头，依依不舍地说："上去吧，我过两天就来找你。"

"好。"葛慧慧抬眸望着他的眼睛，"蒋铮亮，我喜欢你，过去、现在，还有很久很久以后的未来。"

"傻子。"蒋铮亮摸了摸她的脸颊，笑道，"虽然有点酸，但是……

"葛慧慧，我喜欢你，比你喜欢我还要喜欢你，比你喜欢的'很久'还要久。"

房间里有啤酒和火锅的香味，茶几上的手机全熄了屏。

葛慧慧偏头看向陈筱筱，轻笑着回应了她的话："你不是插足者，因为我和他从没有开始过。"

"可不是。"蒋铮亮自嘲，"我跟她，连开始都没有过。"

气氛陷入尴尬。

宁安然轻轻咳嗽一声，求助地看向周司远，不知该如何接茬。

不想，周司远竟懒洋洋地问："春晚要开始了，你们四个商量好，我和我老婆是看春晚，还是看你们？"

其余人闻言皆是一怔。

最先反应过来的是陈筱筱："得了得了，都走吧，有什么出去说，大过年的，别给人家添堵。"

王维安也附和："对对，再不回去都找不到代驾了。"

宁安然有些难为情，刚要出言挽留，就被周司远扯出手腕，示意她别动。

蒋铮亮已站起来，对两人道："兄弟，对不住。"

周司远无所谓地撇了下唇："出门把垃圾带走。"

四人依言带上垃圾，带上门离开。

宁安然看着门口，拍了下周司远的手臂："你干吗撵人家走？"

"不然呢？还留他们过夜？"周司远将她捞进怀里，脑袋埋在她肩窝说，"他们不都有事儿要忙吗？"

"忙什么？"宁安然问。

周司远在她脖子上轻轻呵了口气："老婆，北城有上百家菜市场，你不会认为他们真的是碰巧遇见吧？"

"你的意思是？"宁安然反应过来，"他们有人故意安排的？"

"合谋。"周司远含住她耳垂道。

"谁和谁合谋？"宁安然追问。

"你猜？"

宁安然有没有猜到无从得知，但楼下的两个女生已经猜到了大概。

蒋铮亮和王维安都开了车，各自叫了代驾，并不容分说地带走了两个女生。比起陈筱筱的一万个不情愿，葛慧慧乖顺得多，没有多话，就坐进了后排。

上车后，蒋铮亮报了个地址，是葛慧慧在航天院的宿舍。

车厢里播放着音乐，两人一路无话，只是昏暗的光线掠过，能看见蒋铮亮紧紧握住了她的手。

到了宿舍外，蒋铮亮让司机把车停靠在路边，却没有熄火。

司机一下车，他伸手落了锁，然后用力一带，将她拽进了怀里，用力吻住了她的唇。

带着淡淡酒味的气息渡过来，葛慧慧闭上眼，缓缓抱住了他的腰。

两人吻得难分难舍，到后面，他用力咬了下她的唇。

疼意从唇上蔓开，她没有躲。

尝到淡淡的血腥味时，蒋铮亮终是不忍，松开了她，用虎口托住她的脸问："这次多久？"

葛慧慧盯着他不说话。

他稍稍用了点力，说："第一次，躲了我两年；第二次，九年；这次，你准备躲几年？"

葛慧慧依旧不答。

他不轻不重地"呵"了一声："你给我说个数吧，好让我心里有底。"

可没等她答，他又悠悠地道："反正十一年都过来了，保守估计，我还能活三十年，你看看，够不够？"

葛慧慧看着他眼里的自嘲和伤痛，心口像是被细细密密的刺扎过。

她轻轻抬起手，抚上他的脸："对不起。"

"你别跟我说对不起，你对不起我什么？"蒋铮亮别开头，愤愤地道，"是一次次骗我，让我满怀期待又全然落空，还是每一次撩了我就跑？

"葛慧慧，你到底把我当什么？"他吼道，"我就是个傻子，一次次被你玩弄。你说高考后再聊，结果呢？考完最后一科，我在校门口等了一个晚上；你说等我处理好和陈筱筱的事，结果，你早就想好要走了。

"我像个神经病一样去你宿舍，去你教室，去图书馆找你，最后才知道你早就走了。"他摇着头,讥诮道,"很好,又是关机,又是换号码,最后还干脆转学了……

"既然这样,你为什么要来找我?我都已经快死心了,你来祝我生日快乐,你来告诉我会很久很久很久地喜欢我。"

蒋铮亮的眼眶红了,他把头别向一边,哽咽道:"你的很久可真久。"

"对不起。"葛慧慧呜咽。

"你没对不起我,是我自己蠢。"

"不是的。"葛慧慧去拉他的手臂,"是我不知道怎么跟你说。"

他满心欢喜地要和她在一块儿,可她已经决定加入航天事业。

"我那时候要去基地培训一年,一年后,又要转到工大去读相关的课程,毕业后,我就得去基地工作,可能一辈子就待在那里……"葛慧慧流着眼泪说。

"所以,你是认为我会拦着你去圆梦,耽误你伟大的事业和前程,还是觉得我蒋铮亮等不起你?"蒋铮亮问。

"不是的。"她摇头,"我只是,不想耽误你。"

"耽误?"蒋铮亮嗤笑,"你觉得我这几年是怎么过的?"

"对不起。"葛慧慧不知道说什么,只能道歉。

窗外又下起了雪,纷纷扬扬的。

蒋铮亮深吸口气,把头转回来,看向她:"行,我接受你的道歉,过去的事翻篇了,说说以后吧。"

"以后?"葛慧慧哭得有些反应不过来。

"不然呢?你以为我让王维安把你骗过来干吗?"

见她默不吭声,蒋铮亮单刀直入:"我对你的心意没变过,你呢?还喜欢我吗?"

"你不知道答案吗?"葛慧慧反问。

如果不喜欢,刚才他吻她时,就会给他一巴掌,而不是环住他的腰。

"知道,但我要你亲口说。"他重复了一遍,"葛慧慧,我爱你,你爱不爱我?"

见她只是点头,蒋铮亮不满:"说话。"

"我爱你。"

"爱谁?"

"我爱蒋铮亮,葛慧慧爱蒋铮亮。"

蒋铮亮嘴角扬了起来,傲娇地说:"再说一遍。"

"我爱你,我一直爱你。"

311

蒋铮亮眼眶微微发热,伸手拢住她的脖子,再次封住了她的唇:"一直是一辈子,记住了。"

"好,一辈子。"

番外三 小时光

除夕夜，街道两旁的行道树上挂满了彩灯，处处洋溢着欢庆的气氛。

暖气十足的车内荡着淡淡的酒味，收音机里转播着春晚节目。

后排座位上，王维安看着低头专心刷手机的陈筱筱，笑着问："你说，他俩到底怎么回事？"

陈筱筱手指快速划过一个视频，眼也不抬地说："我不知道他俩怎么回事，但我知道你俩在搞什么鬼。"

"跟我有什么关系？"王维安打哈哈。

陈筱筱哼笑一声，不疾不徐地抬起眼眸，瞥向他："装什么傻？你敢说今晚的局不是你和蒋铮亮故意安排的？"

还菜市场巧遇？葛慧慧一个来北城培训住宿舍的人，大过年的逛什么菜市场，还这么巧恰恰出现在蒋铮亮去的那个菜市场，更巧的是，他们三个开车去宁安然家的路上碰巧路过了她买饮料酒水的超市？

拼七巧板啊？电视剧都不敢这么编。

被拆穿的王维安不见惊惶，挠了下后脑勺"嘿嘿"笑："要不我说你聪明呢，你看，我做什么都瞒不过你智慧的双眼。"

"少给我贫！"陈筱筱瞪他，"我没兴趣管蒋铮亮的心思，但你的，最好给我收起来。"

"我能有什么心思啊，我这不是助人为乐，做好人好事吗？"王维安往中间位置挪了挪，压低声音道，"你又不是没瞧见，蒋铮亮那小子多可怜，跟你分手后，就眼巴巴地等着葛慧慧……"

陈筱筱却是冷哼一声："没看出来，你俩关系还挺铁，这么关心他？"

"这不是同病相怜吗？哦，不对，我比他好点。"王维安又往她这边挨了点，凑到她耳边，低声道，"至少，你……"

"闭嘴。"陈筱筱一个眼刀子过去。

王维安果然识趣地收回了话,岔开了这个敏感的话题:"年前,就是你们决定去我妹子家过年后,蒋铮亮就主动找我,让我想办法把葛慧慧叫出来一起过年……"

原来,葛慧慧一到北城蒋铮亮就知道了,并且知道她因为培训会留在北城过年,便找了王维安合谋。

两个男人各怀心思,一拍即合,于是制造了这出"除夕巧合"。

"葛慧慧居然能被你约出来?"陈筱筱诧异。

高中时,葛慧慧在三班,他在九班,按理说是八竿子打不着的关系才对,怎么还能相约一起过大年?

王维安狡黠一笑:"我当然约不到她,我找了之前一个关系还不错的客户帮忙,他们是表亲。"

陈筱筱扫了他一眼,眸子里写着:这都被你查到了?

王维安老实交代:"蒋铮亮给我指的路。"

得,看来,蒋铮亮这七年没闲着,不仅知道葛慧慧来北城培训的日期和行程,就连她表亲曾是王维安的客户都摸得一清二楚。

"他倒是没少下功夫。"陈筱筱说。

"我也没少出力。"王维安立马邀功。

为了把葛慧慧忽悠出来,他先是以"暗恋"葛慧慧多年为由,提前一个月就开始说服那位表亲帮忙约葛慧慧出来"见一面",随后又锲而不舍地和葛慧慧拉近关系,微信上聊了大半个月,今天才以"想烧顿年夜饭但不知道怎么买菜"为由,诓她陪自己去一趟菜市场。

瞧他说得眉飞色舞,陈筱筱白了他一眼:"你还挺得意的?"

王维安"嘿嘿"一笑,麻溜地承认:"不不不,我这是狼狈为奸,助纣为虐,蛇鼠一窝。"

陈筱筱给了他一个"你知道就好"的眼神。

王维安不以为耻,还坦白:"不过,我帮他就是帮自己,因为……"

他往前一凑,挨着她耳边说:"我想和你一起过年。"

带着酒味的气息拂过她的脸颊,热乎乎、痒酥酥,让陈筱筱不禁起了一个战栗。

她反手推开那毛茸茸的脑袋,沉声道:"离远点。"

王维安不恼,乖乖地应"哦",回到原位,然后掏出手机开始刷朋友圈。

大年夜,街上车少,一路畅通无阻,很快就到了陈筱筱租住的小区门口。

听王维安指挥代驾把车停到路边车位,陈筱筱立即明白了他的用意,便道:"停什么车位,就路边靠一下,我下去就好了。"

"那不行,你们小区里面黑黢黢的,我得送你进去。"

"送什么送?"陈筱筱把手机塞进挎包里,说,"我哪天回来不是摸黑?闭着眼睛都能摸到路。"

陈筱筱毕业时发奋考上了一家事业编制的杂志社,工资奖金不高,福利待遇却很不错。吃饭有食堂,住宿有免费的宿舍,还就在单位旁边。小区虽然建得有些年头,基础设施老旧,但在北城这个寸土寸金的地方,地段还在三环内,能免费住到一室一厅还带厨卫的房子,不知羡煞多少人。

唯一不便的是,由于里面住的大多是上一代在杂志社工作过的老职工,作息非常健康。一到晚上,楼里的灯早早就灭了,整个小区黑不溜秋的,只有几盏昏暗的路灯,而每天早晨六点不到,楼下就响起了老同志们打拳、练剑和斗舞的声音。

代驾是位大姐,看两人意见不统一,有些为难地看向王维安:"还停吗?"

"停。"王维安坚持,并抢在陈筱筱反对前,道,"好了啦,你就让我送你进去,又没几分钟。"

陈筱筱无语,想想大过年的,懒得跟他吵,索性闭嘴不理他。

代驾大姐把车停进车位,三人都下了车,王维安扫码付代驾费。

"嘀!支付宝进账三百元。"

寂静的夜里,机械的语音播报格外响亮。

陈筱筱和大姐都是一怔。

下一瞬,就听大姐道:"兄弟,扫多了,两百就够了。"

她边说边打开扫码,准备退钱。不想,王维安竟把手机收了起来,笑嘻嘻地说:"多的是给您的红包,过年好。"

"这怎么好意思?"大姐难为情地搓手。

"没事儿。"王维安不以为意,"今天除夕,咱都图个吉利,一百八十八,要发发。"

见他这么说,大姐只得收起手机,连声道谢,并一口气说了好几句祝福语才离开。

"走吧。"王维安同陈筱筱道。

陈筱筱看了眼骑着折叠车离开的大姐,问:"你干吗给她红包?"

宁安然家离她家并不远,如果不是过节,代驾费最多五十块,给两百已经是翻倍价,他还又加了一百八十八的红包,不知该说他阔气,还是人傻钱多。

· 315 ·

"这不过年吗？"王维安笑嘻嘻的，"图个吉利。"

"那你怎么不给我发个红包？"陈筱筱脱口道。

"肯定发呀。"王维安偏头看她，笑道，"我等会儿就给你发个特大红包。"

陈筱筱："谁稀罕。"

王维安笑了笑，缓声道："其实吧，我就是觉得这大年三十的，她一个女人还跑出来做代驾，应该挺不容易的。"

除夕夜，团圆夜，一个中年妇女，如果不是生活所迫，谁会不想坐在家里一边和家人吃着热腾腾的年夜饭，一边看春晚呢？

陈筱筱心里轻轻晃了下，偏头看他一眼，目光中带了些许柔和的情绪。

两人相识多年，她早就知道他大大咧咧的外表下有一颗良善的心。

犹记得高中刚开学时，他就在教室后面挂了个大塑料袋，专门收集班里同学喝完的饮料瓶和易拉罐，然后装满了再带走。

黄敏洁问他："你天天收那么一大堆破烂瓶子该不会是要卖钱吧？"

他竟笑呵呵地回："你怎么知道？"

听得坐在前面的陈筱筱直翻白眼，同宁安然狂吐槽："后面那个王维安是掉钱眼里了吗？居然还收破烂。"

很久后，一次偶然的机会，她才知道，那一袋袋塑料瓶全被他送给了学校对面天桥下的拾荒老人。

"你认识他们吗？"陈筱筱曾问过他。

"不认识，就知道他们无儿无女，靠领低保为生。"王维安说。

"那你干吗不跟大家说你是帮他们收集瓶子？"

王维安眼里写着不解："这有什么好说的？他们又不会真当我收破烂。再说了，就算收破烂也没什么好丢人的，又不偷又不抢，还环保。"

后来，相处久了，知道他家是办企业的，在江陵还小有名气，陈筱筱更觉这人非但没有富二代的骄奢，还品性纯善，实属难得。

"对了，你今年怎么不回去？"耳畔低沉的男音将她从记忆里拉回来。

"懒得回。"

"你接下来几天有什么计划和安排吗？"王维安又问。

"躺、吃、睡。"

王维安一点不意外，笑道："要不，咱们去滑雪？"

"不去。"

"他们说挺好玩的。"王维安继续游说，"我同事他们好几个年前去了，说很有意思。"

"没兴趣。"

王维安："你都没试过……"

"我干吗要试。"陈筱筱打断他，"对于没兴趣的东西，不必浪费时间。"

听出她话里有话，王维安撇了撇嘴："兴趣是可以培养……"

"王维安，"陈筱筱蓦地停下脚步，侧身对着他，严肃道，"我知道你在想什么，但是，我再说一遍，我俩不合适，也绝不可能！"

听她义正词严，王维安终于来了脾气："怎么就不合适？

"你单身，我也单身，你长得好看，我长得也不差……"

看陈筱筱又翻白眼，王维安皱眉道："我是长得不差呀，除了稍微黑点。"

"我不喜欢黑的。"陈筱筱立即抓住他的话，"我喜欢小白脸，周司远那种，又帅又聪明又有气质。"

王维安呵笑："可人家周司远喜欢的是我妹子那种，漂亮温柔活泼可爱……

"哎哟！你踢我干吗！"王维安弯腰，摸了摸被踢疼的小腿，委屈道，"你看看，你说我，我都没生气，我说你……"

话没讲完，就见陈筱筱扭头就走。

他也顾不上疼和委屈，三步并作两步追上去，抓住她的手臂，说："筱筱，咱们就不能好好谈谈吗？"

"我跟你没什么好谈的。"陈筱筱甩开他。

王维安怕她走掉，用力一拉，竟将她拉进了怀里，气得陈筱筱抬腿又是一脚。

王维安吃痛，却不肯松手，又不敢真抱着，只能握住她的手臂，身子往后撤，尽量拉出距离。

"松手，再不松手我喊非礼了！"陈筱筱警告。

"谁非礼谁啊？"王维安没好气，"你二话不说抱着我又亲又啃的，最后还把我……嘶……"

剩下的话尽数被龇牙咧嘴的痛嘶声取代。

"你说了不提的。"陈筱筱狠狠地踩住他的脚，还不忘碾上几下。

王维安痛得眉毛打结，但还是牢牢地捉住她的手臂，吃疼地反驳："那你还说了就当什么都没发生，我们继续做好朋友呢。"

不等她接话，他抢先道："结果呢？你做到了吗？给你发信息要么不回，要么说在忙没空，就连黄敏洁组局吃饭，你都要问一句我在不在，我要在，你就找借口不来,你倒是说说,有这样的'好朋友'吗?"

王维安越说越委屈:"你说当什么都没发生过,我照做了啊,是你说话不算话。"

"不说别的,今晚,要是知道我会去,你会来吗?"

他的控诉和质问里带着浓浓的哀怨,让陈筱筱觉得自己像个不负责任的"渣男",并第一万次懊悔当年鬼迷心窍、色令智昏"染指"了他。

思及此,脑中又不受控地浮现出当年那段荒唐事——

那是宁安然去港城的前一晚,四人约了饭局替她饯行。结果,怀着心事的三个女生皆喝得酩酊大醉。

她们仨住在不同的方向,王维安没法一口气送三个,只能先联系黄敏洁的男朋友把黄敏洁接走,然后再送她和宁安然回家。

谁想,等陈筱筱从厕所歪歪扭扭地出来,发现包厢里只剩下王维安。

"她们都走了。"他歪在沙发上说,"你呢?是我送你,还是让你男朋友来接?"

"我不走,我还有好多歌没唱呢。"陈筱筱东倒西歪地走到点唱机旁,在屏幕上一顿乱戳,然后脱力一般,一屁股坐到沙发上,抓起麦克风,没等伴奏开始就唱,"当她横刀夺爱的时候,你忘了所有的誓言……"

王维安被她的乱唱逗得大笑:"你这唱的什么呀?"

难得地,陈筱筱竟然没呛他,仍是沉浸在歌曲里:"太委屈,连分手也是让我最后得到消息……"

她声音里带着哽咽,王维安渐渐察觉出不对劲,忙从沙发那头挪过来,碰了碰她的胳膊:"你没事儿吧?"

"我有什么事儿?"陈筱筱对着话筒喊,"我不过是被贱男人绿了而已。"

王维安愣住,刚想问怎么回事,就看见晶莹的眼泪从她眼眶里争先恐后地冒出来。

自从高一认识,几人一路吵吵闹闹地长大,他还是第一次见她落泪。

他顿感慌乱,连忙抓过茶几上的纸巾盒,抽了纸巾塞给她,不想她根本不接,只是用手背抹着泪说:"你们男人没一个好东西,都是渣男……"

在她颠三倒四的描述中,王维安总算拼凑出了真相,原来是她交往了半年的男友劈腿了,前两天被她和同事撞个正着。最过分的是,那男的居然当着众人的面,反过来指责她脾气太臭,以至于他每天情绪糟糕,被逼着找了"小三"。

"听他放狗屁!"王维安"噌"地站起来,"他住哪儿?你把他电话给我,我非去揍他一顿不可!"

陈筱筱泪眼蒙眬地仰起头,望着怒气冲冲的青年,抽了抽鼻子:"我早揍了。"

渣男不是说她脾气不好吗?那她就让他见识一下什么是"悍妇"。当日,渣男渣言渣语还没讲完,陈筱筱就抡起包狠狠地砸在他脸上,边砸边骂:"贱男,出轨还有理了?你情绪糟,老娘天天哄着你这种软蛋,情绪更糟。"

一句软蛋,让周遭围观的人全发出了意味深长的嘘声。

渣男先是被揍得猝不及防,反应过来,刚想将她推开,不想同行那位女同事反应更快,收了遮阳伞当武器,二话不说就加入战斗,两个女生一左一右,把渣男打得抱头逃窜。

"算你还有点出息。"王维安听得稍稍解气,却依旧咬牙道,"但不能就这么轻饶了那孙子,他敢这么欺负你,非得让他吃点苦头。"

有人关心的疼会更疼,被人护着的陈筱筱瞬间更委屈了,呜呜咽咽,哭得更伤心。

"好了,好了,别哭。"王维安蹲在她面前,手忙脚乱地一边替她擦拭眼泪,一边哄道,"他们都眼瞎,你多好啊,是他们不知道珍惜。"

谁想,越哄陈筱筱哭得越凶。

王维安被她的眼泪刺得心脏一抽一抽地疼,伸手将她揽进怀里,哑声道:"他们不喜欢你,我喜欢你。"

"你才不喜欢我,你喜欢的是七班的班花。"陈筱筱埋在他怀里抽噎。

"那不叫喜欢。"王维安叹气。

年少不识情滋味,看着女生长得好看,心里有了点悸动就以为是喜欢。长大后才明白,真正的喜欢是酸涩的,是知道她有喜欢的男生后心里从别扭到酸胀再到苦涩,是明明她近在咫尺却不敢表露心意,是把爱意小心翼翼地藏起来还要替她参谋"历任男友"的心酸和卑微。

"我知道你不信。"他下巴抵着她头顶,自嘲地笑,"我自己也不信。"

"谁说我不信。"陈筱筱突然从他怀里抬起头,没头没脑地问,"你喜欢我吗?"

她刚哭过,眼眶里还含着眼泪,水汪汪、亮晶晶的。

王维安看得入了神,呢喃:"喜欢。"

唱机里还在播放伴奏,掩住了他的答案。

陈筱筱皱眉:"到底喜欢还是不喜欢?"

"喜欢!"

这一回,王维安答得中气十足,斩钉截铁。

四目相对，空气里有暧昧的焰火在燃烧。

下一秒，两人几乎是同时吻住了对方，场面和他们的关系也从这一刻开始失控……

陈筱筱忘了他们是怎么离开KTV的，等脑子稍稍清醒时，已经在王维安家的大床上。

第二天醒来，睁眼望着那张熟悉得不能再熟悉的脸时，她就知道他们友谊的小船翻了，他们之间再也不可能回到过去。

她头晚喝大了，但还没失忆，隐约记得他表白了。

但……和她不知道喜欢谁不同，她很清楚自己并不喜欢他，更没想过改变二人的关系，决计不会因为睡了一晚就以身相许。

于是，她果断选择学习渣男语录："昨晚我们都喝醉了，大家都是成年人，这事儿就当没发生过，以后谁都不提，咱们还是好朋友。"

王维安脸上和眼睛里有明显的失落和受伤。但人家女孩子都这么说，他一个大男人占了便宜，难道还要揪着对方负责？

"好。"他难过沮丧地应道。

后来，怕她别扭，王维安对谁都没提过这事，彻底把那一晚烂在了心里。他原打算，等这事过去一段时间，就正儿八经地追求她，一点点剖开自己的心意，可没想到，陈筱筱开始躲他。

起初，他以为她是难为情，后来他鼓起勇气表白，却被她毫不留情地拒绝："我们不合适，绝不可能，你要是再说，以后朋友都没得做。"

王维安不敢再提，只得退回朋友的位置。可是——

"你到现在还在躲着我。"他委委屈屈地说，"你嘴里说着和过去一样，可根本不一样。"

陈筱筱沉默，不接话。

"算了，你说怎样就怎样吧。"王维安苦笑，缓缓松开了她的手臂。

得到自由的陈筱筱却没走，而是抬眼凝视着他，并在看清他眼底的伤痛时，心口轻轻抽了下。

"你放心，以后喜欢你这事儿我不会提了，至于我们的关系，你想和我做朋友就做，不想我就努力和你做陌生人。"

心口的抽痛又重了些。他们打打闹闹，多年的友谊怎么能说扔就扔？如果可以，她当然还想回到过去互相呛声拌嘴吐槽的日子。

那件事，起因是她。那个晚上，他起初是犹豫的，在最后关头还咬牙拉开了她。是她坐在他身上扇风点火,这样那样,才让那把火彻底烧了起来。

在心底叹口气,她稍稍偏开视线:"那次的事,包括后面我躲你都是我不对,我给你道歉。"

"不用道歉,我没怪你。"王维安接话。

陈筱筱叹息:"以后,我不会躲你了,我们还是好朋友。"

"你上次也这么说。"王维安委屈巴巴地撇嘴。

"这次,我一定说到做到。"陈筱筱保证,"我要做不到,就是狗。"

"我又不能真把你变成狗。"王维安嘟囔。

陈筱筱想想,干脆道:"那如果我反悔,就随便你怎么处置,总行吧?"

"话是这么说,可我还是不怎么信你,我得录下来当证据。"王维安边说边摸出手机,打开录音机,让她再讲一遍。

陈筱筱无奈,只得重复:"我陈筱筱保证,从今以后不会再躲着王维安,我和他依旧是好朋友。"

"行了吧?"

"行,那从现在起,咱俩又是好朋友了。"王维安把录音重听了一遍,才心满意足地收起手机。

然后,他笑呵呵地说:"你看,我们是好朋友,那好朋友之间是不是应该互相帮助?"

陈筱筱脑中警铃倏地大响,眯起眼,警惕地问:"王维安,你是不是给我挖了什么坑?"

王维安笑得一脸狡黠:"哪里是坑,我只是有个互惠互助的提议。

"咱俩结婚吧。"

王维安说服陈筱筱的理由很简单:各取所需。

"你看,你家催得紧,我妈也逼着我在三十岁前结婚,咱俩刚好需求互补。"

"补你个鬼!"陈筱筱冷哼一声,"你当我是傻子,还是你是傻子?"

为了应付家里催婚就随便拉个人结婚,他今晚怕不是喝醉了,是疯了吧。

"哎呀,我这不是被逼得没办法嘛。"王维安哀哀戚戚地道,"我妈去年给我下了最后通牒,让我必须找个女朋友,否则就乖乖去相亲。我不想去相亲,就扯了个谎,说已经找到了。"

他顿下,心虚地瞥她:"我和她说的'女朋友'就是你。"

见她要发飙,王维安抢先道:"主要是我不认识几个女生,胡扯一个,我怕她细问就露馅,所以就拿你当幌子。"

同受催婚之苦的陈筱筱倒是理解,决定不跟他计较,而是说:"很简单,你就对她说，我们分手了。"

"不行。"王维安立马否决。

"怎么不行？恋爱分手很正常。"

"我早晨拜年的时候刚跟她说过，我和你在一起过年，怎么就分了。"

陈筱筱翻白眼："那你就晚两个月跟她讲，总行吧？"

"行是行，可她就得逼着我去相亲了。"

"那是你的事儿。"陈筱筱无情地说。

"筱筱，你别见死不救嘛。"王维安苦着脸说，"就算我去相亲，我也不可能三十岁前结婚啊。"

"为什么非得三十岁前结婚？"陈筱筱奇怪。

"这就说来话长了。"王维安却没急着讲，而是搓了搓手，"外面挺冷的，要不我们去你家慢慢讲？"

这会儿天上又飘起了雪，户外确实天寒地冻。

换作其他男人，陈筱筱听见这类提议怕是要警惕三分，但对面这人……她还是信任的。

摸了摸冻得发麻的鼻尖，她脚跟一旋，朝小区里走。

王维安立即跟上，倒也不再卖关子，一路和她讲起了原委："你别看我妈是搞科技企业的，但她这人特别迷信，除了逢初一、十五吃素，日常就爱算算命、占占卜。"

王维安出生时，王母就找了青莲山得道大师批过命相。大师说他虽一生多财多富，三十岁那年却有个大劫，轻则缺胳膊断腿，重则一命呜呼，唯一破解的法子就是在三十岁前结婚冲喜。

"这种鬼话你妈也信？"陈筱筱开着门问。

"信啊，深信不疑。"王维安跟在她后面进屋，"你还记得吧，我年初夜跑时被车撞了。"

"是自行车。"陈筱筱提醒他。

"对，是自行车，但我妈说，大师表示这就是大灾前兆，这回是自行车，下回就是大卡车了。"王维安从脖子里摸出一根红绳，上面挂着一块玉，"喏，这就是那次车祸后，她替我求的，要我天天戴着，每回跟她视频，她都要看一下。我车上、家里，就连办公室里都有她搞的法器，辟邪。"

陈筱筱她妈偶尔也会求神拜佛，但没有夸张到这个地步。

"不过，你妈信归信，你不信她还能逼得了你？"

陈筱筱不信真会这么邪门，他三十岁不结婚就会死翘翘。

"她就是知道我不会信，所以才威胁我，如果三十岁前还不找对象，她和我爸就立下遗嘱把全部家产留给我弟。"

陈筱筱无语："你弟才多大点？"

王维安弟弟是老来子，在王维安念研究生的时候才出生，今年刚念小学。

"等你弟继承家业少说还得要二十年，你慌什么？"陈筱筱调侃。

"我也这么想的啊。所以，我跟她说无所谓，反正我对做生意没兴趣，让那小子继承家产也行。可是……"王维安叹口气，话锋一转，"她严正地提醒我，家产还包括我住的房子和车子……"

他顿了下，苦哈哈地道："她下了最后通牒，等我三十岁一过，就立刻收回我的房和车。"

"你妈就吓唬你，我妈还天天说要不认我这个女儿。"

"不不不！"王维安连声道，"你不了解我妈，她这人说一不二，你别看我爸是公司董事长，但我家大小事全由我妈说了算，我爸都不敢说一个'不'字。"

怕她不信，他再举例："你记得我高考一毕业就去肯德基打工的事吧？"

陈筱筱点点头。那时，其他同学考完都是旅游聚会吃喝玩乐，唯他在肯德基打起了暑假工。

"当时，就是因为我不愿意听她的话报生物制药，而是报了计算机，她就让我自个儿去挣学费。"

王妈原话是："喜欢和爱好都是要资本的，既然这是你喜欢的专业，那你就自己去挣学费吧。"

陈筱筱记得他家公司是生物科技方面的，王母可能是想让他报考相关专业，以后好更顺利地接下公司，偏偏王维安坚持要报计算机。

"那她后来真的没给你出学费吗？"陈筱筱好奇。

"岂止学费，我大学四年的生活费、路费全是自己挣的。"王维安说。

陈筱筱恍然想到，以前四人聚会时，他总说在忙，他们都以为他是忙着谈恋爱，却不想他是在忙着赚钱。

"她不是还给你买了房和车？"

"哪是给我买的，房子和车都写的是她和我爸的名字。"王维安惨兮兮地说，"我只有临时使用权，所以我才怕她来真的。"

没等陈筱筱开口，他叹气："你知道的，我这几年过得这么潇洒，全因为不用供房供车，万一她收回去，我的好日子就到头了。"

关于这一点，陈筱筱深有体会。她的工资收入在同学中不算高，但就是靠着单位提供的免费住宿让她在北城活得有滋有味。

王维安在互联网大厂上班，收入不会太差，但若要供房供车，生活品质必然直线下降。而且若王妈来真的,肯定不会支持他的首付,光靠工资收入,完全没有家里支持,想在北城安家难上加难。

思及此,她同情地看着王维安:"你这确实有点头疼。"

"所以嘛,你帮帮我……"

话题又绕回来。

陈筱筱立即收起同情心,严肃地说:"虽然我很同情你,但我还没伟大到舍身取义的地步。"

"你先别急着否决,先听我的计划。"

见她没插嘴,王维安抓紧问:"你想结婚吗?"

"不想。"

"我也不想。"王维安表态,"我一直觉得,如果像周司远和宁安然那样,为了爱情结婚还不错。可为了结婚硬找个人,我宁愿单着。"

这点,陈筱筱表示很同意。

"你看,我们既然都不想结婚,也暂时没有想结婚的对象,何不凑一凑,既能应付家里,还能完成社会责任。"

陈筱筱若有所思,听见他继续道:"我们对彼此知根知底,对各自人品也很清楚,只要事前确定好结婚协议,就不会出现扯皮纠纷。而且,我们都在北城,父母亲戚都瞧不着。婚后,你继续住这里,我住我家,咱们互不干涉,各自潇洒。"

陈筱筱有些心动,但还是说:"结婚哪有你想的那么简单。再说,万一以后遇到合适的,我们不就都成二婚了。"

"也是哦。"王维安挠了挠头,"我这边倒没事,你要二婚再找就麻烦了。"

见他蹙眉认真替自己考虑,陈筱筱心软了下,说:"不过,我现在无欲无求,估计也遇不到合适的。"

王维安却没有顺杆爬,而是说:"这事儿是我欠考虑,让我再想想,有没有其他法子。"

那晚,王维安说回去再谋划谋划,可没等他谋划好,陈筱筱竟主动打电话给他说:"你的提议我同意了,咱俩结婚去吧。"

而促成她毫不犹豫答应的原因是,她妈居然背地里将她的资料发给相亲网站,还开了所谓的VIP,帮助她选择优质男对象。

当相亲网站找上门时,陈筱筱气得和她妈大吵一架。

一个怪对方擅作主张,不尊重自己;一个委屈抱怨,好心当了驴肝肺。

陈爸夹在中间两头劝,陈筱筱深感无力,脑中就这样想到了同样无力的王维安,那个荒唐的念头在一刹那竟变得没那么荒唐了。

于是,在陈妈又一次给她狂发语音时,她抓起手机回了句:"你别瞎操心,我有男朋友,我们都已经在商量结婚了。"

陈妈自是不信,认为她在搪塞。

陈筱筱立即发过去王维安的照片。

陈妈一听他也是江陵人,两人还是多年同学,青梅竹马,当即十分满意:"说实话,我和你爸都怕你嫁到外地,以后逢年过节都回不来江陵,现在好,现在好。"

过没两天,陈妈再来电话,喜笑颜开,说找人打听过王家的情况,家境富裕不提,王父王母在商界有口皆碑,员工下属都夸夫妻俩心慈人善。

紧接着,家里的七大姑八大姨都知道她和一个家境特别好的男生在处对象,且已经到了谈婚论嫁的地步。

王维安一听,自是很配合。

二人商量了一个礼拜,秘密签订了结婚协议,内容从婚后如何对内对外到双方法定婚姻内的钱财物和情感问题,再到违约惩罚等,林林总总,包罗万象。

确认没问题后,两人按计划先斩后奏,选了个日子就去把结婚证领了。

那天,站在民政局门口,看着精心打扮来领证的小夫妻们,陈筱筱心底那个不确定的念头又冒了出来,担心这一切会不会是王维安的计谋。

结果,瞧着匆匆赶来,连衣服都没来得及换的男人,那份顾虑顷刻烟消云散。

排队等拍照时,王维安还扒着乱发,后知后觉地问:"我们是不是也应该稍微打扮打扮?"

陈筱筱低头玩着手机,漫不经心地说:"打扮什么?我天生丽质。"

"这倒是。"王维安笑着凑到她耳边,小声道,"她们化妆了都没你好看。"

陈筱筱瞥了他一眼,礼尚往来:"你也很帅。"

"可不,我俩就是郎才女貌。"王维安得意扬扬地说。

也不知是不是太得意,一直到拍照时他仍咧着大嘴巴笑,看得摄影师都忍不住调侃:"这位男同志,我知道你娶到老婆很开心,但咱能把嘴巴稍微收一收吗?"

他"哦哦"两声,收敛了些许笑意。

只是,看样片时,陈筱筱发现他仍像是开心过了头,而她则是眉眼舒展,嘴角带着恬淡的微笑。

红底白衫，两人竟是出奇的般配、和谐。

摄影师把照片洗出来给他们，夸赞："兄弟，你媳妇儿很漂亮。"

"那是。"王维安乐呵呵地接话，"她可是我女神。"

后面是领证、宣读结婚誓词。

两人一板一眼地按照流程和要求走下来，终于拿到了红色的小本本。

王维安第一时间就拍了照。

"干吗？"陈筱筱紧张地问，"你不会要发朋友圈吧？"

结婚协议里可是写得清清楚楚，除了家人和宁安然等关系要好的朋友，两人结婚的消息一律不外宣。

"发什么朋友圈？"王维安把属于她的那本交给她，说，"我晚点掐着时间发我妈。"

陈筱筱心中警报解除，把证塞进包里，扫了眼大厅的钟，问："要一起吃饭吗？"

"晚上不行，我得回去修bug。"

被婉拒的陈筱筱不觉失落，反而很是欣慰。

一个把bug看得比结婚还重要的男人，让她对婚姻又增加了一份信心。

领完证，两人按照协议各自知会父母，不出意外都被骂了个狗血淋头，并被勒令带着人回家见双方家长。

第二周，他们请了年休假，飞回江陵，双方父母则是先通了电话和视频，约了初次正式见面的时间。

按照规矩，正式见面前，他们还得去拜会对方父母。

王维安先到她家。他嘴甜人讨喜，没多会儿工夫就把陈爸陈妈哄得笑逐颜开，事后更是赞不绝口："维安这孩子真不错，性格好、知礼数、人细心，还孝顺。"

陈筱筱轻呵："不就给你们买了点礼物吗？就孝顺了？"

陈妈瞪了她一眼："你以为你爸妈是见钱眼开的人？就看中他那点礼物？我和你爸看中的是人家准备礼物的那份心。"

提到这个，陈筱筱倒是钦佩王维安的玲珑心，带来的礼物直接送到了爸妈心坎上。

陈妈做了几十年教师，落下了咽炎和干咳的职业病，他便带了二十年的新会陈皮，让她泡水喝；陈爸喜好舞文弄墨，他便奉上了盛方大师的手制墨，让陈爸如获至宝，这会儿还待在书房和书友一个个视频炫耀呢。

送他下楼时，她好奇地问："你什么时候准备的这些？"

回来前,他打来电话商量要不要带点礼物,她明明说的是:"没什么好带的,重死了,到时候在我家楼下超市随便买点就行。"

不想这人居然精心准备。

陈筱筱又扫了眼桌上的礼物,这老陈皮不稀奇,但盛方的墨,可是千金难求,有价无市。

不过,王维安的答案轻描淡写:"我客户家就是做笔墨生意的,没花多少钱。"

鉴于王维安的礼物太用心,陈妈晚上就逼着她打听"公婆"的喜好。

王维安猜到他们的用意,宽慰地道:"你放心,我全准备好了,明天你只要出现就行。"

尽管如此,第二天一大早,陈妈还是拽着她去了趟商场,选了一套顶贵的护肤品和西装金袖扣,外加一套乐高让她带去。

"以他们家的条件,肯定不缺这些,但我们不能失了礼数。"陈妈教育道。

买完礼物,陈妈又带着她去做了脸和头发,还硬逼着她换下牛仔裤,穿了一身温柔典雅的针织连衣裙。

见到盛装打扮的她时,王维安眼睛都直了,抿着嘴偷乐。

陈筱筱心烦,揉了他一下:"笑什么?很丑吗?"

"不,好看,特别好看。"王维安忙不迭道。

陈筱筱白了他一眼:"直男审美。"

王家在绿地别墅区。

车没到院子门口,陈筱筱就见到了站在院子里迎接他们的王家老小。

一瞬间,她竟有些紧张。

不知道现在临阵脱逃还行不行。

应是察觉到她的情绪,王维安单手掌着方向盘,伸手轻拍了下她的头,玩笑道:"丑媳妇总要见公婆,别怕,拿出你拳打七班脚踢十班的气势来。"

他说的是高一运动会,七班和十班弯道超越时把他们班一个女生挤摔了,事后非但不道歉,还阴阳怪气地说他们班输了找理由。

陈筱筱气不过,一个人找到两班的几个女生,气势如虹,最后竟把几人全骂哭了。

回忆往事,陈筱筱笑出来,心里的紧张情绪一扫而空。

王维安微笑,又拍拍她,满意地说:"笑就对了嘛,你可是美媳妇。"

如王维安先前所言,他爸妈对她这个拯救他免于血光之灾的儿媳妇十分满意。

一顿饭的工夫，王妈就拉着她的手亲如母女，各种嘘寒问暖，还叮嘱她："如果臭小子敢欺负你，你告诉我，我帮你收拾他。"

"妈，我喜欢她还来不及，怎么可能欺负她。"王维安把剥好的一盘松仁推到陈筱筱面前，"这个好吃，你尝尝。"

王母见状和王父打了个眼色，纷纷露出心满意足的笑容。

因为聊得开心，不知不觉天色就黑透了。

见时间不早，王维安擦了擦手，对意犹未尽的父母说："今天就先聊到这儿吧，挺晚了，我送筱筱回去。"

陈筱筱闻言刚想附和，就见王母一脸惊诧地说："回哪儿去？三楼房间都给你们收拾好了，晚上就睡家里。"

见二人愣怔，王母笑盈盈地搂住陈筱筱的肩头，解释说："你们要还在谈恋爱呢，按规矩是不能住家里的，但你们都领证了，合情合理合法。"

最后六个字震得陈筱筱外焦里嫩，只得求助地看向王维安：朋友，你赶紧想办法啊！

王维安接收到信号，清了清嗓子："妈，下次吧，下午出门的时候也没跟筱筱爸妈说，贸然留宿怕他们会介意。"

"还用你提醒？"王母白了他一眼，"你们一出来，我就打电话给亲家母报备过了。他们没意见。"

王维安黔驴技穷，陈筱筱却反应过来，说："我没带换洗衣服。"

"早都准备好了。"王母干脆彻底把所有借口都堵死，"洗漱用品、护肤化妆全有。"

见她还在犹豫，王母当她害羞，凑到她耳边道："整个三楼都留给你俩，我们什么都听不见。"

陈筱筱忽然觉得，这婚结得一堆bug呢？

聊到快十点，王妈终于意犹未尽地收住话头，让他们回楼上休息。

一进卧室，陈筱筱便被床上红通通的喜被晃得想自戳双目。

王维安在旁边直乐："真喜庆。"

"喜庆个鬼。"陈筱筱瞪他，"你是不是想我立马出去告诉他们咱们是假结婚。"

"别别。"王维安赔着笑哄道，"你看，现在这不挺好的吗？你爸妈很开心，我爸妈也很开心。"

"我不开心。"陈筱筱愤愤地坐到床上，心里像是被塞了一团乱麻。

"怎么了？"王维安蹲下，与她平视，放低声音问，"哪里让你觉得不开心？"

"不知道。"陈筱筱烦躁地回答。

其实，从领证到现在，所有事都很顺利，一切仿佛都朝着他们当初设想的最好的方向发展，可陈筱筱总没来由地心烦意乱。

王维安看着她的眼睛，试着问："是不是觉得有点对不起他们？"

他没说"他们"是谁，但陈筱筱懂了，沉吟片刻后，轻轻"嗯"了一声。

当初商议假结婚时，他们讨论了种种可能发生的"不利影响"，制定了一系列相应的避险举措，唯独漏了此事带来的"负罪感"。

这两天，看到双方父母发自内心的喜悦和对彼此的爱护，陈筱筱感受到了浓浓的愧疚和负罪。

王维安明白她的心思，开解道："或许，你可以这样想，他们此刻的开心是真实的，我们也算将功抵过。"

"那以后呢？"陈筱筱问，"万一他们知道，万一我们拆伙……"

"你不说，我不说，他们不可能知道，至于拆伙，现在离婚的比结婚的还多，到时候就说感情不合。要不，干脆说我出轨也行。"

陈筱筱斜他一眼："你不怕你妈又剥夺你继承权？"

"剥就剥吧，总不能耽误你寻求真爱。"王维安无所谓地说。

"为什么就肯定是耽误我？说不定是你要找寻真爱呢。"

"不可能。"王维安脱口而出，"我的真爱早找到了。"

话落，两人都怔住，气氛瞬时陷入了微妙。

半晌，王维安才清了清嗓子，说："不早了，要不你先去洗漱？我去楼上洗，顺便换身衣服。"

王家别墅一共四层。原本，王维安和弟弟都住在三楼，现在这间套房就是他的老卧室。但这次回来，王妈找了个理由将他赶去了四楼客房。

他想着只住几天，哪里都一样，不想，王妈是为了给他们布置新房。

陈筱筱也没准备和他共用浴室，觉得他这个提议很合理，欣然点头。

应是考虑到洗漱时自己在外面，她会尴尬，王维安刻意在楼上待了很久，下来时，陈筱筱已经穿着王妈准备好的睡衣靠在床头。

谢天谢地，王妈买的睡衣是正常款，没有准备什么性感套装。

王维安则是换了身灰色的休闲服套装，干干净净的，透着少年的清爽，让陈筱筱忍不住多瞧了两眼。

她在瞧人，王维安也在看她，当她准备收回视线时，却正好撞上他带着热意的目光。

四目相对，陈筱筱心跳忽地一快。

王维安率先移开眼："那个，枕头给我下。"

陈筱筱"哦"了一声，抽了个枕头给他，随即反应过来，说："只有一床被子。"

"对哦。"王维安扫了眼鲜红的喜被，想了想，说，"没事，有地暖，应该不凉。"

江陵不似北城有暖气，王家虽然全屋装了地暖，但这大冬天的，不盖被子睡觉，怕是会着凉。

陈筱筱犹豫再三，说："不行你也睡床上吧。"

有一年杂志社组织员工去东北雪乡工会疗养，地接导游搞错了订单，弄得他们十几个男男女女在一张大炕上连睡了两晚，后来才找到房。

她就当是"拼床"得了。

谁想，王维安不同意："别，我可不想跟你睡一块儿。"

陈筱筱没好气地道："干吗，你还怕我会占你便宜？"

"不是。"王维安抱着枕头，一本正经地说，"是挨着你睡，我肯定会胡思乱想，浮想联翩。"

陈筱筱被他的坦诚噎得接不上话，半晌才小声嘟囔一句："出息。"

不过，怕他感冒，陈筱筱还是让他去浴室拿浴巾稍微盖一下。

两人各自躺下刷起了手机。

一室静谧，时间缓慢流淌。

倏地，一道低低的叩门声响起，吓得玩手机的两人蓦地弹了起来，面面相觑。

下一秒，说时迟，那时快，王维安迅速将枕头扔给陈筱筱，再掀开腰上的浴巾，一骨碌爬了起来。

"维安，你们睡了吗？"王妈的声音从门后传来。

"嗯。"王维安走到床边，把浴巾也塞给陈筱筱。

陈筱筱接过，胡乱塞进被窝里，再将枕头摆回去，想了想，又用力在上面揉了几下，伪造现场。

目睹一切的王维安"扑哧"笑出声，却立即遭到一记眼刀子：还笑？

王维安赶紧抿唇，憋住笑，点了点头，眼角眉梢的笑意却藏都藏不住。

陈筱筱气得狠狠瞪他一眼，在他后背推了一把，示意他赶紧去开门。

这大半夜的，王妈过来肯定有事。

王维安忍着笑，踩着拖鞋走到门边，把门稍稍开了一条缝，问："怎么了？"

王妈没答,只把一盒东西塞给他。

王维安垂眼一看,先是一愣,随即忍俊不禁。

"笑什么笑?"王妈"啪"地打他手臂,压着嗓子说,"知道你们肯定没带,怕你们用得着。"

似是怕自家傻儿子不懂,她又扯了下他的手臂,严肃地道:"既然你们打算晚几年再要孩子,那你就给我老老实实做措施,别抱侥幸心理。弄出意外来,损伤的是筱筱。所以,你给我注意点,听见没?"

"听见了。"王维安接过盒子,问,"还有什么事吗?"

"没了。"王妈催道,"赶紧进去睡觉吧。"

王维安应"哦",退进屋内,关上门,落锁。

尽管王妈一直压低声音,但母子俩的对话还是一字不落地钻进了陈筱筱耳朵里。

许是没注意到她的神色,王维安笑呵呵地走到床边,把手里的盒子给她看:"笑死了,我妈给我们送这个。"

陈筱筱垂眸一看,眼前闪过三根黑线,别开视线,吐槽道:"你妈还真是准备齐全。"

闹了这么一小出,陈筱筱原以为会影响睡眠,不想关灯后,听着房间里均匀的呼吸声,她很快就平静下来,进入了梦乡。

这一觉,睡得特别踏实和香甜。

各自见过父母后,按程序,双方家长正式会面。

尽管两人已是法定夫妻,但两家在彩礼、嫁妆这些最容易闹崩的环节都表现出了满满的诚意,尤其是王家提出要重新给小两口在北城买套房,让陈妈十分满意。

且不说王维安现在住的房子是他爸妈的名字,就算是他的,那也只能算婚前财产,但重新买新房,还写小夫妻的名字,那就是共同财产,对女方家长来说,相当于女儿多了一重保障。

除此之外,在传统的金饰、彩礼上,王家更是让陈妈挑不出半点瑕疵。

当然,陈家也给了他们能力范围内最好的嫁妆。

不过,双方父母都表示,不管彩礼还是嫁妆,都会全数交给陈筱筱,让她自己保管。

回去路上,陈妈拉着女儿的手说:"他们家条件是好,可妈妈见多了为了点礼金撕破脸的有钱人,他们能这样阔气,除了有钱,还有心,可说到底还是看重你、尊重你。"

陈筱筱拿耳朵听着,脑海里却想起当年王维安帮助不相识的孤寡老人的事情,那何尝不是因为父母的言传身教呢?

如果,她真的嫁到这样的家庭,应该不会有那些糟心的婆媳矛盾吧?

由于他们坚持要延后办婚礼,两边家长商量后,决定只简单请双方至亲小范围地吃顿饭,等于官宣。

这些都在二人预料和可控范围内,两人没什么意见地配合着。

只是,宴席前一晚,王维安突然让她下楼,然后塞给她一个黑色丝绒的首饰盒。

她立刻猜到了里面是什么。打开一瞧,果然是一枚光彩夺目的大钻戒。

"我忽然想到,明天吃饭时,你总得戴个戒指吧。"王维安说。

陈筱筱觉得有道理,只是看到那个品牌Logo(商标),忍不住道:"你随便买一个就好了,干吗买这么贵的?"

"我也不懂这些。"王维安挠了下头,解释,"我就问了下周司远,他给我妹子买的是什么牌子,就照着买了。"

"你问他干吗?"陈筱筱无语。

周司远向宁安然求婚时用的是Harry Winston,一枚钻戒花掉了他这几年立功攒下的奖金。

王家虽有钱,但王维安又不傻,肯定不可能现在跑去问家里要钱来买钻戒,这不是让王妈起疑嘛。

再看看戒托上那硕大的钻石,陈筱筱只替他感到肉疼。

"你发票还保留着吧?"

不知道HW有七天免费退货不。

"我找人帮忙买的,不知道还在不在。"王维安如实道。

陈筱筱想起来,江陵确实没有HW专柜。

"你赶紧问问那人,让他别把发票弄丢了。"

王维安听懂了她的用意,随即道:"丢了也没事,反正这玩意儿也不会贬值到哪里去,就当存钱好了。"

陈筱筱白了他一眼:"这种东西,上午买下午卖都得亏,还存钱。你还不如说,留着给你下次求婚用。"

"我觉得可行。"王维安笑道,"那就先放你这里保管,以后如果我求婚,你再还给我。"

陈筱筱:"别,这么贵的东西,你自己保管,我明天戴完就还给你。"

"再说吧。"王维安无所谓地说。

回到楼上，正靠在沙发上敷面膜的陈妈埋怨道："是维安吧？你怎么不让他上来坐会儿？"

"他有事要回去。"陈筱筱把那戒指盒随手放在餐桌上。

陈妈眼尖，立马凑上来，问："戒指？"

"嗯。"

"维安送你的？"

陈筱筱反应很快："之前怕弄丢了，放他那儿了，他怕我明天要用，所以晚上先送过来。"

陈妈颔首，说："我之前就想问了，你怎么没戴求婚戒指，后来事儿一多就忘了。"

"戴着麻烦。"陈筱筱嘟囔。

"你有什么事是不嫌麻烦的。"陈妈白了她一眼，再道，"打开给我看看。"

陈筱筱依言打开，那枚璀璨夺目的钻戒再度出现在眼前。

屋内灯光比楼下亮，黑色丝绒布上的戒指折射出耀眼的光芒。

陈妈不认识盒盖上的logo，但只看戒托上的大钻石，就知道价格不菲："这很贵吧？"

陈筱筱报了个数。

陈妈咂舌："这么贵？"

这些钱都能在江陵不错的地段买套不小的房子了。

"他们家在这方面是挺大方。"陈妈感慨。

"不是他爸妈出钱买的，是他自己的钱。"陈筱筱想也没想就纠正。

陈妈听出她的意思，笑了："那更好，说明他一能挣钱，二真疼你，舍得为你花钱。"

陈筱筱愣了下，想到了宁安然被求婚后，又哭又笑地给她打电话："周司远这个傻子，居然把他历年来立功得到的奖金全拿来买戒指了，你说他是不是有毛病？我又不在乎这些……"

"你不在乎，他还买，说明他就是想给你最好的啊。"

陈筱筱当时这样回，现在却想到，某个傻子收入虽然比周司远高些，但怕是也花掉了这几年工作的积蓄来买这枚戒指。

不对，他比周司远还要傻些，毕竟人家周司远是为了真爱，他就为了应付明天的家宴……刚想到这里，一个声音突然跳了出来——"我的真爱早找到了。"

陈筱筱心跳快了一拍，若有所思地看向戒指盒。陈妈的声音恰在此时响

· 333 ·

起："戴上看看呢。"

陈筱筱收回思绪，取出戒指，随意地戴在无名指上。

出乎意料，戒环的尺寸竟然不大不小，刚刚好。

"真好看。"陈妈端着她的手，好好端详了一番，叹道，"老话说得对，一分钱一分货，这贵的东西就是好。"

似是嫌自己欣赏不够，陈妈又扯着嗓子把老陈也喊了出来。而陈爸一听女儿居然把一套房子戴手指上也是咂舌，直言王维安对她好。

晚上，临睡前，陈筱筱偏头看了眼床头柜上的丝绒盒，脑中忽然闪过一个念头，她是不是也得礼尚往来，给王维安买个戒指？

于是，宴席开始前，王维安手里被塞进一个暗红的小盒子。

王维安一瞧就乐开了花："给我的？"

"随便买的。"陈筱筱扫了眼迫不及待打开盒子的男人，强调，"给你暂时保管的。"

"好嘞，我一定好好保管。"王维安戴上戒指，明明有点大，但他硬说，"正好。"

陈筱筱斜他一眼："我和专柜说好了，不合适，晚点我们就去换。"

"合适，哪儿不合适？"王维安把骨节分明的手伸到她眼前，说，"现在是冬天，等夏天手胀了，刚刚好。"

"你还想天天戴着？"陈筱筱问。

见他愣了下，眼底闪过一丝郁色，陈筱筱又补了句："戴着也好，反正这个不贵，丢了也不怕。"

"怎么可能丢？"王维安宝贝似的瞧着手指上玫瑰金色的指环，"我把自己丢了都不会丢了它。"

陈筱筱深深地看他一眼，没接话。

因为只是普通的家宴，没有仪式，两人只用跟着双方家长去认识亲戚和敬酒。

陈筱筱收了一堆红包，堪称盆满钵满，王维安则被两边的长辈们逮着灌了不少酒，尤其到了陈家这边，更是被各种"为难"。

一会儿考他陈筱筱的生日、喜好，一会儿又要他交代两人是怎么认识的……好在他们从小就认识，知根知底，竟没有一个问题能难倒他。

陈筱筱表姐在旁听得直感叹："货比货想扔，人比人想死。你们说，都是老公，我家的怎么就和人家筱筱家差距那么大呢？"

"我也想把我家这个扔了。"另一个堂姐附和。

"扔扔扔，都扔。"小姨笑着说，"扔完让筱筱帮你们介绍新的。"

一桌人哄笑，被嫌弃的两个姐夫则佯装不服气，硬要让把他们比下去的王维安再喝两杯抚慰他们受伤的心灵。

见王维安二话不说就要倒酒，陈筱筱一把拽住他的手腕。

"姐夫，你俩有什么好受伤的，你们应该高兴才是。你看表姐和堂姐比来比去，还是选了你们，这才是真爱。"

"啧啧啧，瞧瞧筱筱这嘴。"堂姐夫仰着头，故意问王维安，"小妹夫，你平时能说过她？"

一脸潮红的王维安傻笑，如实道："肯定说不过。"

"说不过就亲啊。"表姐夫给他出主意。

陈筱筱无语，正想找个借口赶紧走，就听看热闹不嫌事大的表哥跟着起哄："哎哟，还愣着干吗？现在就可以亲了。"

"对对，亲一个。"两位姐夫跟着起哄。

一桌人闹得太大声，旁边几桌亲戚全看过来。

王维安赶紧打哈哈："回家亲，回家亲。"

"什么回家亲，回家是干别的事儿。"堂姐夫越闹越兴奋，"筱妹夫，你是不是男人？接个吻都不敢？"

王维安咳嗽了下："那个……我这人比较害羞。"他干脆承认。

"不是吧。"两个姐夫哄笑，"这有什么好害羞的，你俩……"

"行了，亲。"

怕他俩越闹越过分，陈筱筱立马打断他们，扯了下王维安："亲吧。"

王维安看着她，眼底露出紧张之色。

他的神色太过明显，大伙真当他是害羞，不由得笑起来："不是，表妹夫，你这么纯情啊？"

陈筱筱无奈，只得往前一凑，稳稳地贴上了他的唇。

亲戚们果然又是一片哄笑。

王维安则是直愣愣地睁大眼，半晌没说出话。

瞧得远处的王爹都忍不住扶额，和老婆耳语："这小子呆头呆脑的，怎么半点没遗传到我？"

王妈不悦："谁呆了？说明我儿子单纯。"

只是，当天晚上，在夫妻俩看不到的地方，他们嘴里又呆又纯的傻儿子仗着醉意，将陈筱筱堵在酒店套房的衣帽间，控诉："你晚上又亲我了。"

"我那是帮你解围。"

"可你亲我了。"他强调。

陈筱筱翻白眼，看看他湿漉漉的眼眸和潮红的脸颊，决定不和醉鬼费口舌。

"对，亲了。"她倚在门边，浑不憷地说，"就亲了，你能怎样？"

王维安盯着她，气呼呼地说："我要亲回来。"

话落，一道阴影覆盖下来，湿热的唇瓣贴住了她的唇。

陈筱筱怔住，下一瞬，感觉唇瓣被他衔住，不轻不重地吸吮了两下。

混着酒意的气息在唇间漫开，就在陈筱筱怀疑自己是不是也醉了时，王维安放开了她。

"这样才公平。"他说。

然后，在陈筱筱尚愣怔时，他歪歪扭扭地走了。

盯着他东倒西歪的背影，回过神的陈筱筱气不打一处来，忍了又忍才没冲上去踹他一脚，再狂揍上几拳。

巧的是，王维安突然转过头来，傻笑着对她来了一句："筱筱，我今天很开心。"

"真的。"他咧着嘴，露出一口整齐的白牙，重复道，"很开心很开心。"

陈筱筱瞧着那双亮晶晶的眼睛，肚子里那团气就这样没来由地顺没了。

她微微一笑："我也挺开心的。"

她没说假话。晚上，看见他被亲戚逗弄得手足无措，想亲又不敢亲自己的模样，她的心底猛地涌上了一股甜蜜的喜悦。

低头看了眼无名指上的戒指，她想：或许一直戴着也不错。

回到北城，陈筱筱拉着王维安把收到的钱和首饰梳理了一遍，并提议拿走各自家里那份。

王维安没意见，只提出："我那份你帮我单独存起来，卡放你手上，别给我。"

陈筱筱："为什么？"

"我怕我忍不住花了。"王维安笑着说，"放你这儿，万一东窗事发，我还能把钱原数还给我妈。"

陈筱筱赞同，说："那我把钱全存定期，首饰之类，晚点我去银行租个保险柜，放里面。"

"行，都听你的。"

分好"赃"，两人按照先前的协议约定，各回各家。

日子回到从前，不，陈筱筱甚至觉得比从前还要舒坦。因为过去，她妈还会三五不时地催婚,烦不胜烦,而今老太太只会给她转发一些"夫妻相处技巧"的鸡汤文章。

抽了个时间,陈筱筱约宁安然吃饭,如实告知了他们假结婚的事儿,听得宁安然瞪大眼:"你俩真的是不鸣则已,一鸣惊人。"

假结婚,亏这两人想得出来。

等她把王维安如何说服自己,他俩如何拟订协议,又是怎么见家长办家宴一股脑讲完后,宁安然意味深长地看着她,说:"我怎么觉得,你俩会假戏真做呢?"

"不太可能。"陈筱筱想到那个从分开后就没见过的"老公","哼"了一声,"你放心,甲方非常有契约精神。"

宁安然好整以暇地瞧着她:"这话听着怎么像是不太满意甲方呢?"

"满意,很满意。"陈筱筱喝着咖啡说。

宁安然好笑,揉了下她:"欸,其实,我哥这人挺不错的,你要不真考虑下假戏真做。"

其实,也不是没考虑过,尤其前两天,她妈无意中向她透露,说在两人回江陵前,他们曾经给王维安打过一个电话,叮嘱和交代他要多包容她。

王维安再三保证:"爸妈你们放心,我这辈子真正喜欢过的就她一个,我一定会竭尽所能对她好,照顾她,爱护她,绝不会让她受半点委屈。"

但最打动陈妈的不是这些好听的保证,而是听见她一个劲说陈筱筱脾气不好,王维安有些不太高兴地反驳:"她脾气哪儿不好了?我们俩从读书时开始就老拌嘴呛声,但她从不记仇,转眼就翻篇了。而且,她这人向来都是对事不对人,对就对,错就是错。"

彼时,陈妈语重心长地告诉陈筱筱:"知道他真的懂你,我和你爸就彻底放心了。"

见她沉思,宁安然抿唇笑了笑,点到即止。

晚上回到家,陈筱筱洗完澡躺在床上刷手机,脑子里却不时冒出一个人影来。

十几分钟后,她决定停止庸人自扰,直接给那人发了条信息:睡了吗?

聊天框里一片静默,消息石沉大海。

又盯着看了几分钟,确定对方不会回复后,她有些气闷地把手机扔到了一边,关灯睡觉。

只是,翻来覆去怎么都睡不着,过了会儿,又忍不住看了眼手机,见还是没回复,才赌气地关掉手机,睡觉。

这一夜睡得不太踏实,迷迷糊糊醒来已经快七点半。

她慌忙爬起来洗漱,边刷牙边开手机。

网络刚恢复,就接二连三地弹出好几条微信消息。

陈筱筱点开,果然是王维安的。

——不好意思,我这段时间在美国出差,没法及时回复你。

——咋啦?你找我有事儿?

——醒了吗?我刚刚打你电话关机。

——你不会生气了吧?我真不是故意不回你信息的。

紧接着,是一个定位及满是外国人的街景照,似乎是为了证明所言非虚。

陈筱筱喝水漱口,单手回复:没事,我手机只是没电了。

这次,那边回得很快:哦哦哦,吓死我了。

陈筱筱问:你什么时候去的美国?我怎么不知道?

问完,她就觉得不妥,刚想撤回来,他的信息已经发过来:就从江陵回来第二天,临时被叫来救火。

陈筱筱应了一个"哦",看见对话框里,他说:本来想跟你说的,但怕你觉得我烦,想了想就算了。

陈筱筱不高兴地问:我有这么凶吗?

王维安:当然没有,是我小人之心。

王维安承认错误那叫一个快,并保证:以后,我肯定及时告诉你。

陈筱筱本想回一句"那倒不必",可想想又觉得:也行,万一我爸妈或者你爸妈突然问起来,我什么都不知道,容易穿帮。

王维安:很有道理,那以后我多给你发信息。

....

王维安说到做到,自那天后,几乎每天都给她发信息,报备一天行程,偶尔也会分享他身边的趣事。

两人本就都是健谈的性格,又有多年的友情基础,放下偏见和心里的硌硬后,相处甚欢。

一礼拜后,王维安回到北城,问她:"晚上有空吗?帮我接个风?"

陈筱筱爽快地答应。二人开开心心地去吃了顿火锅,还看了一场电影。

结束后,王维安送她回家,又从车后座拿了个袋子递给她:"我同事们都说,去了趟美国,得带点伴手礼,要不说不过去。"

陈筱筱接过来,拿出里面的东西,是一条某奢侈品牌的手链。

"机场免税店头的,很便宜。"他抢先道。

陈筱筱笑了下,转头看向他:"王维安,我都不知道你是真笨,还是假笨？"

"哈？"

"哪有人会说自己送的东西便宜的？"陈筱筱吐槽。

"我不是怕你觉得贵重，不敢收吗？"

"我小百万的钻戒都敢收，还不敢收条手链？"

"那怎么一样。"王维安嘟囔，"钻戒，你是要还我的，这个，我又不让你还。"

陈筱筱哭笑不得，合上盒子，好整以暇地瞧着他："你还真打算让我还钻戒啊？"

"啊？"

陈筱筱往前一倾，稍稍靠近他，问："如果我说不想还了呢？"

王维安眼底闪过一抹惊色，但很快又被他压下去。

"你什么意思？"

陈筱筱没有急着回答，而是身子再往前探，手撑住他座椅的边缘，盯着他的眼睛，道："这周一的时候，我去人力部更新了个人事项重大报告。"

他们单位是事业编制，根据有关规定，员工遇到结婚、离婚、买房买车这些个人重大事项变更时或主动报告，或在来年更新事项变动时统一申报。

这事儿，他们商议协议时就讨论过，当时提出的方案是先不主动报，等来年再更新。但现在，她竟然改了主意。

王维安瞬间呼吸有些急促，他紧张地观察着她，试图揣摩她话里的意思，却听她继续说："我们社里有规定，单身和婚后双方都没有固定住所的员工才能享受免费宿舍。"

不只是呼吸，王维安觉得心脏也跟着加快了。他舔了舔嘴唇，想问她说这些是什么意思，可喉咙太紧了，半晌都挤不出声音。

倒是陈筱筱有条不紊地接着道："本来呢，你现在的房不在你名下，按理说我还能住宿舍，但……"

她顿了下，歪头一笑："我不小心说漏了嘴，说你有房。所以……"

"所以什么？"王维安终于挤出话来。

陈筱筱眼里含着期待、忐忑、紧张和小心翼翼的复杂情绪，这段时间来时不时冒出的那股甜蜜的滋味汹涌袭来。

她凝视着他，莞尔一笑："所以，我能搬去和你住吗？"

王维安狂喜，正想满口答应，就见她往前一压，贴上了他的唇。

"是睡一张床那种。"

番外四 往后都是晴朗

春节里,周司远和宁安然去探望袁老。

巧的是,常宏亮和宋云彬也在。

瞧见她无名指上的大钻戒,常宏亮半真半假地打趣:"老宋啊,咱们看来得准备大红包了。"

"我那份早就准备好了。"宋云彬剥着花生说,"把小宁招进来,我就开始每天存份子钱。"

宁安然脸皮薄,听到直属上司这话,微微赧然,反观周司远则懒懒地接过话:"她进来才不到一年,宋叔你这红包听着就不太大。"

"噗!"常宏亮笑出声,"肯定不大啊,你宋叔工资卡都在你婶子那儿,他那点零花钱撑死每天给你们存一块。"

"你少埋汰我。"宋云彬拿花生壳扔他,故意道,"我再穷也不至于一块,怎么着也得五块。"

一句话,成功又引得大伙儿笑起来。

宋云彬自己也笑,转头对周司远道:"阿远啊,话说回来,你能娶到小宁还得谢谢宋叔。要不是我把小宁从兴平社挖过来,又送去高州,你们现在还一个南一个北,没见上面。"

"你少邀功,要谢也得谢谢袁老。"常宏亮打断他,"是他向你引荐的小宁。"

在旁边听着他们笑闹的袁老没有领功,而是用手点点二人:"你们呀,跟我一样,当局者迷。"

"怎么说?"宋云彬问。

袁老微微一笑,望向沙发里的周司远,目光慈爱:"让他自己说。"

"说什么?"周司远装糊涂。

袁老看了他一眼:"就说说你怎么把我们这帮老头子都算计了。"

宋云彬微微一怔,随即反应过来,迟疑地问:"你意思是,是他设计咱们帮他把小宁弄进系统的?"

"你以为呢?"袁老好气又好笑,"就那么巧,回回都让我瞧见他在看小宁的采访视频?"

因为周霁成的事儿,袁老对周司远一直心中有愧,周霁成刚走时,他还提出过把周司远接到北城,由他和老伴来照顾。

但被周司远拒绝了:"我妈病的这几年,家里也就我一个人,我能照顾好自己。"

袁老看着他脸上的冷漠和执拗,既难过又羞愧自责。

当年,是他瞒下了宋沁的病,才让宋沁到死都没见到周霁成一面,才让周司远恨他父亲,更让爱徒含恨终身。

所以,得知他毫不犹豫地拒绝了宋志伟要他进系统的建议时,袁老沉默了很久,并叫住了打算去游说的常宏亮:"让孩子自己选吧,不要逼他。"

只是,袁老没有想到,一年不到,周司远竟出现在了高州。

他表现出了比周霁成更惊人的天赋,也展现了像他父亲那样的卓越的航天人精神。

"这孩子天生就是干航天的材料,他身上那股子韧劲和拼劲,连我都自叹不如。"常宏亮感慨。

然而,瞧着沉默寡言的少年,袁老心里总不是滋味,总隐隐觉得他身上少了什么。

直到,有一天,他突然找到自己,说必须请假去趟北城。

"我知道任务期间,按规定不能请假外出,但我必须去。"他的坚定,带着不容置疑的语气,"这件事对我非常重要,希望您能帮帮我。"

这是他第一次请求自己,也是唯一一次。

哪怕当初宋沁倒在床上奄奄一息,他都未曾向他或者组织提过任何要求。

"能告诉爷爷为什么必须去吗?"

他用一个长辈的身份来关心。然而,周司远回应他的是久久的沉默。

袁老叹了口气:"三天够吗?"

"两天。"他挂了电话。

两天后,他果然准时回到基地,但袁老敏锐地察觉到他似乎比以前更低沉,更不爱说话,也越发废寝忘食地工作,最后竟倒在了试验场。

高烧合并肺炎,在医院整整躺了一个礼拜,人瘦了一圈。

袁老看着一出院就回到工作岗位的少年,听着他不时传来的咳嗽声,心里像被针扎般疼。

他想起了出院头一天，基地医院的副院长悄悄将他拉到一边，小声说："这孩子心里怕是装着事，我看他住院时一直在看一个女孩的照片。"

听见这话，他想到了自己那位视如己出的爱徒——周霁成。想到了宋沁死后那些年，周霁成就是这样，夜夜捧着她的照片承受相思的煎熬和苦楚。

后来，他多番打听才知道了李国民当年造的孽。

彼时，素来好脾气的袁老勃然大怒，冲进已升为副院长的李国民办公室，将他狠狠地骂了一顿。

回来后，他再次找到周司远，问："孩子，爷爷有什么可以帮你做的吗？"

周司远沉默了很久，才缓缓抬起眼睑，说："我想把立功奖励换成每年六月十九日左右去一次港城。"

以他们的身份，因私出境几乎不太可能，所以他没有直接提要求，而是说用立功表现的机会来换取。

袁老明白，这孩子是不想让自己为难。

没有和任何人商量，袁老当下拍板同意。

至于六月十九日，瞧见宋云彬送来的宁安然的简历，他哪里还不明白，这天是那姑娘的生日。

袁老曾以为年少的感情总会慢慢淡去，所以，当年九院老钟找他牵线介绍周司远和自家小孙女认识时，他还动过心思，让常宏亮去旁敲侧击。

谁料想，周司远竟和周霁成一样深情，认准了一个人再难改变。

常宏亮碰了壁，没多久基地还流传开周司远早已结婚生子的消息。

"老师，阿远是个有主意的，我看咱们还是少操心得好。"常宏亮劝道。

好在，没多久，他发现周司远总是"偷偷"地看宁安然的视频，好几回就瞧见他坐在昏暗的楼梯间，一遍遍重复看那些简短的出镜画面。

袁老看着心酸，可又从宋志伟那里知道，当年是宁安然执意要分手的，估摸伤了孩子的自尊。于是，当得知集团要成立新闻中心时，他便把宁安然的视频发给了宋云彬，让他看看能不能把人挖来，给两人制造个重逢的机会，至于成不成，就得看两个孩子到底还有多少情分在。

"我得声明一下，虽然我和袁老一样，有私心，但最终让我决定亲自去谈你，还是因为你的实力。"宋云彬声明，"跟阿远没多大关系。"

宁安然笑："不管怎么样，都得谢谢你们。"

想想进了基地后，袁老和常宏亮一心撮合他俩，她心里存了很多温暖。

"我们能不费心吗？"常宏亮继续爆料，"你以为我为什么把宿舍让出来给你?"

"还不是有人去美国开会前特地给我打了个电话,说你还住在招待所,让我帮忙落实下宿舍。"

那段时间宿舍比较紧张,后勤盘算着宁安然住几个月就要走,所以没有特别上心。常宏亮却听懂了周司远的意思,干脆将自己的宿舍让了出来,好让某些人能近水楼台。

连续被爆出小算盘的周司远并未见窘迫,依旧老神在在地坐着,泰然自若,仿佛他们说的事全和他无关。

反而宁安然听得啼笑皆非,不时斜他一眼,原来那些她以为的偶然和巧合,不过是他的别有用心。

夜幕顺着斜阳降临,两人手牵手往停车的地方走。

刚下过雪,地上铺了一层浅浅的白。

宁安然穿着雪地靴,去踩那些新雪,软绵绵的,很是解压。

周司远跟在她旁边,看她像小孩一样蹦蹦跳跳,懒懒地说:"我看你比诺诺还小。"

正想提醒她别摔了,就见她脚下一滑,人往前栽去。

得亏周司远眼疾手快,将她捞回来,她才没摔个狗吃屎。

宁安然惊魂未定,勾住他的脖子,说:"吓死我了。"

周司远无语,拍了拍她的脑袋说:"还蹦吗?"

"不蹦了。"她吐吐舌头。

周司远将她扶正,重新握住她的手,问:"就这么高兴?"

"嗯?"

"听见是我设计哄你来。"他说。

"嗯。"她握紧他的手,温暾道,"我一直以为这一回是我先踏出的第一步。"

是她接受宋云彬的邀请,来到航天系统,来到高州,才有了他们的重逢和重圆。

可今天才知道,原来一直是他在为这次重逢制造机会。甚至在很多年前,他们夏令营后分别,也是他主动去富昌找她,是他努力站到更高的位置,让她看见"他"。

"周司远,"宁安然挽住他的手臂,轻声道,"袁老他们没说错,我们能再在一起,最应该感谢的人是你。"

"我自己的事儿,这不应该的吗?"周司远斜了她一眼,环上她的腰,

"我还觉得亏了,就不该跟你置气,早点想通咱俩的孩子都能打酱油了。"

宁安然重点偏了:"你想要孩子了?"

没等周司远答,她抢先道:"现在可能不行,我刚停药一年,我怕会对宝宝有影响。"

抗抑郁的药物大多数是孕妇禁用,虽然她已经一年没有服药,可是吃了这些年,她怕药物在身体里有残留,没有代谢完,会影响孩子发育。

见她眉头皱起来,周司远不由得捏了一把她的腰:"想什么呢?我这刚过上幸福生活就整个孩子出来,我傻了吗?"

听他故意在某个字上加重语气,宁安然没好气地说:"正经点。"

"很正经啊。"周司远义正词严,"素了七八年才想,还不够正经?青莲山的道士都没我正。"

这人一讲到这些就没个边儿,偏偏还一副大义凛然的模样。

宁安然讲不过他,干脆转移话题:"话说,我很好奇,你每年在我生日的时候去港城都干吗?跟踪我一整天吗?"

"跟踪?"周司远嫌弃地睥她一眼,"宁大记者,你就不能换个词?"

宁安然失笑,抱着他手臂,故意问:"那是……尾随?"

话落,果然又遭到一记更嫌弃的眼风。

宁安然"哈哈"大笑:"不是,你快讲啊。"

在袁老家时,她就在回想,这些年日她都干吗了。

自两人分手后,在北城那两年,可能还有陈筱筱、王维安他们陪她吃个饭。可去了港城后,她情绪时不时不稳定,就没有特别关注这个特殊的日子。

按理说,这一天和平时每一天都一样,就是正常上班,出外景,在楼里写稿子,健身、锻炼……而他那天又在干什么呢?一直跟着她吗?为什么她从未感觉到他的存在?

周司远喉结滑动着,看向她:"2013年6月19日,你在慈云福利院报道一个捐书活动,采访结束后,你陪着小朋友们玩翻花绳、做手工,一直到傍晚才离开。出福利院的时候,社工送了你一幅小朋友们画的画,还有一个粉色的小蛋糕。你拍照发在微博,说收到了最好的生日礼物。

"2014年6月19日,那天你调休,睡到中午才下楼吃饭。你一个人去了上岛的一家旧书店,喝咖啡、看书,和老板聊天,最后买了一大堆书回家。路过楼下的花店时,和你相熟的老板娘出来送了你一束花,还有一个她亲手做的小蛋糕。

"2015年6月19日,七号风球过境,那一天你和同事满港城地跑。快凌晨时还在维港码头出外景,连线总社。结束时,浑身都被淋透了,一位好心的市民给你们送了热咖啡、毛巾，还有一份蛋糕。

"2016年6月19日，你很开心，因为那天你和陈筱筱去看了Lily的演唱会，回来时在半岛拿了早就订好的蛋糕。"周司远抚着她的脸，"只有那一年，我的蛋糕没有送出去。"

那些散落的画面随着他低沉的声音徐徐展开，宁安然惊愕地看着他，想到那些年有关"生日蛋糕"的巧合全部是他的手笔，不由得红了眼眶。

"周司远，你真的好傻。"她哽咽道。

"我也觉得。"周司远跩跩地说，"我就应该直接走上去，说'宁安然，生日快乐'。"

宁安然想笑，眼睛却又酸又胀。

"其实，这段时间我经常想揍自己。"他眸色纯黑，语气自谑，"就非要赌那口气，让你先踏出第一步。"

到底是年少气盛。

明明爱到骨髓里，明明一次次跋山涉水只为送上一块蛋糕，明明一年又一年站在无人的街角，在凌晨十二点对着她窗户的方向说出那句"生日快乐"。

明明费尽心思让她看见自己，却还是偏执地要等对方踏出那第一步。

尤其知道在那漫长的七年里，她曾经历过那样的伤痛和绝望，曾一次次在死亡的边缘徘徊，他就恨不得穿回过去把那个自以为是、自我感动的家伙揍一顿。

宁安然见他又自责，忙道："我们说过都过去了，我们都有问题，以后一起改。"

"嗯。"周司远抬手，抚上她的脸，"我多改点。"

"行。"宁安然爽快地答应。

两人继续往前走，宁安然钩了钩他的手指："再问你个事儿？"

周司远偏头，示意她讲。

"你有没有想过，我会喜欢上别人？"

周司远给了她一个"你在讲什么笑话"的表情。

宁安然不服气："什么嘛，这几年追我的人很多的。"

"那又怎样？"周司远嚣张地说，"你不都和陆沉说了，你的心是偏的，除了我，容不下别的人？"

"我哪有说过除了你，容不下别人？你少乱加词。"

"这词儿可不是我加的。"

"嗯？"

"有人自己讲的，如果遇见过一个惊艳过时光的人，心里就再也照不进别的影子。"

这话听着有些耳熟，宁安然想了想，恍然想起是在她微博小号上讲过。

"你知道我微博小号？"她惊讶，随即又道，"熵增是你对不对？"

见他没否认，宁安然顿时羞红了耳朵："周司远，你个骗子，上次你明明说不是你。"

正因如此，复合后，她才敢在小号上狂秀恩爱和甜蜜喜悦的心情。

尤其，她最近天天搁上面写两人腻死狗的日常，就早晨她还在上面表白：怎么办？今天又是更爱他的一天。

恋爱的酸臭味儿溢出屏幕，回看都会难为情。

想到这些全被他一字不落地看见，宁安然恨不得一头扎进雪堆里。

偏这人还毫不羞愧地说："写得很好，我喜欢。"

"喜欢个头。"宁安然边说边拿出手机，准备将微博设置为仅自己可见。

却听他说："真的很喜欢，因为见不到你的那些年，我就是通过它接近你。"

就这么一句话，让宁安然心里软得一塌糊涂。

"不过。"周司远捏了下她的指尖，附在她耳边说，"以后很爱我这种话，可以当面说。"

原只是一句打趣的话，不想宁安然听完竟乖乖应了个"嗯"，再偏头去吻他，亲昵地道："周司远，我爱你。"

周司远半弯腰，配合她的身高，再慢条斯理地吮住她的唇："宁安然，我爱你。"

今天的我，比昨天的我更爱你。

《怦然心动》里说："有一天，你会遇到一个如彩虹般绚烂的人，从此以后，其他人就不过是匆匆浮云。"

柠檬味的夏天，他们在充满果香的日光里相遇。

她说："同学，你好，我叫宁安然。"

他说："我叫周司远。"

…………

故事从那一秒开始，而一起野过的夏天，每一秒都炙热而浪漫。

-全文完-